grafit

Chemnitzer Str. 31, D-44139 Dortmund
Internet: http://www.grafit.de
E-Mail: info@grafit.de

Umschlagillustration: Peter Bucker
Druck und Bindearbeiten: Elsnerdruck GmbH, Berlin
ISBN 3-89425-284-7
1. 2. 3. 4. 5. / 2005 2004 2003

Horst Eckert

Purpurland

Kriminalroman

grafit

Der Autor

Horst Eckert wurde 1959 in Weiden/Oberpfalz geboren. Aufgewachsen in Pressath, in der nordostbayerischen Provinz. Studium in Erlangen und Berlin (Diplompolitologe). Er lebt als Autor in Düsseldorf.

Mit *Annas Erbe* debütierte er 1995 als Kriminalschriftsteller. 1996 folgte *Bittere Delikatessen*, 1997 *Aufgeputscht*, 1999 *Finstere Seelen*, 2000 *Die Zwillingsfalle* und 2002 *Ausgezählt*.

Drei Romane Horst Eckerts sind ins Tschechische übersetzt worden. Die französische Übersetzung von *Die Zwillingsfalle* erschien unter dem Titel *Coups doubles* in der Krimireihe ›Série noire‹ des Verlags Gallimard.

Für *Aufgeputscht* erhielt Horst Eckert von der ›Raymond-Chandler-Gesellschaft‹ den ›Marlowe‹ für den besten deutschsprachigen Kriminalroman des Jahres 1997. Zudem war *Aufgeputscht* für den ›Friedrich-Glauser-Preis‹, den höchstdotierten deutschen Krimipreis, nominiert. Nicht nur nominiert, sondern auch ausgezeichnet wurde Eckert mit dem ›Glauser‹ für *Die Zwillingsfalle*. Der »ausdrucksstarke Kriminal- und Polizeiroman« sei eine »Bullenoper bester Güte« lobten die Krimischriftsteller-Kollegen, die – zusammengeschlossen in der Vereinigung ›Das Syndikat‹ – alljährlich den Preis vergeben.

Weitere Informationen auf der Homepage des Autors unter: http://www.horst-eckert.de

Für Edith und Hans

Prolog

Seit jenem Oktobertag im letzten Jahr kam ihm das Leben vor, [illegible] eine große Lüge, die immer weitere Ausflüchte nach sich zog, um nicht als komplette Nullnummer aufzufliegen.

[illegible] Felix May hing stramme und in voller Einsatzmontur [illegible] [illegible]

[illegible] so [illegible], was [illegible]

[illegible]

[illegible]

[illegible] sich [illegible] [illegible] – und [illegible] der [illegible], der [illegible] [illegible] [illegible] [illegible]

PROLOG

Seit jenem Oktobertag im letzten Jahr kam ihm das Leben verkehrt vor. Eine große Lüge, die immer weitere Ausflüchte nach sich zog, um nicht als komplette Nullnummer aufzufliegen.

Felix May hing vermummt und in voller Einsatzmontur im Klettergeschirr an einem Altbau der Neusser Innenstadt auf Höhe des zweiten Stockwerks. Der Wind pfiff durch die Straße. In den Handschuhen wurden die Finger klamm. May versuchte die Gaffer an den Fenstern ringsum zu ignorieren.

Endlich seilte sich sein Kollege zu ihm ab, dabei energisch einen Kaugummi bearbeitend, als werde er dafür bezahlt. Sie lauschten den Funksprüchen. Die Verhandlungen waren abgebrochen worden, doch der Befehl zum Zugriff blieb aus. May griff nach der Sprechtaste des Funkgeräts und ließ sie mehrfach klicken. Er wollte wissen, was los war.

»Unverändert«, vernahm er aus den Helmlautsprechern die raue Stimme des Präzisionsschützen auf dem Dach gegenüber.

May beschloss, einen Blick zu riskieren. Er wischte die Regentropfen vom Visier, packte einen Löwenkopf, der die Fassade zierte, zog sich hinüber und tastete mit den Füßen nach Halt. Sein Nebenmann hob warnend die Hand.

Scheiß auf die Anweisung des Kommandoführers, dachte May. Und auf die Bedenken des Kaugummibeißers an seiner Seite.

Er fand Tritt auf einem mit Blech verkleideten Vorsprung. Langsam ging er in die Knie und schob sich aufs Fenster zu. Lautlos, hoffte er.

»Was tust du?«, ließ sich der Schütze von gegenüber vernehmen – noch so ein Spezialist der neuen Generation, der vermutlich sogar zum Zähneputzen einen Einsatzbefehl brauchte.

Keine Jalousie behinderte die Sicht. Die Praxis war hell erleuchtet. Die Helferin kauerte auf dem Linoleum, den Kopf unter den Armen vergraben. Der Gynäkologe lag im Behandlungsstuhl, die Handgelenke hinter der Lehne gefesselt. Sein Blick zeigte, dass er Panik schob. Die Füße des jungen Frauenarztes steckten in weißen Socken und ragten in die Luft – Leukoplast fixierte die Waden auf den Stützen.

Die Zielperson stand mit dem Rücken zum Fenster. Ein schmächtiger grauhaariger Mann, der reglos in den Vorraum äugte, die Waffe auf die Praxistür gerichtet. Als drohe ihm nur von dort Gefahr.

May löste den Bremshebel des Abseilgeräts und schwang sich durch die Scheibe. Glas zerbarst vor dem Visier. Scherben knirschten unter seinen Sohlen, als er aufsetzte. Ein plötzlicher Schmerz am Hals – ein Splitter war durch den Stoff der Maske gedrungen.

Er richtete die P226 mit beiden Händen auf die Zielperson. »POLIZEI! WAFFE WEG!«

Der Grauhaarige fuhr herum. Ein vages Lächeln im zerknitterten Gesicht. Sein Akzent klang nach Osteuropa oder Balkan: »Mach deinen Job, junger Mann.«

Nebenan klirrte Glas, der Kollege war offenbar ins Wartezimmer gesprungen. Ein Rütteln an der Verbindungstür – sie war verriegelt.

Die Zielperson hob den Revolver und zeigte Zähne, wie um Verzeihung bittend.

May blickte in die Mündung des kurzen Laufs und hoffte, dass Helm und Weste ihn schützen würden. Er packte seine Pistole fester und schrie: »WERFEN SIE DIE WAFFE WEG!«

Die Arzthelferin kroch unter den Tisch. Der gefesselte Gynäkologe bewegte stumm die Lippen. Getrappel im Treppenhaus – nur eine Frage von Sekunden, bis die Kollegen mit der Ramme den Praxiseingang aufbrechen würden. May fragte sich, welche Chancen sich der schmächtige graue Mann noch ausrechnete. Das Lächeln der Zielperson irritierte ihn.

Der Kerl drehte sich zur Seite und richtete seinen Revolver auf den Behandlungsstuhl. Der Gynäkologe wimmerte. Der Grauhaarige spannte den Hahn.

May drückte ab.

Die Arzthelferin kreischte. Im Vorraum donnerte die Ramme gegen den Eingang. Gleichzeitig flog die Tür zum Wartezimmer auf. Beim Anblick des Toten vergaß der Kollege seinen Kaugummi.

»Hat er sich selbst …«

May schüttelte den Kopf und legte die P226 auf den Tisch. Er nahm Helm und Maske ab, tastete nach der schmerzenden Stelle am Hals und fragte sich, was der Grauhaarige bezweckt hatte.

Der Mann mit dem Balkanakzent hatte keine Begründung für den Überfall genannt. Aber er war sich seiner Sache sicher gewesen. Als hätte er es so geplant.

Verkehrtes Leben.

Und die Lügen hörten nicht auf.

Teil I

Mohnblüte

Was uns am heftigsten empört, ist in uns.

Georges Bataille

1.

Das Blechkleid des roten Lada war vielfach durchlöchert, in den Fensterrahmen steckten nur noch Glassplitter. Irgendwer hatte das Wrack auf Ziegelsteine gebockt und die Räder geklaut.

»Unser jüngster Fahndungserfolg«, sagte Dimitri.

Den Nachnamen des russischen Hauptmanns hatte sich Alex Vogel nicht gemerkt. In seinem Artikel würde er den glatt rasierten, drahtigen Kerl mit den rosigen Wangen ohnehin nur ›den Offizier‹ nennen.

»Vier junge Tadschiken«, erklärte Dimitri und verströmte leichten Wodkadunst. »Wir sie kontrollieren, sie Feuer eröffnen. Natürlich sie ziehen Kürzeren und natürlich sie hatten Heroin geschmuggelt.«

Der Hauptmann angelte die Fünfhundertgrammflasche aus der Ritze zwischen den Sitzen und nahm einen weiteren Schluck. Dabei lenkte er den UAZ-Militärjeep mit einer Hand im wilden Slalom um die Schlaglöcher. Er wich einem Kiosk aus – an dem Tisch mit Sonnenschirm saß eine Alte im bunten Gewand und bot Kekse, Getränkedosen und Flaschen mit Benzin feil. Der Geländewagen hüllte die Frau in Staub und krachte in eine Kuhle. Felgen knallten, die Ausstellfenster schepperten und Vogel prellte sich zum hundertsten Mal das Steißbein.

Sein Begleiter wischte sich Schnapstropfen vom Kinn und ergänzte: »Und natürlich ganze Stadt behaupten, die vier nur unschuldige Ausflugsleute und wir ihnen Drogen untergeschoben. Böse immer nur andere.«

Sie durchquerten Khorog. Hütten und schäbige Ziegelbauten aus der Chruschtschow-Zeit. Auch der Landschaft konnte Vogel nichts abgewinnen, Gebirgstäler hatte er schon immer als bedrückend empfunden. Das Provinzkaff lag in zweitausendfünfhundert Metern Höhe an einer Biegung des Pjandsch, der sich als Grenzfluss zu Afghanistan durch schneebedecktes Gebirge wand – Pamir auf dieser, Hindukusch auf der anderen

Seite. Khorog war die Heimat einiger tausend tadschikischer Pamiris und Zentrum der Region Gorno-Badachschan im Südosten des Landes. Eine gottverlassene Gegend, fand Vogel.

Am Stadtrand tauchten hinter einer Biegung Baracken auf: die russische Kaserne. Vogel fragte sich, ob Dimitri dem Geheimdienst angehörte und wo er zuvor gedient hatte. Bis auf den starken Akzent war das Deutsch des Hauptmanns ganz passabel.

An der Zufahrt grüßte der Russe zwei Soldaten. »Kontraktniki«, raunte er Vogel zu. »Wir auf einheimische Söldner angewiesen. Leider. Sie ein bisschen ...« Dimitri deutete eine Handbewegung an.

Unzuverlässig, überlegte Vogel. Bestechliche Tadschiken. *Böse immer nur andere.*

Der drahtige Hauptmann steuerte den Geländewagen auf den Kasernenhof, einen betonierten Platz zwischen grauen Baracken. Ein junger Offizier brüllte ein Dutzend Rekruten an. Sie warfen sich in den Staub und robbten. In den Sockel eines Denkmals waren Umrisse gemeißelt und rot ausgemalt – Vogel erkannte die Sowjetunion, ein Reich, das längst Geschichte war. Seit über zehn Jahren war das moslemische Tadschikistan unabhängig, zumindest offiziell.

Ein paar tausend Angehörige der russischen Armee waren in das Land zurückgeschickt worden, um den Schmuggel von Waffen und Heroin zu unterbinden. Oder um sich das Geschäft unter den Nagel zu reißen, wie Vogels Gewährsmann beim Bundeskriminalamt angedeutet hatte.

»Seit wann sind Sie hier?«, fragte er den russischen Hauptmann.

»Ich? Acht Jahre. Familie leben in Moskau. Mein Frau seit drei Monate nicht gesehen. Ich Nase voll. Vor drei Jahre in Hinterhalt geraten. Weit droben in Pamir. Waren Schmuggler von drüben. Sämtliche Kameraden tot. Ich nur verwundet und sie glauben, kaputt. So ich überleben. Aber Leute immer denken, wir Verbrecher und die andere unschuldige Ausflugsleute. Welt nicht mehr, was mal war.«

Sie erklommen den Wachturm. Dimitri ignorierte den Soldaten, der auf der Bank seinen Rausch ausschlief, die Kalaschnikow im Arm wie eine Geliebte.

Unter ihnen toste der Pjandsch. An manchen Stellen war der Fluss breit und flach, über Felsbrocken konnte man ihn trockenen Fußes überqueren. Am Fuß der kargen Berge auf der anderen Seite trieb ein einsamer Turbanträger seinen Esel über das Geröll. Von der Schulter des Mannes baumelte ein Gewehr.

Der Hauptmann zeigte hinüber. »Afghanistan. Jetzt ihr dran.«

»Waren Sie dort? Ich meine, damals, in den Achtzigerjahren?«

»Nein. Damals Magdeburg. Schöne Stadt.«

Dimitri zündete sich einen Glimmstängel an, eine Kasbek mit einem Mundstück aus Pappe. Als er die Schachtel weitergeben wollte, winkte Vogel ab.

»Kein Wodka, kein Zigarette. Seltsamer Heiliger«, bemerkte der Offizier und lachte.

Vogel fröstelte. Die Sonne stand tief. Von der Frühjahrswärme war kaum noch etwas zu spüren.

Dimitri kniff die Augen zusammen und stieß den Rauch aus. »Wenn Schmuggler begegnen, du musst schießen. Egal ob Tadschike, Usbeke oder Afghan. Jeder hat Kalaschnikow. Letzte Jahr wir töten vierzig Illegale, fünfzehn Festnahme und nur ein Kamerad verloren.«

»Es gibt Gerüchte über Korruption in Ihrer Truppe.«

»Ich weiß. Bei Kontraktniki du nie sicher. Leute sprechen gleiche Sprache, hier und drüben. Aber bei uns Offiziere Sicherheitsdienst von Föderation passt auf.«

Der Hauptmann blickte dem Eseltreiber hinterher. Auf dem Rücken des Tiers schwankten Autoreifen. Vogel fragte: »Ein Schmuggler?«

Dimitri ergriff das Fernglas des schlafenden Wächters. Nach einer Weile antwortete er: »Soll Rekordernte geben.«

Vogel erinnerte sich an die Daten, die das BKA genannt hatte. Seit dem Ende des Talibanregimes war die Opiumproduktion auf das Zwanzigfache explodiert. Achtzig Prozent des Heroins, das auf dem europäischen Markt gehandelt wurde, stammten aus Afghanistan. Trotz der westlichen Truppen in dem Land hinter dem Fluss, trotz Dimitris Soldaten auf der tadschikischen Seite.

Vogel bedeutete dem Hauptmann, dass er genug gesehen hatte. Er war hungrig und müde. Der Flieger zurück nach Duschanbe würde in einer halben Stunde starten. Der Hinflug war grauenvoll gewesen: Ein paarmal hatte die Maschine fast die Felsen gestreift, in jedem Luftloch war Vogels Kopf gegen die Kabinendecke gekracht. Selbst wenn es Gurte gegeben hätte, wäre ein Anschnallen unmöglich gewesen – im überfüllten Flugzeug hatten sich jeweils drei Passagiere eine Bank geteilt, die für zwei bestimmt war. Nur weil Vogel aufgrund des Sauerstoffmangels immer wieder eingenickt war, hatte er den Flug ohne Panikattacken durchgestanden.

Wie gern würde er jetzt in einem Büro an der Düsseldorfer Königsallee hocken. Als Leiter der Lokalredaktion des *Blitz*. Doch der Verlag hatte ihm einen Typen aus der Zentrale vor die Nase gesetzt, einen hektischen Karrieristen mit großer Klappe und fehlendem Überblick. Kaum ein halbes Jahr später hatte Vogel der Redaktion den Rücken gekehrt – eine üppige Abfindung versüßte ihm den Abschied. Anschließend hatte er feststellen müssen, dass es keine offenen Stellen für Journalisten jenseits der vierzig gab.

Seitdem versuchte er sich als Freelancer – mit einigem Erfolg.

Seine Berichterstattung über die Ermordung eines Antiquitätenhändlers und seiner Familie hatte überregionale Beachtung gefunden. Er hatte Aufträge von angesehenen Magazinen ergattern können. Für die *Zeit* hatte er über Al-Qaida-Anhänger in Deutschland geschrieben, für den *Stern* über Mafiaclans im Kosovo. Seinen dabei geknüpften Kontakten zum Bundeskriminalamt verdankte er das Hintergrundwissen für die aktuelle Story.

»Der Außenminister besucht demnächst Afghanistan«, hatte der Ressortleiter Ausland des *Stern* gesagt, ein Enddreißiger im Joop-Anzug, von dessen Büro aus man den Hamburger Hafen überblicken konnte. »Sie kriegen acht Seiten. Zeigen Sie uns, wie das afghanische Drogengeschäft trotz deutscher Truppenpräsenz boomt. Der vergessene Krisenherd. *Insight und human approach.* Sie wissen schon.«

Vogel hasste den Job. Er war nicht dafür geschaffen, auf harten Pritschen zu nächtigen und sich von pappigem Brot und sehnigem Hammelfleisch zu ernähren. Ständig auf Achse zu sein, um Geschichten heranzuschaffen für Blattmacher, die ihren Arsch nie in eine überfüllte Maschine ohne Anschnallgurte und ausreichend Sauerstoff setzen würden.

Sie stiegen den Wachturm hinunter. Dimitri torkelte ein wenig. Auf dem Platz trabten die Rekruten im Kreis und brüllten ein russisches Lied. Ein riesiger Hund galoppierte auf Vogel zu. Ein Dobermann – Sabber tropfte aus dem hechelnden Maul. Vogel erstarrte, als der Köter an ihm hochsprang, seine Pranken gegen ihn stützte und die Zähne zeigte.

»Sitz!«, kommandierte Dimitri.

Der Hund gehorchte. Vogel klopfte sich staubige Pfotenabdrücke von der Brust.

»Er heißt Heino«, sagte der Hauptmann.

»Heino?«

»Ich liebe deutsche Kultur. Schwarzbraun ist Haselnuss. Leider wir mussten Ihr Land verlassen. Tadschikistan nicht gut. Ich überlege, zu wechseln Beruf. Aber was soll ich tun?«

Vogel blickte demonstrativ auf die Uhr. Höchste Zeit, zum Flugplatz aufzubrechen. Morgen würde er von Duschanbe nach Kabul fliegen. Eine Woche Afghanistan. Dann zurück im Tross des deutschen Außenministers in eine Welt, deren Straßen staubfrei waren und in der kein Dobermannköter Heino hieß, jedenfalls nicht aus Liebe zur deutschen Kultur.

Im Auto fragte Dimitri: »Was kosten Heroin in Deutschland?«

»Unverschnitten?« Vogel begriff, dass der Russe das Wort nicht verstand. »Das Gramm?«

Der Russe lachte. »Wir rechnen Kilo. Gramm nur bei Wodka. Letzte Jahr wir Heroin dreitausend Kilo Beschlag genommen.«

»Einhundert Euro, glaube ich«, antwortete Vogel. »Für ein Gramm.«

Dimitri nickte langsam, als rechne er den Preis in russische Rubel und tadschikische Diram um. Und in Kilo oder Doppelzentner. Der Offizier kniff die Augen zusammen – vielleicht überlegte er, wie gering der Anteil seines Bakschisch am Umsatz der globalen Drogenbranche war.

Wir sind beide nur kleine Würstchen, dachte Vogel beim Abschied. Jeder in seinem Metier. Wir riskieren unseren Arsch, aber die Gewinne fahren andere ein.

2.

Tim Sander wunderte sich, wo der Jeep mit der Feldpost blieb.

Noch eine halbe Stunde bis zur Ablösung. Sander fror und war hungrig. Im Unterschied zu Locke, seinem Kameraden, hatte er während der gesamten Schicht nicht gepennt. Seit Stunden fegte ein Sandsturm über die Shomali-Ebene, in der das Rollfeld der Bagram Air Base lag, vierzig Kilometer nördlich von Kabul. Sander verstaute das Nachtsichtgerät. Die aufgehende Sonne drang als orangefarbene Funzel durch den staubigen Schleier.

Ein schwerfälliger vierstrahliger C17-Transporter senkte sich auf die Piste – Nachschub aus Ramstein oder Incirlik. Zwei Chinook-Bananen stiegen auf, mit ein paar Briten an Bord, die nach Kandahar verlegt wurden. Infanteristen, keine Elitetruppen. Die beiden Hubschrauber dröhnten dem Sturm entgegen, hinein in die Staubwolken.

Noch im Januar war hier mehr los gewesen. Bagram, die Drehscheibe der Anti-Terror-Allianz. Vor Agenten und Spezialeinheiten hatte es nur so gewimmelt: Delta Force, Army Rangers, Green Berets – doch plötzlich hatten die Amis all ihre Special Ops in den Irak abkommandiert und die Sondertruppen der Briten waren gefolgt. Angeblich versuchten Deutschland und Frankreich den Golfkrieg mit UN-Resolutionen zu verhindern, aber für Sander stand fest, dass das Gefeilsche um Worte nur Theater war.

Achtundneunzig Mann der dritten Kompanie des Kommandos Spezialkräfte aus Calw im Schwarzwald waren nun die Einzigen, die noch Terroristen jagten. Elitesoldaten an vorderster Front. Wie zum Trotz gegen die Politik der Bush-Regierung harrten sie aus. *Old Europe* am Hindukusch.

Sanders Augen brannten. Er spuckte Schleim aus entzündeten Bronchien, grau vom Dreck, den er seit fast fünf Monaten atmete.

Arschghanistan.

Gestern waren im Camp die Klimageräte ausgefallen. Sobald die Sonne höher am Himmel stand, würde die Temperatur in den Kunststoffcontainern auf Backofenhitze klettern. Zum Glück war er davon nicht betroffen.

Gleich nach dem Frühstück würde er mit seinem Zug in die Berge fliegen. Seit die Amerikaner den Hauptfeind im Irak ausmachten, witterten die hiesigen Schurken Morgenluft. Fanatiker hetzten gegen alles, was aus dem Westen kam. Sie wiegelten Bauerndeppen auf und schulten sie in mobilen Lagern zu Gotteskriegern. Irgendwo im Nordosten bahnte sich eine große Sauerei an, behaupteten die Spürnasen vom Zentrum für Nachrichtenwesen.

Wenn Sander und seine Kameraden in ein Dorf eindrangen, um Lehmhütten nach Waffen zu durchsuchen, war Adrenalin angesagt. Keine Festnahme ohne heftigen Widerstand. Kaum ein Kaff ohne Hinterhalt. Trotzdem bedauerte Sander die Doppelschicht nicht. Dem Daumendrehen im Lager zog er die Hatz in den Bergen vor.

Arschghanische Bärte jagen.

Sein Kamerad war aufgewacht. Locke kroch aus dem Schlafsack, stand ächzend auf und suchte Halt am Wall aus Sandsäcken, der den Checkpoint am Lagereingang sicherte. Er schaute sich um, fuhr sich über den kahl rasierten Schädel, dann kramte er Tabak aus einer Tasche und fragte: »Was verpasst die letzten Stunden?«

»Faule Sau«, erwiderte Sander.

Locke zerrieb einen braunen Klumpen und mischte die Krümel in den Tabak. Kaum ein Einsatz, bei dem der Kamerad nicht nebenher auf Einkaufstour ging.

»Du bringst uns beide in Teufels Küche«, warnte Sander.

Mit einer Hand drehte Locke die Zigarette. »Ich frag mich, wie du den Scheiß ohne was zum Rauchen aushältst.«

Sander hielt weiter Ausschau nach dem Jeep mit der Postlieferung. Der grau lackierte Geländewagen Marke Wolf war für ihn das Beste in diesem Land.

Zwei britische Tornados hoben für einen Übungsflug ab. Sander fand, dass es Arbeit genug gab, um die Jagdbomber rund um die Uhr auf Trab zu halten. Überall brodelte es. Paschtunen gegen Tadschiken. Truppen der Übergangsregierung gegen Warlord-Banden. Und stets im Namen des Koran.

Arschghanistan sucht den Super-Mudschahed.

Vor allem für die Schutztruppen, die unten in Kabul stationiert waren und dort Hilfspolizei spielten, wurde es von Tag zu Tag ungemütlicher. Sniper-Attacken, Autobomben, Granateneinschläge. Selbst der regulären Armee war nicht mehr zu trauen. Sie bestand aus Milizen der Nordallianz und übergelaufenen Taliban. Hinter jedem Bart konnte sich ein Irrer verbergen, der den Westen hasste und ins Paradies wollte.

Die Spürnasen vom Geheimdienst versuchten den Überblick nicht zu verlieren. Sie warfen mit Dollars um sich und rekrutierten Informanten. Je dichter die Agenten ihre Netze flochten, desto bedrohlicher malten sie die Szenarien aus. Worst case: Sobald die Amis den Irak platt machen, tobt der Mob am Hindukusch.

Trau niemals einem Bart.

Noch hielt die Berliner Regierung am Bundeswehreinsatz fest. Sanders Kommando Spezialkräfte operierte von Bagram aus im Norden und Osten des Landes. Es galt, den Schutztruppen in der Hauptstadt den Rücken freizuhalten. Zwei Agenten des Zentrums für Nachrichtenwesen führten Regie bei den KSK-Einsätzen. Sie unterstanden dem Verteidigungsministerium und hatten sich gegen die Konkurrenz vom Bundesnachrichtendienst durchgesetzt.

Sander hatte sich noch nicht festgelegt, was er von den beiden bulligen Kerlen halten sollte. Stunde um Stunde brüteten sie vor ihren Laptops über Satellitenaufnahmen und Protokollen abgehörter Funksprüche. Sie markierten Rambo, wenn sie einen Einsatz begleiteten – die MP5 in der einen Hand, das Satellitenhandy in der anderen. Weil der eine mit Vornamen Hardy hieß, nannte jeder im Kommando den anderen nur Laurel.

Letzte Woche war Camp Warehouse, das Feldlager der Schutztruppen in Kabul, mit Granaten beschossen worden – zum zwölften Mal, seit ein deutscher Generalleutnant dort das Kommando führte. Zugleich hatte mitten in der Hauptstadt eine ferngezündete Rohrbombe eine Patrouille erwischt und fünf Soldaten verletzt sowie den einheimischen Dolmetscher getötet, einen jungen Burschen, der eigentlich Verlobung hatte feiern wollen.

Es hieß, dass der Generalleutnant in Camp Warehouse am Rad drehte. Der Besuch des deutschen Außenministers stand bevor. Er musste unbeschadet seine Show abziehen können und die Medienleute, die ihn begleiteten, durften nicht erfahren, wie brenzlig die Lage in Wirklichkeit war.

Auch im KSK-Lager draußen in Bagram herrschte Alarmstimmung. Hardy und Laurel schleppten neue Gerüchte an. Die Bombenleger von letzter Woche stammten angeblich aus den Bergen im Nordosten. Sie sollten noch vor der Ankunft des Ministers ausgeschaltet werden – deshalb die Doppelschicht. Die Devise lautete: Das Kommando Spezialkräfte spürt das Terrornest auf, den Rest erledigen die britischen Tornados.

Doch wo zum Teufel blieb heute die Post?

Zwei Kameraden trotteten auf Sander zu. Die Ablösung.

»Wird aber auch Zeit«, brummte Locke und zog an seiner Selbstgedrehten.

Ein Leutnant der Führungsgruppe ließ sich am Lagereingang blicken. Er bellte herüber: »Macht sofort eure Ausrüstung klar! Start in fünf Minuten. Frühstück und Einsatzbesprechung gibt's unterwegs.«

Locke trat seine Zigarette aus.

»Warum so eilig?«, rief Sander zurück.

»In den Bergen ist ein Hilfstransport überfallen worden. Horneburg vom Nachrichtenwesen hat ihn begleitet.«

»Laurel? Ist er verschütt gegangen?«, erkundigte sich Locke, schon wieder etwas schläfrig.

»Fragt nicht so blöd. Macht, was ich sage!«

In diesem Moment brauste der Wolf heran. Der sandfarbene Mercedes-Geländewagen mit der Feldpost. Sander rannte dem Jeep entgegen und zwang ihn zum Halten.

Der Leutnant schrie: »Hat dir der Staub die Ohren verklebt?«

Sander griff nach dem Umschlag, den der Postfahrer der Kiste auf dem Beifahrersitz entnahm. Doch der Fahrer zog den Brief zurück und schnupperte daran, als wittere er Parfum – jedes Mal die gleiche Show.

Die Stimme des Leutnants überschlug sich: »WIRD'S BALD?!«

Sander entriss dem Fahrer den Umschlag und warf einen Blick auf den Absender.

Düsseldorf. Seine Frau.

Sander stopfte den Brief unter die Schutzweste. Der Tag war gerettet.

3.

Wenige Autostunden vor Faizabad wurden sie angehalten. Die fünfte Straßensperre, seit sie in Kabul aufgebrochen waren. Eine Gruppe lokaler Milizangehöriger, die Turbane tief ins Gesicht gezogen, westliche Armeejacken über weißen Hemden, die bis auf die Knie reichten.

Alex Vogel streckte die Papiere aus dem Auto und überließ Lima das Reden. Er sah den jungen Kerlen an, dass sie nicht gern mit einer Frau verhandelten.

Lima war Angestellte des United Nations Drug Control Program in Kabul. Als Vogel sie in ihrem kahlen Büro mit dem Foto des Präsidenten an der Wand kennen gelernt hatte, war sie eine hübsche junge Frau mit langem Haar und freundlichem Lächeln gewesen. Beim Verlassen der Stadt hatte sie sich ein großes Kopftuch umgelegt und tief in die Stirn gezogen. Sie war einsilbig geworden und kniff die Augen zusammen – nicht nur wegen des Sonnenlichts.

»Sie verlangen Stempelgebühr«, erklärte die Afghanin.

»Wie viel?«

»Einhundert. Sie sagen, sie akzeptieren auch Euro.«

Vogel nestelte einen Schein aus dem Geldgürtel. Er hatte längst aufgegeben zu verbergen, wo er das Bargeld aufbewahrte und wie dick der Gürtel gefüllt war. Es war die Kohle der Redaktion. Er musste nicht einmal Belege sammeln.

Neben ihm betätigte Steve den Auslöser, die Kamera lässig hinter Limas Schulter verborgen. Vogel wusste, dass der Rothaarige als einer der besten Kriegsfotografen galt. Ein Amerikaner mit deutsch klingendem Familiennamen, vielleicht ein Sohn jüdischer Emigranten. Er wirkte ruhig, fast schüchtern. Kein Krisenherd der letzten zehn Jahre, den der Kerl nicht bereist hatte, immer an vorderster Front. *Wenn das Foto nicht gut ist, warst du nicht nah genug dran* – Kabul zu verlassen und den Ausflug ins Herz des Hindukusch zu wagen war die Idee des Amerikaners gewesen.

Vogel hatte sich gefügt. Er ahnte, dass in der Hamburger Redaktion im Zweifelsfall das Wort des Starknipsers galt, nicht seins.

»Und wo bleibt der Stempel?«, wollte Vogel wissen, als er die Papiere zurückerhielt.

Lima gab die Frage weiter. Die Burschen lachten. Vogel bemerkte, dass sie Schmuck trugen, dicke Ringe und Goldkettchen. Er zwinkerte ihnen zu, um die Atmosphäre zu entspannen.

Die UN-Angestellte übersetzte: »Papiere des Bürgermeisters von Kabul müssen hier nicht gestempelt werden.«

»Zu wem gehören diese Leute?«

»Nordallianz, nehme ich an. Kamil Schah heißt der Mudschahed, der schon seit zehn Jahren die Gegend beherrscht.« Sie wechselte ein paar Dari-Worte mit den Bewaffneten und ergänzte: »Sie sagen, ihr Chef sei nicht Kamil Schah, sondern Hamdullah Tareq, ihr Dorfältester. Sie behaupten, wir befänden uns auf dem Boden einer autonomen Region. Keine Ahnung, was sie damit meinen.«

Steve schaltete sich ein: »Ask them about the plantations.«

Lima erwiderte: »Hier gibt es keine Mohnfelder! Das habe ich doch schon erklärt. Es verstößt gegen den Koran, und die Regierung hat den Anbau verboten. Alles wurde abgebrannt. Die UN zahlen den Bauern 1.750 Dollar pro vernichtetem Hektar.«

Vogel sagte: »Bitte, frag sie.«

Drei Tage waren sie bereits auf der Suche nach Schlafmohnplantagen und Heroinküchen durch die zerklüftete Landschaft gerumpelt, über Geröllpisten, Sandwege, ausgetrocknete Flussbetten. Immer höher hinauf ins öde Nirgendwo. Hinter den Gipfeln am Horizont lagen der Grenzfluss und das Pamir-Gebirge, patrouillierte Dimitri, der russische Hauptmann.

In den letzten Dörfern, durch die sie gekommen waren, hatten die Basare einen gut sortierten Eindruck gemacht. Früchte, Konserven, bunte Ballen in Heimarbeit gewebter Stoffe. Klobige goldene Uhren an den Handgelenken der Budenbesitzer. Ein Anzeichen, dass sie sich der Heimat der Heroinbarone näherten – so viel hatte Vogel begriffen.

Er fragte sich, ob er Lima vertrauen konnte. Vielleicht war sie korrupt wie alle anderen. Geschmiert von Gangstern, voller Schiss vor Stammesfürsten.

Lima übersetzte in Afghanen-Kauderwelsch. Sie benutzte viele Worte, als rede sie um den heißen Brei herum. An den Reaktionen der Turbanträger erkannte Vogel, dass es hier sehr wohl Plantagen gab. Er zupfte einen weiteren Schein aus dem Packen vor seinem Bauch. Diese Sprache begriffen sie.

Zwei der Kerle winkten mit ihren Kalaschnikows und kletterten auf den Landcruiser. Sie gaben dem Fahrer Kommandos, die Vogel nicht verstand.

Die Karre verließ die Piste und holperte einen Pfad entlang, den sonst wahrscheinlich nur Packesel benutzten. Der Körpergeruch der neuen Mitfahrer stach in Vogels Nase und er begann sich zu fragen, ob er noch Gast war oder schon Gefangener.

Hinter einer Kuppe öffnete sich der Blick in ein Seitental, dessen Hänge purpurn in der Vormittagssonne leuchteten. Mohn, so weit das Auge reichte. Eine Farborgie, die Vogel verblüffte. Wie eine Erscheinung aus einer anderen Welt.

Ohne Hektik stieg Steve vom Geländewagen und machte Bilder. Die Milizangehörigen schienen nichts dagegen zu haben.

Unten im Tal hielten sie noch einmal an und spazierten durch die Felder. Vogel registrierte die zarte Schönheit der Pflanzen. Gegen weiteres Bakschisch demonstrierten die Turbanträger, wie man die Fruchtkapseln anschnitt, damit Saft austrat. Der Fotograf knipste hautnah.

Lima redete eine Weile mit den Bewaffneten, dann gab sie Auskunft: »Sie sagen, ihre Leute hätten jeden Flecken Land mit Mohn bepflanzt, sogar dort, wo sonst Weizen oder Mais wachsen würde. Sie teilen das Ausgleichsgeld für die Feldervernichtung mit korrupten UN-Kontrolleuren und brennen nur einen Teil ab. Sie schimpfen auf die Basaris, die ihnen schlechte Preise bezahlen. Und sie hassen Kamil Schah und die Warlords der Nordallianz, weil sie den zehnten Teil der Ernte kassieren. Ein Nachbar wollte keinen Mohn anbauen, weil es gegen den Koran verstößt. Dann seien Kamils Männer gekommen und hätten ihn erschossen. Jetzt haben die Bauern ihre Unabhängigkeit erklärt.«

Die Bösen sind immer die anderen, dachte Vogel. In Kabul hatte man ihm das Gegenteil erzählt: Kamil als treuer Verbündeter der Anti-Terror-Allianz.

Steve kehrte zum Landcruiser zurück. »Where is the village?«

Vogel war nicht besonders scharf darauf, diese wild gewordenen Bauern noch länger um sich zu haben, aber er verzichtete auf Widerspruch.

Sie erreichten eine Ansammlung von flachen Hütten aus Lehm und Natursteinen und gondelten durch ein Gewirr von Gassen und Hinterhöfen. Esel schrien, Hunde kläfften. Eine Horde Kinder lief neben dem Auto her. Sie plärrten: »How are you?«

Vogel warf Kugelschreiber aus dem Fenster und schaute zu,

wie die Rotzbengel sich balgten. Unter anderen Bedingungen hätte er das Kaff als malerisch empfunden.

Die Bewaffneten führten ihn und seine Begleiter in ein Haus, das als einziges von einem dürren Baum überschattet wurde. Der erste Raum, der vom Flur abzweigte, war quadratisch und schmucklos bis auf eine Lage Teppiche. Ein alter Bauer mit graubraunem Käppi bat sie, Platz zu nehmen, und servierte grünen Tee. Der Raum füllte sich. Einige Männer zeigten harzige Klumpen vor, die sie zu Krümeln zerrieben. Vogel lehnte ab, als er verstand, dass sie ihm Opium anboten. Die Frauen streiften die Burka ab. Steve fotografierte am laufenden Band.

Hamdullah Tareq, der Dorfälteste, trug einen weißen Rauschebart, sein rechtes Bein war unterhalb des Knies amputiert. Er hielt eine Ansprache, dabei unablässig Vogel mit seinen dunklen Augen fixierend.

Lima übersetzte: »Die Deutschen sind die Freunde der Afghanen, sagt er.«

Der Alte brabbelte weiter und Lima erklärte nach einer Wiele: »Er hat zwei seiner Söhne zum Studieren nach Europa geschickt. Ich kann gar nicht glauben, dass die Leute hier so wohlhabend sind.«

Der Rauschebart hörte nicht auf zu reden. Vogel bemerkte, dass Steve klammheimlich nach draußen verduftete.

Lima sagte: »Hamdullah Tareq ist enttäuscht darüber, dass die Deutschen seine Feinde unterstützen.«

Der Weißbart wurde lauter und gestikulierte. Die anderen Männer nickten und murmelten Zustimmung.

»Was sagt er?«, flüsterte Vogel.

»Sie wollen den Ushr nicht bezahlen.«

»Den was?«

»Den zehnten Teil. Die Abgabe, die Kamil Schahs Männer verlangen.«

Sie tranken Tee. Der Fotograf kehrte zurück. Steve wirkte unruhig.

»Let's go«, murmelte der Amerikaner. »We've seen everything.«

»Everything?«

Der Rothaarige nickte und schob Vogel die Hälfte seiner Filmdosen zu. Der begriff: Wenn einem von ihnen etwas zustieß, konnte der andere zumindest einen Teil der Ausbeute retten.

Lauter werdendes Stimmengewirr tönte aus den Gassen, dann krachten Schüsse.

Der Starfotograf sprang auf, um nachzusehen. Vogel mahnte ihn zu bleiben, doch der Kerl war schon weg.

Dann knatterten Salven, wie ein Gewitter, das nicht aufhören wollte.

4.

Von oben betrachtet kam ihm die Landschaft wie ein abstraktes Gemälde vor. Erde faltete sich in sämtlichen Brauntönen. Pfade und trockene Flussläufe schlängelten sich durch das Bild. Dunkle Punkte stellten Packesel und ihre Führer dar. Ein paar Felder in einer Senke: Schachbretter in Grün und Gelb. Ab und zu etwas Purpur abseits der Straße – Mohnanbau.

Die wenigen Fahrzeuge auf der Piste nach Faizabad zogen kilometerlange Staubfahnen hinter sich her. Die Huey dröhnte darüber hinweg.

Sander überflog den Brief ein zweites Mal, um den Glücksmoment zu verlängern. Julia schrieb, dass es ihr gut gehe und wie sehr sie sich nach ihm sehne. Und wie immer beklagte sich seine Frau, dass er sie so lange allein ließ.

Als sei er zum Vergnügen am staubigen Arsch der Welt.

Erst im Sommer hatten sie geheiratet und sich in Calw ein Reihenhäuschen gemietet – zu wenig Zeit für Julia, sich in der Garnisonsstadt einzuleben und Freundschaften zu schließen. Deshalb war sie für die Dauer seines Auslandseinsatzes zu ihrer Tante ins Rheinland gezogen.

Sander dachte voller Wut an das Reportervolk, das seit Beginn des Afghanistankriegs im Schwarzwald eingefallen war. Die Medienfuzzis versuchten die Geheimhaltung zu knacken und gingen den Angehörigen der KSK-Soldaten auf die Nerven. Sander konnte Tante Karolin zwar nicht leiden, aber er war froh, dass Julia bei ihr untergekommen war.

Seine Frau schrieb, dass ihre Schauspielerei Fortschritte mache. Julias Traum: einmal auf der Bühne oder vor der Kamera zu stehen. Vormittags jobbte sie als Kinderfrau, den Rest des Tages nahm sie Unterricht.

Sander war stolz, dass Julia die Aufnahmeprüfung an einer echten Schauspielschule geschafft hatte. Aber ihm war klar, dass sie zu Hause in Calw mit dem Gelernten nicht viel würde anfangen können.

Er las, dass sie nebenher als Model gearbeitet hatte. Modeaufnahmen für Werbeprospekte. Das Honorar, so schrieb sie, habe sie in etwas angelegt, das älter sei als er, aber fast genauso schnell auf hundert zu bringen.

Mit vibrierenden Fingern zog Sander noch einmal das beigefügte Foto aus dem Umschlag. Er drückte seine Lippen auf das Bild. Noch fünf Wochen, Liebste. Und auch ohne Schauspielerei bist du mein Star.

Er bemerkte, dass die Kameraden grinsten.

Nur Hardy stand draußen auf den Kufen, als wolle er jeden Moment abspringen. Die Turbine der Huey dröhnte auf Hochtouren.

Sander verstaute den Brief wieder unter der Schutzweste. Es wurde ernst.

Immer mehr rote und violette Felder. Sander spähte auf die Landstraße und versuchte Laster und Jeeps anhand ihrer Staubfahnen zu identifizieren. Die längsten gehörten zu den japanischen Geländewagen, mit denen die Milizen der Warlords unterwegs waren.

Die Bärte mit ihren Kalaschnikows waren nicht auszurotten.

Die vier Soldaten des Kommandotrupps überprüften ihre Geräte. Das G36, der Nachfolger des legendären G3-Schnellfeuergewehrs, auf das die gesamte Bundeswehr zurzeit umgerüstet wurde. Die MP5-SD3 von Heckler & Koch, leider recht anfällig gegen Sand und Staub. Und die Winchester Magnum, im Dienstgebrauch G22 genannt – mit der Sniperwaffe traf Sander auf achthundert Meter punktgenau.

Locke montierte sein Maschinengewehr auf die Schwenklafette. Hardy studierte das Display seines GPS-Geräts. Er rief in die Kabine: »Von hier hat er sich zuletzt gemeldet!«

Sander fragte sich, warum Laurel einen Hilfstransport begleitet hatte, der nach Auskunft seines Geheimdienstkollegen Saatgut und Unterrichtsmaterial in die Bergprovinz bringen sollte.

Hardy schob die Sonnenbrille zurecht und brüllte: »Das waren höchstwahrscheinlich die gleichen Bärte, die den Aufstand gegen Kamil Schah proben und unsere Jungs in Camp Warehouse bombardieren. Sobald wir Horneburg rausgeholt haben, fordere ich die Royal Airforce an. Da bleibt kein Auge trocken!«

Sander kletterte zu ihm auf die Kufe und lugte hinunter.

Gebirgswüste. Flache Dächer reflektierten das Sonnenlicht. Drei Geländewagen hielten aus Richtung Faizabad auf das Dorf zu. Rushhour im Hindukusch – Sander tippte auf Toyotas.

Aber keine Spur von den Unimogs des Hilfstransports.

In dieser Gegend hatten die Leute nie eine Zentralregierung anerkannt. Sander wusste, wie das lief: Gib einem Bart ein Gewehr und er macht sich selbstständig.

Hardy bat den Piloten, tiefer zu fliegen.

Es dauerte keine Minute, bis Sander die Bescherung entdeckte: fünf zivile Unimogs kreuz und quer auf dem Grund einer Schlucht, die Planen aufgeschlitzt, die Ladeflächen offenbar leer geräumt.

Zwei Kameraden seilten sich ab. Hardy folgte ihnen. Locke und Sander sollten von oben sichern. Sander entschied, dass es ausreichte, wenn sein noch vom Opium gedämpfter Kamerad an Bord blieb.

Er klinkte das Seil ein, gab dem Piloten Zeichen und ließ sich auf einen Hügel hinab, von dem aus er Schlucht und Landstraße überblicken konnte.

Der Hubschrauber stieg höher und begann, Kreise zu ziehen. Es war eine UH-1D mit Zusatztanks, die notfalls stundenlang die Berge absuchen konnte. ›Huey‹ war der Spitzname, den die

Amis bereits dem Vorläufermodell verpasst hatten – zu Zeiten des Vietnamkriegs.

Unten blieb alles ruhig. Weit und breit kein Bart. Kein Verkehr auf der Piste. Nur ein Rumpeln und Scharren, das aus der Schlucht zu Sander heraufdrang.

Die Kameraden rüttelten an zerbeulten Türen und spähten in die Fahrerkabinen. Hardy zerrte einen Afghanen hervor, der offenbar nicht mehr lebte. Ein Fahrer des Transports, mutmaßte Sander.

Er schritt hinüber zur Straße und suchte nach Spuren eines Kampfes. Oberhalb des Steilhangs stieß er auf Patronenhülsen, Anzeichen eines Schusswechsels. Jede Menge Reifenabdrücke. Die trockene Erde war ringsum aufgewühlt.

Sander erinnerte sich an die Staubfahnen und an das Dorf, das offenbar das Ziel der drei Toyotas gewesen war.

Stiefelspuren und weitere Hülsen. Eine leere Transportkiste. Der Deckel einer zweiten und lose Bretter. Ein Papierfetzen wehte davon, als Sander das Holz aufhob.

Er fing ihn ein und entzifferte bürokratische Kürzel, die für ihn nach Bundeswehr klangen: *LogBrig 2, TrspBtl 370.* Eingerissene Löcher, die vermutlich von Heftklammern stammten. Er strich das Papier glatt und las einen Ortsnamen. Unverkennbar deutsch: *Neckarzimmern.*

Nach Sanders Wissen residierte dort ein Gerätehauptdepot des Heeres. Er konnte sich keinen Reim darauf machen.

»Was machen Sie da?«, schrie ihn Hardy an, der mit den zwei Kameraden im Schlepptau den Hang heraufgeklettert kam.

Sander antwortete: »Drei Jeeps sind von hier aus ins Dorf gefahren, das im Südwesten liegt. Mindestens ebenso viele haben sich in die andere Richtung verzogen. Etwas weiter drüben gab es einen Schusswechsel und hier haben die Bärte die Beute umgeladen.«

Er gab den Abriss an Hardy weiter.

Der feiste Agent warf einen Blick darauf und steckte das Papier ein. Er ruckelte an der Sonnenbrille und blaffte: »Warum sind Sie nicht im Hubschrauber geblieben?«

»Soll da wirklich nur Saatgut auf den Unimogs gewesen sein?«

»Ich habe angeordnet, dass Sie uns sichern!«

Sander blieb ruhig, obwohl er innerlich vibrierte. »Sie sind hier der Kundschafter. Befehle empfange ich nur von meinen Vorgesetzten.«

Die landende Huey übertönte die Antwort des Aufklärers. Sie stapften zur Maschine und stiegen ein. Hardy gab dem Piloten Anweisungen, dabei das Display seines GPS-Geräts mit dem Bildschirm im Cockpit vergleichend.

Rasch tauchte das Dorf am Horizont auf.

Auf einem rissigen Acker ging der Helikopter nieder. Sander bemerkte, dass ihm Hardys Blick auswich. Wahrscheinlich würde sich der Agent am Abend beim Kommandoführer beschweren.

»Auf geht's!«, rief Hardy.

Vier schwer bewaffnete Männer sprangen in den Staub und rannten auf den ersten Schuppen zu, hinter dem sie keuchend Deckung suchten. Sander blickte sich um. Der Agent war beim Hubschrauber geblieben und quasselte aufgeregt in sein Satellitenhandy.

Als sie das Dorf fast erreicht hatten, teilten sich die KSK-Männer paarweise auf und schlichen in entgegengesetzter Richtung von Lehmwand zu Lehmwand. Im Halbkreis um die Siedlung, um von zwei Seiten einzudringen.

Gefolgt von Locke huschte Sander durch enge Gassen, bis ihnen das Geschrei sich balgender Kinder entgegenschallte. Sie zogen sich in einen Hofeingang zurück und stießen unvermutet auf einen Platz, der an einer breiteren Zufahrt lag.

In der Mitte befand sich der Dorfbrunnen, davor parkten die drei Geländewagen. Auf den Ladeflächen stapelten sich Kisten, notdürftig mit Hanfseilen vor dem Abrutschen gesichert.

Ein halbes Dutzend Bärte hielten ein Palaver ab. Junge Typen in Sanders Alter, die den Inhalt einer aufgebrochenen Kiste begutachteten.

Gewehre.

Die Burschen drehten und wendeten die Waffen, feuerten Probeschüsse in die Luft. Die Bärte gerieten ganz aus dem Häuschen. Sander konnte den Blick nicht von ihnen lösen. Das waren nicht die landesüblichen AK-47. Nicht die Sturmgewehre des guten Professors Kalaschnikow.

Was die Kerle jubelnd in die Höhe reckten, war die alte Standardwaffe jedes Bundeswehrsoldaten. Das G3-Schnellfeuergewehr aus deutscher Produktion.

Ihm fiel der Zettel ein. Der Ausriss eines Begleitscheins aus dem Gerätehauptdepot Neckarzimmern. Wie zum Teufel kamen die Waffen in den Hindukusch?

Sanders Atem stockte, als ein rothaariger Kerl in Jeans und Weste aus einem Haus trat und sich der Gruppe näherte. Der Westler hob eine Kamera ans Auge und knipste.

Locke und Sander zogen sich zurück. Sie nahmen einen weiteren Abzweig, um keinem der Bärte über den Weg zu laufen. Solange sie Laurel nicht entdeckt hatten, konnten sie keine Konfrontation riskieren. Den dreisten Fotografen zu schützen war nicht ihr Job.

Die Gasse endete in einem weiteren Hof. Unter einem Bretterverschlag werkelte eine Frau in leuchtend blauer Burka. Sie kippte braune Klumpen in eine Tonne und rührte um. Das Zeug brodelte auf offenem Feuer. Beißender Geruch stach in Sanders Nase.

Locke fragte flüsternd: »In was für ein verdammtes Nest sind wir hier geraten?«

Wie zur Antwort drangen aus einer Maueröffnung Stimmen. In das Kauderwelsch der Bärte mischte sich eine Frauenstimme. Wörter in gebrochenem Deutsch. Sander schlich auf das Loch zu. Vorsichtig spähte er hinein.

Zuerst erkannte er nur ein zweites Fenster auf der gegenüberliegenden Seite und davor einen dürren Baum und einen weiteren Landcruiser, der dort parkte. Dann gewöhnten sich Sanders Augen an das Dämmerlicht im Inneren des Zimmers.

Ein Beinamputierter schwang Reden. Eine Frau ohne Zeltumhang übersetzte einem mittelalten Typen mit schwammigem

Gesicht und müden Augen – noch ein Weißer unter all den Einheimischen. Wieder war es nicht Laurel.

Der Kerl machte Notizen und Sander begriff, dass er ein Reporter war, der zu dem rothaarigen Fotografen und vermutlich zu dem Wagen vor dem Haus gehörte.

Gewehrsalven krachten. Die jungen Bärte auf dem Dorfplatz feierten ihre Beute. Ein G3 nach dem anderen ratterte sein Magazin leer. Der Test wuchs sich zu einem Geknatter aus, das Sander an Silvester erinnerte.

Ein gewaltiges Donnern brachte das Gewehrfeuer zum Verstummen.

Die Erde zitterte und ein Tornado fauchte über die Häuser hinweg, so tief, dass Sander das britische Hoheitszeichen am Leitwerk erkennen konnte. Ein zweiter Kampfjet folgte – noch ein Einschlag in nächster Nähe.

Staub und Schreie füllten die Luft.

Sander blickte sich um – keine Rauchfahnen. Er schätzte, dass die Luft-Boden-Raketen knapp außerhalb des Dorfs niedergegangen waren. Seine zitternde Hand fand die Sprechtaste am Spiralkabel, das an seiner Jacke hing. Er versuchte einigermaßen ruhig zu bleiben, als er Hardy über Helmfunk anflehte, die Briten zur Vernunft zu bringen.

Ein Kamerad des anderen Zweierteams antwortete. »Verdammt, was war das?«

Die Jagdbomber rasten erneut im Tiefflug heran.

Sander schob Locke durch die Fensterluke und kletterte hinterher. In dem düsteren Raum hatte jemand die Teppiche beiseite gezogen. Die Leute, die eben noch debattiert hatten, waren in einem Kellerloch verschwunden.

Ausgelatschte Stufen führten in einen unbeleuchteten Gang. Sander hatte keine Ahnung, ob der Keller als Bunker taugen würde, aber er sah keine andere Wahl.

Sie stiegen hinab und zogen die Falltür hinter sich zu – morsche Bretter, viel zu dünn.

Als Sander ein dumpfes Pfeifen vernahm, warf er sich zu Boden, seinen Kameraden dabei mitreißend. Die Druckwelle rüttelte Sander durch. Seine Ohren knackten. Die Falltür splitterte, der Zugang füllte sich mit Trümmern einstürzenden Mauerwerks.

Durch Ritzen drang etwas Tageslicht in den Kellergang.

Seltsam: Alles war still.

Gleich darauf ein zweites Rütteln, das noch kräftiger war. Die Ritzen verdunkelten sich. Sander glaubte zu spüren, wie das gesamte Haus auf die Decke des Gangs stürzte. Aber noch hielt sie.

Finsternis und völlige Stille – ihm wurde bewusst, dass er taub geworden war.

Sein Kamerad krabbelte sich frei. Sander wühlte die Taschenlampe aus der Tasche an seinem Oberschenkel. Staubschwaden tanzten im Lichtstrahl. Lockes Mund formte Sätze, die Sander nicht hören konnte.

Er tastete sich weiter. Der Gang vor ihnen war frei. Sander stolperte über unebenen Boden und gelangte in einen Lagerraum.

Etwa fünfzehn Menschen blinzelten dem Strahl seiner Lampe entgegen. Bärte und Frauen ohne Zelt sowie der Weiße, den Sander für einen Journalisten hielt. Sie kauerten auf dem Lehmboden und lehnten sich gegen Säcke, die längs der Kellerwand bis unter die Decke gestapelt waren. Aus einem Riss rieselte helles Pulver. Ein Heroinlager.

In seinen Ohren klingelte es. Sander bemerkte, dass Locke versuchte Funkkontakt herzustellen. Ein erneuter Treffer ließ die Erde beben. Die Bombe detonierte nicht genau über ihnen, doch der Staub wurde dichter.

Sander hustete und konnte es hören. Auch die Schreie der Menschen um ihn herum vernahm er nun, wenn auch dumpf, wie durch eine Wand. Es minderte seine Panik nicht. Er wusste, dass die Bomber nicht so bald abdrehen würden.

Hardys Worte: *Da bleibt kein Auge trocken.*

Die nächste Angriffswelle brachte den Kellergang zum Einsturz. Bis in den Lagerraum kullerte der Schutt. Die Leute klammerten sich aneinander. Sander wehrte Hände ab, die sich in seinen Tarnanzug krallten. Er gewann sein Hörvermögen zurück, aber er wünschte sich, das Wehklagen nicht wahrnehmen zu müssen – und nicht den Gestank sich entleerender Därme. Staub schnürte seine Lungen ein. Er schloss die Augen. Weit schneller, als er befürchtet hatte, wurde der Sauerstoff knapp. Müdigkeit packte ihn und ihm war klar, dass es keine Hilfe geben würde. Keiner würde in den Trümmern dieses Dorfs nach Überlebenden suchen.

Wie hatte Hardy nur so voreilig handeln können? Offenbar hatte der Agent das Kaff zum Abschuss freigegeben. Dass auch Zivilisten im Bombardement ums Leben kommen würden – unvermeidlicher Kollateralschaden. Aber der Geheimdienstmann musste sich darüber im Klaren sein, dass vier KSK-Männer im Dorf steckten. Wie konnte der Idiot die Royal Airforce bestellen, bevor sich der Trupp zurückgemeldet hatte?

Sander fiel eine Ausrede ein, die er an Hardys Stelle benutzen würde: Terroristen hätten die deutschen Soldaten getötet. Erst danach seien die Tornados angefordert worden.

Dann erschütterte die bis dahin stärkste Serie von Einschlägen den Keller. Der Lehm über ihnen zersprang in Risse, der Staub schluckte das Lampenlicht. Das Donnern und Beben dauerte an. Sander presste sich gegen die Wand – nur eine Frage von Sekunden, bis die Decke nachgeben würde.

Als habe ihn ein Geschoss am Rücken gestreift, spürte er einen plötzlichen Schmerz im Rücken. Er fasste an die Stelle. Etwas Heißes lief die Wand hinunter, begleitet von beißendem Gestank.

Das Heroinlabor. Die Tonne in dem Holzverschlag im Hof – sie musste sich über ihnen befinden und war offenbar umgekippt.

Fieberhaft dachte Sander weiter: Wenn die kochende Opiumpampe durch den Boden sickerte, musste es auch eine Möglichkeit geben, sich den umgekehrten Weg zu graben.

Mit seinem Messer begann Sander an der Decke zu schürfen. Locke tat es ihm nach. Zwei Bärte halfen mit breiten Dolchen. Rasch stießen sie auf massive Bohlen. Sie stocherten seitlich davon weiter und verbrühten sich die Hände. Bretter, durchtränkt von Drogensuppe.

Sander stemmte sich gegen das Holz. Licht drang durch Ritzen und ließ ihn seine Anstrengungen verdoppeln.

In diesem Moment nahm er ein schrilles Pfeifen wahr. Er sah, wie sein Kamerad sich dicht an die Säcke kauerte, als würde es ihn schützen, wenn er sich klein machte. Eine Opiumzigarette am Morgen reichte offenbar nicht gegen die Angst.

Auch Sander versuchte nicht ans Sterben zu denken. Julia fiel ihm ein, immer nur Julia.

Dann registrierte er, dass die letzte Explosion ausgeblieben war. Locke fiel ihm mit hysterischem Gekicher um den Hals, das in einem Hustenanfall endete.

Sander wehrte den Kameraden ab. »Weiter«, keuchte er. »Die nächste Bombe wird kein Blindgänger sein.«

Er drückte gegen die Bretter. Ein Dutzend Hände halfen. Etwas Schweres, das auf der Falltür lag, rutschte zur Seite. Der Lukendeckel flog auf.

Frische Luft.

Das Licht stach ihnen in die Augen. Draußen war es still, als hätten sich die Tornados verzogen. Kaum machte Sander Anstalten, ins Freie zu klettern, drängten die Leute nach.

»Please wait some minutes for your security«, wies er die Einheimischen an. »The jets might come back!«

Während eine junge Frau übersetzte, schob sich der Journalist nach vorn. Grauer Staub hüllte den Mann vollständig ein und Sander wurde klar, dass er selbst genauso verdreckt war.

Der Reporter packte seine Schulter. »Deutscher?«

»No comment.«

»Was war das? Wer hat uns beschossen?«

Sander ignorierte den Kerl und kletterte hinaus. Das Kommando Spezialkräfte existierte nicht. Nicht an diesem Ort und schon gar nicht für deutsche Medien. Er half Locke aus dem Kellerloch.

Das Ausmaß der Zerstörung übertraf Sanders Vorstellungskraft. Kein Haus, das nicht eingestürzt war oder brannte. Kinderleichen in den Ruinen, abgerissene Gliedmaßen auf dem Pflaster einer Gasse, die Luft verpestet durch Qualm und Staub.

Ein Köter drehte sich winselnd auf der Stelle und schnupperte in der Lache seines eigenen Blutes – offenbar das einzige Wesen, das außerhalb des Heroinkellers überlebt hatte.

Der Platz mit dem Brunnen, an dem die beladenen Toyotas gestanden hatten, gähnte als tiefer Krater. Kadaver und schwelende Wrackteile. Es stank nach verschmortem Kunststoff und verkohltem Fleisch.

Eine Trümmerlandschaft. Nur der Baum an der Straße war unversehrt. Keuchend lehnte sich Sander gegen den dürren Stamm. Locke weinte stumm vor sich hin. Die Tränen zogen Spuren durch das verstaubte Gesicht.

Ein Ruf in englischer Sprache ließ sie zur Besinnung kommen.

Nach einigem Suchen entdeckten Sander und sein Kamerad den Fotografen. Das linke Bein des Rothaarigen steckte unter Schutt und Lehmziegeln. Sie gruben ihn frei.

»Thanks«, ächzte der Zivilist. »Fucking great job.« Beim Versuch aufzustehen gab sein Bein nach.

Sander stützte den Mann. In dessen Sprache fragte er nach dem Hubschrauber, mit dem sie gelandet waren. Der Fotograf schüttelte den Kopf – nichts von der Huey gesehen.

Das andere Zweierteam kam angerannt. Sie fielen sich in die Arme. Sander musste nun auch heulen. Er hatte nicht damit gerechnet, dass die Kameraden überlebt hatten.

»Mensch, wo wart ihr?«, fragte er.

»Hinter dem Dorf ist ein Friedhof. Wir sind gerannt, was wir konnten. Ein frisch ausgehobenes Grab hat uns gerettet.«

»Wer das übersteht, muss unsterblich sein«, ergänzte der andere.

Locke fragte: »Wie konnte Hardy das zulassen?«

Sander fuhr mit der Hand unter die Schutzweste. Der Brief steckte noch dort.

Arschghanistan war nicht die ganze Welt.

5.

Am Tag darauf begegnete er dem deutschen Außenminister.

Der Kommandeur hatte verfügt, den Fall von ›Friendly Fire‹ nicht zu melden. Die Überlebenden waren nach Kabul geflogen worden, wo sie sich im Lazarett von Camp Warehouse erholen sollten. Ernsthaft verletzt war nur der Fotograf. Die Ärzte waren zuversichtlich, das zerquetschte Bein retten zu können. Der rothaarige Amerikaner zeigte sich ungeduldig – in Bagdad wartete sein nächster Auftrag.

Als Sander am Vormittag nach dem Unglücksfall erwachte, verließ er ohne Frühstück die klimatisierte Baracke. Er hatte keine Lust zu bleiben, bis irgendwelche Leute ihn ausfragen würden.

Noch leicht benebelt von den Nachwirkungen einer Beruhigungsspritze, die man ihm in der Nacht verpasst hatte, streifte er durch die Gassen zwischen den Zeltreihen. Er stellte fest, dass die viertausend Soldaten der Schutztruppen im gleichen Dreck hausten wie die KSK-Kompanie in Bagram. Vor einer Baracke hockten zwei Männer und eine Frau in Flecktarnhosen und graubraunen T-Shirts auf Klappstühlen und klopften Karten. *Radio Andernach* verbreitete Grußnachrichten aus der Heimat. Unter einem Zeltdach flimmerte ein Fernsehgerät mit Satellitenempfang: das Morgenmagazin der ARD – Deutschland lag dreieinhalb Stunden zurück.

Sander fiel ein, dass die Soldaten im Hauptstadtlager für dreißig Cent die Minute nach Hause telefonieren konnten. Die Chance, Julias Stimme zu hören, lockte ihn. Von Bagram aus waren Privatgespräche verboten. Sogar die Post wurde von Laurel und Hardy kontrolliert, denn die Öffentlichkeit durfte nichts über den Einsatz erfahren. Das Kommando Spezialkräfte wurde vor allem deshalb abgeschottet, damit die Angehörigen und ihre Familien nicht zur Zielscheibe von Anschlägen wurden. Für die Soldaten in Kabul galt die Geheimhaltung nicht.

Sie waren Schutztruppen und im UN-Auftrag hier. Nicht Kriegspartei, sondern freundliche Helfer, die winkend durch die Straßen der Stadt patrouillierten und den Sturz der Übergangsregierung verhindern sollten.

Sander fand den Münzfernsprecher und fütterte ihn. Er wählte und wartete. Beim zehnten Klingelton drückte er die Gabel. Julia und ihre Tante schliefen noch oder waren bereits zur Arbeit gefahren.

Er tappte weiter, vorbei an Generatoren und Kühlcontainern. Mülltonnen in drei Farben für die Trennung des Abfalls. Im Schatten des Küchenzelts Paletten voller Kartons. *Nestlé Pure Life* – sogar das Trinkwasser wurde importiert. Mehrsprachige Schilder wiesen die Wege zu Kino, Fitnesszelt und Waschräumen. In einem zweistöckigen Betongebäude hausten der Kommandeur und die Abteilungen seines Stabes. Die zerschossenen Fenster des alten, verwahrlosten Baus waren mit Folie verklebt.

Daneben diente ein Bretterverschlag als Betreuungseinrichtung. *Drop Zone* verkündete die Aufschrift: eine Mischung aus Lagerkneipe und Tante-Emma-Laden.

Kaum Betrieb um diese Zeit. Nur der deutsche Reporter saß vor einer Cola an dem langen Brett, das die Bar darstellte. Sander zögerte, dann gesellte er sich zu dem Kerl namens Vogel, mit dem ihn nun ein Erlebnis verband.

Die Tränensäcke lagen schwer auf den grobporigen Wangen des Journalisten. »Sie haben mein Leben gerettet. Was trinken Sie?«

Sander schaute sich um. »Gibt's Bier?«

Der Soldat auf der anderen Seite des Bretts sagte: »Zu dieser Stunde nur alkoholfrei.« Der Kamerad trug ein Unterhemd zur Flecktarnhose. Sein rechter Oberarm war mit Girlanden aus Stacheldraht tätowiert. Er angelte eine Dose aus der Kühlbox.

Vogel bezahlte. Sie stießen an. Sander fand, dass der Zeitungsfritze besser hinter einen Schreibtisch passte als in ein Kriegsgebiet.

Der Reporter fragte: »Kommt das häufiger vor?«

»Was?«

»Na, dass die Kampfjets Bergdörfer bombardieren und harmlose Bauern massakrieren?«

»Harmlose Bauern werden Sie hier nicht finden. Höchstens zwei Sorten von Banditen. Die einen kooperieren, die anderen schießen auf uns.«

»Na, hören Sie mal! Die Leute in dem Dorf waren Zivilisten. Und außerdem war da ein Journalistenteam nebst Fahrer und Übersetzerin.«

»Hätten Sie mich gefragt, dann hätte ich Ihnen abgeraten, durch die Berge zu kutschieren.«

Vogel fragte: »Und wie sind Sie in den Schlamassel geraten?«

Sander nahm einen Schluck und zuckte mit den Schultern. Friendly Fire – ein Missverständnis.

Der Reporter hakte nach: »Sie gehören nicht zur hiesigen Schutztruppe. Das war nicht die normale Uniform, die Sie gestern anhatten. Sie sind vom KSK, stimmt's?«

»Was soll das sein? Kreissparkasse?«

Vogel lachte, als höre er den Scherz zum ersten Mal. Der Typ hinter dem Tresen wischte Staub von einem Ständer mit Mars-Riegeln und lauschte.

Sander sagte: »Berichten Sie den Leuten zu Hause, dass mit der Bombardierung des Terrornests ein Zentrum der nordafghanischen Heroinproduktion zerstört wurde. Wenn Sie Ihren Lebensrettern einen Gefallen tun wollen, dann lassen Sie dabei das KSK außen vor.«

Und das Zentrum für Nachrichtenwesen der Bundeswehr, hätte er fast hinzugefügt. Laurel hatte den Vorfall unversehrt überstanden. Die Entführer hatten ihn und den Rest der Beute weiter hinauf in die Berge verschleppt, wo sie von Truppen des Gouverneurs von Faizabad gestellt worden waren. Kamil Schahs Milizen – Banditen, die kooperierten. Sie hatten Laurel befreit.

Hardy hatte davon Nachricht erhalten und den Agentenkollegen mit der Huey aufgegabelt, während Sander und seine Männer das falsche Dorf durchkämmten und um ein Haar der britischen Luftwaffe zum Opfer gefallen wären. Hardy gab zu, die Bomber bestellt zu haben. Dass sie zu früh gekommen waren – ein Verständigungsfehler.

Die angebliche Hilfslieferung ging Sander nicht aus dem Kopf. Die Militäragenten taten beide, als hätten er und Locke Gespenster gesehen. G3-Sturmgewehre? Niemals.

»Noch ein alkoholfreies Bier?«, erkundigte sich der Typ mit dem tätowierten Arm.

Sander verneinte und wollte wissen: »Hat der Stacheldraht eine Bedeutung?«

»Das Tattoo steht für Unsterblichkeit. Als neulich in der Stadt die Bombe hochging, hatte ich Patrouillendienst und war keine fünfzig Meter entfernt. Stacheldraht am linken Arm heißt: Glück gehabt. Rechter Arm bedeutet, dass du eigentlich längst tot sein müsstest.«

Sander überlegte, wie seine Tätowierung aussehen müsste.

Vogel süffelte seine Cola leer. Er fragte Sander: »Wollen Sie den Oberschurken sehen?«

»Bin Laden?«

Der Reporter lachte. »Nein, den Kerl, der dafür verantwortlich ist, dass Sie und ich hier sind.«

Sie erreichten den Lagereingang rechtzeitig, um im Pulk der Schaulustigen das Eintreffen des Staatsgastes aus Berlin verfolgen zu können. Trotz der Hitze trug der Bundesaußenminister einen grauen Dreiteiler mit Krawatte. Ein Lächeln mischte sich in seine Sorgenmiene, als die ersten Kameraden applaudierten. Der Kommandierende General begrüßte den Minister und seinen Tross: Bärte im seidenen Kaftan sowie Anzugträger, die aus Deutschland mitgereist waren. Kamerateams stolperten durch den Sand und versuchten jedes Händeschütteln festzuhalten. Als der Politiker medienwirksam mit zwei Soldatinnen schäkerte, wurde Sander die Sicht versperrt.

Kurz darauf war die Show vorbei. Der Kommandierende war mit dem Gast in seinem Betonblock verschwunden. Einige Mitgereiste waren nicht wichtig genug, um an dem Gespräch teilzunehmen. Sie suchten die *Drop Zone* auf und diskutierten mit Offizieren und Medienfritzen die Weltlage. Die Kameraleute platzierten ihre Geräte auf die Tische, pusteten Staub von der Optik und orderten Getränke.

Sander überlegte, ob er es noch einmal bei Julia versuchen sollte. Er nippte von einer weiteren Dose, die Vogel ihm in die Hand gedrückt hatte. Sander hörte zu, als der Reporter einen sonnengebräunten Anzugträger ansprach: »Herr Angermund, was führt Sie in dieses Land?«

Der Angesprochene fiel durch seine Frisur auf: fülliges silbergraues Wallehaar, das über Ohren und Kragen fiel. Er antwortete: »Hilfsgüter. Nebenher sondiere ich das Terrain für den Wiederaufbau. Aber warum treffe ich Sie hier und nicht in Düsseldorf? Arbeiten Sie nicht mehr beim *Blitz?*«

»Tapetenwechsel. Neue Horizonte.«

Sander mischte sich ein. *Hilfsgüter* – das Wort hatte ihn hellhörig gemacht. »Was für Transporte organisieren Sie, Herr Angermund? Hoffentlich wird auch mal die Provinz versorgt, nicht nur immer die Hauptstadt.«

»Ganz recht, junger Mann. Mein Verein konzentriert sich vor allem auf die Provinz. Wir schaffen Saatgut ins Land, um den Bauern eine Alternative zum Mohnanbau zu bieten. Und Unterrichtsmaterial für die Schulen, damit nicht nur Religion vermittelt wird. Ernährung und Bildung für das Hinterland. Afghanistan muss sich in allen Teilen entwickeln, sonst kann es keinen Frieden geben.«

Vogel sagte: »Und mit dem Frieden kommen die Geschäfte.«

Der Unternehmer ließ wieder sein Lachen hören. »Zum Nutzen für alle, nicht wahr? Auch wir müssen aus der Krise kommen.«

Der Reporter blickte auf die Uhr und sagte rasch: »Ich muss noch meine Sachen packen. Wir sehen uns, Herr Angermund. Ich fliege mit der Ministermaschine.«

Während der Zeitungsmann ins Lazarett eilte, steuerte Sander noch einmal das öffentliche Telefon an.

Inzwischen hatte sich eine Schlange gebildet. Er reihte sich ein. Als er dran war, tippte er die Nummer ein. Wieder klingelte es schier endlos. Vielleicht frühstückte Julia mit der Familie, bei der sie als Kinderhüterin arbeitete.

Er wollte schon aufhängen, als sich die Tante meldete.

»Julia ist nicht da«, erklärte Karolin.

»Ist sie Kinder hüten? Kannst du mir die Nummer geben?«

Sander lieh sich einen Stift von einem Soldaten, der hinter ihm wartete, und notierte die Ziffern auf seinem Unterarm. Dann bedankte er sich bei Karolin, bat die Leute in der Schlange um Geduld und drückte weitere Centstücke in den Schlitz.

Julia staunte über den Anruf und war ganz aus dem Häuschen. Sander warf Euromünzen nach. Sein Herz schlug heftig, als sie sich gegenseitig ihre Liebe versicherten. Trotz der schlechten Verbindung tat es gut, ihre Stimme zu hören. Er hätte schon wieder heulen können – der Schreck des Bombardements steckte ihm noch in den Knochen.

Sie war in Sorge um ihn. Sander flunkerte, dass er keiner Gefahr ausgesetzt sei. Er gratulierte ihr zu dem gebrauchten MG-Cabrio, das sie sich angeschafft hatte. Julia erklärte, dass es ein Geschenk für ihn sei und dass sie seine Rückkehr kaum mehr erwarten könne. Er stellte sich vor, sie spräche von ganz nah zu ihm.

Leise erwähnte sie, dass ihr der Job auf die Nerven ginge. Die verwöhnten Blagen ihrer Arbeitgeber tanzten ihr auf der Nase herum. Obendrein seien fast jeden Samstag irgendwelche Industriebosse und Manager zu Gast und sie müsse bis spät in die Nacht Getränke ausschenken und zudringliche Hände abwehren.

Sander dachte an den Anzugträger, den er gerade getroffen hatte. »Sagt dir der Name Angermund etwas?«

»Wer soll das sein?«

»So 'n Unternehmertyp aus Düsseldorf. Um die fünfzig mit grauem Wallehaar. Braun gebrannt, als hätte er den Winter beim Golfen in Südafrika verbracht.«

»Kann sein, dass ich ihm schon mal einen Drink serviert habe.«

»Weißt du, was für Geschäfte der Kerl macht?«

»Keine Ahnung. Weshalb ist das wichtig?«

Sander senkte die Stimme: »Bin hier auf eine heiße Kiste gestoßen.« Er packte den Hörer fester und sah sich um. Immer mehr Leute standen an. »Ich kann jetzt nicht so gut darüber reden. Hauptsache, wir sind bald wieder zusammen, mein Schatz. Nur noch fünf Wochen! Das schaffen wir!«

Als er aufgelegt hatte und den Platz am Telefonautomaten räumte, stieß er gegen Vogel, der offenbar auf ihn gewartet hatte.

Der Mann mit den Tränensäcken drückte Sanders Schulter. »Wollte mich noch einmal bedanken. Werde nie vergessen, was Sie für mich getan haben. War das gerade Ihre Frau?«

Sander nickte. Er fragte sich, wie viel der Reporter mitbekommen hatte.

»Vielleicht trifft man sich wieder«, sagte Vogel gut gelaunt. »Ich muss los, die Ministermaschine wartet nicht. Passen Sie gut auf sich auf und richten Sie Bin Laden einen schönen Gruß von mir aus, falls Sie ihn sehen!«

Der verdammte Zeitungsfritze hat gut lachen, dachte Sander. Nur wenige Flugstunden, dann war der Kerl wieder zu Hause.

Teil II

Versprechen

Is it tomorrow or just the end of time?

Jimi Hendrix, *Purple Haze*

6.

Über Funk vernahm Felix May die Stimme des Kommandoführers. Die Anweisungen klangen fahrig und nervös. Mit einem Mal fühlte sich May unbehaglich unter Overall und Schutzweste – er konnte nur hoffen, dass der Einsatz gut geplant war.

Die Fußgängerzone vor dem Jeansladen inmitten der Düsseldorfer Altstadt war geräumt. Vor einer Minute hatte der durchgeknallte Täter den Telefonkontakt abgebrochen. Über die Zahl seiner Geiseln gab es unterschiedliche Angaben. Keiner wusste, was im Geschäft vor sich ging. May rekapitulierte die Beschreibung des Kerls, den er und seine Kollegen zum Päckchen schnüren sollten: jung, mittelgroß, hinkender Gang – wahrscheinlich ein Junkie auf Droge oder Entzug.

Endlich der Befehl. May stieß die Hintertür auf und schleuderte die Blendgranate, einen Two-Bang. Unmittelbar nach der zweiten Detonation stürmte er den Laden, gefolgt von Ralf und Kotti, dem Neuen im Team. Heavy Metal röhrte aus Lautsprechern. Der Rauch der Granate behinderte die Sicht. Durch die Schwaden nahm May eine Gestalt wahr, die auf ihn zielte – sein Spiegelbild an der gegenüberliegenden Wand. Schaufenster splitterten und drei weitere Vermummte drangen von der Straßenseite her in die Bude.

May riss die Vorhänge der Umkleidekabinen zur Seite. Von Postern blickten ihm junge Modeltypen entgegen, die gelangweilte Mienen zur Schau stellten.

Die Klimaanlage saugte den Qualm unter die Decke. Zwischen Kleiderständern und Regalen spiegelten sich die Männer des Spezialeinsatzkommandos, grau wie der Asphalt, ratlos ihre Maschinenpistolen schwenkend. May rempelte gegen eine Freiheitsstatue aus Plastik. Über ihrer Brust ein Spruchband: *for successful living.*

Kein Mensch im Laden außer den Kollegen. Weder der besagte Junkie noch die Geiseln, die er angeblich in seiner Gewalt hatte.

Hinter der Kasse entdeckte May einen Ausgang. Er setzte über den Tresen und trat die Tür auf. Ein Kabuff ohne Tageslicht: abgewetzte Couch, ein Schrank voller Leitzordner. Eine Funzel an der Decke warf ihren Schein auf einen Wandkalender mit niedlichen Katzenfotos. Zigarettenqualm hing in der Luft, in einer Kaffeemaschine brannte schwarze Brühe auf dem Kannenboden fest – ein Ambiente wie im Aufenthaltsraum der SEK-Dienststelle draußen am Kieshecker Weg.

Von dem Verschlag war in der Einweisung nicht die Rede gewesen.

Dann erkannte May in der Tapete die Fugen einer weiteren Tür. Licht drang durch die Ritzen. Am Türgriff ein Schild: *besetzt.*

May riss die MP hoch und trat auf die Stelle unterhalb der Klinke. Holz krachte gegen eine Kloschüssel. Der helle Tag blitzte May entgegen. Das Fenster über dem Klo des Toilettenverschlags stand sperrangelweit offen.

Aus dem Helmlautsprecher krächzte die Stimme von Adomeit, dem Kommandoführer: »Was ist los? Habt ihr ihn?«

Die Luke führte auf einen Innenhof. Auch darauf war das Kommando nicht vorbereitet worden, niemand hatte diesen Fluchtweg abgesperrt. Adomeit hatte es mal wieder nicht gepeilt.

May zwängte sich durch die Öffnung und sprang hinaus auf das Pflaster. Er vernahm ein schlurfendes Geräusch – hinter einem Müllcontainer duckte sich eine junge Frau tiefer in den Schatten. Ihr rotes Sweatshirt mit dem Firmenlogo wies sie als Angestellte der Ladenkette aus. Sie glotzte May an, Blut rann aus Schnittwunden an Kinn und Wange.

Er machte eine Geste, die beruhigend wirken sollte. Die Sanis würden sich um das Mädel kümmern. Immerhin war einer Geisel die Flucht gelungen.

Kotti kam ebenfalls in den Hof geklettert. May fühlte sich verantwortlich für den Kollegen, die Behörde hatte Klaus Kottmann erst zum Jahresanfang von der Polizeiinspektion Mitte zur Elitetruppe versetzt.

Sie stürmten zur Einfahrt. Das Tor zur Straße war verschlossen – verärgert trat May gegen die Metallstreben.

Ein gedämpfter Schrei drang aus dem angrenzenden Mietshaus. May erspähte ein offenes Fenster im Erdgeschoss, eine Gardine bauschte sich im Durchzug. Unweit davon drei Stufen, die zu einem Hauseingang führten.

Er drückte die Sprechtaste des Funkgeräts und wisperte ins Helmmikro: »Der Täter hält sich vermutlich in dem Gebäude auf, das auf der Neun-Uhr-Seite an den Laden grenzt. Eine Geisel konnte sich befreien. Die anderen hat er möglicherweise noch in seiner Gewalt.«

»Äußere Absperrung erweitern«, bellte Adomeits Stimme zurück. »Das Kommando versammelt sich zur Lagebesprechung im Laden.«

May spürte Kottis Blick und sagte: »Du hast gehört, was das Superhirn vorschlägt.«

Der Kollege zeigte seine Zähne und schüttelte den Kopf. Sie waren sich einig. May wusste, dass Kottmann aus dem gleichen Holz geschnitzt war wie er. Kein ängstlicher Bedenkenträger.

Die Holztür war unverschlossen, der Hausflur zappenduster. May schlug gegen den Lichtschalter, eine Neonröhre flackerte. An die Wand gepresst schob er sich voran.

Er vernahm ein leises Wimmern, begleitet von aufgeregtem Gemurmel. Hinter ihm knirschten Kottis Schritte. May deutete auf die Wohnungstür, aus der die Stimmen kamen – sie war nur angelehnt.

Er bezog Posten neben der Tür und nickte dem Kollegen zu. Wie in der Übung: Kottmann stieß sachte gegen das Holz, die Tür schwang auf, May schlich hinein – vor der Mündung seiner Waffe erstreckte sich ein Flur.

Leer bis auf einen Wandspiegel und zwei Umzugskartons.

Für einen Moment wurde das gedämpfte Palaver vom Dröhnen eines Busses übertönt, der draußen anfuhr. Dann konnte May die Stimmen orten. Im Zimmer zur Linken.

Er stürmte hinein, reckte die schussbereite MP und bewegte sich entlang der Wand weiter, dem Kollegen Platz machend, der nachfolgte und ebenfalls zielte.

Ein Kerl und zwei junge Frauen in roten T-Shirts.

Die eine Verkäuferin hockte auf der Kante einer breiten Matratze und hob angsterfüllt die Hände. Die andere lag da und wimmerte in höchsten Tönen. Sie schien einen Mann abzuwehren, der sich über sie beugte.

Jung, mittelgroß – die Täterbeschreibung traf zu. Sie hatten den Kerl.

May herrschte ihn an: »POLIZEI! KEINE BEWEGUNG!«

Der Typ stand schwankend auf und kletterte von der Matratze. Der Scheißkerl kam näher.

May erstarrte. Ihn überfiel die Erinnerung an den trüben Tag im letzten Herbst. Der Altbau in Neuss. Der Gynäkologe im Behandlungsstuhl. Der tote Kroate.

Jetzt heulte auch die zweite Verkäuferin. Der junge Typ fasste an seine Hosentasche.

Ein lauter Knall. Blut spritzte, Gewebeteile befleckten die Wand. Der Junge kippte quer über die Liegende.

May roch Pulverrückstände. In seinen Ohren dröhnten die Schreie und der Nachhall des Schusses. Es war wie damals.

Er tastete nach der Halsschlagader des Getroffenen. Natürlich gab es keinen Puls mehr.

Kotti ließ seine Waffe sinken und zeigte Zähne – nicht als Lächeln gemeint.

»Was ist los?«, meldete sich Adomeits vor Aufregung sich fast überschlagende Stimme.

May verkniff sich die Beschimpfungen, die ihm auf der Zunge lagen.

7.

Die Vernehmung fand in den Räumen der Altstadtwache an der Heinrich-Heine-Allee statt. Der Uniformierte, der mit May die Aufzugkabine betrat, drückte auf eine der Tasten. Helm und Maske hatte May abgelegt. Overall und Schutzweste trug er noch immer. Er schwitzte und hoffte, dass man es nicht roch.

Der Lift stoppte. Die Tür rumpelte zur Seite. Sie betraten einen kurzen Flur. Zur Linken ein Glaskasten, in dem Andrang herrschte. May erspähte den Kommandoführer sowie Markus Enders, den Leiter der Spezialeinheiten. Kottmann hockte zwischen ihnen am einzigen Tisch.

May winkte ihm zu, doch sein Kollege nahm ihn nicht wahr. Kotti rieb sich die Schläfen mit beiden Händen und stierte vor sich hin.

Eine Frau in Zivilklamotten sprach auf den Kollegen ein. In ihrem weiten Pulli wirkte sie stämmiger, als sie vermutlich war. Das brünette Haar trug sie mittellang und seitlich gescheitelt. May kannte sie: Ela Bach, Leiterin des KK 11, der Dienststelle für Tötungsdelikte.

An ihrer Seite lauerte ein geschniegelter Langer, Anzug und Krawatte wie aus den Anzeigen von *Peek & Cloppenburg:* Benedikt Engel, Leiter der Kriminalgruppe eins, galt in der Festung am Jürgensplatz als Obermufti mit großer Zukunft. Angeblich machte der Kripochef keinen Mucks, ohne die Meinung des Langen einzuholen. Bach und Engel – ein Großaufgebot an kriminalistischer Kompetenz.

Als sei der Vorfall ein ganz großes Ding. Als gehe es um Mord.

Der Uniformierte geleitete May in ein Büro neben dem Glaskasten, wo zwei Typen auf ihn warteten – Bachs Leute, weitere Todesfallermittler aus der Festung. May erinnerte sich vage an die Gesichter.

Der eine war dunkelhaarig und ausgesprochen fett. Er stöpselte umständlich ein Mikrokabel in einen Kassettenrekorder und sagte, ohne aufzusehen: »Hallo, Totmacher. Wir hatten schon einmal das Vergnügen.«

»Dieses Mal hat nicht er geschossen. Der andere war's«, erklärte der zweite, ein Blonder mit zerzaustem Haar, der sich als Thilo Becker vorstellte.

Die Wände hingen voll alter Korktafeln, an die Fahndungsaufrufe gepinnt waren, Fotokopien von Gaunergesichtern sowie Urlaubspostkarten und ein Zeitungsausschnitt: *Die Jäger der Altstadtwache kennen kein Pardon.* Auf einem Beistelltisch Ablagefächer voller verschiedenfarbiger Papiere und eine alte mechanische Olympia. Es gab noch immer Formulare, die nur mit der Schreibmaschine bearbeitet werden konnten. Nicht seine Welt, fand May.

Er schälte sich aus der Schutzweste und nahm auf einem Drehstuhl Platz, dessen Rückenlehne fehlte.

Der Fettwanst schüttelte das Aufnahmegerät und drückte Tasten. Schließlich hatte er Erfolg. Bandspulen knirschten leise.

May versuchte die Erinnerungen an die Frauenarztpraxis in Neuss abzuschütteln. Er sagte sich, dass Kotti nicht anders hätte handeln können. Der Waffengebrauch war unvermeidbar gewesen.

Nothilfe – wie damals.

Die Fragen der Kripoheinis beantwortete May zügig, um seine Bereitschaft zur Kooperation zu demonstrieren. Mitten aus einer Übung war das Kommando zu einer Reallage gerufen worden. Sofort waren sie mit ihren zivilen Einsatzfahrzeugen in die Innenstadt gedüst. Beamte der Polizeiinspektion Mitte hatten bereits die Fußgängerzone geräumt. Auf einem Parkplatz hatte Kommandoführer Adomeit die Einweisung gegeben – oder das, was der Trottel dafür hielt. Es hieß, ein Autoknacker sei in flagranti ertappt worden. Der Kerl habe türmen können und sich in dem Modegeschäft verschanzt. Bewaffnet mit einem Messer. Drei oder vier Angestellte und eventuell auch Kunden seien in seiner Gewalt. Zugriff am Ort der Geiselnahme, so lautete das Einsatzziel.

Der Scheißfixer hatte absurde Forderungen gestellt: freier Abzug in einem S-Klasse-Benz für sich und seine Freundin, die derzeit im Knast saß. Plus eine Million in bar. Die Verhandlungen waren lediglich geführt worden, um den Täter hinzuhalten, bis das SEK bereit war.

Dass es ein Fehler Adomeits gewesen war, den Hinterhof nicht zu besetzen, erwähnte May nicht – die Kripoleute würden sich ihren Reim schon selbst machen.

Becker fragte: »Weißt du noch den Wortlaut der Täterbeschreibung, die man euch gegeben hat?«

»Männlich, mittelgroß, schlank und kurze dunkle Haare. Jung, Sportklamotten, Turnschuhe. Es passte astrein auf den Junkie.«

»Junkie?«

»Wer sonst zieht am hellen Tag durch die Gegend und bricht Autos auf? Drückt einer Verkäuferin ein Messer an die Kehle und glaubt, er käme damit durch. Und dann fühlen sich diese Affen auch noch im Recht, weil Sozialarbeiter ihnen einreden, sie seien krank und nicht kriminell.«

Der Dicke räusperte sich.

May sagte: »Klingt vielleicht nicht politisch korrekt, ist aber so.«

Die beiden Kripoleute blickten sich an.

»Okay, egal«, lenkte May ein. »Geiselnehmer ist Geiselnehmer. Wir mussten jedenfalls davon ausgehen, dass es sich um den Kerl handelte und dass er nach wie vor bewaffnet war.«

Der Blonde fragte: »Drogenabhängige sind so etwas wie Abschaum für euch Rambotypen, nicht wahr?«

Sein Kollege ergänzte: »Es muss mächtig gejuckt haben in Kottmanns Schussfinger.«

May spürte, wie fremd ihm die Beamten auf der anderen Seite des Tisches waren. Er schwieg und ließ seinen Blick aus dem Fenster schweifen. Auf dem Dach des Opernhauses sonnten sich Tauben in der Märzsonne.

Diese Schreibtischbullen würden es nie kapieren.

Woher hätte Kotti wissen sollen, dass der Geiselnehmer längst über alle Berge war? Dass der Typ auf der Matratze nur ein Student gewesen war, bei dem die verschreckten Ladenmädels Zuflucht gesucht hatten? Ein Stipendiat aus Portugal, hieß es, der erst vor einer Woche in die Stadt gekommen war.

Kotti war der Letzte, der etwas für das Desaster konnte.

8.

Der Glaskasten war leer. May nahm die Treppe nach unten. Im Wachraum fragte er nach Klaus Kottmann. Die Uniformierten erklärten, dass ein Streifenwagen den Kollegen zur Dienststelle der Spezialeinheiten im Norden der Stadt gebracht hatte. Wenn er einen Augenblick warten würde, könne man auch ihn dorthin fahren.

Vor der Tür traf May auf Ela Bach. Er fuhr sie an: »Warum müsst *ihr* euch damit befassen? Wir sind Polizisten, keine Mörder. Wir tun nur unseren Job.«

»Wir auch«, antwortete die KK-11-Chefin.

Nach Überzeugung der meisten Kollegen verdankte sie ihren Posten allein dem Frauenförderungsparagrafen. Um ihr Privatleben rankten sich Gerüchte, die May nicht interessierten. Sie wirkte überarbeitet, ansonsten hätte er die Hauptkommissarin sogar als hübsch bezeichnet. Aber er merkte ihr an, dass auch sie ihn nur für einen tumben Befehlsempfänger hielt.

Er bemühte sich um einen ruhigeren Ton: »Du weißt genau, dass man in einer solchen Situation nicht anders handeln kann.«

Bachs Bernsteinaugen musterten ihn. »Warum hast *du* dann nicht geschossen?«

»Kotti war eben schneller.«

Die KK-11-Tante verschränkte die Arme vor ihrem Schlabberpulli. »Ich glaub eher, dass dein Kollege die Nerven verloren hat.«

»Wie's in der Praxis aussieht, davon habt ihr Kripoleute doch keinen Schimmer!«

»Klar. Und Praxis ist, wenn jedes Mal einer draufgeht.«

»Vielen Dank«, antwortete May. »Aber wenn's brenzlig wird, braucht ihr uns doch.«

»Reg dich ab, May. Niemand will deiner Truppe ans Bein pinkeln.«

»Ach ja?«

»Ich glaube kaum, dass sich die Staatsanwaltschaft für den Schlamassel interessieren wird. Nicht in diesen Zeiten.«

»Welche Zeiten?«

»Na, hör mal. Rambos stehen weltweit hoch im Kurs.«

Er wandte sich ab. Die Klugscheißerei dieser Karrieristin gab ihm den Rest. Noch immer war kein Streifenwagen da, um ihn zu seiner Dienststelle zu bringen. May fragte sich, ob er stattdessen ein Taxi oder die U-Bahn nehmen sollte.

Er spürte, dass er nach Kottis Schuss noch nicht richtig in die Welt zurückgefunden hatte.

Bachs Stimme riss ihn aus den Gedanken: »Ist dir nicht gut?«

»Als würde dich das interessieren.«

»Fahr nach Hause und spann mal aus. Das haben wir deinem Kollegen auch gesagt.«

May trat an den Straßenrand und versuchte sich zu orientieren. Ein Fahrradkurier fuhr ihn fast über den Haufen. Seine Frau fiel May ein. Paula hasste seinen SEK-Job. Vermutlich würde sie ihm wieder die Hölle heiß machen. Als würde ein Wechsel der Dienststelle alles ändern.

Endlich fuhr der versprochene Streifenwagen vor.

In der Dienststelle am Kieshecker Weg benutzte May die Dusche. Nachdem er vergeblich seinen Spind nach einem frischen T-Shirt durchwühlt hatte, streifte er wieder die durchschwitzten Klamotten über. Auf dem Parkplatz wehte ihm der Wind Sand in die Haare. Es war nicht sein Tag.

May startete seinen Focus und brauste bald darauf westwärts über die A 44.

Er wollte nicht nach Hause. Außerdem brauchte Kotti jetzt Zuspruch. May konnte nachempfinden, wie sich der Kollege fühlte.

Der Dudelfunk im Autoradio brachte Nachrichten. Es hieß, dass der US-Außenminister das Ende der Diplomatie verkündet hatte. In Bagdad wurden die ausländischen Botschaften evakuiert. May schaltete das Radio aus.

Er trat das Gaspedal durch und schoss über die neue Rheinbrücke. Die Zweilitermaschine brachte es auf 173 PS – keiner vermutete so viel Power unter der kleinen Haube. Er hatte den Focus günstig von einem Kollegen erworben, der sich ein noch stärkeres Modell mit Turbolader geholt hatte.

May geriet ins Grübeln. *Warum hast du nicht geschossen?* Gute Frage.

Er hatte geglaubt, seine Hemmung abtrainiert zu haben. Ein Irrtum. Vielleicht taugte er nicht mehr für den Job.

Vor der engen Kurve des Autobahnkreuzes Neersen schlug sein Handy an. Paula war dran.

Sie klang besorgt. »Felix, wo bist du?«

Ihm war klar, dass er es versäumt hatte, seine Frau zu verständigen. Sie musste im Radio vom verkorksten Einsatz erfahren haben. Vermutlich hatten die Nachrichten gemeldet, dass jemand ums Leben gekommen war.

May wusste, dass in Paulas Albträumen *er* der Tote war. Sie betonte es oft genug.

Er musste lenken und schalten. Danach nahm er den Apparat wieder ans Ohr. »Mir geht's gut. Aber Kotti ... Klaus Kottmann hat jemanden erschossen. Notwehr.«

»Warst du dabei?«

»Mir ist nichts passiert. Ich fahr nur rasch zu Kottmann raus, damit jemand bei ihm ist, bis seine Frau von der Arbeit kommt.«

Stille im Äther. Wieder musste er schalten.

»Bist du noch dran?«, fragte May beim Einfädeln auf die A 52.

»Wie lange soll das noch so weitergehen?«, erwiderte Paula.

»Du machst deinen Job und ich mach meinen.«

»Das kannst du nicht vergleichen.«

»Natürlich nicht«, gab er zu. Paula war Floristin. Blumen sind zart und schön. Seine Arbeit war das Gegenteil davon.

Für ein paar Sekunden war der Empfang schlecht, dann hörte er, wie sie sagte: »... hab es wirklich satt.«

May antwortete: »Wir reden heute Abend über alles.«

»Das wäre mal etwas ganz Neues.«

»Paula ...«

Ein leises Tuten zeigte an, dass seine Frau das Gespräch abgebrochen hatte.

Ohne größeren Stau erreichte May die Ausfahrt Wickrathberg. Die meisten Kollegen lebten in Orten wie diesem, weit außerhalb Düsseldorfs, um Miete zu sparen. May fand die schmale Straße, die sich auf einen Hügel schraubte. Ein Wendeplatz vor den Garagen. Gleich daneben das zweistöckige Reiheneckhaus mit dem gepflegten Garten auf der Rückseite. May schloss sein Auto ab.

Erst am Samstag hatte Kottmann das gesamte Kommando zum Grillen eingeladen. Der erste frühlingshafte Tag. Mit Anhang – ein Riesenspaß. Nur May war allein da gewesen. Seit dem Vorfall im Oktober weigerte sich Paula, ihn zu solchen Feten zu begleiten.

Kottis Frau hieß Kerstin und arbeitete als Krankenschwester in Mönchengladbach. Wenn sie Frühschicht hatte, war sie vielleicht schon zu Hause. Dann würde er sich nicht lange aufhalten.

Die Vordertür war verschlossen, auf Mays Klingeln kam keine Reaktion. Er umrundete das Haus und betrat den Garten. Der Geruch von frisch gemähtem Gras drang in seine Nase. Vor dem Zaun stand noch der Grill mit dem schwarz emaillierten Kohlebehälter. Der Blick ging über Felder bis zum Wald. Klaus und Kerstin hatten es schön hier, fand May.

Er trat auf die geflieste Terrasse. Die Glastür war zur Seite geschoben.

»Kotti?«

Der Kollege hockte regungslos auf dem Laminatboden und starrte mit verquollenen Augen an ihm vorbei – wie vorhin während der Vernehmung.

»Du hättest nicht herkommen müssen«, murmelte Kottmann.

May ließ sich neben ihm nieder. »Wie war's bei dir?«

»Ging so.«

»Die Tante vom KK 11 meint, dass es keine Schwierigkeiten geben wird.«

Kottmann rieb mit dem Ärmel über die Nase und schwieg.

»Ich weiß, was in dir vorgeht, Kotti. Aber Fakt ist, dass du gar nicht anders handeln konntest. Wenn du dir das klar machst, wirst du darüber hinwegkommen. Glaub mir.« Er spürte, dass er nicht die richtigen Worte fand. Dass sie hohl in den Ohren des Kollegen klingen mussten. Deshalb ergänzte er: »Der Typ hätte sich nicht bewegen dürfen. Ich hatte ihn gewarnt.«

Kottmann antwortete nicht.

May dachte daran, dass Kotti für ihn geschossen hatte. Dass der Kollege nun an seiner Stelle litt. Er sagte: »Adomeit sollte man in die Verwaltung stecken. Und wenn ich diesen Scheißjunkie in die Hände kriege, der uns den Einsatz eingebrockt hat, wird er den Tag verfluchen, an dem er auf die Welt kam.«

Die Vögel im Garten machten einen Heidenlärm. Kühle Abendluft drang durch die offene Terrassentür. May begann zu frieren, aber er wollte ausharren, bis Kerstin nach Hause kam.

Er legte die Hand auf Kottmanns Schulter: »Hör auf, dir Vorwürfe zu machen, okay?«

»Du hast gut reden«, antwortete der Kollege, ohne ihn anzusehen. »Die Arztpraxis war eine ganz andere Kiste.«

May erinnerte sich, dass er damals ebenso abweisend reagiert hatte. Jeden Zuspruch hatte er für Heuchelei gehalten. Und tatsächlich hatte er Kotti angelogen: Man kam nicht darüber hinweg.

9.

Fast zwanzig Zuhörerinnen drängten sich auf Ikea-Klappstühlen um den Holztisch des Gemeinschaftsraums. Nur einer von ihnen war anzusehen, was sie ins Frauenhaus gebracht hatte – die linke Gesichtshälfte der Sommersprossigen im Jogginganzug war blau von Hämatomen.

Ela war für die Opferschutzbeauftragte der Behörde eingesprungen, aber sie spürte, dass ihr diese Rolle nicht lag. Außerdem hatte sie Wichtigeres zu tun.

Die Jüngste in der Runde stillte ein Baby und war selbst kaum erwachsen. Ihr blonder hochgebundener Lockenschopf war am Ansatz dunkel. Die Älteste war etwa fünfzig und trug strähniges hellrot gefärbtes Haar und einen Ring im Nasenflügel. Vielleicht wollte sie demonstrieren, dass sie nicht zum alten Eisen zählte. Die Frauen blickten auf Ela, als erhofften sie sich von ihr die Lösung aller Probleme.

Elas Vortrag näherte sich dem Ende: »Meine Dienststelle bearbeitet vier- bis fünfmal pro Jahr einen Familienstreit mit tödlichem Ausgang. Fast immer ist die Frau das Opfer. Ich glaube nicht, dass ich Ihnen erzählen muss, wie die Vorgeschichte in aller Regel aussieht.«

Das Zimmer war viel zu klein für so viele Leute. Die Luft war verbraucht – wegen des Straßenlärms blieben die Fenster geschlossen. Rauchen verboten. Auf dem Tisch dampfte eine Kanne mit Pfefferminztee. Die Sozialarbeiterin missverstand Elas Blick und goss nach.

Ela wusste, dass es Geschlechtsgenossinnen gab, denen eine fortgesetzte Misshandlung durch den Partner das Selbstbewusstsein raubte. Die alle Schuld bei sich selbst suchten. Und auch Schläge konnten eine tiefe Bindung erzeugen. Begriffen hatte Ela das nie.

Sie fuhr fort: »Dem Mann wird meist Affekt unterstellt. Körperverletzung mit Todesfolge, eine Routinemeldung im Lokalteil. Aber der zentrale Punkt lautet: Was kann eine Frau dagegen tun? Wie können Sie es verhindern?«

Die Worte der Opferschutzbeauftragten: *Die Botschaft muss sitzen.* Ela zweifelte daran. Sie musterte die Frauen, die ihr gegenübersaßen, und fragte sich, wer von ihnen trotz aller Warnungen den Strafantrag zurückziehen und zu ihrem prügelnden Lover heimkehren würde, der sich danach vermutlich auch noch im Recht fühlen würde? Warum waren sie überhaupt in dieses Haus gezogen, obwohl sie als Gewaltopfer nach dem neuen Gesetz den Mann aus der Wohnung hätten werfen können?

Sie nippte vom Tee und verbrannte sich den Gaumen. »Am gefährlichsten ist die so genannte letzte Aussprache. Falls Sie wirklich meinen, Ihren Ex noch einmal treffen zu müssen, dann tun Sie es auf keinen Fall allein und nie zu Hause. Bitte merken Sie sich das. Niemals ohne Zeugen in der privaten Wohnung!«

»Am besten überhaupt nicht«, warf die junge Frau mit dem Kind ein.

Elas Handy vibrierte. Verstohlen las sie die Kurznachricht auf dem Display: *Bitte Rückruf wg. Kottmann – Thilo.* Sie suchte

Blickkontakt zu ihren Zuhörerinnen. »Leider halten sich zu wenige an diesen Vorsatz.« Ela kontrollierte die Swatch an ihrem Handgelenk. Gleich hatte sie es überstanden. »Und sollte es passieren, dass er Sie trotz aller Vorsichtsmaßnahmen angreift, und sollten Sie das Glück haben zu überleben, dann machen Sie sich auf unangenehme Fragen der Polizei gefasst: Wie viele Schläge haben Sie genau gezählt? Wie viele Zentimeter war Ihr Kopf beim letzten Schlag noch vom Boden entfernt? Waren Sie wirklich bewusstlos, und wenn ja, ab welchem Zeitpunkt?«

»Mein Gott, wie zynisch!«, rief die Rotgefärbte mit dem Nasenring.

»Von Ihrer Antwort wird es abhängen, ob Ihr Ex in den Knast einfährt oder ob er Ihnen schon bald wieder auflauert. Wenn er zuschlägt, *nachdem* Sie zu Boden gegangen sind, entscheidet der Richter auf versuchten Totschlag. Der Täter wird weggesperrt, muss in eine Therapie, und wenn die erfolglos bleibt, kommt er eventuell gar nicht mehr raus. Wenn Sie aber aussagen, Sie könnten sich nicht mehr daran erinnern, dann liegt Körperverletzung vor und es gibt womöglich nur Bewährungsstrafe.«

»Meiner ist auf Freigang draußen«, bemerkte die Frau mit der blauen Gesichtshälfte.

»Warum hast du dich schon wieder mit ihm getroffen?«, giftete die Junge. Ihr Kleines spuckte und hustete.

Ela blickte nun demonstrativ auf die Uhr. Die Frauen taten ihr Leid, aber der Geruch von Babykotze gab ihr den Rest.

Die Sozialarbeiterin erhob sich. »Ich bedanke mich bei Hauptkommissarin Ela Bach von der Düsseldorfer Polizei für ihren Vortrag. Es war äußerst interessant.«

Stühlerücken, ein paar Frauen rangen sich Applaus ab. Ela ließ sich von der Sozialarbeiterin zur Tür bringen.

Die Rothaarige lief hinterher und fragte aufgeregt: »Was ist eigentlich mit Fritzi? Haben Sie Fritzi schon gefunden?«

»Ich weiß nicht, wen Sie meinen.«

»Friederike Gerland war ein paar Tage bei uns«, erklärte die

Sozialarbeiterin. »Eine Kollegin von Ihnen hatte sie zu uns gebracht. Ende Februar ist Friederike verschwunden. Ihre Sachen liegen noch hier.«

Wieder vibrierte Elas Handy. Ein Anruf. Froh über die Ablenkung drückte sie die Sprechtaste. »Was ist?«

»Der Staatsanwalt will, dass wir Kottmann noch einmal befragen«, antwortete Beckers Stimme.

Ela hatte es befürchtet. Der für den Fall zuständige Staatsanwalt erwies sich als typischer Bürokrat, der sich scheute, Entscheidungen zu treffen.

Becker fügte hinzu: »Er möchte unbedingt dabei sein, kann aber nicht vor Montag. Und der Chef der Spezialeinheiten hat angeordnet, dass Kottmann schon am Wochenende in die Mettnaukur nach Radolfzell verschwindet. Die Sache riecht verdammt nach Verdunklung, wenn du mich fragst.«

»Mach Kottmann klar, dass es für ihn nicht gut aussieht, wenn er sich der Befragung entzieht!« Ela brach die Verbindung ab. »Verzeihung. Wer ist verschwunden?«

»Endlich eine Frau, die bei der Polizei etwas zu sagen hat«, schmeichelte die Junge mit dem Baby.

Die Rotgefärbte drängte sich erneut vor. »Fritzi meinte, wenn sie nicht bis zum Abend wieder da ist, dann hat er sie umgebracht.«

Reflexartig fragte Ela: »Wer?«

»Na, ihr Lebensabschnittsgefährte, nehm ich an. Ich hab mit dieser Polizistin gesprochen, die Fritzi hergebracht hat. Sie wollte Vermisstenanzeige erstatten.«

Die Frau mit den blauen Flecken bat: »Versprechen Sie uns, dass Sie sich um Fritzi kümmern?«

»Ich schau mir die Sache mal an«, antwortete Ela, um endlich ihre Ruhe zu haben.

10.

»Würden Sie Ihre Beziehung als intakt bezeichnen?«, fragte die Frau mit den weißen Fäden in der schwarzen Kurzhaarfrisur, die auf den ersten Blick wirkte, als habe ihr jemand Mehl auf den Kopf gestreut. »Oder ist Ihnen die Frage unangenehm?«

May antwortete: »Wollen Sie wissen, wie oft es meine Frau und ich treiben, oder was?«

Die Seelenklempnerin kritzelte etwas auf ihren Notizblock. Die Vorstellung, dass sie dadurch seinen Sätzen etwas Endgültiges verlieh, ließ ihn unruhig werden. »Ich frag Sie doch auch nicht nach Ihrem Privatleben.«

»Herr May, Sie wissen, warum Sie hier sind.«

»Weil Polizeirat Enders es angeordnet hat.«

»Nein. Sie sind hier, weil Sie zum zweiten Mal innerhalb von fünf Monaten an der Tötung eines Menschen im Dienst beteiligt waren. Weil das traumatisch wirkt und Einfluss hat auf Gesundheit und Beruf. Und weil ich Ihnen vielleicht helfen kann.«

»Danke, nicht nötig. Dieses Mal habe ich nicht geschossen.«

Dr. Romberg schob einen Aschenbecher über den Tisch. »Sie können rauchen, wenn Sie wollen.«

»Ich hab's aufgegeben.«

»Alkohol?«

»Wollen Sie mir etwas anbieten?«

Romberg lächelte.

»Ich trinke nicht mehr«, beteuerte May. »Ich schlafe nachts durch, raste nicht aus, höre keine Stimmen, sehe keine Gespenster und meine Ehe ist harmonisch. Ich bin frei von allem, was Sie in Ihrem Fachchinesisch als posttraumatisches Stressbelastungssyndrom bezeichnen würden.«

Die Psychotante beugte sich vor. Sorgenfalten gruben sich tief in die Stirn, als wollte sie Mitgefühl zum Ausdruck bringen für ein seelisches Wrack, das ihr Arbeit gab und ihre berufliche Existenz rechtfertigte.

Sie sagte: »Dann will ich es mal in Ihrer Sprache ausdrücken. Vor nicht einmal einem halben Jahr ging Ihnen tierisch die Flatter.«

»Mag sein.«

»Damals haben Sie mir erzählt, dass Ihre Frau darauf besteht, dass Sie sich versetzen lassen. Und dass es deshalb zu Spannungen gekommen ist.«

Er ärgerte sich, dass er das erwähnt hatte. Nur um weiter im SEK Dienst tun zu dürfen, hatte er sich auf Rombergs Psychospiel eingelassen. Nun verwendete sie seine Aussagen gegen ihn.

»Gibt es diese Spannungen nicht mehr?«

»Dr. Romberg, ich glaube nicht ...«

»Menschen mit traumatischen Erfahrungen sind mehr als andere auf ein intaktes soziales Umfeld angewiesen. Bei der Beurteilung Ihrer Prognose ist es wichtig ...«

»Prognose? Sie tun fast so, als sei ich ein Fall fürs Landeskrankenhaus. Dabei geht's mir blendend. Reden Sie lieber mit Klaus Kottmann.«

»Das werde ich tun, sobald er bereit ist, Hilfe anzunehmen.«

Kotti verweigerte offenbar die Sitzung. Vielleicht hätte er das auch tun sollen, schoss es May durch den Kopf.

Er sagte: »Erst gestern haben Paula und ich uns ausgesprochen.«

Seiner Frau hatte er sogar zugesichert, sich nach einer anderen Dienststelle umzusehen. Unverbindlich, wie er fand. Dass in der Polizeiinspektion Mitte der Posten des stellvertretenden Leiters des Einsatztrupps ausgeschrieben war, hatte er Paula verschwiegen.

Die Psychotante fragte: »Wie steht es um Ihre familiären Zukunftspläne?«

Er schaute nur fragend drein, als sei ihm nicht klar, worauf Romberg hinauswollte.

»Kinder«, präzisierte sie.

»Paula hat sich selbstständig gemacht und mit ihrem Laden zurzeit viel um die Ohren.«

Er schätzte, dass Romberg ihm eine unreife Persönlichkeit

attestieren würde, wenn er zugab, dass er es in Wirklichkeit war, der keinen Nachwuchs wollte.

»Ihr Verhältnis zu den Kollegen?«

»Einwandfrei.«

»Ich habe gehört, dass Sie mit dem Kommandoführer nicht zurechtkommen.«

»So krass würde ich das nicht formulieren.«

»Und wie interpretieren Sie es, dass die Konflikte mit Ihrem Kommandoführer erst nach dem Vorfall in der Neusser Zahnarztpraxis entstanden sind?«

»Erstens war es eine Gynäkologenpraxis und zweitens ist es ganz normal, dass es mal unterschiedliche Sichtweisen gibt. Ich bin keiner von denen, die nirgends anecken wollen und zu allem Ja und Amen sagen. Das hat nichts mit einem angeblichen Trauma zu tun.«

»Spüren Sie Schuldgefühle, wenn Sie an den Mann denken, der ums Leben gekommen ist?«

»Nein, aber ich bin froh, gestern nicht geschossen zu haben.«

»Und damals im Herbst?«

Er räusperte sich und sagte: »Ich habe Ihren Rat befolgt und mit der Tochter des Kroaten gesprochen. Sie hat bestätigt, was auch die Ermittlungen ergeben haben. Der Mann war lebensmüde. Seine Frau war an Krebs krepiert und im Grunde wusste er, dass den Gynäkologen keine Schuld traf. Er wollte erschossen werden und hat mich benutzt.«

»Suicide by cop.«

»So nennt man das wohl.«

»Sind Sie dem Mann böse?«

»Ich versuche, nicht an ihn zu denken.«

»Albträume?«

Er musste sich wieder räuspern. »Nur noch selten.«

Erst letzte Nacht hatte er von dem Einsatz geträumt. In einer neuen, beunruhigenden Variante: Felix May in der Rolle des Getöteten.

Eine Bewegung riss ihn aus seinen Gedanken. Sigrid Romberg setzte ihre Brille auf und öffnete einen Füllfederhalter.

»War's das?«, fragte May.

»Ich werde vorschlagen, dass Sie Ihren Kollegen Kottmann zur Kur begleiten. Bei Ihnen genügt das normale Sportprogramm, denke ich. Es wird Ihnen gut tun, mal richtig zur Ruhe zu kommen. Was halten Sie davon?«

Nicht viel. Aber Widerspruch war zwecklos.

May rollte Olivenbäume ins Freie, mannshohe Gewächse in schweren Terrakottakübeln. Sein Rücken schmerzte. Er fragte sich, ob Paula jemals Käufer für so große Pflanzen finden würde.

In der Bude, die einst als Tankstelle und Autowerkstatt gedient hatte, wischte seine Frau Staub von Töpfen, Gläsern und Kerzenhaltern. Am morgigen Samstag wollte sie den Laden eröffnen. Und schon am Tag danach sollte er mit Kotti nach Radolfzell fahren, statt Paula beizustehen. May war gespannt, ob seine Frau deswegen Krach schlagen würde.

»Zum wievielten Mal putzt du das jetzt?«, fragte er.

»Die Handwerker haben gestern die Rigipswand fertig gemacht und beim Zusägen alles wieder eingestaubt.«

»Wenn du die Olivenbäume über Nacht draußen lassen willst, solltest du sie mit einer Kette sichern.«

Paula machte sich daran, Heliconien und Bananenblüten in Vasen zu sortieren.

Er sagte: »Enders will, dass Kottmann und ich zur Kur fahren. Am Sonntag schon. Keine Ahnung, warum der Polizeirat es so eilig hat.«

»Wie lange?«

»Vier Wochen.«

Paula warf ihm einen Blick zu. »Versprich mir, dass du dir keinen Kurschatten anlachst.«

Der Lieferwagen des Großhändlers fuhr vor. Paula lief hinaus, um die Ladung zu kontrollieren. Paletten voller Orchideenpflanzen mit gelben gesprenkelten Blüten, die May in den Laden schaffte.

Er fand, dass Düsseldorf mit Blumengeschäften bereits gepflastert war. Er war gespannt, wie viele Leute mitten in der

Rezession für solchen Schnickschnack Geld ausgeben würden. Aber seine Frau war besessen von ihrem Projekt. Im Januar hatte sie die leer stehende Tankstelle im Hafenviertel entdeckt und spontan beschlossen, sich selbstständig zu machen. Die Schwiegereltern hatten ihr Häuschen in Ratingen verpfändet, um die Tochter zu unterstützen.

In den letzten Wochen hatte May in seiner dienstfreien Zeit Schutt weggefahren, Hebebühnen abmontiert, Gruben und Benzintanks mit Sand gefüllt, damit Paula dem Schuppen ein edles Ambiente verleihen konnte.

Während seine Frau sich um die Lieferscheine kümmerte, stapelte May Prosecco-Flaschen in einen alten Kühlschrank. Mehr als dreißig Gäste waren zur Einweihungsfeier geladen. Er hätte Kotti gern dabeigehabt, aber der Kollege hatte abgesagt.

Mays Handy klingelte. Er fand es in der Lederjacke, die er über den Stuhl gehängt hatte.

Enders war dran, der Leiter der Spezialeinheiten.

Ohne Umschweife kam der Polizeirat zur Sache: »Sie glauben doch auch, dass Adomeit gravierende Fehler begangen hat?«

May war nicht klar, was Enders bezweckte. Vorsichtshalber sagte er: »Adomeit ist der Kommandoführer. Er bestimmt, wie's gemacht wird.«

»Quatschen Sie nicht um den heißen Brei herum!«

»Das Kommando muss als Einheit funktionieren. Sie sind es, der das immer predigt.«

»Aber Adomeit hat Scheiße gebaut. Die Leute vom KK 11 fangen an, die Einsatzplanung unter die Lupe zu nehmen. Die ruhen nicht eher, bis sie etwas finden, und ich kann es nicht zulassen, dass unsere Truppe in den Schmutz gezogen wird.«

»Was haben Sie vor?«

»Könnten *Sie* sich vorstellen, Kommandoführer zu werden?«

Paula kam herein, um die Durchschläge in einem dicken Ordner abzuheften. Sie kämpfte mit der Mechanik und der überquellenden Masse an Papier.

Enders sagte: »Wenn Sie aus Radolfzell zurückkommen, würde ich die Aufgabe gern an Sie übertragen. Sie haben Erfahrung und können mit den Jungs umgehen. Die Behördenleitung wird sicher nichts dagegen einzuwenden haben. Sagen Sie was dazu!«

May beobachtete Paula und erwog die Konsequenzen.

»Ja oder nein?«, bellte die Stimme im Hörer.

»Okay, Sie können mit mir rechnen.«

»Das wusste ich«, antwortete Enders. »Dann erholen Sie sich gut und kommen Sie mit neuer Tatkraft zurück!«

May steckte das Handy weg.

Paula klappte die eine Mappe zu und blätterte in einer zweiten. »Was gibt's?«

Er trat hinter sie und massierte ihr die Schultern. »Der Chef der Spezialeinheiten will mich befördern.«

»Zum Kommandoführer?«

»Ich würde nicht mehr in vorderster Front stehen, sondern die Einsätze koordinieren. Nie wieder müsste ich selbst auf jemanden schießen. Und du bräuchtest keine Angst mehr zu haben.«

»Klingt fast zu gut, um wahr zu sein.«

»Ist das alles, was dir dazu einfällt?«

Paula drehte sich um und drückte ihm einen flüchtigen Kuss auf den Mund. Dann widmete sie sich wieder ihren Belegen und Rechnungen.

11.

Miese Träume. May hatte schlecht geschlafen, trotz der Ruhe am See und des Fitnessprogramms, das müde machte. Stunden vor dem Weckerklingeln war er wach. Aus Langeweile knipste er die Glotze an. Nachrichten für Frühaufsteher: Der US-Präsident stellte dem Irak ein Ultimatum und grinste dabei.

Im stillen Dunst der Morgendämmerung schlenderte May hinaus in den Park. Dienstag, sein zweiter Tag in der Hermann-Albrecht-Klinik am Bodensee.

Wie gestern trabte ihm der kleine muskulöse Bursche entgegen – offenbar ebenfalls ein Opfer schlechten Schlafs. Der

Junge hatte vermutlich seine Runden um den Golfabschlagsplatz gedreht oder kam aus dem Naturschutzgebiet, das sich bis zur Spitze der Mettnau-Halbinsel erstreckte. Trotz der Kühle lief der Kerl mit freiem Oberkörper. Ein Tattoo wand sich wie eine verrutschte Kette um den Hals. Grußlos keuchte der Junge vorbei.

May fand eine Parkbank am Ufer und wischte den Tau von den lackierten Latten. Wasservögel trieben auf dem silbrigen See. Ein Einheimischer hatte ihm gestern einige Arten erklärt: Kolbenente, Zwergdommel, Rohrweihe. Durch die Weiden auf der anderen Seite der Halbinsel ließ sich die aufgehende Sonne blicken.

Auch Kottmann würde es jetzt gut tun, hier zu entspannen, fand May. Aber zu seiner Überraschung war der Kollege nicht mitgekommen.

Kottis Anblick, als May am Sonntag bei ihm geklingelt hatte: die Haare wirr, die Wangen unrasiert, die Augen gerötet. Ein Penner im ausgebeulten Jogginganzug, einen muffigen Geruch ausdünstend. Sein verschlafenes Raunzen: »Hau ab! Lass mich in Frieden!«

May hatte umgehend den Leiter der Spezialeinheiten verständigt und erfahren, dass dem Kollegen zum Wochenbeginn eine weitere Vernehmung durch den Staatsanwalt bevorstand. Sein erster Impuls war umzukehren, nicht ohne Kottmann an den Bodensee zu fahren. Doch Polizeirat Enders bestand darauf. Er versicherte, den Kollegen so bald wie möglich hinterherzuschicken.

Niemand will dem SEK ans Bein pinkeln – May fühlte sich von der KK-11-Chefin hinters Licht geführt.

Die Stimmung in Radolfzell glich einer Mischung aus Betriebsausflug und Trainingslager. Das Programm begann schon vor dem Frühstück. Mays Gruppe bestand aus acht weiteren SEK-Jungs, zwei Bundeswehrpiloten und einem Frankfurter Manager von Ende vierzig, der sich viel darauf einbildete, mithalten zu können.

Sie liefen die gleiche Runde wie am ersten Tag. Die Promenade entlang bis zur Stadt und quer durch den Park zurück. Danach ging es in den Speisesaal – die Gruppe aß gemeinsam, bis auf den Manager, der in einer separaten Jugendstilvilla logierte und VIP-Diät serviert bekam.

May beeilte sich, weil er Polizeirat Enders kurz nach Dienstbeginn am besten erreichen konnte. Er schlang sein Brötchen hinunter, spülte Kaffee nach und hastete die Treppen hoch. Von seinem Zimmer aus rief er an. Inzwischen wollte er die Beförderung. Nicht nur wegen Paula.

Zuerst hatte May die Sekretärin am Ohr, die ihn warten ließ. Als er bereits auflegen wollte, meldete sich der Leiter der Spezialeinheiten.

»Wie sieht's aus, Herr Enders?«

»Ich warte auf grünes Licht.«

»Gibt es Probleme?«

»Adomeit hat den Personalrat eingeschaltet. Aber keine Bange, May. Wir kriegen das Ding schon geschaukelt.«

Enttäuscht legte May auf. Ein Widerspruch des Personalrats zog ein Schachern auf großer Ebene nach sich. Seilschaften würden zählen und er hatte noch nie zu einer gehört. Enders würde sich vielleicht für ihn ins Zeug legen, aber May war sich nicht sicher, ob der Chef der Spezialkräfte bereit war, das mit dem nötigen Nachdruck zu tun.

Wassergymnastik im Kurmittelhaus, Moorbad, Massage – während der Anwendungen des Vormittags holten May die hässlichen Erinnerungen ein: die verängstigte Jeansverkäuferin mit dem Gesicht voller Schnittwunden, der tote Student, Kottis Verzweiflung beim Verhör.

Der Kroate gesellte sich dazu, den er selbst im Herbst getötet hatte. Der grauhaarige Witwer mit dem traurigen Lächeln. *Suicide by cop* – aber wer wusste, ob der Mann nicht doch eines Tages wieder glücklich geworden wäre, wenn May nicht geschossen hätte?

Alte Dämonen und neuer Druck: Würde er den Job des Kommandoführers wirklich besser machen als Adomeit?

High-Impact-Aerobic mit Trainerin Susanne, die von allen nur ›Turbo-Susi‹ genannt wurde, galt als Höhepunkt des Tages. Die Frau verstand es, ihre Schäfchen anzutreiben. Niemand wollte sich vor ihr eine Blöße geben und die Rivalität zwischen Polizisten und Bundeswehrlern spornte zusätzlich an. Nach kurzer Zeit hatte May keinen trockenen Faden mehr am Leib.

Auch in dieser Gruppe gab es einige Zivilisten. Mays Blick fand einen knackigen Hintern in der Reihe vor ihm, der einer Hoteliersgattin aus Stuttgart gehörte. Angeblich kurte die Frau mit der weizenfarbenen Löwenmähne jeden Sommer hier. Sämtliche Männer im Kurs waren scharf auf sie. Heute trug die Schwäbin ein hellblaues Outfit aus eng anliegendem Stretch. Kurz vor Ablauf der Stunde gab sie auf und ließ sich erschöpft auf ihr Trampolin sinken. May fing ihr Lächeln auf und erkannte, dass er die Blondine nur anzusprechen bräuchte.

In der Umkleide kam er mit zwei Soldaten ins Plaudern. Sie verrieten, dass sie dem Kommando Spezialkräfte angehörten. Sozusagen das SEK der Bundeswehr.

»Wart ihr etwa in Afghanistan?«, fragte May.

»Noch nicht«, antwortete der jüngere der beiden. »Die Kameraden, die gerade zurück sind, kriegst du nicht zu sehen. Eigene Sporthalle und Psychositzungen den ganzen Tag. Die werden besser abgeschirmt als die Reserven der Bundesbank.«

Der andere ergänzte: »Eigentlich dürfen wir gar nicht darüber quatschen.«

Beim Kaffee gerieten sie ins Fachsimpeln und May sah ein, dass auch die viel gepriesenen KSK-Truppen nur mit Wasser kochten. Im Unterschied zum SEK drangen sie nicht über Dach oder Fenster in ein Haus, sondern sprengten kurzerhand Löcher in die Wand. Keine Kunst – welcher Zivilist führte schon Prozesse gegen Truppen, die in sein Land eingefallen waren? Und *running the walls:* Von dieser Taktikvariante zur Erstürmung eines Gebäudes hatten die Kommandosoldaten noch nie etwas gehört. Die geheimen Eliteeinheiten in Calw trainierten nur. Keine Praxis, die sie schulte. Bis man einen Teil von ihnen in einen fernen Krieg schickte.

Den Rest des Nachmittags hatte May frei. Die meisten Kurgäste spazierten durch den Park oder dösten in der Frühlingssonne auf den dicken Polstern der Strandliegen.

May holte seine Inliner aus dem Kofferraum des Focus, der auf dem Platz hinter den Klinikgebäuden parkte. Auf geteerten Radwegen rollte er die Markelfinger Bucht entlang. Bereits hinter dem nächsten Dorf wurde die Strecke einsam, er konnte an Tempo zulegen. In Allensbach ein kurzes Gefälle und Kopfsteinpflaster, dann wieder perfekter Belag auf Parkwegen bis zum Anleger. Er zog die Stiefel aus und erklomm die Rampe zur Personenfähre nach Reichenau.

Die Insel war voller Ausflügler. May bahnte sich den Weg zur anderen Seite. Dort wartete bereits ein größeres Schiff, um quer durch die Bucht zurück nach Radolfzell zu fahren. May kletterte auf das Oberdeck, die Inliner in der Hand.

Der stämmige Junge mit dem tätowierten Hals fiel ihm sofort auf. Der Jogger vom Morgen lehnte an der vorderen Reling, die Nase in den Wind gereckt. Er trug Jeans und ein olivgrünes Sweatshirt. May gesellte sich zu ihm.

»Hallo, Kurgast«, grüßte er.

Der andere nickte nur. In der Hand hielt er eine Literflasche Mineralwasser, aus der er ab und zu einen Schluck nahm. Seine Tätowierung stellte Stacheldraht dar, von dem Blut tropfte. May fragte sich, ob man ein solches Tattoo wieder entfernen konnte. Er schätzte den Jungen auf Mitte zwanzig.

»Die Gemüseinsel besichtigt?«, fragte May.

»Ich guck mir bloß den See an. So viel Wasser auf einen Haufen hab ich lange nicht gesehen.«

»Felix aus Düsseldorf«, stellte May sich vor. »Seit gestern im Kurprogramm auf der Mettnau. Und du?«

»Tim Sander aus Calw, auch neu hier.« Der Akzent bayerisch, der Händedruck übertrieben kräftig. Calw im Schwarzwald – das Kommando Spezialkräfte war dort stationiert.

May fragte: »Afghanistanheimkehrer?«

»Willst du mich aushorchen, oder was?«

»Keine Sorge.«

Auf dem Unterdeck warfen Kinder Brotstücke nach den Möwen. Ein Windsurfer kreuzte knapp vor dem Bug. Wenn May sich umsah, konnte er die Silhouette der Alpen erkennen.

Plötzlich klatschte etwas auf den Boden, ein weiterer Spritzer landete auf Mays Ärmel. Möwenkot.

May fluchte und zückte sein Taschentuch. Der junge Soldat kam mit seinem Wasser zu Hilfe. »Scheiße, was?«

»Kann man wohl sagen.«

Gemeinsam putzten sie den Dreck vom Ärmel. Der Bursche war offenbar netter, als er auf den ersten Blick wirkte.

May bedankte sich und sagte: »Wir haben übrigens etwas gemeinsam.«

»Was denn?«

»Ich bin Bulle im SEK und darf auch über meinen Job nicht quatschen. Nicht einmal mein Schwager weiß, was ich bei der Polizei tue.«

»Elite hat eben ihren Preis.«

»Ich habe Bilder gesehen.«

»Wovon?«

»Sie zeigen manchmal etwas im Fernsehen. Wenn ein Minister dort ist oder wenn es einen Anschlag auf die Schutztruppen gegeben hat.«

»Arschghanistan. Weißt du, was du dort als Erstes lernst?«

»Keine Ahnung.«

»Dich ohne Spiegel zu rasieren. Damit du auf keinen Fall so aussiehst wie die Bärte.«

Das Schiff tuckerte, die Möwen kreischten – zum Glück weiter entfernt.

»So klar wie hier ist der Himmel bei uns selten«, sagte May.

»Du kommst tatsächlich aus Düsseldorf?«

»Ja, wieso?«

»Julia stammt da her. Meine Frau. Im Moment wohnt sie wieder dort. Vorübergehend. Ihre Tante hat ihr einen Job besorgt für die Zeit meines Auslandseinsatzes.«

»Wie gerät ein Bayer, der im Schwarzwald lebt, an eine Rheinländerin?«

»Wir KSK-Männer schnappen uns von überall die hübschesten Mädels.«

Plötzlich verschwand sein Siegergrinsen. Sander trat von der Reling weg und duckte sich.

»Was ist?«, fragte May.

»Siehst du den Typen mit der Basecap? Trägt so 'ne khakifarbene Weste.«

May spähte nach dem Beschriebenen – auf dem unteren Deck zwängte sich ein schlaksiger junger Kerl mit Kappe und Weste durch eine Gruppe japanischer Touristen, die alle mit dem gleichen knallroten Rucksack ausgestattet waren.

Sander wich weiter zurück. Er passierte die Aufbauten und steuerte eine leere Bank auf dem Achterdeck an. May folgte ihm. Hier wehten Dieselabgase, die der Fahrtwind nach unten drückte. Den Soldaten schien der Gestank nicht zu kümmern.

»Die Presse lauert überall«, erklärte Sander. »Sie haben spitzgekriegt, dass die Heimkehrer erst einmal in die Klinik gesteckt werden. Wahrscheinlich will dieser Zeitungsfritze wissen, wie es ist, Bergbauern zu bombardieren.«

»Und, wie ist es?«

»Rate mal.« Der Junge fuhr sich durch die kurzen Haare. Er musterte die Fahrgäste auf den anderen Bänken und zuckte mit den Schultern. »Im Krieg sagst du nicht erst Guten Tag. Für die Bärte sind wir die Zielscheibe, immer und überall. Wenn sie's schaffen, sogar hier. Die Geier von der Presse denken nur an ihre Schlagzeilen. Dass sie dabei unsere Familien in Gefahr bringen, ist denen egal.«

May fragte: »Du hast Kinder?«

»Nein, aber wir werden mal 'ne Menge davon haben.«

»Was macht deine Frau in Düsseldorf?«

»Die Kids reicher Leute hüten und so. Nebenher geht sie auf eine Schauspielschule und modelt für Modefotos. Sie ist die schönste Frau, die ich kenne, und ich hab 'ne Menge kennen gelernt. Wie lang lebst du schon in Düsseldorf?«

»Fast mein ganzes Leben.«

Sie schwiegen, bis Sander bemerkte: »Anfangs wollte ich keine Kinder. Aber Arschghanistan ändert alles.« Er kramte ein Foto hervor. »Das hat mir Julia erst letzte Woche geschickt. Am Freitag kommt sie mich besuchen. Endlich!«

May betrachtete eine junge Frau von etwa zwanzig Jahren. Ein fröhliches Gesicht strahlte ihm entgegen – tatsächlich ausgesprochen hübsch, wenn auch nicht das, was er sich unter einem Model vorgestellt hatte. Kein auffälliges Make-up, das lange brünette Haar überhaupt nicht aufgedonnert. Julia trug einen Ringelpullover und hielt sich am Steuer eines Cabrios fest. Aber May erkannte, dass sie es draufhatte: das Flirten mit der Kamera.

Er dachte daran, wie öde sein Wochenende werden würde. Paula konnte wegen des Ladens nicht weg.

Sander kommentierte: »Den Sportwagen hat sie von ihrer Gage gekauft. Ein MG, gebraucht natürlich. Nicht schlecht, was?«

May staunte, dass sich ein Amateurmodel einen solchen Schlitten leisten konnte. Die Karre sah ganz nach Oldtimer aus.

Der Junge schob das Foto zurück in den Umschlag. »Die Schauspielerei und dieser ganze Kram – Calw ist vermutlich keine Stadt für so was. Aber was Julia sich in den Kopf setzt, das soll sie auch kriegen, und wenn ich sie dafür jeden Tag nach Stuttgart fahren muss. Ich verdanke ihr 'ne Menge. Ohne den Gedanken an Julia wär ich nämlich verrückt geworden, verstehst du? Sechs Monate Arschghanistan. Da brauchst du einen Menschen, zu dem du zurückkehren kannst.«

Eine Kamera klickte. May schaute hoch. Der schlaksige Kerl mit der Kappe stand im Gang und knipste.

Sander sprang auf. »Verpiss dich!«

»Nur ein paar Fragen«, bettelte der junge Reporter mit südbadischem Akzent und wich zurück. Er hielt ein Kärtchen zwischen den Fingern. »*Südkurier.* Wie gefällt es Ihnen bei uns am Bodensee?«

»Rück sofort den Film raus!« Wie ein Bullterrier ging Sander dem Zeitungsfritzen an die Weste und schubste ihn vor sich her.

May schritt ein und hielt den KSK-Mann fest. Der Journalist floh über die Treppe nach unten. Fahrgäste tuschelten und wandten sich ab.

»Entspann dich«, sagte May. Er hob Sanders Umschlag auf, der im Gerangel über den Gang gerutscht war.

Der Soldat riss den Brief seiner Frau an sich und knurrte: »Entspann dich! Dieses Gewichse kann ich nicht mehr hören. Weißt du, was es heißt, den ganzen Tag Stressbewältigungstechniken zu üben? Das hätten sie besser vor unserer Abreise veranstalten sollen!«

Die Fähre erreichte die Anlegestelle. Die Maschine heulte im Rückwärtsgang auf.

Der Junge motzte: »Sie sperren dich ein. Sie lassen dich nicht nach Hause. Ich muss heimlich verduften, wenn ich eine Bootsfahrt machen will. Wir sind Versuchskaninchen, weißt du? Seit dem Zweiten Weltkrieg hat es so was wie uns in Deutschland nicht gegeben. Wahrscheinlich geht diesen Psychoklempnern einer ab, wenn sie einen echten Kriegsteilnehmer studieren dürfen.«

Der Schiffsrumpf drehte sich und drückte gegen den ächzenden Steg. Die Passagiere strebten der Treppe zu, Kinder an der Hand, Reiseführer, Videokameras.

May fielen seine Inliner ein. Er schob sich gegen den Strom der Leute nach vorn und fand sie an der Reling. Als er zurückkam, war das Achterdeck bereits leer. Der KSK-Mann hatte nicht gewartet.

Die auffrischende Brise fegte ein Foto den eisernen Decksboden entlang. May fing es ein.

Ein weiteres Bild von Julia.

Die Frau des Soldaten trug nichts am Leib als den Ringelpulli, der viel von ihren Beinen sehen ließ. Sie stakste über einen Kieselstrand, vielleicht am Rheinufer gegenüber der Düsseldorfer Messe. May bemerkte eine Narbe an ihrem Unterarm und fragte sich, woher die lange blasse Linie stammen mochte. Am Hals ein Muttermal – mit etwas Fantasie hatte es die Form eines Herzens.

Und wieder das herausfordernde Lachen. Für einen Moment erinnerte es May an eine Jugendliebe, mit der er einen Sommer lang zu den schwülstigen Klängen von *Purple Rain* geknutscht hatte – nicht einmal in den ersten Jahren mit Paula hatte er sich so unbeschwert gefühlt wie damals.

Er steckte das Bild ein. Sicher würde er Sander noch einmal treffen.

Rechtzeitig zur Abendessenszeit erreichte er die Klinik. Die Frau an der Rezeption winkte ihn heran und reichte ihm eine Notiz.

May las eine Nummer, die er zurückrufen sollte.

Düsseldorf, die Polizeibehörde – er wusste sofort, wem der Anschluss gehörte.

Zwei Stufen auf einmal nehmend hastete er die Treppe hoch. Er warf die Zimmertür hinter sich ins Schloss und griff zum Apparat. Vielleicht hatte Adomeit eingelenkt oder die Behördenleitung wollte sich über den Einspruch der Personalvertretung hinwegsetzen.

May tippte die Nummer des Polizeirats. Die Angestellte im Vorzimmer teilte ihm mit, dass Enders das Büro bereits verlassen hatte.

»Wissen Sie, was er mir sagen wollte?«

»Ja.« Sie druckste herum. »Klaus Kottmann …«

»Was ist mit ihm?«

»Ich weiß, dass Sie befreundet waren, Kottmann und Sie. Es tut mir Leid, aber er hat sich heute Mittag …«

»Kotti? Das kann nicht sein!«

»Doch. Mit der eigenen Dienstwaffe. Im Wald hinter seinem Haus. Der Polizeirat hat angeordnet, dass über Kottmanns Zugehörigkeit zum Spezialkommando absolutes Stillschweigen …«

May legte auf und ließ sich aufs Bett sinken. Wieder sah er die Bilder des Unglückstags.

Warum hast du nicht geschossen?

Es war so falsch, dachte er.

12.

May hatte nur einen Wunsch: sich zu betrinken, um vergessen zu können.

Ein Kollege hatte eine Kneipe angepriesen, ein heißer Tipp von jemandem, der sich angeblich auskannte: muntere Musik, prima Leute, leckerer Wein aus der Region.

Wenigstens der letzte Punkt traf zu.

Das Lokal war verqualmt. Aus den Boxen schallten Hits aus den Siebzigern. *Fly, Robin, fly* – man musste brüllen, wenn man sich unterhalten wollte.

Als May sein viertes Glas bestellte, segelte die Stuttgarter Hoteliersgattin aus dem Aerobic-Kurs in Begleitung weiterer Kurgäste in den Raum. Die Blonde fand einen Platz am Nachbartisch. May prostete ihr zu und erntete ein freundliches Zwinkern. Der einzige Lichtblick des Abends.

Bald darauf brach Hektik aus. Die meisten Gäste der medizinischen Reha-Einrichtungen Radolfzell riskierten die Streichung des Krankenkassenzuschusses, wenn sie nicht pünktlich vor zehn in die Klinik zurückkehrten.

Mays Gruppe orderte Nachschub. Polizeibeamte hatten Narrenfreiheit. Sie konnten gehen, wann sie wollten.

May beschloss, die Blonde anzusprechen. Mit ihm als Begleiter würde auch sie bleiben können und vielleicht würde der Abend zu zweit auf dem Zimmer enden. *Kurschatten* – Ablenkung von seinen Dämonen. Paula würde nie davon erfahren.

Die Bedienung stellte ihr Tablett ab und verteilte Weißwein und Bier. Während seine Begleiter prosteten und krakeelten, erhob sich May, um an den Tisch der Stuttgarterin zu wechseln.

Er bemerkte einen Kollegen, der die Schulter der Hoteliersgattin tätschelte, in der Hand einen Schlüssel. Die beiden kicherten alkoholbeseelt. Mit gespieltem Bedauern lächelte die Blonde zu May herüber.

Der Zug war abgefahren.

Yes Sir, I can boogie, dröhnte es aus den Boxen. May war froh, als ein Kollege aus seiner Tischrunde vorschlug, das Lokal zu wechseln.

Zwei Blocks weiter die nächste Kneipe. Nur wenige Gäste. Schummriges Licht, kein großer Radau. Es wirkte fast gemütlich.

»Um diese Zeit gibt's hier fast nur noch Polizisten, die auf Kur sind«, erklärte der Kollege, ein SEK-Mann aus Berlin. »Und einheimische Weiber auf der Suche nach Frischfleisch.«

Zwei Frauen tuschelten am Tresen und warfen Blicke. Sie waren jenseits der fünfzig und hoffnungslos aufgebrezelt.

»Mumienschieben«, bemerkte der Berliner. »Besser als nüscht, wa?«

May murmelte etwas von Kopfschmerzen und lief hinaus.

Die kalte Luft ernüchterte ihn. Die Nacht war klar. Ein angefressener Mond hing über den Villen entlang der Mettnaustraße, die hinaus zum Kurgelände führte.

Eine Welle der Wut überkam May. Hass auf den Junkie, der mit seiner sinnlosen Tat den Einsatz vom vergangenen Donnerstag ausgelöst hatte. Abscheu für die Mordermittler, die Kotti unbarmherzig durch die Mangel gedreht hatten. Ärger über die Behörde und über sich selbst.

Der Puls hämmerte in seinem Schädel, als er den Schlüssel in das Schloss der Glastür fummelte. In den Fluren herrschte Stille – wer sich nicht im Ort vergnügte, schlummerte tief nach den Anstrengungen des Tages.

In seinem Zimmer ließ May die Lampe gelöscht. Er öffnete das Fenster. Weit draußen flimmerten Lichter – das Schweizer Ufer im Dunst. Der Reisewecker stand auf dreiundzwanzig Uhr zehn. Im grünen Schein der Leuchtziffern zeichnete sich das Telefon ab.

Beim Wählen überlegte May, ob seine Frau ihm anmerken würde, dass er etwas getrunken hatte.

»Felix?«, meldete sie sich.

An ihrer Stimme erkannte May, dass er Paula geweckt hatte. »Wie war dein Tag?«, fragte er und schämte sich dafür, dass er sie um ein Haar betrogen hätte.

»Fünfhundert Rosen sind erfroren, weil der Flieger in Kanada festhing. Ich musste Ersatz aus der Versteigerung in Neuss besorgen, natürlich teuer und nicht so schön.«

May erwähnte Kotti nicht. Stattdessen schlug er vor: »Was hältst du davon, wenn wir zusammen frühstücken?«

»Wie soll das gehen?«

»Du machst Kaffee und ich bringe Croissants mit.«

»Du willst die Kur abbrechen? Hat Enders deine Beförderung nicht davon abhängig gemacht?«

»Ich hab die Schnauze voll. Du hast völlig Recht. Es gibt noch andere Dienststellen.«

»Was ist in dich gefahren?«

»Freust du dich nicht?«

»Doch, natürlich.«

»Paula …«

»Ja?«

»Ich möchte, dass alles wieder wird wie früher.«

»Ja. Fahr vorsichtig, Felix.«

May stopfte seine Sachen in die Reisetasche. Er kontrollierte Zimmer und Bad, ob er etwas vergessen hatte, dann lief er hinunter zum Parkplatz. Dass seine Frau nicht begeistert geklungen hatte, lag sicher daran, dass sie von ihm aus dem Schlaf gerissen worden war.

13.

Um zwanzig nach sieben betrat Ela Bach ihr Dienstzimmer, in der Hand die Akten über die Vorgänge der vergangenen Nacht, die sie aus dem Eingangsfach für ihr Kommissariat geholt hatte. Ihr Magen brannte, obwohl sie nur etwas Knäckebrot und Tee zum Frühstück vertilgt hatte. Sie riss das oberste Blatt vom Tageskalender und zerknüllte es.

Ein Blick in die Zeitungen: Im *Blitz* ging es fast ausschließlich um den bevorstehenden Krieg am Golf. Sie fand einen kurzen Artikel in der *Morgenpost* – der Umstand, dass der Geiselnehmer seit Donnerstag noch immer nicht gefasst war, erschien brisanter als der Tod eines unschuldigen Studenten. Eine zweite Meldung berichtete über Kottmanns Selbstmord. Kein Wort über seine Zugehörigkeit zum Spezialeinsatzkommando. Keine Erwähnung, dass er es gewesen war, der den jungen Portugiesen erschossen hatte.

Ela mochte die Rambotypen nicht. In ihren Augen waren SEK-Männer bloße Befehlsempfänger, gedrillt zu Kampfmaschinen, die schossen, bevor sie nachdachten. Aber der Staatsanwalt hatte es in seiner Akribie übertrieben. Sie hatten Kottmann zu lange in die Mangel genommen. Ela fragte sich, ob auch sie dafür verantwortlich war.

Sie überflog die Hinterlassenschaft der letzten Nacht. Ein Todesfall, zu dem die Kollegen der Kriminalwache hinausgefahren waren. Der Notarzt hatte sich aus Vorsicht auf keine natürliche Todesursache festlegen wollen. Die Untersuchung durch die Kollegen hatte keine Anzeichen auf Fremdeinwirkung gezeigt, weshalb es nicht nötig gewesen war, die Mordbereitschaft des KK 11 zu alarmieren. Ela beschloss, Bruno Wegmann damit zu beauftragen, mit Angehörigen und Hausarzt zu reden und den Fall abzuschließen – eine einfache Übung für den Neuling im Kommissariat.

Ein Blick auf die Uhr – noch fünf Minuten bis zur Kommissariatsleitersitzung. Locker bleiben, ermahnte sie sich. Nur nicht vor lauter Anspannung unsicher wirken. Seit einiger Zeit sprach der Kripochef mit ihr nur das Nötigste und blickte sie dabei nicht einmal an. Ela hätte gern gewusst, was da im Busch war.

Sie zündete sich eine Zigarette an und wählte die Nummer ihrer Eltern, um ihnen zum Hochzeitstag zu gratulieren. Die beiden wohnten in Erkelenz bei Aachen. Der Vater war ehemaliger Bankangestellter, und seit er innerhalb eines Vierteljahres zwei Banküberfälle miterlebt hatte, bezog er als berufsunfähiges Nervenbündel vorzeitige Rente. Einen Schalterraum betrat er nicht einmal mehr als Kunde.

Die Mutter nutzte jeden Anruf, um Ela nach ihrem Privatleben auszuhorchen. Meist gipfelte die Vernehmung im Vorwurf der Beziehungsunfähigkeit – einmal hatte Mutter von ihr sogar wissen wollen, ob sie lesbisch sei.

Heute blieb Ela die Inquisition erspart. Ihr Vater ging ran. Er fasste sich kurz. Ela sagte ihren Gratulationsspruch auf, dann war es überstanden.

Angesichts ihrer eigenen Macken fragte sie sich, ob Neurosen erblich waren. Sie hatte sich sogar einmal behandeln lassen – ohne Erfolg.

Aus dem Vorzimmer vernahm Ela ein Rumpeln und Scharren. Kaffeeduft drang herein, die Sekretärin der Dienststelle war eingetroffen. Ela pustete den Rauch aus ihren Lungen und drückte die Kippe in den Aschenbecher.

Es war Zeit. Sie wollte nicht als Letzte beim Kripochef erscheinen. Das Nikotin hatte ihre Magenschmerzen nicht gedämpft.

14.

Gezwitscher schallte durch das offene Fenster. Unablässig wiederholte im Hinterhof ein Singvogel seine Strophe.

Paula tunkte ein Croissant in den Kaffee und stierte auf ihren Teller.

»Was hast du?«, fragte May.

»Versteh mich bitte richtig. Ich möchte nicht, dass du es nur wegen mir tust. Womöglich wirst du irgendwann sauer auf mich sein. Bist du dir wirklich sicher, dass du das SEK verlassen willst?«

Sie hatte ihn so sehr bekniet. Seit der Sache in der Neusser Arztpraxis war ihr subtiles Sticheln gegen den angeblichen Machoverein in offene Ablehnung umgeschlagen. Und jetzt wollte sie es nicht wahrhaben, dass er ihrem Drängen nachkommen wollte.

May erklärte ihr, wie sehr ihm Kottis Selbstmord zu schaffen machte. Dass er im letzten Herbst selbst mit dem Gedanken gespielt hatte, sich umzubringen. Suizid wäre nur konsequent gewesen – er hatte sich wie ein Toter gefühlt: einsam und versteinert. Als er diese Worte aussprach, wusste er, dass sie Paula groß und hohl erscheinen mussten.

Sie tätschelte seine Hand. May vermisste die alte Vertrautheit. Vielleicht hatte er zu viel auf einmal erwartet.

Gemeinsam räumten sie den Tisch ab. Danach trug Paula die Reisetasche zur Waschmaschine und packte aus.

»Ich mach das schon«, widersprach May.

Doch seine Frau hatte bereits begonnen, Sportklamotten und Unterwäsche in die Trommel zu stopfen.

Plötzlich hielt sie inne und streckte ihm ein Foto entgegen. »Was ist *das?*«

Der Abzug, den er auf der Fähre eingesteckt hatte. Das Mädel im gestreiften Pulli.

»Wer ist diese Schlampe?«, wollte Paula wissen.

May berichtete von seiner Begegnung mit dem Afghanistanheimkehrer. »Ich hab ihn vor der Abfahrt nicht mehr getroffen«, sagte er. »Das Bild werde ich ihm in die Kurklinik schicken.«

Paula blieb misstrauisch. »Das ist doch hier am Rhein aufgenommen worden.«

Er erklärte, dass das junge Ding *nicht* seine heimliche Geliebte sei. Um Paula zu beschwichtigen, beschriftete er vor ihren Augen einen Umschlag mit der Adresse der Radolfzeller Reha-Klinik. May war froh, dass ihm der Name des Burschen einfiel.

Seine Frau schenkte ihm nur einen weiteren skeptischen Blick. Sie setzte die Waschmaschine in Gang und verabschiedete sich, um zu ihrem Laden zu fahren.

Als sich hinter Paula die Tür schloss, fragte sich May, woran es lag. Er lebte mit ihr und fühlte sich trotzdem allein.

Lustlos blätterte er in der Zeitung. *Saddam erklärt uns den Krieg,* titelte das Boulevardblatt. *Ihr werdet Blut weinen.*

Er nahm wahr, dass der unbekannte Sänger im Hof noch immer trällerte, und kramte nach dem Vogelbestimmungsbuch, das in zweiter Reihe im Regal stand. Dann versuchte er den Standort des Kleinen auszumachen. Schließlich entdeckte er ihn im Wipfel einer Linde: weiße Streifen auf der Schulter, Brust und Wangen rotbraun, eine graublaue Kappe auf dem Kopf. May blätterte: *Fringilla coelebs,* der Buchfink. Er las, dass der Vogel sehr weit verbreitet sei.

Zurück in der Küche stach ihm der Umschlag ins Auge. Er zog das Foto hervor. Julia Sander.

Laut ihrem Mann lebte das Mädchen mit dem provozierenden Lachen seit einem halben Jahr in dieser Stadt. Ein Satz des KSK-Soldaten kam ihm ins Gedächtnis: *Du brauchst einen Menschen, zu dem du zurückkehren kannst.*

May bemerkte, dass er Sander um dieses Gefühl beneidete.

15.

Zu Elas Erleichterung war während der Kommissariatsleitersitzung Kottmanns Selbstmord nur kurz ein Thema – die Spezialeinheiten zählten nicht zur Kriminalpolizei. Dafür stauchte Kripochef Dresbach die Fahndungskollegen zusammen, weil der Geiselnehmer noch immer auf freiem Fuß war. Jonas Buchmüller hieß der Kerl und es wurde gemutmaßt, dass er sich nach wie vor in der Stadt aufhielt. Dresbach schwadronierte eine Viertelstunde über das subjektive Sicherheitsgefühl der Bevölkerung, das in seiner Bedeutung nicht hoch genug eingeschätzt werden könne. Dieses Mal war Ela froh, dass der Kripochef sie ignorierte.

Zurück in ihrem Büro entdeckte Ela einen Artikel auf der Lokalseite des *Blitz:* eine rührselige Geschichte über die Freundin Buchmüllers, die wegen eines Raubdelikts auf der Ulmer Höh in Untersuchungshaft saß. Dass der Drogensüchtige sie freipressen wollte, hatte die dumme Tussi offenbar schwer beeindruckt. Er sei ihr Held, zitierte die Zeitung – als sei erpresserischer Menschenraub ein Kavaliersdelikt.

Das Telefon schellte und ein Bürokrat aus der Verwaltung, dessen Name ihr nichts sagte, ermahnte sie, einen Raumbedarfsplan ausgefüllt zurückzuschicken. Ela stellte sich den Anrufer als verstaubten Kerl mit Triefaugen und Ärmelschonern vor, den Hintern am Stuhl festgewachsen. Sie erinnerte sich an ein Schreiben, das sie letzte Woche in irgendeiner Schublade abgelegt hatte. Mit einer Hand wühlte sie danach.

»Es geht nicht, dass die Kommissariatsleiter den Rückgabetermin verpennen«, nörgelte der Kollege.

»Wozu braucht ihr diesen Plan?«

»Steht alles im Begleitschreiben. Das Präsidium wird abgerissen. Da kommt ein Hochhaus hin.«

»Steht die Festung nicht unter Denkmalschutz?«

»Wird per Ministererlass außer Kraft gesetzt. Ganz einfach.«

Es klopfte und Thilo Becker trat ein, ohne auf Antwort zu warten.

»Und wir?«, fragte Ela in den Hörer.

»Neubau in Kappes-Hamm, gleich hinterm LKA.«

Ela konnte das Schreiben nicht finden. Der Verwaltungsheini setzte ihr eine neue Frist bis Freitag. Ihr war klar, dass es Jahre dauern würde, bis das neue Gebäude bezugsfertig war, und bis dahin würde jeder Raumbedarfsplan mindestens zehnmal geändert sein.

»Was gibt's?«, wollte Becker wissen.

»Was willst du?«, fragte Ela zurück.

»Dich warnen. Kollege Schranz tönt herum, dass der Kripochef dich absägen will. Wegen angeblicher Führungsschwäche. Schranz hetzt den Neuen gegen dich auf.«

»Wegmann?«

»Ja. Der Neue fühlt sich von dir schlecht behandelt.«

»Was will er? Dass ich ihm die Windeln wechsle und ihn an die Brust nehme?«

Thilo grinste. »Das wollen hier doch alle.«

»Vor allem du.«

Der Blondschopf verzog das Gesicht und deutete auf die Zeitungsseiten, die ihren Schreibtisch bedeckten. »Warum hat die *Morgenpost* den Zusammenhang mit dem Schuss auf den Studenten nicht erwähnt?«

»Wenn einer zum SEK gehört, wird das nicht einmal nach seinem Tod verraten.«

Ihr schoss durch den Kopf, was die Folgen wären, wenn die Öffentlichkeit den Grund für den Selbstmord erführe: Schelte der Medien, dass die Polizei ihre Beamten im Stich lasse. Sündenbocksuche der Behörde. Schranz wäre der Erste, der *ihr* die Schuld zuschieben würde. Und der Kripochef vermutlich nicht der Letzte, der sich diese Meinung zu Eigen machen würde.

Wieder klingelte Elas Apparat und sie hob ab. »Bach.«

Eine Stimme, die ihr bekannt vorkam, bellte los: »Du hast Klaus Kottmann auf dem Gewissen!«

Ela stellte sich den Kerl vor, dem die Stimme gehörte. Sportlich, speckige Lederjacke, ein paar Jahre jünger als sie. Der Kollege des Selbstmörders. Sein Name fiel ihr ein: Felix May.

Er rief: »Du hast Kotti in den Tod gehetzt! Wie fühlst du dich, du karrieregeile ...«

Sie legte auf. Mit zitternden Fingern grub sie eine Zigarette aus der Schachtel.

Da war es wieder, das Brennen in ihrem Magen.

Becker starrte sie an.

»Noch was auf dem Herzen?«, fragte Ela.

»Was hältst du davon, wenn wir das Dienstliche mal beiseite lassen und irgendwo gemütlich essen gehen?«

»Mach, dass du verschwindest!«

Als sich die Tür hinter Thilo schloss, wühlte Ela noch einmal nach dem Raumbedarfsplan. Irgendwo musste der verdammte Wisch doch stecken.

Stattdessen geriet ihr eine Ermittlungsakte in die Finger. Friederike Gerland, genannt Fritzi, die Vermisste aus dem Frauenhaus. Das KK 12 war der Sache nachgegangen. Ela hatte sich den Vorgang aus der Kriminalaktenhaltung besorgt und hätte ihn um ein Haar vergessen.

Wenn sie bis zum Abend nicht da ist, hat er sie umgebracht. Ela schlug den Aktendeckel auf und begann, den Inhalt zu studieren. Es tat gut, auf andere Gedanken zu kommen.

16.

Am nächsten Tag opferte sie die Mittagspause, um sich mit der Kollegin zu treffen, die in der Sache Gerland die Vermisstenanzeige erstattet hatte. Sie stoppte in zweiter Reihe vor der Polizeiwache an der Karlstraße, das Hupen der Fahrer ignorierend, die auf die linke Spur wechseln mussten. Warum der Fall sie noch immer beschäftigte, konnte Ela sich selbst nicht erklären. Ein paar seltsame Begleitumstände. Ihr leichtsinniges Versprechen im Frauenhaus. Eigentlich gingen sie Vermisstensachen nichts an.

Die kleine Wache zählte zum Revier der Polizeiinspektion Mitte. Ein Außenposten unweit des Hauptbahnhofs zwischen Computerladen und türkischem Reisebüro. Die Gegend galt als sozialer Brennpunkt – nirgendwo sonst lag die Rate an Wohnungseinbrüchen und Rauschgiftdelikten so hoch wie hier. Keiner riss sich darum, in diesem Viertel zu arbeiten.

Die junge Uniformierte trat aus der Tür. Simone Eichelkamp, die Schupo-Kollegin, die Fritzi im Frauenhaus untergebracht hatte – laut Akte am 21. Februar, also vor knapp vier Wochen. Drei Tage später war das Mädchen abgetaucht.

»Nächste rechts«, erklärte die junge Kollegin beim Einsteigen, atemlos wie nach einem Sprint um die Häuser.

»Wohin lotst du mich?«

»Ich zeig dir die Straße, wo Fritzi gearbeitet hat.«

Ela taxierte Simone: Anfang zwanzig, ein unscheinbarer Typ, das braune Haar zum Pferdeschwanz gebunden. Zwei grüne Sterne auf jeder Schulter wiesen sie als Polizeimeisterin aus.

Nach kurzer Fahrt erreichten sie die Charlottenstraße. Die Uniformmütze der Beifahrerin fiel offenbar auf – einige Passanten suchten das Weite.

Die Kollegin sagte: »Wir nennen es die ›Rue‹.«

Natürlich war Ela die Straße ein Begriff – Düsseldorfs Drogenstrich inmitten des Zentrums, nur wenige Blocks von der

Königsallee entfernt. Sie fragte sich, warum sich die Kollegin so sehr für die Vermisste engagiert hatte.

Eine Frau mit großen Creolen schlurfte vorbei, den Blick auf vorüberfahrende Autos gerichtet.

»Sie lassen fast alles mit sich machen«, kommentierte Eichelkamp. »Die Kerle kreuzen umher, bis sie eine entdecken, die auf Entzug ist. Dann können sie den Preis noch weiter drücken. Praktisch jede Frau, die hier langgeht, bietet sich an. Und jeder männliche Einzelfahrer ist 'n Freier.«

»Aber warum im Sperrbezirk? Außerhalb der Innenstadt wär's doch legal.«

»Keine Ahnung. Tradition, zentrale Lage.«

»Und alles unter den Augen von Polizei und Ordnungsamt.«

Eichelkamp warf Ela einen skeptischen Blick zu. »Die erhöhte Präsenz hat nur dazu geführt, dass die Frauen jetzt ohne langes Verhandeln zu den Kerlen einsteigen. Und dann sind sie ihnen ausgeliefert.«

»Hier ging auch Fritzi anschaffen?«

»Es ist eine Schande, dass das KK 12 die Sache nicht verfolgt.«

»Das stimmt nicht, Simone. Die Kollegen haben die Eltern befragt und auch den Exfreund. Es gibt keinen Hinweis auf ein gewaltsames Verschwinden. Ich hab's überprüft. Die Mutter nimmt an, dass sich die Kleine in Amsterdam aufhält, wo sie offenbar Bekannte hat. Möglich, dass sie damit Recht hat.«

»Ach was. Die Alte hat Fritzi abgeschrieben. Die ist froh, wenn ihre Tochter nicht mehr auftaucht.«

»Jedenfalls gibt es keine Handhabe, eine Suchaktion zu starten.«

»Fritzi hatte nicht vor abzuhauen. Sonst hätte sie nicht sämtliche Sachen im Frauenhaus zurückgelassen.«

»Dafür kann es eine Erklärung geben. Viele Menschen verschwinden, ohne dass sie entführt wurden.«

»Sie hatte Angst. Du hättest sie sehen sollen, als ich sie aufgegabelt hatte. Schnittwunden kreuz und quer am ganzen Körper, als wäre sie gefoltert worden. Ihre Wäsche blutdurchtränkt.

Im Frauenhaus fühlte sie sich gut aufgehoben. Sie wollte nicht zurück auf die Straße und auch nicht in die Bude, die sie zuvor mit ihrem Freund geteilt hat.«

»Der war zu der Zeit auf Formentera. Der kann es nicht gewesen sein.«

»Und was hältst du davon, wenn wir hier eine Befragung machen? Jeden Tag sind andere Frauen und Freier da. Vielleicht weiß jemand was!«

Drei dicke Limousinen rollten die Straße entlang. Kennzeichen aus Krefeld, Solingen und Wuppertal. Durchschnittsgesichter hinter den Scheiben. Blicke, die den Straßenrand absuchten.

Ela sagte: »Besonders professionell finde ich es nicht, wie du dich ereiferst.«

Die Polizeimeisterin schwieg.

»Wahrscheinlich hat die Kleine ihr Revier gewechselt«, fuhr Ela fort. »Einen Drogenstrich gibt's in jeder Großstadt.«

»Fritzi passte nicht auf die ›Rue‹.«

»Klingt fast, als hättest du dich in sie verliebt.«

Eichelkamp stieß die Beifahrertür auf.

Ela hielt die Kollegin am Uniformärmel fest. »Beruhig dich, Simone. Die Gerland hat das Frauenhaus verlassen, um anschaffen zu gehen. Wenn sie wüsste, dass du dir Sorgen machst, würde sie nur lachen. Die Stadt ist voller Leute, die Hilfe brauchen, aber kein Dankeschön über die Lippen kriegen, wenn man sich sorgt. Und eine Fixerin ist kein Kätzchen, das man füttern und hegen kann.«

»Ach wirklich? Jetzt weiß ich, was los ist.«

»Was denn?«

»Fritzi ist ja *nur* ein Junkie!«

»Unsinn.«

Die junge Polizistin riss sich los. Als ihr Pferdeschwanz um die Ecke verschwunden war, startete Ela den Wagen.

Sie passierte zwei Strichjungen, die vor einer Imbissbude abhingen. Frührentner mit Bierflaschen, die ein Motorrad bestaunten. Eine schwarze Nutte und zwei ältere Frauen.

Schnittwunden kreuz und quer am ganzen Körper, als wäre sie gefoltert worden.

Ein perverser Freier, dachte Ela. Ein Kerl, der auf abartige Spielchen stand. Die Charlottenstraße zog solche Männer an.

Ela fragte sich, ob die kleine Drogennutte so bescheuert gewesen war, sich ein zweites Mal mit dem Kerl einzulassen.

17.

Die Kerzen auf dem Nachttisch flackerten und warfen ein schummriges Licht. An den Wänden gerahmte Schwarz-Weiß-Aufnahmen von Jazzmusikern, die allesamt nicht mehr lebten – Ela hatte das Gefühl, sie sahen zu, wie sie sich an die Brust des Mannes schmiegte, der neben ihr lag.

Eigentlich war sie gekommen, um sich auszuheulen. Was bedeutete es, dass sie wieder in der Kiste gelandet waren?

»Im Kühlschrank steht Weißwein«, sagte Benedikt Engel.

»Ich dachte, du trinkst keinen Alkohol.«

»Hab ich für dich besorgt. *Entre-deux-mers.* Den magst du doch, oder?«

»Später.« Sie streichelte seinen flachen Bauch. Engels Nähe tat ihr gut. Sie spürte nicht einmal Lust auf eine Zigarette.

Er sagte: »Soll ich den *Brennpunkt* einschalten? Heute früh haben sie angefangen, Bagdad zu bombardieren.«

»Ich weiß. Im ZDF-*Morgenjournal* lief sogar der Wetterbericht für den Irak. Danke, kein Bedarf.«

Ela hätte noch länger so liegen können, aber Engel schien Hummeln im Hintern zu haben. Er stand auf und machte sich am CD-Player zu schaffen. Dann verließ er das Zimmer.

Aus den Boxen klang eine schmeichelnde Frauenstimme: *Don't know why I didn't come.* Ela erhob sich ebenfalls, zog die Jalousie hoch und öffnete das Fenster. Die frische Luft war wie Champagner.

Engel kam mit der Weinflasche und einem Glas zurück. »May wird sich wieder einkriegen.«

»Meinst du?«

»Der Kollege steht unter Schock. Zwei solche Einsätze in knapp einem halben Jahr. Ich hab gehört, dass er das SEK verlassen will. Er hat in sämtlichen Kommissariaten angefragt.«

»Der Rambo will Kriminalist werden?«

Engel schenkte ein. »Keine Angst. Ich werde ihn von dir fern halten.«

Sie trank einen Schluck und fragte sich, was sie von ihrem Chef erwarten konnte. Ob er ihr Verbündeter sein würde, wenn es darauf ankam. Sie konnten sich nur heimlich treffen, denn immerhin war er für ihre Beurteilungen zuständig. Sobald bekannt würde, dass die Chefin des KK 11 und ihr Gruppenleiter ein Verhältnis hatten, würde es Probleme geben. Vor allem für sie.

Er sagte: »Du siehst wundervoll aus. Très sexy.«

»Schmeichler.«

Im Dachgeschoss des Hauses gegenüber ging Licht an. Erst jetzt fiel Ela auf, dass es dort ein Fenster gab, von dem aus man herübersehen konnte. Sie kroch unter das Laken und zog es bis unter das Kinn.

»Keine Panik«, beschwichtigte Engel. »Der glotzt nur rüber, wenn er selbst im Dunkeln steht.«

»Ach ja? Dann hat er das die ganze Zeit getan!«

»Beruhige dich, war nur ein Witz.«

Er schloss die Jalousie. Ela nahm einen zweiten Schluck. Sie bedeckte weiter ihre Brüste, die sie für zu groß hielt. Früher hatte sie deshalb sogar den BH anbehalten, wenn sie mit einem Mann zusammen war.

Engel räusperte sich. »Ich muss dir was sagen.«

»Nur zu.«

»Die Kollegen vom KK 12 schätzen es nicht, wenn du dich in Vermisstensachen einmischst.«

»Aha, jetzt spricht der Vorgesetzte.«

»Der Fall Gerland ist es wirklich nicht wert. Und du machst Kottmann nicht wieder lebendig, indem du verschwundenen Fixerinnen nachspürst.«

»Hab ich behauptet, dass ich mich für den Suizid verantwortlich fühle?« Ela stellte das Glas ab. Sie hatte es zu schnell geleert und spürte bereits die Wirkung.

Aus den Lautsprechern klang der nächste Song: *Come away with me.*

Das wär's, dachte Ela. Einfach abhauen.

Engel zerdrückte die Kerzenflammen, weil Wachs auf den Nachttisch tropfte. Er knipste die Leselampe an. Ihr grelles Licht wirkte auf Ela wie ein Signal, dass es Zeit für sie war aufzubrechen. Unter den Augen der toten Jazzmusiker suchte sie ihre Kleidungsstücke zusammen.

18.

Schneller als erhofft erhielt May die Zusage. Stellvertretender Leiter des Einsatztrupps der Polizeiinspektion Mitte. Es schien ihm fast, als habe der Job auf ihn gewartet.

Beim Spezialeinsatzkommando hinterließ May dicke Luft. Der Chef war hochgradig sauer – Polizeirat Enders hatte sich eigens mit Personalvertretung und Verwaltungsheinis angelegt, um May als neuen Kommandoführer durchzupauken. Auch die Kollegen im SEK hielten Mays Wechsel für einen glatten Abstieg.

Er scherte sich nicht darum.

Die Hauptwache der Polizeiinspektion Mitte residierte am Rand der Altstadt in einem ehemaligen Bankgebäude an der Heinrich-Heine-Allee. Der PI-Leiter begleitete May, um ihn mit den neuen Kollegen bekannt zu machen. Der Aufzug trug sie in den vierten Stock. Im Flur stieß May auf den Glaskasten, in dem Kotti verhört worden war. Erst elf Tage war das her.

Männer und Frauen erledigten Papierkram, telefonierten oder machten sich an der Kaffeemaschine zu schaffen. Der Chef des Einsatztrupps hieß Christoph Jensen, ein ruhiger Brillenträger mit Schnauzbart und Brummbass. Er trommelte seine Leute zusammen, die sich nach und nach am großen Tisch im Besprechungsraum niederließen.

Der Leiter der Polizeiinspektion verlor nicht viele Worte und machte sich rasch vom Acker. Danach hieß Jensen den Neuen ebenso knapp und freundlich willkommen. Die Kollegen klopften zustimmend auf die Tischplatte – May zählte zwei Frauen und acht Männer, die meisten jünger als er. Der Schnauzbart stellte sie reihum vor und May versuchte sich die Namen einzuprägen. Die Stimmung in der Runde schien gut zu sein.

Jensen ging zum Tagesgeschäft über. Das Lagebild – er trug die Vorkommnisse der letzten vierundzwanzig Stunden vor. Dann reichte er einen Stapel Papiere herum. May griff sich ein Blatt und erblickte das Schwarz-Weiß-Porträt eines jungen Mannes.

Mehrfaches Kopieren hatte die Kontraste verstärkt. Das Foto wirkte wie eine grobe Zeichnung. Dennoch waren die Züge gut zu erkennen: ein mürrischer Mund, hervorstehende Wangenknochen, struppiges Kopfhaar.

Schnauzbart Jensen erläuterte: »Die Fahndung bittet darum, dass wir ebenfalls die Augen offen halten. Es gibt Hinweise, dass sich der Geiselnehmer von neulich immer noch in der Stadt aufhält. Jonas Buchmüller ist bei seinen Eltern gemeldet, aber die behaupten, sie hätten seit längerem keinen Kontakt mehr. Das scheint wohl zu stimmen. Er hat eine Bude in Flingern, aber auch da lässt er sich nicht blicken. Ein Anrufer will ihn vor einiger Zeit im *Notorious* gesehen haben, also in unserem Revier. Für alle, die es noch nicht wissen: Buchmüller ist vierundzwanzig Jahre alt und eins achtundsiebzig groß. Auffällig ist sein leicht hinkender Gang. Als Kind soll er einen Unfall gehabt haben. Und denkt daran, Leute: Der Mann könnte bewaffnet sein. Fragen?«

Gemurmel und Stühlerücken. Die Kollegen befestigten ihre Dienstwaffen am Gürtel oder im Schulterholster. May fiel auf, dass kaum einer seine Schutzweste anlegte.

Er steckte das Fahndungsbild ein und spürte ein Pochen hinter den Schläfen. Jonas Buchmüller – das Arschloch hatte einen Namen.

»Shorty?«, dröhnte Jensens Stimme durch den Raum. »Zeigst du unserem Neuen das Revier?«

Der Angesprochene gab May die Hand. »Willkommen im Team.«

Jensen erklärte: »Eigentlich heißt er Martini, Reinhard Martini. Aber alle sagen Shorty. Keiner weiß, warum.«

Sie lachten. Shorty war um die dreißig. Rabenschwarzes Haar, halb lang und in der Mitte gescheitelt. Der Kollege reichte May gerade mal bis zum Kinn.

Der Kurze trug ein Schulterholster über einem ärmellosen *Nike*-Shirt und schlüpfte in einen dunkelblauen Windbreaker aus glänzendem Stoff. May streifte eine Schutzweste über und zog den Klettverschluss stramm.

Martini fragte: »Du warst beim SEK? Bist du dir sicher, dass dir der Job als Zivilstreife gefallen wird?«

»Ich denke schon.«

»Hast du vorletzte Woche den Einsatz in diesem Jeansladen mitgemacht?«

»Ja, leider.«

Auf dem Weg nach unten erzählte Shorty die Vorgeschichte der Geiselnahme aus Sicht des Einsatztrupps. Zuerst hätten Schupos der Hauptwache Buchmüller beim Taschendiebstahl erwischt, ihm das Geld abgenommen, die Anzeige geschrieben und ihn wieder laufen lassen.

»Keine zwei Stunden später sehen Moritz und ich, wie der Kerl auf der Kasernenstraße einen Golf knackt. Wir rufen ein zweites Team zur Unterstützung, doch bevor die eintreffen, ist der Typ entwischt. Wir haben ihn verfolgt, bis er sich im Jeansladen verschanzt und der Kassiererin ein Schnappmesser an die Gurgel gedrückt hat. Christoph meinte dann, wir sollten die Sache den Spezialisten überlassen.«

Und die haben es gründlich vergeigt, dachte May.

Sie traten auf die Straße. Obwohl die Sonne bereits tief stand, war es noch einigermaßen warm. Shorty steuerte ein Auto an, das in einer Haltebucht parkte. Ein klappriger rot lackierter Vectra mit Duisburger Kennzeichen. Der Kurze setzte sich ans Steuer. May klemmte das Konterfei des Gesuchten hinter die Sonnenblende und versuchte sich die Fixerfresse einzuprägen.

»Du weißt, worum es bei uns geht?«, fragte der Kollege.

»Kotti hat mir einiges erzählt. Ein Kollege, der früher mal beim Einsatztrupp war.«

»Ein Jammer, dass sich Kottmann umgebracht hat.«

»Ihr kanntet euch?«

»Wir waren zusammen beim Trupp am Hauptbahnhof, als es den noch gab. Was hat Klaus dir erzählt?«

»Dass es gegen die Straßenkriminalität geht. Die Guten gegen die Bösen. Das Spiel, für das man uns bezahlt.«

»Schlecht bezahlt. Und viel zu oft werden wir zu langweiligen Einsätzen abgestellt wie dieser Friedensdemo am letzten Samstag. Du wirst dich rasch nach deiner alten Dienststelle zurücksehnen.«

May fand, dass sich sein neuer Partner wiederholte. Als habe er Vorbehalte gegen ihn.

Martini fuhr einen heißen Reifen. Das Revier der Polizeiinspektion Mitte reichte von der Graf-Adolf-Straße im Süden bis zum Hofgarten im Norden. Auf wenigen Quadratkilometern drängten sich der glitzernde Geschäftsbezirk um Königsallee und Schadowstraße, die Altstadt voller Kneipen und Läden, die Bahnhofsgegend mit Pornoschuppen und Nuttenbunkern. Dazwischen die verschiedensten Wohnviertel.

Ihm wurde deutlich, dass die Suche nach Buchmüller nur eine Zusatzaufgabe war. Sie kreuzten durch die Straßen und passten auf Junkies auf, die in parkende Fahrzeuge schielten. Eine Weile belauerten sie Südländer, die vor einer Kneipe unweit des Bahnhofs lungerten – Hehler, so Shorty, die den Automardern Diebesgut abkauften. Nichts bot Anlass zu einer Festnahme und sie wechselten zur Charlottenstraße, in der sich Huren und Stricher zur Schau stellten. Doch auch hier war das Gesindel auf der Hut.

Sie kreisten um den Worringer Platz, wo afrikanische Drogendealer nach Kundschaft Ausschau hielten. Laut Martini verwahrten die Schwarzen den Stoff im Mund, eingerollt in Folie, um das Zeug hinunterzuwürgen, sobald sich Polizei näherte. Da kein Arzt in Düsseldorf bereit war, Brechmittel zu verabreichen, observierte der Einsatztrupp so lange, bis ein Deal zu Stande kam. Weil sich der Verkäufer dann immer noch herausreden konnte, war der Zugriff erst erfolgreich, wenn sein Kunde ihn verpetzte.

Ein Großteil der Szene sei immerhin in den Volksgarten abgedrängt worden – ein anderes Revier müsse sich nun damit herumschlagen, erklärte Shorty mit einem Augenzwinkern.

Sie rollten auf einen Schwarzen zu, der die Ackerstraße entlangschlenderte. Der Afrikaner verzog sich in einen Videoladen.

»Du erkennst sie am Gang und daran, wie sie sich nach Junkies umgucken«, erklärte der Kleine und gab wieder Gas.

»Und uns erkennen sie am Fahrzeug.«

»Mag sein. Aber einen Tausch kriegt die Bürokratie nicht auf die Reihe. Keine Dienststelle nimmt so eine alte Schüssel. Wir müssen unseren Roten bis zum bitteren Ende fahren. So schaut's nun mal aus.«

Wie Jäger auf der Pirsch gondelten sie weiter. Der Kurze erwies sich allmählich als Quasselstrippe. Wenn er nicht den Lehrmeister gab, ließ er sich über den Krieg im Irak aus. Shorty verglich die Korrespondenten, die in Bagdad geblieben waren, und kam zum Ergebnis, dass es die schicke Tante auf RTL am besten machte – ihr österreichischer Akzent komme erotisch rüber. May wollte ihn gerade bitten, die Klappe zu halten, als es im Funk hektisch wurde.

Die Leitstelle meldete, ein Anrufer habe durchgegeben, dass eine Frau überfallen worden sei, der Täter geflohen. Dem widersprach eine brummige Stimme, die May bekannt vorkam.

»Den Kerl haben wir«, tönte es aus dem Lautsprecher.

Shorty angelte nach dem Mikro. »Hier 31-27. Christoph, brauchst du Hilfe?«

May begriff, dass die Kommunikation die Aufgabe des Beifahrers war. Er kam sich plötzlich vor wie ein Lehrling mit zwei linken Händen.

Es knackte im Äther, dann antwortete sein neuer Chef: »Ihr könnt uns beim Abtransport helfen. Haltestelle Kölner Straße.«

Der Kurze wendete und trat das Gaspedal durch, einen

Schleicher mit Mettmanner Nummernschild auf die rechte Spur drängend, der sich mit langem Hupen beschwerte.

»Haben wir kein Blaulicht?«, fragte May.

»Das kriegt die Behörde auch nicht auf die Reihe.«

Nach kurzer Raserei ließ der Kollege den Vectra über Straßenbahnschienen schlittern und brachte ihn vor einem Haltehäuschen zum Stehen. Christoph Jensen stiefelte heran und beugte sich zum Fahrerfenster.

Der Schnauzbart freute sich: »Wir hören die Meldung wegen des Handtaschenraubs und sehen den Kerl rennen. Im Laufen zieht er Jacke und Käppi aus, damit wir ihn nicht mehr erkennen können. Es hat ihm nichts genützt. Da drüben steht er. Der Typ in den roten Turnschuhen. Die Handtasche haben wir sichergestellt. Das Opfer macht 'ne Aussage – perfekt.«

Jensen und sein Partner kümmerten sich um die überfallene Frau. May und Shorty verfrachteten den Täter auf den Rücksitz ihres Autos. May rutschte neben den Festgenommenen. Shorty steuerte in Richtung Hauptwache. Auf der Steinstraße geriet der Verkehr ins Stocken – die Ampel an der Kreuzung Berliner Allee stand auf Rot.

Während May aus dem Fenster lugte, ertappte er sich, dass er Passanten einschätzte, ob sie Drogenhändler oder Konsumenten waren.

Plötzlich glaubte er, Jonas Buchmüller zu sehen.

Zwei Männer warteten an der Fußgängerampel, gestenreich debattierend. Der ältere war ein ungewöhnlich großer, hagerer Kerl. Er schwankte – Alki oder auf Droge. Der jüngere entsprach genau der Beschreibung: schlank, Sportklamotten und kurze struppige Haare. Das Alter passte ebenfalls.

Die Ampel sprang auf Grün. Der Vectra setzte sich in Bewegung. Auch die beiden Männer schlurften los.

Der jüngere zog ein Bein nach.

May war sich nun sicher. »Halt an, Shorty!«

»Was ist?«

»Buchmüller. Ich möchte wetten, dass er's ist.«

»Geht jetzt nicht. Wir müssen erst unseren Kunden abliefern.«

Sie passierten die beiden Fußgänger. Während sein Partner den Wagen in Richtung Königsallee beschleunigte, äugte May aus dem Rückfenster.

Die Typen erreichten das Eckgebäude an der Berliner Allee. Ein fast fertiger Rohbau. Im Bauzaun ein Loch, durch das sie schlüpften. Darüber bauschte sich am Gerüst ein Reklametransparent – ein nacktes Pärchen warb vier Stockwerke hoch für ein Parfum.

Sie bogen um die Ecke. Das Gebäude geriet außer Sicht.

May fragte: »Du glaubst mir nicht?«

»Es gibt hunderte von Junkies, die nicht gut zu Fuß sind.«

»Sein Gesicht. Ich hab ihn erkannt. Todsicher.«

Der Kurze warf Blicke in den Spiegel. »Wir werden ihn kriegen. Nur eine Frage der Zeit.«

Es dauerte länger als eine halbe Stunde, bis sie den Handtaschenräuber durchsucht und in eine der Zellen im Keller der Hauptwache verfrachtet hatten. Ein Tunesier – May kontrollierte das Papier der Ausländerbehörde und gab die Personalien zur Leitstelle durch.

Der Festgenommene war bekannt: Körperverletzung und BTMK – das Kürzel stand für Betäubungsmittelkonsument. May gewann allmählich den Eindruck, dass sich fast sämtliche Straßenkriminalität um Rauschgift drehte.

Shorty ließ sich Zeit mit den Formularen. Endlich hängte er das Kärtchen mit den Angaben zum Delikt an die Zellentür. Danach ließ er es sich nicht nehmen, in der Wache im Erdgeschoss Kaffee zu schnorren.

»Wollen wir nicht los?«, fragte May.

»Warum so eilig?«, antwortete der Kurze, baute sich vor der spiegelnden Glasscheibe einer Tür auf und ackerte mit einem Metallkamm durchs schwarze Haar, den Mittelscheitel ordnend.

Bleib cool, dachte May. Dein erster Tag. Er sagte: »Buchmüller. Die Baustelle.«

»Und wenn schon. Der hat was gekauft und sich einen Schuss gesetzt. Garantiert ist er längst wieder weg.«

»Lass uns nachsehen, Shorty.«

»Du musst nicht ausflippen, nur weil Buchmüller dir vorletzte Woche entwischt ist.«

Jetzt platzte May doch der Kragen. »Soll ich dir meine Jobbeschreibung vorlesen? Ich bin zwar neu, aber Stellvertreter des Dienststellenleiters.«

Grimmig stapfte sein Partner hinaus. Sie stiegen wortlos in den Vectra. Mit quietschenden Reifen hielt Shorty auf die Königsallee zu. Es war dunkel geworden. Die Schaufensterreihen leuchteten.

Funkgeräusche platzten in das Schweigen, Jensen brummte aus dem Äther: »Es gibt einen Hinweis auf Drogenhandel in einem Café. Ich brauche sämtliche Teams. Alles Weitere über Handy.«

Martini kramte sein Mobiltelefon hervor und drückte eine Kurzwahltaste. »Shorty hier. Dein Stellvertreter hat leider andere Pläne.«

May entriss ihm den Apparat. »Hallo, Christoph, was liegt an?«

Sein Chef fragte: »Was ist los? Vertragt ihr euch nicht?«

»Ich habe Buchmüller gesichtet, den flüchtigen Geiselnehmer.«

»Wo?«

»Die Baustelle an der Steinstraße, Ecke Berliner Allee. Wenn du uns entbehren kannst, würde ich gern mal nachsehen.«

»Für ein einzelnes Team ist der Bursche zu brisant. Es heißt, er könnte bewaffnet sein.«

»Er trägt ein Messer mit sich herum, mehr nicht. Von Schusswaffen ist keine Rede.«

Jensen zögerte, dann sagte er: »Na gut. Aber passt auf euch auf.«

May gab das Handy zurück. Sie rollten auf das Gerüst zu. Der Wind drückte in die Parfumwerbung. Shorty stoppte den Wagen.

»Grünes Licht«, sagte May.

Sein Partner blickte an ihm vorbei. »Wir sind auf uns allein gestellt. Die sind zu zweit. Die Situation gefällt mir nicht.«

»Wenn du nicht willst, schau ich allein nach.«

Er stieg aus. Martini folgte und schloss den roten Vectra ab. Vor dem fensterlosen Betonskelett des Rohbaus knatterte das Transparent, ein loses Seil schlug gegen Metallgestänge.

May zog seine Lampe aus dem Etui am Gürtel. Das T-Shirt unter der Schutzweste war durchgeschwitzt, klamm und kalt.

Ein Element des Bauzauns war verschoben. Die Lücke bot einen bequemen Durchgang. May wunderte sich, dass der Ort nicht besser gesichert war.

Festgetretene Erde unter ihren Füßen. Die Lichtkegel streiften Bretter, Rohre, Mauerwerk. Eine Rampe führte in den Keller – die Zufahrt zur Tiefgarage. Sie stapften weiter bis zum Haupteingang.

Drinnen war es stockduster. Nackte Wände ließen die Schritte hallen. Sie lugten in lange Gänge. Es roch nach Staub und feuchtem Zement. May öffnete den Klettverschluss des Holsters an der Hüfte.

Sie erkundeten jeden Winkel des Erdgeschosses. Ab und zu blieben sie stehen und knipsten die Lichter aus, um zu lauschen und kein Ziel zu bieten – kein Laut zeigte an, dass sich außer ihnen noch jemand hier aufhielt.

Das Treppenhaus war ein unverkleideter Schacht, gemauerte Stufen ohne Geländer. Shorty starrte nach oben. »Lass gut sein. Die sind längst weg.«

Flüsternd widersprach May: »Wir teilen uns auf, damit es schneller geht.«

»Mir ist nicht wohl dabei.«

»Unsinn. Du suchst im ersten Stock und ich geh eins höher.«

Als May in der zweiten Etage ankam, zog er die Waffe. Er kreuzte die Handgelenke, indem er die Waffenhand auf die Linke stützte, in der er die Lampe hielt. Mit ihrem kleinen Magazin war die polizeiübliche P6 leichter als die P226, die er beim SEK benutzt hatte. Doch ein Schuss aus dieser Pistole war nicht weniger effektiv, seit die gesamte Polizei auf Action-Munition mit hohler Spitze umgestellt hatte.

Rasch erkundete May Raum für Raum – *running the walls,* um kein Ziel zu bieten. Er stieß auf Kabelrollen, Werkzeugkisten und Ballen mit Isoliermaterial. Die Wände waren anders gezogen als im Erdgeschoss. May bemühte sich, nicht die Orientierung zu verlieren.

Er erreichte einen zweiten Treppenschacht und wusste nicht, wie viel er von dem Stockwerk bereits durchsucht hatte. Lauschend hielt er inne. Er glaubte, in der Ferne Schritte zu vernehmen, und entschied sich, weiter nach oben zu steigen.

Der dritte Stock. Eine Werkzeugkiste auf dem Treppenabsatz, der Inhalt ringsum verstreut. Ein Flur führte in ein Großraumbüro. Es roch verbrannt – May entdeckte verkokelte Reste eines Lagerfeuers vor einer Fensteröffnung.

Jenseits des nächsten Gangs stieß May auf Licht. An der Decke summten Leuchtstoffröhren, offenbar brannten sie hier Tag und Nacht. Er umklammerte die Pistole fester und tastete sich voran.

Auch hier ein deutlicher Geruch: Moder und Exkremente.

Eine Reihe von Kabinen zweigte ab. Der Betonboden war mit Zigarettenkippen übersät. Flaschen und zerknautschte Bierdosen. Erloschene Kerzenstummel bildeten einen Kreis. Darüber ein Graffito, in schwarzer Farbe auf die Wand gesprüht. *Ich bin dein Abgrund und schaue in dich hinein.*

Verquere Junkie-Lyrik.

May schob die Taschenlampe in den Gürtel. Die Neonröhren leuchteten alles taghell aus. Mit beiden Händen an der Waffe fühlte er sich sicherer. Er spitzte die Ohren. Eine Fliege surrte.

Leise drückte er die Kabinentüren auf. Eins, zwei – im dritten Kabuff zielte er auf ein Pennerrefugium. Die restlichen Kabinen waren leer, May kehrte zur mittleren zurück.

Muffige Decken auf alten Matratzen. Alditüten, ein paar vergammelte Klamotten – offenbar die Quelle des Gestanks.

Er stieß auf Hochglanzmagazine: *Geo*, *Feinschmecker*, *Art* – der Penner, der hier hauste, besaß Sinn für Kultur. May streifte einen Latexhandschuh über, griff in die Plastikbeutel und fand Handys, leere Brieftaschen, einen Walkman. Er trat auf einen Löffel mit angetrocknetem Bodensatz. Den Rest des Fixerbestecks führte der Junkie vermutlich mit sich.

Ein leiser Ruf – Shorty krähte nach seinem Partner. Damit machte der Angsthase nur den Straftäter auf sich aufmerksam.

May drang weiter in die Etage vor. Der üble Geruch wurde intensiver. Vermutlich ein zweites Lager. Als er das nächste Großraumbüro erreichte, stutzte May.

Auf dem Boden zeichnete sich eine Gestalt ab.

Langsam trat er näher. Insekten knackten unter seinen Sohlen. Er steckte die Waffe weg, wühlte ein Taschentuch hervor und presste es vor seine Nase.

Wieder hörte er von weit her seinen Kollegen rufen.

Dann war es still, bis auf ein Brummen, das nicht allein von den Neonröhren stammte – grüne und blaue Fliegen umschwirrten in Scharen das Licht.

May stand vor dem entkleideten Körper einer Frau. Sie lag auf dem Rücken, ihre geöffneten Augen fixierten einen Punkt jenseits dieser Welt. Ein tiefer Bauchschnitt teilte den Leib und gab dunkel schillernde Eingeweide frei. Beide Brüste fehlten. Schnittwunden entstellten das Gesicht.

Oberhalb des linken Handgelenks eine lange Narbe, die von einer älteren Verletzung stammte. Als May dann noch das Muttermal am Hals erblickte, wusste er, dass er diese Frau kannte.

Zitternd folgten seine Fingerspitzen der blassen Linie entlang des Unterarms. In seinem Schädel pochte der Puls.

Das Foto. Die fröhliche Frau im Ringelpullover.

Was May vollends aus der Fassung brachte, war die Karikatur, zu der ihre Gesichtszüge verunstaltet waren. Blutige Muster rund um die Augen und quer über der Stirn. Unterhalb der Nase klebte braunes Packband als Knebel in mehreren Lagen. Ein groteskes Grinsen prangte darauf: Zackenlinien, grob hingeschmiert in roter Farbe.

Eine Verhöhnung der Anmut, die diese Frau einst verkörpert hatte.

»Felix?«, ließ Shorty sich hören, jetzt auf seiner Etage. Wenn der Täter sich noch hier aufgehalten hatte, dann war er durch Martinis Rufe verjagt worden.

May löste seine Hand vom Arm der Toten. Das Foto besaß

er noch immer. Er hatte es nicht übers Herz gebracht, es abzuschicken – obwohl ihm klar war, dass Paula Krach schlagen würde, falls sie es noch einmal fand.

Schritte knirschten. Sein Partner blaffte ihn an: »Warum antwortest du nicht?«

Dann erblickte Shorty die Leiche. Er presste die Hand vors Gesicht und stolperte hinaus, um sich laut würgend zu übergeben.

May wandte den Blick nicht ab. Er wusste, dass sich das schreckliche Bild für immer in sein Gedächtnis brennen würde. Er stellte sich die junge Frau vor, wie sie lebend ausgesehen hatte.

Du brauchst einen Menschen, zu dem du zurückkehren kannst – der Afghanistankämpfer war so stolz auf sie gewesen.

May berührte noch einmal die kalte Haut und schwor, dass er alles daransetzen würde, um den Kerl zu kriegen, der diese Frau auf dem Gewissen hatte.

Teil III

Goldkind

… weil sie spüren, dass hier endlich ein Geschöpf ist, das mit dem Dreck der Welt noch nicht in Berührung gekommen ist.

Magda Schneider über ihre Tochter Romy

19.

Scheinwerfer sorgten für gleißende Helligkeit. Im Nebenraum brummte ein Generator. Drei Kriminaltechniker knieten im Staub und diskutierten. Wie die Männer trug Ela Bach die übliche Tatort-Verkleidung: Overall, Handschuhe, Mundschutz und Kappe, dazu Überzieher für die Schuhe. Alles in Weiß – Gespensterarbeit.

Den Fundort hatte Ela bereits dokumentiert. Durch den Sucher der Videokamera blickend, hatte sie sich eingeredet, das Grauen sei nur unscharf, winzig und weit weg.

Jetzt presste sie das Handy ans Ohr. Eine blecherne Stimme leierte einen Abwimmel-Spruch: »Kaufinger AG, Niederlassung Nordrhein. Nach dem Signalton können Sie eine Nachricht hinterlassen oder ein Fax senden.«

Ela bat um Rückruf und drückte die nächste Nummer, die sie vom Baustellenschild an der Berliner Allee abgeschrieben hatte. Wieder vergeblich. Nicht einmal ein Anrufbeantworter. Längst zu spät, kein Büro mehr besetzt.

Einer der Techniker machte Ela auf Streifen im Staub des Eingangsbereichs aufmerksam, die er als Gewebeabrieb bezeichnete – offenbar Schleifspuren.

Ela überlegte, ob sie das gesamte Gebäude zum Tatort erklären sollte. Ihr wurde bewusst, dass sie dringend eine Zigarette brauchte.

Bruno Wegmann tauchte in der Türöffnung auf und meldete: »May behauptet, dass er die Frau kennt.«

Wegmann schob in dieser Woche Mordbereitschaft. Ela war von ihm alarmiert worden und hatte umgehend weitere Kollegen herbestellt. Dazu den Dienst habenden Staatsanwalt und Benedikt Engel – als Gruppenleiter wollte er in solchen Fällen sofort informiert werden.

Das war kein normales Tötungsdelikt. Keine Sache für eine übliche Mordkommission mit acht oder zehn Beamten.

»Dann lass dir von ihm ihren Namen und die Adresse geben«, antwortete sie dem Neuling.

Plötzlich trat May in den Raum, schob Wegmann beiseite und stiefelte auf Ela zu. Er trug noch immer seine Schutzweste, Schweiß stand auf der gerunzelten Stirn. Der Ausdruck im Gesicht des Kerls erschreckte sie – finstere Entschlossenheit.

Fast tonlos erklärte May: »Sie heißt Julia Sander. Ich habe ihren Mann in der Kur kennen gelernt.«

»Bleib draußen!«, fuhr Ela ihn an. »Du trägst keine Schutzkleidung!«

»Ich hinterlasse keine anderen Spuren als vorhin.«

Ela bemühte sich, nicht auszurasten. Der Kerl brachte sie zum Kochen. Sein ungeheurer Vorwurf: *Du hast Klaus Kottmann in den Tod gehetzt.*

May stierte auf die Leiche. »Jonas Buchmüller ist ihr Mörder.«

»So einfach ist das?«

»Wegen neulich – ich war ziemlich fertig in dem Moment. Was ich dir am Telefon gesagt habe, tut mir Leid, okay?«

Ela ignorierte das halbherzige Friedensangebot. »Buchmüller – ist das nicht der Typ, dessen Festnahme ihr neulich so gründlich verkackt habt?«

»Ich wette, die Sachen nebenan sind seine.«

»Das beweist nicht, dass er einen Mord begangen hat.«

»Gegen achtzehn Uhr dreißig hab ich beobachtet …«

»Zu dem Zeitpunkt war die Frau längst tot.«

»Aber dieser Junkie läuft hier ein und aus. Die Baustelle ist sein Versteck!«

»Möglich, dass er ein wichtiger Zeuge ist, aber Schnellschüsse sind Sache des SEK, nicht der Kripo.«

Mays Kiefermuskeln arbeiteten. Sehnen am Hals traten hervor. Aber er blieb ruhig, als er sagte: »Ich arbeite nicht mehr beim Spezialeinsatzkommando.«

»Ist vielleicht auch besser so.« Ela vermied den Blickkontakt. Der Kerl war ihr unheimlich. Sie fügte hinzu: »Halt dich zu unserer Verfügung. Wenn dir oder deinem Partner noch etwas einfällt, wird Wegmann es protokollieren.«

Endlich dampfte May ab.

Wegmann kam näher. Der Kollege träufelte sich Chinaöl auf ein Taschentuch und presste es gegen die Nase. Er bemerkte: »Liebe auf den ersten Blick klingt irgendwie anders.«

»Vergiss nicht festzuhalten, welche Kleidung May und Martini tragen, damit wir ihre Spuren richtig zuordnen können«, sagte Ela. »Mach Polaroids, auch von den Schuhsohlen. Und lass den Scheiß mit dem Duftöl. Du holst dir nur Nasenbluten. Hast du 'ne Taschenlampe?«

»Im Koffer.«

»Schau dich in den übrigen Etagen um. Verschaff dir einen Eindruck. Aber vorsichtig! Spuren finden, nicht zerstören.«

»Was du nicht sagst«, antwortete Wegmann eingeschnappt.

Ela fragte sich, ob sie dem neuen Kollegen vertrauen konnte. Dieser Mord würde tagelang die Schlagzeilen beherrschen. Ein Ermittlungsfehler und ihre Position als Leiterin des KK 11 wäre endgültig gefährdet.

Sie studierte ihren Zettel. *Projektleitung, Vermietung, Generalplaner, Bauleitung, Generalunternehmer, Haustechnikplanung.* Der Investor des Ganzen nannte sich *Zusatzversorgungskasse der Bayerischen Gemeinden.* Eine Versicherung, schätzte Ela.

Der Rechtsmediziner kam in den Raum gestapft. Ela kannte ihn flüchtig – Holger Arend, der Professor, der im letzten Monat die Nachfolge des bisherigen Institutsleiters angetreten hatte. Er war jung für den Posten, fand Ela, kaum älter als sie. Arend hatte sich den weißen Plastikoverall und den Rest der Gespensterverkleidung bereits draußen angezogen und grüßte flüchtig in den Raum, ohne Ela oder die Kriminaltechniker eines Blicks zu würdigen.

Der Mediziner kniete sich hin. Ela bemerkte abgekaute Fingernägel an seinen Händen. Sie wandte sich ab, als er ein Thermometer zwischen die freiliegenden Eingeweide schob, um die Temperatur der Leiche zu messen. Arends Vorgänger, der alte Rosenbaum, hätte ihr jetzt alles über die Fortschritte seiner Enkelkinder erzählt, um das Entsetzen zu verdrängen. Der Neue ging jedoch wortlos seiner Arbeit nach.

Ela probierte die letzte Nummer auf ihrem Zettel. Eine Hannoveraner Vorwahl. Sie lauschte in ihr Handy und erwartete einen weiteren Anrufbeantworter. Doch sie hatte Glück.

»Planungsbüro Mannstein, Mannstein am Apparat«, meldete sich ein älterer Herr.

»Bach, Kripo Düsseldorf. Es geht um die Baustelle Ecke Steinstraße/Berliner Allee.«

»Was kann ich für Sie tun?«

»Wir müssen wissen, wer in den letzten ...«, sie zögerte und warf einen Blick auf den Rechtsmediziner, der rasch Daumen und Zeigefinger in die Luft reckte. Zwei Finger, zwei Tage, nahm Ela an und fuhr fort: »... achtundvierzig Stunden Zutritt zum Gebäude hatte.«

»Wieso, wenn ich fragen darf?«

»Wir sind auf eine Leiche gestoßen.«

»Ja. Hm. Im Prinzip ruht die Arbeit seit zwei Wochen. Sie haben sicher von der Insolvenz der Kaufinger AG gehört. Der Bauträger gehört zur Kaufingergruppe. Es heißt zwar, dass das Projekt nicht gefährdet sei, aber solange die Subunternehmer sich nicht sicher sind, ihr Geld zu kriegen, wird keiner einen Finger krümmen. Ist es ein Unfall?«

Professor Arend überprüfte gerade die Beweglichkeit der Glieder der Toten und versuchte die Leichenflecken an der Unterseite wegzudrücken.

»Eher nicht«, antwortete Ela und bat den Mann in Hannover um eine Aufstellung aller Firmen, deren Mitarbeiter auf der Baustelle beschäftigt waren. Sie gab die Faxnummer ihrer Dienststelle durch. Vielleicht waren trotz der Insolvenz Arbeiter im Haus gewesen – mögliche Zeugen.

Von der Straße drang Martinshornlärm herauf. Die Schupos der PI Mitte erhielten Verstärkung. Ela lief hinunter. Noch im Treppenhaus steckte sie sich eine Zigarette an und inhalierte einen kräftigen Zug. Sie wölbte die Hand unter der Glut, um Asche aufzufangen, falls etwas herunterfiel.

Am Bauzaun traf sie die Uniformierten. »Bis auf weiteres muss die gesamte Baustelle gesichert werden. Keiner bekommt

Zutritt, der nicht zur Spurensicherung oder Mordkommission zählt. Das gilt auch für Polizeibeamte. Sucht den Zaun nach weiteren Einstiegsmöglichkeiten ab. Zwei von euch prüfen das Erdreich innerhalb der Absperrung auf frische Spuren. Aber bitte vorsichtig.«

»Finden, nicht zerstören«, warf ein Schupo ein.

»Richtig.«

Sie beschloss, morgen früh Spurensachverständige des Landeskriminalamts zur Verstärkung anzufordern und jeden Winkel im gesamten Haus untersuchen zu lassen.

Thilo Beckers Fiat Barchetta hielt in zweiter Reihe neben den Grün-Weißen. Der Blondschopf stieg aus seinem Wagen, grüßte Ela und fragte: »Wie sieht's aus?«

»Im dritten Stockwerk hat offenbar ein Junkie gehaust. Zwei Kerle wurden beobachtet, wie sie gegen halb sieben das Gelände betraten. Einer der beiden war vermutlich der mit Haftbefehl gesuchte Jonas Buchmüller. Diebstahl, Einbruch, erpresserischer Menschenraub. Ermordet wurde die Frau allerdings schon vor ein bis zwei Tagen, und zwar woanders, das steht fest. Im Moment genügt es, wenn die Spurenleute und der Rechtsmediziner sich drinnen austoben.«

»Was kann ich tun?«

»Zeugen auftreiben, so schnell wie möglich. Um die Ecke ist ein Taxistand. Vielleicht hat ein Fahrer etwas bemerkt. Ruf die Taxizentrale an. Danach Klinkenputzen. Gerres, Wiesinger und unser spezieller Freund Schranz müssten auch gleich da sein. Teilt euch die Nachbarhäuser auf.«

»Hier sind lauter Geschäfte und Büros. Es ist kurz vor neun. Da ist schon lange keiner mehr.«

»Versucht es trotzdem. Vielleicht gibt es Wohnungen in den oberen Etagen.« Ela drückte die Zigarette an der Schuhsohle aus, ließ den Stummel in einer Tasche des Overalls verschwinden und kehrte zurück in den Rohbau. Sie fragte sich, wo Engel blieb. Es war nicht sein Stil, sich Zeit zu lassen.

Der Leichengeruch war kaum der Rede wert, fand Ela. Wegmanns Chinaöl – dass der Neue so empfindlich war, hätte sie nicht gedacht. Erst morgen würde es hier richtig stinken. Vor Jahren hatte sie selbst einmal versucht, Verwesungsgestank mit Kräuteressenzen zu übertönen. Danach war ihr für Monate die Lust auf Pfefferminztee vergangen.

Ela zwang sich hinzusehen, als Arend die Tote von oben bis unten mit einer Digitalkamera fotografierte: den Hals, der aussah, als hätte der Täter versucht die Haut abzuziehen. Die großflächigen Wunden links und rechts des Brustbeins. Den langen Schnitt, der den Bauch teilte – Ela musste unwillkürlich an eine Obduktion denken.

Der Rechtsmediziner überprüfte die Bildqualität auf dem Display. Dann knipste er weiter. Einen Blitz benutzte er nicht.

Das Gesicht: völlig bizarr. So etwas war Ela noch nie begegnet. Die Schnittwunden, in denen das Blut geronnen war, wirkten wie übertriebene Krähenfüße und Kummerfalten. Der aufgemalte Mund, der die Knebelung zierte, ähnelte der Grimasse einer Halloweenfigur.

Ela war gespannt auf die Analyse von Klebeband und Farbe. Immerhin hatte der Täter Spuren hinterlassen.

Der Gedanke an die vermisste Nutte drängte sich Ela auf. Sie hörte die junge Beamtin aus der Wache an der Karlstraße: *Du hättest Fritzi sehen sollen. Schnittwunden kreuz und quer am ganzen Körper, als wäre sie gefoltert worden.*

Der Rechtsmediziner steckte die Kamera weg und klopfte Staub von den Knien der Schutzkleidung. Sein Schweigen ging Ela auf den Wecker.

»Und?«, fragte sie.

Arend musterte sie über den Rand seiner Brille hinweg. »Wie sagt man? Die individuelle Handschrift des Täters, nicht wahr?«

»Ein krankhafter Frauenhasser. Ein Typ, der vor lauter Problemen mit dem anderen Geschlecht nicht richtig tickt.«

»Ich bin kein Psychologe«, antwortete Arend. Sein prüfender Blick wurde Ela unangenehm.

»Jetzt rücken Sie doch endlich mit Ihrer Meinung raus!«

Der Mediziner schloss seine Tasche. »Bis jetzt kann ich nur sagen, dass einige Wunden einen leichten Heilungsprozess aufweisen, der darauf schließen lässt, dass die Frau noch lebte, als ihr die Verletzungen im Gesicht und Brustbereich zugefügt wurden. Sie verstarb vor mindestens zwölf Stunden, aber vermutlich noch früher am Morgen oder gestern. Die Temperatur im Körperinneren ist fast bis auf Umgebungstemperatur abgesunken, was allerdings durch die Öffnung der Bauchdecke und das Austreten des Bluts beschleunigt wurde. Die Totenflecken sind partiell wegdrückbar und die Starre hat sich noch nicht gelöst. Deshalb liegt der Todeszeitpunkt maximal sechsunddreißig bis vierzig Stunden zurück. Todesursache ist vermutlich der hohe Blutverlust. Und es ist auf jeden Fall nicht in diesem Raum geschehen. Dafür gibt es hier nicht genügend Blut.«

»Spermaspuren?«

»Bis jetzt habe ich nichts dergleichen entdecken können. Ich werde die Frau morgen Vormittag auf meinen Tisch legen. Dann sehen wir weiter.«

Ela kontrollierte ihre Uhr und notierte, dass der Tod zwischen Sonntagmorgen, fünf Uhr, und Montag früh um neun eingetreten war. Sie malte Kringel um die Daten. Ein großer Zeitraum – als Anhaltspunkt zu vage.

Arend begann, mit einer Pinzette Maden aus den Wunden der Frau zu pflücken. Kurze weiße Larven, die er in Döschen füllte.

»Was machen Sie damit?«, wollte Ela wissen.

»*Postmortale Besiedelung durch Gliedertiere*, so lautete das Thema meiner Dissertation. Maden sind mein Steckenpferd. Ich habe schon zu Beginn der Neunziger den Begriff der ›Madenuhr‹ in die forensische Medizin eingeführt.«

»Gratuliere.«

»Sie müssen sich der Leiche mit den Augen einer Fliege nähern. Wo ist es feucht und warm? Wo finde ich eine Stelle, an der meine Brut Nahrung findet? Mein Vorgänger Rosenbaum hätte davon nicht viel gehalten, ich weiß. Aber die Medizin entwickelt sich weiter, Frau Bach.«

Ela fragte sich, woher der Kerl ihren Namen wusste. Sie fand ihn verschroben, pedantisch und arrogant. Aber vermutlich dachten das auch einige Leute über sie.

Ihr Handy meldete sich. Engel war dran. Ihr Chef gab durch, dass er gemeinsam mit dem Staatsanwalt unten vor der Absperrung stand.

Er sagte: »Überleg dir, was wir den Medien erzählen. Die fallen gerade in Kompaniestärke ein. Auf der Steinstraße ist kein Durchkommen mehr.«

Ein Knirschen ließ Ela zusammenzucken. Wegmann stand neben ihr. Sie hasste es, wenn sich jemand anschlich. Vor allem nachts und am Fundort einer Leiche.

»Was entdeckt?«, fuhr sie ihn an.

»Nichts. Die anderen Stockwerke sind praktisch leer.«

Sie hob das Handy wieder ans Ohr. »Ben? Ich komm runter zu euch.«

»Übrigens, Ela«, antwortete Engel, »es wird eine Soko geben und der Kripochef will, dass ich sie zusammenstelle und die Ermittlungen leite.«

»Was?«

»Ich konnte es ihm nicht ausreden. Nimm's bitte nicht persönlich.«

Wütend drückte Ela die Aus-Taste. Wenn Dresbach ihr nicht zutraute, eine Sonderkommission zu führen, dann konnte er sie auch gleich als Kommissariatschefin absetzen. Sie fragte sich, wer oder was dahinter steckte.

Zu Wegmann sagte sie: »Bei Tagesanbruch suchst du weiter. Zusammen mit unseren Spurenleuten und denen vom LKA. Außerdem möchte ich, dass du dabei bist, wenn Dr. Arend die Obduktion vornimmt. Oder ist dir das unangenehm?«

»Unsinn, wieso?«, fragte Wegmann und hielt sich wieder das Taschentuch mit dem Chinaöl vor die Nase.

Im Treppenhaus dachte Ela über Engel nach. Im Dienst ihr Chef, privat ihr Liebhaber. Sah er das auch so oder war sie für ihn nur ein zweimaliger One-Night-Stand? Sie wusste, dass in der Kripo einst das Gerücht kursiert hatte, sie verdanke ihren Job einem heimlichen Verhältnis. Damals hätte sie nie im Traum daran gedacht, mit dem Leiter der Kriminalgruppe eins ins Bett zu steigen.

Ela stiefelte ins Freie und stapfte durch den Morast auf die Straße zu. Blitzlichter blendeten. Der Scheinwerfer einer Fernsehkamera flammte auf. Ela blinzelte, ihr Blick suchte Engel. Der lange Kerl telefonierte. Sein dünner Mantel stand auf und Ela fand mal wieder bestätigt, dass Engel selbst mitten in der Nacht nicht auf Anzug und Krawatte verzichtete, zumindest nicht in der Öffentlichkeit.

Er winkte sie heran, das Ohr weiter an seinem Handy.

Als sie näher kam, hörte sie ihn sprechen: »Wunderbar.« Mit der freien Hand machte er Zeichen – Ela sollte notieren, was er wiederholte. »Der Ehemann heißt Tim mit Vornamen und hält sich derzeit in der Rehaklinik Mettnau in Radolfzell am Bodensee auf. Danke, May, gut gemacht!«

Ela kritzelte in ihren Notizblock und kam sich wie ein Schulmädchen vor. Sie fragte sich, ob Wegmann das alles nicht schon längst zu Protokoll genommen hatte.

Der Gruppenleiter bugsierte sie weiter. »Lass uns mit dem *Blitz* reden, Ela. Der Chefredakteur hat eigens den Druck verzögert. Die Leiche schafft es noch auf den Titel. Hinweise aus der Bevölkerung könnten uns helfen.«

»Was du nicht sagst.«

»Entschuldige, Ela. Dass ich die Soko leiten soll, ist auf Dresbachs Mist gewachsen, nicht auf meinem.«

Plötzlich war sie sich dessen nicht mehr sicher. Die Situation beunruhigte sie. Engel klang so distanziert.

Weitere Kameralichter wurden angeknipst. Mikrofone mit dicker Windschutzhülle streckten sich ihnen entgegen, um am Gespräch mit der Boulevardzeitung teilzuhaben. Im Hintergrund erblickte Ela ihre Mitarbeiter Schranz und Wiesinger, die endlich eingetroffen waren. Die beiden würden sich ins Fäustchen lachen, wenn sie spitzkriegten, dass ihre Chefin degradiert worden war.

Engel gab eine Frage des *Blitz*-Reporters an sie weiter und Ela bemühte sich um eine feste Stimme.

20.

May kehrte mit zwei Sandwichtüten zur Baustelle zurück und streckte seinem Partner eine davon hin – sündhaft teures Baguette mit Lachs und Salatblättern aus dem Restaurant der Kö-Galerie. Etwas anderes hatte er nicht auftreiben können. Nicht auf die Schnelle, nicht in dieser Gegend.

Shorty wehrte ab. »Lass mal. Mir ist noch ganz schlecht.«

May nahm einen Bissen vom belegten Brot. Salatsauce verklebte seine Finger. Drüben an der Absperrung zogen die KK-11-Tussi und ihr Gruppenleiter die große Medienshow ab.

»Den Kerl kriegen wir«, sagte May.

»Buchmüller?«

»Wen sonst?«

»Felix, es ist jetzt fast zehn Uhr.«

»Die Schicht geht meines Wissens bis um eins.«

»Du vergisst den Schreibkram. Und wir haben keinen Anhaltspunkt, wo wir suchen sollen. Oder kommst du jetzt wieder mit deiner Jobbeschreibung?«

Ein ziviler Passat hielt neben ihnen. Christoph Jensen stieg aus.

»Ihr macht Sachen, Jungs!«, dröhnte der Schnauzbart. »Stimmt es, dass da drinnen eine Leiche liegt?«

»Ja. Wie war eure Razzia?«

»Volltreffer.«

Shorty erklärte, er wolle sich auf der Restauranttoilette frisch machen. Als er weg war, fragte Jensen: »Kommt ihr zurecht?«

»Kein Problem«, log May.

»Kriminalrat Engel hat mich gebeten, dich und Martini für die Sonderkommission freizustellen. Ich hab ihm gesagt, dass ich erst mit euch darüber reden muss. Wie sieht's aus?«

May spürte Genugtuung, aber er nickte nur.

»Und Martini? Ich weiß, dass der Kleine eine ziemliche Quasseltante sein kann, aber im Grunde ist er in Ordnung.«

»Besonderen Eifer legt er nicht an den Tag, um es vorsichtig auszudrücken.«

»So kenn ich ihn gar nicht.«

»Sag mal, Christoph, mein Posten war ziemlich lange ausgeschrieben. Wie kommt das?«

»Keine Ahnung. Da musst du den Leiter der Polizeiinspektion fragen.«

»Hab ich schon. Der mauert genauso wie du.«

»Schau, Felix, es gibt eben Vorurteile gegenüber dem Einsatztrupp. Die Bekämpfung der Straßenkriminalität ist 'ne schmutzige Sache und einen Lorbeerkranz verdient man sich dabei nicht, obwohl wir wahrlich keine ruhige Kugel schieben. Unserem PI-Leiter fiel ein Stein vom Herzen, als du dich gemeldet hast. Immerhin warst du als Kommandoführer beim SEK im Gespräch. Das heißt, du besitzt Führungsqualitäten. Das hat sicher den Ausschlag gegeben.«

»Gab's denn keine Bewerbungen aus dem Einsatztrupp selbst?«

»Schon, aber eben nicht qualifiziert genug.«

»Shorty wollte die Stelle, stimmt's?«

Jensen kniff beschwichtigend die Augen zusammen und klopfte May auf die Schulter. »Schreibt euren Bericht und meldet euch morgen früh um acht in der Festung zur Sonderkommission.«

21.

Blauer Himmel kündigte einen trockenen und warmen Dienstag an. In den Straßenbäumen zeterten die Meisen. Vom Zeitungsständer des Büdchens an der Kölner Landstraße schrie May eine extragroße Schlagzeile entgegen: *Brutaler Mord an junger Frau – Polizei jagt Kö-Ripper.* Der Artikel hatte sogar den Krieg und das übliche Tittenfoto von der ersten Seite verdrängt.

Als May mit Zeitung und Brötchen zurückkam, stand Paula im Pyjama vor der Glotze und betrachtete Aufnahmen zerbombter Häuser und Zivilisten, die den Tod von Angehörigen beweinten. Darauf folgte ein Schnitt auf den US-Präsidenten und dessen O-Ton, übersetzt von der Reporterstimme: *Mit jedem Tag komme die Bevölkerung des Irak ihrer Freiheit näher, so George W. Bush in seiner Ansprache.*

»Hast du wieder schlecht geschlafen?«, fragte Paula, ohne den Blick von der Mattscheibe zu wenden.

May verdrückte sich in die Küche und setzte Kaffee auf. Die Kriegsbilder erinnerten ihn daran, dass die gesamte Welt ein Ort voller Gewalt war.

Seine Frau begann den Tisch zu decken. »Wir können uns heute eine Wohnung ansehen.«

»Wozu?«

»Ganz in der Nähe des Ladens ist eine frei.«

May erklärte, dass er mit der jetzigen Mietwohnung zufrieden sei. Dass er nicht aus Wersten wegziehen wolle, dem Viertel, in dem er seit fast dreißig Jahren lebte. Hier war der Bolzplatz, wo er zweimal die Woche den Kids das Fußballspielen beibrachte, damit sie nicht auf der Straße herumlungerten. Hier hatten sie Nachbarn, die sich um die Pflanzen kümmerten, wenn Paula und er in Urlaub fuhren. May sagte: »Außerdem kann ich keine Wohnung besichtigen, weil ich gleich ins Präsidium muss.«

»Ich dachte, du arbeitest erst ab dem Nachmittag. Ich habe fest damit gerechnet, dass du mir im Laden hilfst.«

Er zeigte ihr den Aufmacher des *Blitz.* »Mein Partner und ich haben die Tote gefunden. Wir gehören zur Sonderkommission.«

»Pass auf dich auf«, sagte Paula und May erkannte, dass sie in Gedanken bereits in ihrem Laden war oder den Umzug ins Hafenviertel organisierte.

Er war lange nicht mehr im Präsidium gewesen. Vor dem großen Konferenzraum im vierten Stock fielen ihm Stapel von Kartons auf – Computer und Monitore, noch verpackt. Drinnen wurde es eng, obwohl man die Tische in die Mitte geschoben hatte. Trotz Rauchverbots war die Luft zum Schneiden. Immer wieder klingelte das Telefon.

Drei Dutzend Kripoleute aus verschiedenen Kommissariaten hatten sich eingefunden. Einigen von ihnen konnte May ansehen, dass es ihnen nicht gefiel, ihre eigentliche Arbeit liegen lassen zu müssen. Er hätte gern gewusst, ob es der Sokoleiter geschafft hatte, die erfahrensten Leute zusammenzubringen, oder ob es nur widerwillige Anfänger waren, abgeschoben von ihren Kommissariatsleitern mit dem Argument, sie sollten Erfahrung sammeln.

Als er einen Stehplatz am Fenster ergatterte, grüßten ihn zwei Kollegen. May erkannte die KK-11-Leute, die ihn vorletzte Woche vernommen hatten: Blondschopf Becker und Wiesinger, dessen Bierbauch schier das Hemd sprengte.

Shorty war nicht zu sehen.

Kriminalrat Engel führte das große Wort. Der Chef der ersten Kriminalgruppe sah wieder aus wie aus dem Ei gepellt. Nur die Ringe um die Augen des Langen ließen ahnen, dass er die Nacht durchgearbeitet hatte. Der Kripoleiter und die KK-11-Tante flankierten ihn. Auf den Tischen PCs, Faxgeräte und Drucker, zum Teil bereits angeschlossen. Dazwischen stapelten sich Formularsätze für Ermittlungsprotokolle und Hinweisregistrierung.

Engel beugte sich vor. »Ich brauche Ihnen nicht zu sagen, welches Aufsehen der Fall bereits erregt hat und wie wichtig es ist, so rasch wie möglich eine brauchbare Spur zu finden. Dieser Saal wird uns als Zentrale dienen. Weitere Arbeitsplätze werden bis zum Abend im Raum hinter uns eingerichtet sein. Wir erhalten mehrere Leitungen exklusiv, dazu die nötige Technik wie Bandaufzeichnung und Fangschaltung. Und natürlich Handys, Funksprechgeräte und Diktafone für alle, die nicht bereits darüber verfügen. Vergessen Sie nicht, den Empfang zu quittieren. Die Kollegen im Normalbetrieb werden maulen, aber die Soko Steinstraße genießt bis auf weiteres Priorität.«

Kripochef Dresbach nickte zur Bestätigung. May fielen die geröteten Wangen des Obermuftis auf. Sein unsteter Blick strahlte das Gegenteil von souveräner Führungskraft aus. Wieder klingelte es. Eine große mollige Frau mittleren Alters nahm den Anruf entgegen – May tippte auf die Sekretärin des KK 11 oder des Gruppenleiters.

Der Lange fuhr fort: »Ich bin für Sie Tag und Nacht ansprechbar. Das gilt auch für KK-11-Leiterin Bach, die als meine Stellvertreterin fungiert. Kollege Schranz wird für Hinweisaufnahme und Auswertung zuständig sein. Es ist wichtig, dass sämtliche Sokomitglieder stets auf dem aktuellen Stand sind. Jede einlaufende Information wird unmittelbar in den Computer gegeben und kann von jedem PC im Raum abgerufen werden, sobald die Dinger funktionieren. Zusätzlich werden Ausdrucke ausgehängt.« Engel deutete auf die Stelltafeln in seinem Rücken, an die bereits jede Menge Zettel und Fotos gepinnt waren.

Ein weiteres Telefon schlug Krach. Die Sekretärin winkte den Mordermittler zu sich, dem Engel die Hinweisaufnahme übertragen hatte, einen älteren Kollegen mit buschigem Kinnbart. Zugleich wurden Stapel fotokopierter Blätter herumgereicht, als Erstes erreichte May eine Kurzfassung des Tatortbefunds. Er stellte fest, dass ganze Sätze aus seinem Bericht übernommen worden waren.

Dann kamen Abzüge mit Julias Konterfei. Sie hielt den Kopf schräg und lächelte vor neutralem Hintergrund. Studiolicht ließ ihr Haar leuchten. Es sah aus wie ein Bewerbungsfoto der besseren Art.

May hörte Wiesinger murmeln: »Wenn die Zeitungen das drucken, wird sich die ganze Stadt in das Mädel verlieben.«

Engel tippte mit dem Kugelschreiber gegen die Tischkante. »Tatortgruppe und Kriminaltechnik sind noch mit der Spurensicherung zugange. Wir hoffen auf Anhaltspunkte darüber, auf welchem Weg die Leiche in den dritten Stock gelangte. Der Täter muss sehr kräftig sein. Oder er hatte einen Komplizen. Als Tatwaffe diente ein Messer. Der oder die Mörder haben sich bei der Tat Zeit gelassen. Ein sexueller Aspekt ist bislang nicht belegt. Genaueres wird der Obduktionsbericht ergeben. Fest steht die Identität des Opfers. Julia Sander, zwanzig Jahre, wohnhaft in Calw, Schwarzwald. Sie lebte seit etwa sechs Monaten hier in der Stadt bei ihrer Tante, einer Sekretärin namens Karolin Förster. Die Adresse lautet Wiesdorfer Straße 124.«

Mein Viertel, dachte May. Die Wohnung lag nur ein paar hundert Meter von seiner in der Liebfrauenstraße entfernt. Von seinem Nebenmann bekam er einen weiteren Zettel in die Hand gedrückt. Eine Anwesenheitsliste. May trug sich und seine Handynummer ein. Er überflog die Zeilen. Kein Reinhard Martini – dass sein Partner die Besprechung schwänzte, ärgerte May.

Der Kriminalrat erklärte weiter: »Die Tante haben wir verständigt, aber sie war noch zu keiner qualifizierten Aussage in der Lage. Der Ehemann des Opfers heißt Tim Sander und ist Soldat bei der Bundeswehr. Er hält sich im Moment in Radolfzell auf, wo er an einer Rehamaßnahme teilnimmt. Die Kollegen des dortigen Polizeireviers werden ihn benachrichtigen und ich hoffe, dass wir ihn so schnell wie möglich für eine Befragung hierher schaffen können. Wir müssen versuchen alles über das Opfer zu erfahren. Biografie, Kontaktpersonen, Tätigkeiten und Verhalten während der letzten Monate.«

May versuchte sich zu erinnern, was er von dem KSK-Mann auf der Bodenseefähre erfahren hatte. Kinderfrau bei reichen Leuten, Schauspielschule, Modefotos. *Sie ist die schönste Frau, die ich kenne, und ich hab 'ne Menge kennen gelernt.*

Engel fuhr fort: »Außerdem konzentrieren wir uns auf die Nachbarschaft des Fundorts, auf die Arbeiter, die auf der Baustelle zu tun hatten, und schließlich auf zwei Personen, die nach der Tat im Bereich des Fundorts gesehen wurden. Einer von ihnen ist bekannt. Es handelt sich um Jonas Buchmüller, einen Heroinkonsumenten, der wegen mehrerer Delikte gesucht wird. Er oder ein anderer Junkie scheint im Gebäude gehaust zu haben. Weitere Hinweise erhoffen wir uns aus der Bevölkerung.«

Eine Beamtin streckte den *Blitz* in die Höhe und rief: »Bekenner ans Telefon!«

Engel nickte. »Bislang hat ein Anrufer die Tat gestanden. Er behauptet, er habe die Frau stranguliert, weil sie ihn sexuell belästigt hätte. Dank der rhetorischen Kraft dieser Zeitung wird sich die Zahl solcher Wichtigtuer wahrscheinlich noch erhöhen. Ich will nicht hoffen, dass einer von uns den Reportern gesteckt hat, wie das Opfer zugerichtet worden ist. Es ist wichtig, dass keine näheren Tatumstände an die Öffentlichkeit gelangen. Nur dann können wir falsche Bekenntnisse ohne großen Zeitverlust streichen.«

Ein weiterer Kollege hob die Hand wie ein Schuljunge.

»Bitte«, forderte der Lange ihn auf.

»Wenn der Kerl ein Triebtäter ist, dann wäre es denkbar, dass er an den Tatort zurück...«

Vereinzeltes Gelächter unterbrach ihn, Engel schlug mit dem Knöchel auf den Tisch und brachte den Saal zum Schweigen.

»Die Idee ist nicht übel und ich habe ebenfalls daran gedacht. Der Kreuzungsbereich Steinstraße Ecke Berliner Allee wird derzeit rund um die Uhr observiert.«

Kripochef Dresbach senkte den Kopf und kratzte sich am Kinn.

Mit einem Blick auf den Vorgesetzten sagte Engel: »Ich weiß nicht, wie lange wir diesen Aufwand betreiben können, aber im Moment darf keine Chance ungenutzt bleiben. Es deutet einiges auf einen Mörder hin, der von maßlosem Hass oder abartigen Fantasien getrieben wurde. Woran ist sie genau zu Tode gekommen und was war das Tatwerkzeug? Wir hoffen, dass uns die Rechtsmedizin bald darüber aufklären wird. Die nächste entscheidende Frage lautet: Haben sich Täter und Opfer gekannt oder ist Julia Sander ein Zufallsopfer? Wenn Letzteres zutrifft, warum hat er sie ausgewählt? Wo sind sie sich begegnet und an welchem Ort hat er sie so zugerichtet? Die Antworten darauf werden uns zum Mörder führen.«

Als letzter Stapel erreichten May die Einsatzpläne. Er griff sich ein Exemplar – ganz oben Engels Handynummer, an letzter Stelle Shortys Name und seiner, dazu die Adressen, wo sie in den nächsten Stunden nach Zeugen suchen sollten.

Die Jagd begann.

Die KK-11-Leiterin räusperte sich. »Eines möchte ich noch ergänzen«, sagte sie mit belegter Stimme. »Es gibt einen möglichen Zusammenhang mit einem Vermisstenfall aus dem letzten Monat. Offenbar treibt sich im Bereich Charlottenstraße ein gewalttätiger Freier herum, der bereits einer Prostituierten schwere Schnittwunden zugefügt hat. Die Frau überlebte, ist mittlerweile aber verschwunden. Die Beschreibung ihrer Verletzungen zeigt Ähnlichkeiten mit dem Fall Sander. Wir sollten das im Auge behalten und Leute aus der Sitte darauf ansetzen, vielleicht auch einen Profiler.«

Der Miene des langen Kriminalrats war abzulesen, dass ihm Bachs Theorie nicht passte. May war klar, warum. Wenn der Täter Spaß daran hatte, Frauen aufzuschlitzen, würde das Schwein es wieder tun.

Engel übernahm das Wort: »Wer nicht gleich aufbrechen muss, sollte sich das Tatortvideo ansehen. Ansonsten gilt, dass jeder Hinweis umgehend gemeldet wird. Die tagesabschließende Besprechung findet um sechzehn Uhr dreißig statt. Überstunden werden ausbezahlt. Weitere Fragen?«

Keiner in der Runde meldete sich.

Kripochef Dresbach erhob sich für das Schlusswort. »Ohne den Fall hochstilisieren zu wollen, haben wir es hier mit einem der abscheulichsten Verbrechen der letzten Jahre zu tun. Antworten sind gefordert und müssen im Ergebnis gebracht werden, meine Damen und Herren. Ich hoffe, Sie sind sich dessen bewusst.«

»Sesselfurzer«, knurrte Becker in den allgemeinen Aufbruch.

Wiesinger legte eine Pranke auf Mays Schulter. »Diesmal wird aber nicht gleich geschossen, ja?«

May ignorierte den Fettwanst. Er zückte sein Handy und rief Shorty an. Als sein Partner sich meldete, fragte er: »Warum warst du nicht bei der Besprechung? Wo steckst du?«

»Sitzungen werden in meiner Jobbeschreibung nicht erwähnt«, antwortete Martini.

May ignorierte den aggressiven Ton. Sie vereinbarten, sich vor Ort zu treffen.

Becker reichte ihm einen dampfenden Becher. »Vorsicht, heiß.«

»Danke.«

»Ich hab gehört, du hattest Streit mit meiner Chefin.«

May schaute sich nach Ela um. Die KK-11-Chefin machte sich am Kopierer zu schaffen. Ihre Finger spielten mit einer Zigarette, die nicht brannte. May fragte den Blonden: »Warum leitet sie nicht die Ermittlungen? Hat der Gruppenleiter sie kaltgestellt?«

»Bislang hat Engel seine schützende Hand über sie gehalten. Aber man munkelt, der Kripochef selbst würde ihr nicht mehr trauen.«

May zitierte: »Antworten müssen im Ergebnis gebracht werden.«

»Dresbach ist ein kompletter Idiot. Indem er Ela nicht die Soko leiten lässt, tut er so, als habe er sie nur wegen des Muschiparagrafen zur Kommissariatsleiterin befördert. Das wirkt im KK 11 nicht gerade motivierend. Und es ist Wasser auf die Mühle einiger Arschlöcher, die selbst auf Elas Job scharf sind.«

»Magst du sie?«

»Ela? Harte Schale, aber der Kern ist okay.«

»Den verbirgt sie ziemlich perfekt.« May schlürfte. Die Brühe tat ihm gut nach der viel zu kurzen Nacht.

Becker musterte ihn. »Weißt du, was ich mich die ganze Zeit frage? Warum hast du dich ausgerechnet zum Einsatztrupp versetzen lassen?«

»Ich wollte weg vom SEK. Es ist immerhin kein Schreibtischjob.«

»Klingt wie ein Argument für Analphabeten.«

»Was hast du gegen den Einsatztrupp?«

»Ein paar Kerle, die mal dort gearbeitet haben, sitzen heute im Knast.«

»Das war eine andere Dienststelle und vor meiner Zeit. Und mein Streit mit deiner Chefin hatte damit nichts zu tun.«

Becker äugte auf den Einsatzplan. »Engel hat dich fürs Klinkenputzen eingeteilt.«

»Ja. Arbeit für Analphabeten.«

Der Blondschopf grinste. »Versprich mir eins: Lass die Leute am Leben.«

May versenkte den leeren Becher im nächsten Papierkorb und machte sich auf den Weg.

22.

Ela sprach Becker an: »Ist nicht leicht, mit dem Exrambo Freundschaft zu schließen, oder?«

»Der Typ läuft rum, als hätte er einen Tunnelblick«, antwortete ihr Lieblingskollege. »Und er hat was mit dem Ziegenbart gemeinsam.«

»Mit Schranz?«

»Ja. Er kann dich nicht leiden.«

»May glaubt, ich hätte seinen Kumpel auf dem Gewissen, der sich neulich umgebracht hat.«

»Hauptsache, du glaubst das nicht auch.«

»Ich möchte mit der Tante des Opfers reden. Kommst du mit?«

Sie suchten den Kraftfahrdienst auf und versuchten einen Dienstwagen zu ergattern, aber die Nachricht von der Einrichtung der Soko schien dort noch nicht angekommen zu sein. Bis auf einen grün-weißen VW-Bulli war nichts zu haben.

Becker bot an, sein Privatauto zu holen. Es stand in der Tiefgarage des benachbarten Ministeriums für Frauen, Familie, Jugend und Gesundheit. Der Blondschopf nannte es das *Ministerium für komische Gänge* – frei nach Monty Python.

»Okay, Thilo«, sagte Ela. »Dann fahr schon mal den Wagen vor.«

Während sie wartete, drückte sie die Nummer der Wache an der Karlstraße in ihr Handy und verlangte nach Polizeimeisterin Eichelkamp. Als die junge Kollegin an den Apparat kam, fragte Ela: »Was ist, Simone, liegt dir die Vermisstensache Fritzi Gerland noch am Herzen?«

»Gibt's was Neues?«

»Ich hätte gern von dir eine genaue Beschreibung der Misshandlungen. Es waren Schnittwunden, sagtest du.«

»Jetzt verstehe ich, worauf du hinauswillst. Es musste also erst ein zweites Opfer geben, damit du den Fall ernst nimmst.«

»Jetzt vergiss mal unseren Streit von letzter Woche für einen Augenblick. Noch gibt es außer den Misshandlungen keinen Anhaltspunkt dafür, dass es sich um den gleichen Täter handelt. Hast du Fotos von Fritzi gemacht?«

»Nein. Es waren zahlreiche Schnitte am ganzen Körper. Nicht sehr tief, aber sie hatte Schmerzen bei jeder Bewegung. Fritzi hat sich selbst mit Jodtinktur behandelt und sich geweigert, zum Arzt zu gehen oder Anzeige wegen Körperverletzung zu erstatten. Ich hatte den Eindruck, sie kannte den Kerl.«

»Wunden im Gesicht und am Hals?«

»Nein.«

»An den Brüsten?«

»Ja, da vor allem.«

»Eine Bitte, Simone. Du hast letzte Woche erwähnt, dass du dich schon ein paarmal auf dem Straßenstrich umgehört hast. Könntest du …«

»Heißt das, ich soll in der Soko mitarbeiten?«

Eigentlich könnten sie eine so eifrige Kollegin gebrauchen, fand Ela. »Leider bin ich nicht diejenige, die das zu entscheiden hat«, antwortete sie. »Aber ich dachte, du könntest während deiner Schicht …«

»Ich gebe dir meinen Wachdienstleiter«, blaffte die junge Kollegin.

Sekunden später bekam Ela den Vorgesetzten an die Strippe und teilte ihm ihr Anliegen mit. Der Kollege erklärte sich einverstanden. Dabei ließ er durchblicken, dass die Beamten seiner Wache sich über Eichelkamps Engagement lustig machten. Er nannte sie ›unser junges Huhn‹.

Ela bat ihn: »Kann ich Simone noch einmal sprechen?«

»Einen Moment.« Ela vernahm, wie der Hörer abgedeckt wurde, dann war Eichelkamps Vorgesetzter wieder dran. »Tut mir Leid. Sie ist schon unterwegs.«

23.

Sie bretterten in Beckers Fiat Barchetta die Bilker Allee ostwärts. Ein Nichtraucherwagen, wie Thilo ihr gegenüber schon oft betont hatte. Das Verdeck war geschlossen – Ela wusste, dass der Blondschopf es sonst beim ersten Sonnenstrahl aufriss, doch offenbar hatte er sich daran erinnert, dass sie sich unlängst über die kalte Zugluft beschwert hatte.

Ela beschloss, die Personalentscheidung des Kripochefs zu Gunsten ihres Vorgesetzten als die übliche Frauenfeindlichkeit abzuhaken. Aber was hatte Engel geritten, ihren Widersacher Schranz zum Verantwortlichen für die Hinweisaufnahme einzusetzen? Dass sie als Vize galt, erschien Ela als Makulatur. Die Stellvertreterfunktion als Zugeständnis an etwas, von dem sie nicht einmal wusste, wie sie es nennen sollte: Affäre, Freundschaft oder Ausrutscher?

Sie suchte im Stadtplan nach der Straße, in der Karolin Förster lebte.

»Lass mal«, sagte Becker. »Ich kenne die Gegend. Eine Freundin von mir wohnt dort.«

Ela zog den Hefter aus ihrem abgeschabten Lederrucksack und blätterte in dem Satz Kopien, bis sie auf den Bericht über die erste Befragung stieß. Gerres und Wiesinger hatten die Tante des Opfers gegen Mitternacht aufgesucht und es kurz gemacht, weil Förster unter Schock stand, nachdem die Kollegen ihr die Nachricht mitgeteilt hatten. Ela überflog die zentralen Passagen.

Karolin Förster war achtundvierzig Jahre alt und geschieden. Sie arbeitete als Chefsekretärin in einer Werbeagentur. Ihre Nichte hatte seit Anfang Oktober bei ihr gelebt. Laut Försters Aussage war Julia eine strebsame Frau gewesen, die ihre wenige Freizeit zu Hause verbracht hatte.

Die Kollegen hatten sich Fotos geben lassen, die Julia zeigten – Material für die Zeugenbefragungen. Im Zimmer des Opfers hatten sie Fingerspuren gesichert, um der Tante die Identifizierung der Leiche zu ersparen.

»Keine Freunde, keine Feinde«, fasste Ela laut zusammen.

»Ein hübsches Mädel in dem Alter geht aus und lernt Leute kennen, auch wenn sie frisch zugezogen ist und verheiratet.«

»Das sehe ich auch so.«

Ela schmökerte weiter: Die Tante hatte Julia angeblich am Samstag gegen siebzehn Uhr zum letzten Mal gesehen. Danach wollte die junge Frau ins Kino gehen. Ela fragte sich, warum Julia am Wochenende nicht nach Radolfzell gefahren war. Laut May hielt sich ihr Mann seit dem 16. März in der dortigen Kurklinik auf und hatte mit ihrem Besuch gerechnet.

Shorty hatte die rote Einsatztrupp-Karre vor dem Auktionshaus an der Kö geparkt. Die Kelle lag unter der Scheibe – Ersatz für einen Parkzettel. Der Kurze kontrollierte vor einem Schaufenster den Sitz seines blau glänzenden Blousons. May zeigte ihm den Einsatzplan, der vorsah, dass sie die gesamte Umgebung des Fundorts abklappern sollten. Steinstraße und Berliner Allee: Boutiquen, Büroetagen und die wenigen Wohnungen, die es im Umkreis gab – die Kollegen hatten in der Nacht nur einen Bruchteil davon geschafft.

Der Partner gab den Zettel ungelesen zurück. »Du bist ja richtig fickrig, Alter. Die große Show hat dich gepackt, was?«

May antwortete nicht. Sie stiefelten auf die Steinstraße zu. May rechnete fest damit, Zeugen auftreiben zu können.

Aufgrund des Medienrummels waren sicher sämtliche Anwohner informiert. Die Nachricht über ein Gewaltverbrechen in nächster Nähe brachte die Neugier auf Touren. Die Leute redeten. Wer nichts beobachtet hatte, kannte zumindest jemanden, der etwas wusste.

Der erste Laden: Luxusklamotten aus Paris. Der schwule Verkäufer wollte den Beamten Gratisschampus andrehen. Nachdem sie ihren Spruch aufgesagt hatten, holte die Tunte den Geschäftsführer. May präsentierte das Fahndungsbild von Buchmüller, dem Fixer, und registrierte, dass Shorty die Augen verdrehte. Er hielt dem Filialleiter auch Julias Porträt unter die Nase. Doch der Kerl im feinen Tuch bedauerte, nichts beobachtet zu haben.

Im Hinausgehen griff sich Shorty ein Glas und schlürfte das Sprudelgetränk auf ex.

Eine Anwaltskanzlei residierte im Stockwerk darüber. Dort wusste man immerhin schon von dem Mord. May verteilte Kärtchen mit der Telefonnummer der Soko.

Sein Partner warf einen Blick aus dem Fenster. »Die Baustelle ist viel zu weit weg. Willst du Fleißpunkte sammeln, oder was?«

»Muss ich Julia nicht identifizieren?«, fragte Frau Förster, als sie Ela Bach und Thilo Becker in ihr Wohnzimmer führte.

Es war perfekt aufgeräumt. Sogar die Seidenkissen auf dem Sofa standen in Reih und Glied. Pedantisch sauber, fand Ela, deren eigene Wohnung eher das Gegenteil davon war.

Sie sagte: »Wir haben die Fingerabdrücke verglichen. Es gibt keinen Zweifel. Leider.«

Die Tante des Opfers ließ sich in einen Sessel sinken. Sie hatte sich den Tag freigenommen und schien auch zu Hause Wert auf ihr Äußeres zu legen. Eine Frisur, die nach ausgiebigem Föhnen aussah. Make-up bedeckte ihre geschwollenen Augenlider. Sie trug einen engen Kaschmirpulli, der eine Figur zur Geltung brachte, die auf strenge Diät oder tägliche Dauerläufe schließen ließ.

Elas Blick schweifte über Filmplakate an den Wänden. Sie stammten aus der Zeit, als noch kein Fernsehen den großen Hollywoodstudios Konkurrenz gemacht hatte – offenbar liebte die Sekretärin nostalgische Schnulzen.

»Woher wollen Sie wissen, dass es sich um Mord handelt?«, fragte die Tante.

»Die Art der Verletzung schließt Unfall oder Selbstmord aus. Wir geben Ihnen Bescheid, wenn Sie Ihre Nichte …«

»Was für eine Verletzung?«, unterbrach Karolin Förster.

»Die rechtsmedizinische Untersuchung ist noch nicht abgeschlossen. Jedenfalls wurde sie erstochen.«

»Dann ist es also Julia, über die der *Blitz* geschrieben hat?« Sie biss auf ihre Unterlippe und knetete ein Taschentuch. »Die Zeitung nennt den Täter ›Kö-Ripper‹. Was hat das zu bedeuten?«

Ela blätterte in ihren Unterlagen und wartete, bis die Frau sich etwas beruhigt hatte. »Sie haben das Mädchen am Samstag zuletzt gesehen?«

»Wir haben Kaffee getrunken. Danach wollte sie ins Kino.«

»In welches?«

»Das weiß ich nicht. Ein alter Film mit Marilyn Monroe, glaube ich.«

»War sie verabredet?«

»Nein.«

»Warum fuhr sie nicht zu ihrem Mann?«

»Er wird in einer Klinik psychologisch betreut. Besuche sind noch nicht gestattet.«

Ela machte Notizen. »Erzählen Sie uns von Julia.«

»Sie war ein großartiges Mädchen. So talentiert und fleißig. Mit den richtigen Beziehungen hätte ihr die Welt offen stehen können. Ich hab getan, was ich konnte, aber viel vermochte ich nicht zu bieten. Nach dem Tod meiner Schwester kam Julia zu mir. Damals war sie fünf Jahre alt, ein völlig verschüchtertes Ding. Der Pfarrer, bei dem meine Schwester als Putzfrau gearbeitet hatte, war Julias Vater. Doch das Schwein hat das Kind verleugnet. Er ließ sich versetzen und der Bischof schickte mir einen Brief mit fünfhundert Mark. Ich ging damit zum Rechtsanwalt, aber Unterhalt für das Kind habe ich von der Kirche nie bekommen.«

»Woran starb Julias Mutter?«

»Verkehrsunfall. Ein Betrunkener ist ihr frontal ins Auto gefahren. Ich habe mir viel Mühe mit Julia gegeben, das können Sie mir glauben. Leider musste ich das Kind in ein Heim geben, als es zehn war. Zu der Zeit war ich selbst nicht so gut drauf. Aber Julia hatte stets ihr Zimmer bei mir und konnte mich besuchen, wann immer sie wollte. Wir sind viel ins Kino gegangen. Julia wollte schon als Kind Schauspielerin werden. Stattdessen hat sie diesen Bundeswehrsoldaten geheiratet. Sie nahmen sich eine Wohnung im Schwarzwald, wo ihr Mann stationiert ist. Aber als er ins Ausland versetzt wurde, fühlte sie sich dort sehr einsam. Deshalb habe ich Julia zu mir geholt. Das war doch kein Fehler, oder?«

»Hatte Julia Bekannte, mit denen sie sich traf? Freundinnen von früher?«

»Sie kannte praktisch nur ihre Arbeit als Kindermädchen bei den Reitmeiers und ihren Abendkursus. Der Schauspielschule galt ihr ganzer Ehrgeiz. Einmal …«

»Ja?«

»Da gab es einen Fotografen, der behauptete, dass er sie als Model groß herausbringen wollte. Aber bis auf ein paar Schnappschüsse ist nichts weiter rausgekommen.«

»Wie heißt dieser Fotograf?«

»Das weiß ich nicht. Julia hat ihn bei *Actor's Art* kennen gelernt. So heißt die Schule. Aber das ist schon zwei Monate her.«

Ela notierte: *Versuch sie zu knacken.* Sie packte das Diktiergerät aus und schob es Thilo mit dem Zettel hin.

Zur Tante sagte sie: »Frau Förster, ich schlage vor, dass Sie meinem Kollegen die Adresse dieser Schauspielschule geben und alles, was Ihnen dazu und zur Familie Reitmeier noch einfällt. Ich würde mich inzwischen gern in Julias Zimmer umsehen.«

»Ihre Kollegen waren heute Nacht schon dort.«

»Ich weiß. Trotzdem möchte ich mir selbst ein Bild machen.«

»Natürlich. Letzte Tür auf der linken Seite.«

Ela fand ein weiteres tadellos aufgeräumtes Zimmer – vermutlich hatte die Tante hier ebenfalls für Ordnung gesorgt. Die Einrichtung wirkte, als hätte hier ein Teenie gewohnt. Pferdeposter über dem Bett, Plüschteddys aufgereiht auf der Tagesdecke. Auch hier war eine Wand mit Filmplakaten zugepflastert: Michelle Pfeiffer als *Cat Woman,* Sandra Bullock am Steuer ihres Busses in *Speed* – Kinohits aus der Mitte der Neunziger.

Auf dem Tisch am Fenster eine Reihe von Büchern, zumeist Biografien berühmter Schauspielerinnen. Ela schlug einen Band über Katherine Hepburn auf. Eine Widmung in Druckbuchstaben: *Von deiner Tante Karo zum 15. Geburtstag.*

Unter dem Bett fand Ela zwei Schuhkartons voller Post – Briefe aus Afghanistan.

In der Schublade des schmalen Schreibtisches stieß sie auf weitere Hinterlassenschaften: Prospekte der Schauspielschule, die Einladung einer Produktionsfirma zum Casting, zerlesene Zeitschriften. Der Papierkorb war leer.

Im Kleiderschrank das Übliche: Pullover, ein Anorak, ein langer Mantel aus Synthetikfell. Ela griff in die Taschen und förderte eine Visitenkarte mit goldenem Prägedruck zu Tage: *Wild West TV & Film GmbH.*

Gegenüber befand sich das Schlafzimmer der Tante, daran schloss sich das Badezimmer an. Ela sah sich kurz um und begutachtete Hautcremes und Parfums. Dabei vernahm sie, wie sich am Ende des Flurs Karolin Förster bei Thilo ausheulte. Hoffentlich blieb der Kollege hartnäckig.

Ela öffnete eine weitere Tür.

Eine Kammer, durch Vorhänge verdunkelt. Ela tastete nach dem Lichtschalter. Eine verchromte Lampe mit mehreren Mattglaskugeln strahlte auf ein Babybett. Ein Mobile aus bunten Papierfischen tanzte über Mickymausbezügen. Eine Rassel ruhte auf dem kleinen Kopfkissen. An der Wand lehnte ein zusammengeklappter Laufstall.

Ela hatte den Eindruck, dass das Kind, für das dieses Zimmer bestimmt war, schon vor sehr langer Zeit erwartet worden war.

Die nächsten Häuser teilten sie sich auf. May hörte sich in einem Fußpflegestudio um. Die Büros im ersten Stockwerk standen leer. In den Etagen darüber logierte eine Unternehmensberatung. Das arrogante Bürovolk ließ May abblitzen – keiner wollte etwas gesehen haben. May wechselte die Straßenseite und verteilte in einem Laden für Stempel und Schilder seine letzten Kärtchen.

Im nächsten Treppenhaus lief ihm Shorty über den Weg. May bemerkte, dass sein Partner außer dem Dienstausweis noch einen ganzen Packen Sokokärtchen zwischen den Fingern hielt.

»Du hast nicht überall geklingelt«, fuhr er den Kurzen an.

»Was ist los mit dir?«

»Es geht nicht, dass du die Arbeit sabotierst. Jeder Hinweis kann von Bedeutung sein. Vielleicht hat tatsächlich jemand gesehen, wie Buchmüller die Leiche angeschleppt hat.«

»Halt die Luft an, Felix! Du solltest dich mal im Spiegel sehen. Du hast in letzter Zeit 'ne Menge mitgemacht. Okay, aber wenn du mich fragst – du bist völlig durchgedreht wegen der toten Tussi.«

May packte den Partner beim dunkelblauen Kragen und stieß ihn gegen die Briefkästen. Ein Blechbehälter sprang auf, Reklamezettel segelten auf die Fliesen. Weiter oben rummste eine Tür. Der Motor des Aufzugs surrte. May ließ den Kurzen los.

Shorty ging auf Abstand und hob den Zeigefinger. »Noch einmal und ich zeig dich an.«

»Ich verlange von dir nur, dass du deine Arbeit machst!«

Der Partner sortierte den Mittelscheitel neu. »Ich weiß Bescheid, Alter. Klaus Kottmann hat sich gehimmelt, weil ihr diesen dummen Studenten für Buchmüller gehalten habt. Und weil du dir wegen der Sache irgendwelche Schuldgefühle einredest, bist du so wild auf Buchmüller und das tote Flittchen. Das ist nichts als ein beschissener Egotrip, was du da reitest!«

»Sie war kein Flittchen.«

»Du hast wirklich ein Rad ab. Jedenfalls lass ich mich von dir nicht rumschubsen!«

Shorty rauschte ab. Die Eingangstür knallte hinter ihm ins Schloss. May sammelte die Reklamezettel ein und legte sie auf die Briefkästen.

Der Aufzug erreichte das Erdgeschoss. Eine verschrumpelte alte Dame zerrte ihren Pudel aus der Kabine. May zeigte seinen Ausweis und sprach sie an.

Die Alte winkte ab. »Ich weiß nix. Das hab ich gerade erst Ihrem Kollegen gesagt.«

Ela trug die Kartons mit den Briefen zum Auto. Der übrige Papierkram passte in einen großen Spurenbeutel. Karolin Förster begleitete sie bis zur Haustür. Sie wischte sich Tränen aus dem Gesicht.

»Besitzen Sie einen Anrufbeantworter?«, fragte Ela.

»Ja, wieso?«

»Zur Stunde informiert mein Chef die Medien über die Identität des Opfers. Machen Sie sich darauf gefasst, dass die Reporter Ihnen auf die Pelle rücken werden. Sie müssen nicht mit denen reden, wenn Sie nicht wollen. Aber gehen Sie ran, wenn die Kripo sich meldet. Und geben Sie uns Bescheid, wenn Sie vorhaben, die Stadt zu verlassen. Kann sein, dass wir noch Fragen haben.«

Die Tante war entsetzt: »Warum wird Julias Name veröffentlicht? Ich will nicht, dass sie in den Schmutz gezerrt wird. Sie kann doch nichts dafür!«

»Natürlich nicht.«

Ela kletterte in Beckers Auto. Der Blondschopf entdeckte eine Frau im neonfarbenen Jogginganzug, die gerade das Tor einer gegenüberliegenden Garage aufdrückte. Er sprach sie an.

Ela zündete sich einen Glimmstängel an, kurbelte das Fenster herunter und vertrieb sich die Zeit damit, in den Briefen zu blättern. Liebesschwüre noch und noch.

Thilo kam zurück. »Du errätst nicht, wen ich getroffen habe.«

»Deine Bekannte. Schön, dass du das Turteln kurz fassen konntest.«

»Sie meint, die Förster sei eine verschrobene Schrulle, die sich für etwas Besseres hält, aber völlig einsam lebt, seit ihr Mann sie verlassen hat. Ihre Nichte hat sie ein paarmal gesehen, aber nur flüchtig.« Mit einem Blick auf ihre Zigarette ergänzte er: »Das ist ein Nichtraucherwagen.«

»Dann mach endlich das Verdeck auf.«

May legte den Kopf in den Nacken und fragte sich, wie viele Angestellte im Hochhaus der Sparkasse arbeiteten. Es lag genau gegenüber der Baustelle. Zwanzig Stockwerke. Hunderte von Büros, deren Fenster Richtung Fundort gingen.

Er betrat das weitläufige Foyer. Kaffeeduft drang in seine

Nase. Zur Rechten ging es in ein Bistro. Zwei Espressomaschinen thronten als stählerne Türme auf einer halbrunden Theke. Davor kleine Tische unter zwei dürren Bäumen, die sich gegen die Scheiben reckten, die den Weg zum Himmel versperrten.

May bestellte einen Espresso und setzte sich auf einen Platz mit Blick zur Straße.

Der Baustellenzaun auf der anderen Seite. Das Gerüst mit der Parfumwerbung: *New Fragrance for Men and Women.* Dahinter das Gebäude – May fragte sich, wie lange Julias Leiche heute Morgen dort noch gelegen hatte.

Der Kellner war schlaksig und schlurfte, als er die Tasse brachte.

May fragte: »Von dem Mord gehört?«

»Klar.«

Der Bursche hatte einen Kiefer wie ein Pferd. Die ganze Gestalt wirkte, als wehre sie sich gegen die gebügelte Kellnergarderobe.

May zückte den Dienstausweis. »Regelmäßig hier?«

»Jo.«

»Irgendwann am Sonntag oder Montag früh ist es passiert. In der Zeit muss jemand die Leiche dorthin geschafft haben. Von der Theke aus haben Sie die Baustelle im Blickfeld.«

»Hm.«

»Was beobachtet?«

»Nö.«

May atmete tief durch. »Danke trotzdem.«

Er nippte von seinem dunklen Gebräu. Der Kellner schlurfte zurück zur Theke. Am Nachbartisch las ein Anzugträger den Aufmacher im *Blitz.* May bemerkte, dass der Kellner telefonierte und dabei zu ihm herüberblickte. Auf jeder der beiden Kaffeemaschinen saß ein Adler aus Edelstahl, der seine Krallen in die Abdeckung des Wassertanks bohrte. May entdeckte den Zettel auf seiner Untertasse und staunte über den Preis.

Neben ihm senkte der Anzugträger die Zeitung, drehte sich zur Glasfront und glotzte auf die Baustelle. Der Bankertyp hatte begriffen, wo er war.

Der Bursche hinter dem Tresen winkte mit dem Hörer. May lief hin.

»Die Kollegin von der Spätschicht«, erklärte die Pferdefresse.

May nahm ihm den Hörer ab. »Hallo?«, rief er hinein. »Was gibt's?«

Die Antwort klang blechern und war von Rauschen überlagert.

»Zwei *personnes* mit große Auto, die etwas Schweres runtergeladen. Sonntag kurz vor Zumachen gegen zwanzig Uhr. Die zwei 'aben geschleppt große Rolle. Teppisch oder so.«

»Wie sahen sie aus?«

Aussetzer unterbrachen die Stimme. Als durchquere die Französin ein Funkloch.

»Eine war groß, die andere ... kleiner ... Anzug ... wie Mann von Tankstelle.«

»Arbeitskittel. Overalls.«

»Genau.«

»Was war das für ein Fahrzeug?«

»Eine ... weiß nischt.«

»Haben Sie es gesehen?«

Jetzt war der Empfang wieder besser. »Doch. Große Fahrzeug. Aber isch nischt kenne die Name.«

»Mercedes, BMW?«

»Pardon. Meine Akku geht Ende zu!«

»Das Nummernschild – kam das Auto aus Düsseldorf?«

Wieder diese Aussetzer. May presste den Hörer fester ans Ohr.

»Nischt lang, sondern 'och!«

»Ein Van? Ein Geländewagen?«

»Ja, genau.«

»Ich bräuchte Ihren Namen und die Adresse.«

»Aber isch nischt kenne die *personnes* ...«

»*Ihren* Namen, Madame!«

Die Verbindung brach ab. Der Hörer besaß ein Display über dem Tastenfeld. May notierte die Mobilfunknummer. Der Kellner schob ihm einen Zettel hin. *Adrienne* – und eine Adresse im Stadtteil Oberbilk.

May legte drei Eurostücke auf die Theke und machte sich auf den Weg zum Auto.

Gegen zwanzig Uhr am Sonntag war Julia auf die Baustelle gebracht worden. Zwei unterschiedlich große Typen – wie Buchmüller und sein großer hagerer Begleiter.

24.

Ela ignorierte den Paternoster – seit ihrer Jugend mied sie enge Räume, soweit es möglich war. Becker trottete hinter ihr die Treppe hoch, die Schachteln mit den Briefen und den Spurenbeutel tragend.

Oben trafen sie auf May. Der Exrambo sprang aus dem rumpelnden Aufzug und stellte eine verbissene Miene zur Schau. Sie wechselten kein Wort, bis sie den Sokoraum betraten.

Becker stellte die Kartons ab und steuerte die Kaffeemaschine an. Schranz hockte auf seinem Platz in der Ecke, kraulte seinen Ziegenbart und telefonierte. Engels Sekretärin stapelte frisches Papier in den Kopierer. Neuling Wegmann tippte etwas in einen Computer – offenbar war die Obduktion beendet. Die Zahl der Aushänge an den Stelltafeln hatte sich seit dem Morgen verdoppelt. Irgendein Witzbold hatte ein Nichtrauchersymbol an die Wand geheftet.

Benedikt Engel fragte: »Was Neues?«

»Material zum Auswerten«, antwortete Ela. »Und eine Tante, die sich seltsam verhält.«

»Inwiefern?«

»Sie will uns weismachen, dass eine Zwanzigjährige, die Schauspielerin werden will, nie ausgeht und keinerlei Freunde hat.«

Becker stellte ihr einen Becher Kaffee hin und bestätigte: »Die Förster wiederholt am laufenden Band, was für ein anständiges Mädchen ihre Nichte war. Auf der Schauspielschule muss sie die Beste gewesen sein. Sie konnte singen, tanzen, Prominente parodieren. Fragt sich nur, warum sie einen Bundeswehrler heiratete, wenn sie das Zeug zum Superstar hatte.«

»Haben wir schon die Aussage vom Ehemann?«, wollte Ela wissen.

Engel antwortete: »Wir arbeiten daran. Die Bundeswehr macht ein großes Getue um ihr Kommando Spezialkräfte. Auf unser Ersuchen hin sind derzeit die Kripokollegen der Konstanzer Polizeidirektion in der Klinik. Radolfzell hat keine eigene Kriminalpolizei.«

»Sie sollten uns Julias Briefe schicken.«

May räusperte sich. »Hat die Obduktion eine Eingrenzung der Tatzeit ergeben?«

Wegmann unterbrach sein Tippen. »Lucilia legt ihre Eier nur nachts und Calliphora wächst in konstanter Geschwindigkeit bezogen auf die Raumtemperatur.«

»Bitte?«

Ela erklärte: »Professor Arend ist der Erfinder der Madenuhr.«

Wegmann fuhr fort: »Schmeißfliegen. Lucilia ist golden, Calliphora grün. Oder umgekehrt. Jedenfalls behauptet dieser Madenheini, dass der Tod zwischen Sonntagmittag und Mitternacht eingetreten sein muss. Für alle, die gerade hereingekommen sind: Julia Sander hat einen Schlag auf den Hinterkopf erlitten und dadurch eine Hirnblutung, die zunächst zur Bewusstlosigkeit geführt hat. Ob sie daran starb oder am Blutverlust in Folge des Bauchschnitts, konnte Arend nicht sagen.«

»Warum fragen Sie nach der Tatzeit, May?«, wollte Engel wissen.

»Weil es eine Kellnerin gibt, die gesehen haben will, wie zwei Personen eine Teppichrolle oder etwas in der Art auf die Baustelle gebracht haben. Vorgestern Abend gegen acht. Die Typen sollen ausgesehen haben wie Handwerker.«

Engel zeigte May den erhobenen Daumen. Zu Wegmann sagte er: »Die Tatortgruppe soll sich sofort darum kümmern. Haltet Ausschau nach Teppichen, Stücken von Bodenbelag oder Ähnlichem.«

Ela bemerkte: »Soviel ich weiß, sind die Arbeiten seit zwei Wochen eingestellt.«

»Ich arbeite gerade die Liste ab, die uns das Planungsbüro aus Hannover gefaxt hat«, rief Schranz dazwischen. »Offenbar hatte keine Firma irgendwelche Leute dort. Übrigens haben wir jetzt Klarheit wegen der Fingerabdrücke auf den Sachen, die der Junkie dort gelagert hatte. Es handelt sich nachweislich um Buchmüllers Versteck.«

»Sie sagten, es waren *zwei* Personen?«, vergewisserte sich Engel bei May.

»Richtig. Etwa um zwanzig Uhr.«

Ela konnte dem Kerl ansehen, wie wichtig er sich fühlte. Schranz schob ihm ein Formular zu. Zögerlich begann May es auszufüllen. Es sah aus, als bewege er die Lippen dabei.

Im Telefonbuch suchte Ela nach der Kinoauskunft. Sie hörte die Bandansage ab. Der einzige alte Film, der in diesen Tagen lief, war ein Western von Henry Hathaway in der *Black Box.* Ela blätterte nach der Nummer des Kinos, das zum Filmmuseum gehörte.

Sie rief an und erfuhr, dass am Samstag im Rahmen einer Hathaway-Retrospektive *Niagara* gezeigt worden war, ein Krimi mit Marilyn Monroe und Joseph Cotten in den Hauptrollen. Ela notierte die Anfangszeit und die Länge des Films und nahm sich vor zu prüfen, ob Julia tatsächlich allein ins Kino gegangen war.

Danach sortierte sie die Briefe des Soldaten. Rasch stellte sie fest, dass es keine Briefe aus den vergangenen fünf Wochen gab. Sie fragte: »Wie lange braucht die Post aus Afghanistan?«

Wegmanns Kopf tauchte hinter seinem Computermonitor auf. »Nicht mehr als zwei Tage. Die Bundeswehr sorgt dafür, dass der Kontakt zu den Angehörigen funktioniert. Wenn die Soldaten gut drauf sind, kämpfen sie besser.«

Ela wedelte mit einem Umschlag. »Die letzte Post ist datiert vom zwölften Februar.«

May unterbrach seine Schreibarbeit. »Seltsam. Die beiden standen bis zuletzt in Briefkontakt. Zumindest hat der Ehemann noch vor vierzehn Tagen von ihr Post bekommen. Er hat mir den Brief in Radolfzell gezeigt.«

Kollege Wiesinger betrat den Raum. Der Kerl lehnte seine Bier- und Currywurstwampe gegen den Kopierer und zog eine wichtigtuerische Grimasse, als alle ihn ansahen.

»Wie war's bei Julias Arbeitgebern?«, fragte ihn Engel.

»Hübsch«, tönte Wiesinger. »Dicke Villa. Die Reitmeier ist eine aufgebrezelte Zicke mit großen Klunkern und zwei verwöhnten Gören im Vorschulalter. Julia Sander hatte die Kids nicht recht im Griff, soll aber trotzdem ein äußerst nettes Mädchen gewesen sein. Bis sie Mitte Februar sang- und klanglos den Job hinschmiss. Einen Grund konnte mir die Reitmeier nicht nennen.«

Schranz fragte: »Hatte etwa ihr Mann die Finger an Julia?«

Wiesinger grinste nur.

»Mach einen Termin mit diesem Reitmeier«, ordnete Engel an. »Ich will ihn sehen. Heute noch oder gleich morgen früh. Und prüf sein Alibi.«

Der Dicke trollte sich an einen unbesetzten Tisch und griff nach dem Hörer.

Ela dachte nach. Mitte Februar: kein Job und keine Briefe mehr.

Plötzlich wurde ihr bewusst, was ihr an Julias Zimmer nicht gefallen hatte.

Sie schlug mit der Hand auf den Tisch und stellte fest: »Die Tante hat uns etwas vorgespielt. Julia war längst ausgezogen!«

»Wie kommst du darauf?«, fragte Engel.

»Kein Koffer in ihrem Zimmer. Im Schrank ausschließlich Winterklamotten. Und die Parfums im Bad passen nicht zu einer jungen Frau.«

»Bingo«, sagte Engel.

Becker stand auf. »Soll ich nochmal rausfahren zu dieser Förster?«

Engel nickte. »Krieg raus, wo das Mädchen hingezogen ist und warum. Hat es Streit gegeben? Hat sie jemanden kennen gelernt? Mach der Tante klar, dass sie sich strafbar macht, wenn sie uns Lügen auftischt.«

Becker ließ seinen Kaffee stehen und machte sich auf den Weg.

May meldete sich zu Wort: »Was ist eigentlich mit Julias Auto?«

»Ein Auto?«

Schranz unterbrach sein Telefonat, deckte den Hörer zu und sagte: »Sie hatte keins. Auf Julia Sanders Namen ist kein Fahrzeug gemeldet. Auch nicht auf den Namen ihres Mannes.«

May erklärte: »In Radolfzell behauptete der Soldat, sie hätte sich ein altes Cabrio von dem Honorar gekauft, das sie als Model verdient hat. Einen MG. Er hat mir ein Foto gezeigt. Sah aus wie ein Modell aus den Sechzigern oder Siebzigern.«

Schranz wiederholte: »Von einem Fahrzeug ist nichts bekannt.«

»Und von dem Fotografen? Wissen wir schon, wer das ist?«

Ela blätterte in ihren Notizen. Die Tante hatte von einem Kerl berichtet, der Julia im Januar auf der Schauspielschule angesprochen hatte. Laut Karolin Förster waren es nur Schnappschüsse gewesen.

Sie sagte: »An der Sache ist was faul. Nicht einmal in der Pornobranche verdient man so viel, dass man sich davon auf die Schnelle einen Oldtimer leisten könnte.«

»Du vielleicht nicht«, antwortete Schranz und streichelte sein Bärtchen.

Die Kollegen lachten und glucksten. Wegmann kamen die Tränen. Wiesinger hielt sich die Wampe und kriegte sich nicht mehr ein.

»Ihr Wichser müsstet sogar noch draufzahlen«, entgegnete Ela und stellte fest, dass ihre Stimme zitterte.

Sie faltete die Briefe auseinander und versuchte sich auf die krakelige Handschrift des Ehemanns zu konzentrieren. Nirgendwo fand sie Anhaltspunkte dafür, dass Julia Streit gehabt hatte oder bedroht worden war – nicht in der Zeit bis Mitte Februar.

Plötzlich klatschte Schranz in die Hände. »Hört mal, ihr Lieben!«, rief er laut und Ela dachte, dass sie nie und nimmer seine Liebe war.

Der Kollege erhob sich. »Ich hatte gerade einen Typen an der Strippe, der behauptet, unsere Hübsche habe in den letzten Wochen bei ihm gelebt. Er gibt an, er sei Unternehmer, Stahlhandel oder so. Er sagt, durch einen Anruf bei Karolin Förster von Julias Tod erfahren zu haben, und wollte Einzelheiten wissen. Er klang nicht wie ein Spinner. Ich habe ihm angekündigt, dass er gleich Besuch von uns bekommen wird. Sein Name ist Michael Angermund, die Adresse seiner Firma lautet ...«

Ela schrieb mit, dann steckte sie den Notizblock in ihren Rucksack und brach auf.

»Warte«, rief Engel. »Ich komme mit.«

Ela registrierte, dass Schranz ihnen stirnrunzelnd hinterherguckte. Auch sie fand es ungewöhnlich, dass ein Sokoleiter zu einer Zeugenvernehmung mitfuhr.

25.

Ela lenkte den Wagen, einen der neutral lackierten Omegas, die mittlerweile vom Kraftfahrdienst für die Soko organisiert worden waren.

Ihr Chef saß neben ihr und telefonierte: »Zwei Ergänzungen, Thilo. Erstens: Frag die Tante nach einem Oldtimer-Cabrio, vermutlich ein MG aus den Sechzigern oder Siebzigern. Julia hat sich darin fotografieren lassen und im Brief an den Ehemann behauptet, das Auto gehöre ihr. Laut Kfz-Bundesamt ist aber nirgendwo ein Fahrzeug auf Julia Sander gemeldet. Zweitens: Frag die Förster nach einem gewissen Michael Angermund. Der Mann hat gerade angerufen und ausgesagt, mit Julia in den letzten Wochen zusammengelebt zu haben.« Engel warf Ela einen Blick zu. »Ja, wir sind auf dem Weg.«

Engel beendete das Gespräch. Seine Hand suchte ihre auf dem Schaltknüppel. Ela wollte sie zurückziehen, doch dann ließ sie es.

»Es kommt Schwung in die Sache«, meinte Engel.

»Ja.«

»Wir werden heute Abend wohl keine Zeit für uns haben.«

Ela schwieg. Sie musste schalten, danach legte sie die Rechte auf das Lenkrad.

Engel fragte: »Noch immer eingeschnappt?«

»Warum leitet Schranz die Hinweisauswertung und nicht ich? Es ist die klassische Tätigkeit des stellvertretenden Sokoleiters.«

»Mein Gott, Ela! Schranz kann nicht die winzigste Entscheidung treffen, ohne mich zu fragen. Ich schau ihm ständig über die Schulter. Wie ich dich kenne, würdest du das gar nicht ertragen.«

Vor ihnen stauten sich die Autos. Die Parker auf beiden Seiten der Hammer Straße hatten die Fahrbahn verengt. Elas Blick fiel auf einen Blumenladen, den sie zuvor noch nie wahrgenommen hatte. Im Schaufenster weiße Vasen voller Mohn. Die purpurroten Blüten stachen ins Auge.

Ela wühlte im Rucksack nach der Schachtel mit dem Magenmittel. Sie fingerte ein Tütchen heraus, riss es auf und schluckte die weiße Pampe.

»Hast du schon wieder Schmerzen?«

»Interessiert dich das wirklich?«

Ein Abschleppwagen rollte ihnen entgegen. Als er durch war, löste sich der Stau auf.

Ela gab Gas. »Warum bist du vorhin nicht eingeschritten?«

»Wobei?«

»Schranz hat mich mit einer Pornonutte gleichgesetzt!«

»Das war ein Scherz.«

»Ich hab mich totgelacht.«

Ela passierte die neuen Bürogebäude des so genannten Medienhafens, Glaspaläste, schräg wie ein Schiffsbug, und umgebaute Lagerhallen, deren Fassaden unter Denkmalschutz standen.

»Am Ende rechts«, sagte Engel.

»Ich weiß.«

Die Speditionsstraße war eine mehrfach ausgebesserte Piste, die auf die Landzunge zwischen den vorderen Hafenbecken führte. Auch hier begann sich das schicke Büroviertel breit zu machen. Auf der Seite, die der Stadt zugewandt war, hatte man im Anschluss an eine ehemalige Getreidemühle Betonklötze aus dem Boden gestampft. Die Brachfläche gegenüber diente als Parkplatz. Ela fand eine Lücke für den Omega.

Ihr Handy ließ Töne hören. Sie kramte es hervor. Simone Eichelkamp war dran, die Polizeimeisterin aus der Wache an der Karlstraße.

»Was gibt's?«, fragte Ela, während Engel wartete.

»Nichts Neues von Fritzi. Aber ich habe eine Prostituierte namens Lydia aufgetan, die sich mal mit einem Sadisten eingelassen hat, der exakt in unser Profil passt. Ich habe ein Treffen vereinbart. Heute Abend um halb neun. Ist dir das recht?«

Ela notierte die Zeit. Hoffentlich wird sich auch diese Lydia an die Verabredung halten, dachte sie, als sie das Handy wieder verstaute.

Engel beobachtete sie. »Manchmal gibst du mir Rätsel auf.«

»Ach ja?«

»Warum bist du so schnippisch?«

»Du willst wissen, was los ist? Wir sind erwachsene Menschen, aber wir dürfen uns nur heimlich sehen. Außerhalb des Betts benehmen wir uns wie Fremde. Im Herbst werde ich vierzig. Ich bin zu alt für Versteckspiele. Das ist los.«

»Gibt es einen anderen?«

»Typisch Mann. Du willst nicht kapieren, was ich sage.«

Ela stieg aus und ging auf das Haus zu, dessen Adresse der Anrufer angegeben hatte.

Es war ein weißer Kasten mit schmucklosem Eingang. Erst die Hälfte der Schilder war mit Namen versehen.

Angermund Stahlhandel GmbH, las Ela und drückte den Knopf.

Der fette Kollege kam aus der Haustür getrottet, überprüfte den Sitz seiner Cordjacke und schaute noch einmal nach der Ziffer über der Tür. »Aber die Hausnummer stimmt.«

May lotste Wiesinger zu den Firmenschildern neben der Hofeinfahrt. Hier stand es: *Actor's Art Studio, Hinterhof links.*

»Gut versteckt«, beschwerte sich der Todesfallermittler.

Sie schoben sich zwischen Autos hindurch, die kreuz und quer auf dem betonierten Hof parkten. Das Hinterhaus entpuppte sich als ehemalige Fabrik. Drei Loftetagen mit riesigen

Fenstern und Flachdach. May hatte den Besuch per Handy angekündigt. Die Leiterin der Schauspielschule hieß Beatrix Grünwald.

May drückte die Eingangstür auf. Gefolgt von Wiesinger trat er in einen Flur mit kahlen Wänden und Neonröhren an der Decke. Kein Mensch zu sehen, der ihnen den Weg weisen konnte. Kurzerhand öffnete May die erste Tür zur Linken.

Ein lichtdurchfluteter Saal. Weiß gestrichene Wände, glänzender Holzboden. Es roch nach Putzmitteln. Zwei Schüler hielten inne und ließen ihre Textbücher sinken. May wandte sich an die dritte Person, eine Frau, die er für eine Lehrkraft hielt.

»Wo finden wir die Leiterin?«

Die Frau deutete gegen die Wand.

Im Nachbarraum starrten May zwölf junge Leute entgegen, die im Kreis auf dem Boden hockten. Eine Frau schniefte, ihre Augen waren gerötet. Eine andere stand auf, sie war klein, schwarz gekleidet und trug das dunkle Haar am Hinterkopf zum Knoten gebunden. Sie war deutlich älter als die übrigen.

»Frau Grünwald?« May hielt ihr den Dienstausweis hin.

»Ja. Das ist Julias Klasse. Ich habe es ihnen gerade mitgeteilt.«

Wiesinger sagte: »Wir würden zunächst gern mit Ihnen reden. Allein, wenn's geht.«

Die Schulleiterin bat die jungen Leute, im Café zu warten. Die Klasse schob ab. Wiesinger packte einen der Stühle, die an der Wand aufgereiht standen, zog ihn heran und nahm ächzend Platz.

May blieb stehen, weil auch die Schulleiterin keine Anstalten machte, sich zu setzen. Ihr Gesicht kam ihm bekannt vor, als hätte er die zierliche Frau erst kürzlich gesehen – vielleicht in einem Fernsehspiel.

»Erzählen Sie uns etwas über Julia Sander«, verlangte er.

»Dass sie ermordet wurde, ist für uns alle ein Schock.«

Die Schulleiterin hielt ihm eine Zigarettenschachtel hin. Er winkte ab. Die Frau steckte die Schachtel weg, ohne sich selbst zu bedienen.

Sie fuhr fort: »*Actor's Art* ist eine private Schule. Wir sind ein Modellprojekt des Berufsverbands deutscher Schauspieler und bilden junge Leute für die Bühne und audiovisuelle Medien aus. Julia Sander war im ersten Semester. Die Kurse laufen parallel in zwei Schichten. Julia hatte den Nachmittag belegt, Montag bis Freitag von 14 bis 22.15 Uhr. Ich kannte sie, denn ich leite den Improvisationskurs der Erstsemester.«

Der Dicke tupfte sich Schweiß von der Stirn. »War sie gut?«

»Nach wenigen Wochen kann man das schwer beurteilen. Sie hatte den Aufnahmekriterien genügt und überwies die Studiengebühr. Auf jeden Fall war sie sehr hübsch und besaß eine gewisse Ausstrahlung. Und jede Menge Ehrgeiz.«

»Hatte sie Feinde? Gab es Streit? Neid, Eifersucht?«

Die zierliche Frau verschränkte die Arme. »Nicht dass ich wüsste.«

May schlug seinen Notizblock auf. Da der KK-11-Mann keine Anstalten machte, war er wohl fürs Mitschreiben zuständig.

Wiesinger bohrte weiter: »Wer könnte Julia Böses gewollt haben? Schauspieler sind ein eitles Volk. Da gibt's immer Intrigen, da fliegen die Fetzen.«

»Ich weiß nicht, wie es bei der Polizei zugeht, aber an dieser Schule herrscht Harmonie. Julias Klasse war da keine Ausnahme.«

May fragte: »Was meinen Sie mit ›gewisser Ausstrahlung‹?«

»Julia war beliebt, ohne viel dafür tun zu müssen. Die Jungs blühten auf, wenn sie mit ihr zusammen übten. Ich will nicht sagen, dass sie berechnend war, aber sicherlich suchte sie auch diese Wirkung.«

»Muss man das nicht in Ihrem Metier?«

»Das Motto von *Actor's Art* lautet: Liebe die Kunst in dir, nicht dich in der Kunst.«

»Das heißt?«

»Manche Menschen finden nicht viel Liebenswertes in sich selbst. Sie gewinnen Selbstbewusstsein nur, indem sie anderen gefallen. Manchmal hatte ich das Gefühl, dass hinter Julias Fassade eine Menge Traurigkeit steckte.«

Wiesinger mischte sich wieder ein: »Und was hat sie bedrückt? Liebeskummer? Streit mit ihrem Mann?«

»Sie war verheiratet?«, fragte die Schulleiterin erstaunt.

Hinter der Empfangsdame gab ein Fenster den Blick auf die Yachten im ehemaligen Handelshafen frei. Alles auf dieser Etage war neu. Es roch nach Farbe.

»Hübsch haben Sie's hier«, bemerkte Engel, als wolle er mit der stark geschminkten Tussi flirten.

»Ja, noch.«

»Diese Aussicht kann Ihnen doch niemand verbauen.«

»Mag sein. Aber wir ziehen schon wieder um.«

Ohne Anflug von Freundlichkeit reichte die Frau die Dienstausweise an Ela und Engel zurück. Sie sprach mit ihrem osteuropäischen Akzent in einen Hörer: »Die Herrschaften von der Polizei sind da.«

Am Ende der breiten Diele trat ein Anzugträger aus einem Büro. Ela überquerte den grasgrünen Teppichboden und versuchte Angermund einzuschätzen: ein Mann von Mitte fünfzig, der sich gut gehalten hatte – sportliche Figur, volle graue Föhnfrisur und eine Gesichtsfarbe, die darauf schließen ließ, dass er den Winter im Süden verbracht hatte oder Stammgast auf der Sonnenbank war. Der Stahlhändler begrüßte Ela und Engel mit festem Händedruck und bat sie in sein Chefzimmer.

Es war nicht größer als Elas Kabuff in der Festung, aber die Aussicht stellte alles in den Schatten: Ela erkannte die Gehry-Gebäude mit ihren schiefen, gefalteten Fassaden und dahinter den Rheinturm. Unter der Kniebrücke zog ein Frachter seine Bahn. Ein zweites Schiff bog in die Hafenzufahrt, weit ausholend kämpfte es gegen die Strömung des Flusses an.

Engel fragte: »Sie hatten also ein Verhältnis mit Julia Sander?«

»Wir haben uns bei den Reitmeiers kennen gelernt, bei denen Julia damals gejobbt hat. Sie wissen sicher, dass Dr. Julius Reitmeier nicht nur Dosensuppen herstellt, sondern auch der Mittelstandsvereinigung vorsteht. Jedenfalls veranstalten er und seine Frau regelmäßig diese Get-together-Abende mit Wirtschaftsvertretern, Leuten aus Politik und Medien. *Social networking*, Sie wissen schon. Zuerst ist mir Julia gar nicht aufgefallen. Sie servierte Getränke und Kanapees. Aber dann bestritt Frau Reitmeier ihre Showeinlage am Piano und Julia sang dazu. Irgendwas von Brecht und Weill. Ich war ihr sofort verfallen.«

Angermund blickte so traurig, dass Ela beschloss, ihm das romantische Klischee zu verzeihen.

»Haben Sie schon eine Spur?«, fragte der Grauhaarige.

»Keine, die man als heiß bezeichnen könnte«, antwortete Engel.

»Sie haben das Mädchen geliebt?«, fragte Ela und präzisierte mit Blick auf ihren Vorgesetzten: »Ich meine, haben Sie sich eine gemeinsame Zukunft vorgestellt?«

»Wahrscheinlich halten Sie mich für einen lächerlichen alten Sack, der junge Dinger aufgabelt, um sich als Mann zu beweisen. Aber so war es nicht.« Angermund nickte. Seine Augen schimmerten. »Ja, ich habe sie geliebt.«

»Und Julia?«

»Ich würde sagen, es beruhte auf Gegenseitigkeit.«

»Wollte sie sich scheiden lassen?«

»Bitte?«

»Julia war verheiratet. Wussten Sie das nicht?«

»Mit einem Bundeswehrsoldaten?«, fragte der Schauspielschüler und zeigte ein ratloses Grinsen. Die anderen hatten ihn vorgeschickt, weil er Julia angeblich am besten gekannt hatte. »Nein, das hat sie nie erzählt«, beteuerte der Bursche und strich sein langes Haar aus der Stirn.

Wiesinger warf May Blicke zu, als fände er wachsenden Gefallen an der Befragung. »Reden Sie weiter!«

Der Junge sagte: »Wir haben uns nur ein paarmal getroffen. Es war nichts Ernstes.«

»Aber ihr seid intim geworden.«

»Ja. Bis sie jemand anderen hatte.«

»Verstehe. Plötzlich warst du abgemeldet. Da warst du mächtig sauer, stimmt's?«

»Ich kann mich nicht erinnern, Ihnen das Du angeboten zu haben.«

Der Dicke fächelte sich mit einem Schulprospekt Kühlung zu. »Ein junger Kerl, dem man die Freundin klaut. Also, ich würd's verstehen, wenn einer deswegen auf den Tisch haut. Da wärst du nicht der Erste.«

»Ich bin total cool geblieben, denn ich hab's kommen sehen. Julia war scharf auf Karriere, Beziehungen, Auftrittsmöglichkeiten und so. Dafür braucht man einen Karl Watzke nicht. Vielleicht in drei Jahren, aber nicht heute.«

»Komm schon«, drängelte Wiesinger. »Erzähl mir nicht, dass es einem schneidigen Burschen wie dir nichts ausmacht, wenn seine Süße ihm den Laufpass gibt.«

»Nein, nein, es war ganz gut so. Meine Freundin hätte mich rausgeworfen, wenn sie das mit Julia erfahren hätte. Und sie hätte es früher oder später bemerkt, denn Julia scherte sich um nichts, wenn sie unter Dampf stand.«

Wiesinger beugte sich vor und leckte sich die Lippen. »Was heißt das?«

»Dass sie nie genug kriegen konnte.«

May missfiel, wie der Junge über die Tote redete.

Watzke erzählte: »Einmal trieben wir es bei einer Party auf der Toilette. Wir hörten meine Freundin draußen auf dem Flur reden und jemand rüttelte an der Tür. Das machte Julia erst richtig heiß. Und als wir mal bei ihr zu Hause waren, wollte sie es reihum in jedem einzelnen Zimmer tun. Es gab da eine Kammer, die als Babyzimmer hergerichtet war. Wir haben den Wickeltisch ruiniert.«

Wiesinger grunzte vor Freude. »Also eine heiße Braut.«

»Das kann man so sagen.«

May packte den jungen Kerl am Hemd und hielt ihm Julias Porträt hin. »Schauen Sie sich das Foto an! Reden wir von *dieser* Frau?«

Der Bursche glotzte fassungslos.

May fuhr ihn an: »War sie Ihnen im Weg, weil Ihre Freundin eifersüchtig war?«

Watzke wandte sich an Wiesinger: »Sagen Sie Ihrem Kollegen, dass er mich sofort loslassen soll!«

»Danuta, bitte canceln Sie auch die Abendtermine«, rief Angermund der Sekretärin beim Hinausgehen zu.

Sie nahmen den Lift. Ela zählte die Sekunden, bis sie endlich unten waren. Auf der Straße fielen ihr die Werbetafeln auf: *Office-Lofts zu vermieten.* Der Jaguar des Stahlhändlers parkte unweit des Dienstwagens, mit dem sie gekommen waren.

Ela klemmte sich wieder hinter das Steuer. Sie folgte Angermund in Richtung Innenstadt.

»Glaubst du ihm?«, wollte Engel wissen.

»Er macht einen ehrlichen Eindruck.«

Ihr Beifahrer zitierte mit spöttischem Unterton: »Ich war ihr sofort verfallen.«

»Es soll Männer geben, die zu Gefühlen fähig sind.«

»Ihr Frauen scheint auf Romantiker jenseits der fünfzig ziemlich abzufahren.«

»Das hat mit dem Alter nichts zu tun.«

Vor dem Stadttor tauchten sie in den Rheinufertunnel. Ela orientierte sich an den Rücklichtern des Jaguars und fragte sich, was im Kopf des Mädchens vorgegangen war. Julia hatte ein klassisches Doppelleben geführt.

Sie war vor etwa fünf Wochen zu ihrem reichen Lover gezogen. Angermund hatte sich ein Leben mit ihr erhofft. Die junge Frau hatte mitgespielt und dem Stahlhändler verschwiegen, dass sie verheiratet war.

»Was denkst du?«, fragte Engel.

»Julia hat gezockt und verloren«, antwortete sie.

Der Jaguar nahm die Ausfahrt zur Altstadt-Tiefgarage.

»Also war es entweder Angermund oder der Soldat. Oder glaubst du noch an den unbekannten Serienkiller?«

Ela wollte antworten, dass sie schon lange an gar nichts mehr glaubte, doch sie ließ es. Vor ihr leuchteten die Bremslichter auf. Sie waren angekommen.

»Watzke ist eine hohle Nuss«, erklärte die pummelige Rothaarige, die Letzte aus Julias Klasse. »Der Typ flirtet mit jeder. Ich kapier nicht, warum Julia auf ihn reingefallen ist. Watzke ist eindeutig unter Niveau.«

Wiesinger schmatzte und wollte wissen: »Hatte sie noch weitere Liebhaber?«

»Nicht dass ich wüsste.«

»Sagt Ihnen der Name Angermund etwas?«

»Ist das ein Producer?«

May schaltete sich ein: »Haben Sie Julia jemals mit einem Cabrio gesehen, einem alten britischen Schlitten mit Speichenfelgen?«

Die Rothaarige schüttelte den Kopf.

»Erinnern Sie sich an einen Fotografen, der mit Julia Modefotos gemacht hat? Sie soll ihn hier in der Schule kennen gelernt haben.«

»Modefotos? Hat sie wirklich erzählt, das seien Modefotos gewesen?«

Wiesinger kläffte: »Was wissen Sie darüber?«

»Dieser Kerl kam mir wie ein verklemmter Heini vor, der mit seiner alten Kamera im Café rumhing, weil er sich an uns Frauen ranmachen wollte. Ich wette, der Typ schafft es nicht mal, einen Film einzulegen. Im Januar ist er eine Woche lang jeden Tag hier aufgekreuzt, bis ihm einer der Jungs die Meinung gegeigt hat. Danach hat sich der Möchtegernfotograf nicht mehr blicken lassen.«

»Hat der Typ einen Namen?«

Die Schauspielschülerin hob die Schultern und verzog das Gesicht. »Ich kannte ihn nur vom Sehen. Und von *dem* hat sich Julia fotografieren lassen?«

Sie bestiegen die enge Aufzugkabine des Wohnturms. Edelstahl und Spiegel – Ela bemerkte Engels mitfühlenden Blick, der ihr in diesem Moment noch unangenehmer erschien als die Aussicht, stecken zu bleiben und an Luftmangel zu Grunde zu gehen. Neun Etagen – Angermund drückte den Knopf für die vorletzte. Erst als er ein Plastikkärtchen gegen das Bedienungsfeld hielt, setzte sich der Aufzug in Bewegung.

»Ein paar Prominente wohnen hier. Leute, die Sie aus den Medien kennen«, sagte der Stahlhändler. »Als das Haus gebaut wurde, habe ich das Apartment als Geldanlage erworben. In dieser Lage verliert eine Immobilie nie an Wert. Nicht einmal in der Rezession. Als ich mich vor sechs Jahren von meiner Frau trennte, bin ich hier eingezogen.«

Die Tür glitt beiseite. Ela atmete auf und betrat einen riesigen Wohnraum. Dunkles Parkett, wuchtige Polstermöbel, zwei pyramidenförmige Lautsprecherboxen. Eine Fensterfront zur Rheinseite. Keine Pflanze außer einem kleinen Kaktus, der zwischen einer Hand voll Muscheln auf dem Fensterbrett stand.

Elas Blick fiel auf ein Ölgemälde. Ein Frauenporträt im Stil des Neoexpressionismus – trotz der groben Pinselstriche kam ihr das Gesicht bekannt vor.

»Franziska«, erklärte Angermund. »Mit ihr habe ich hier gelebt. Sie haben sicher von Franzi Czypionka gehört.«

»Sie war eine wichtige Frau bei den Grünen«, riet Engel.

Fraktionschefin im Landtag, fiel es Ela ein. Im Herbst war die Politikerin gestorben. Nach ihrem Tod war sogar die Opposition voller Lob für die Frau gewesen.

Der Grauhaarige wandte den Blick nicht von dem Bild. »Als klar war, dass ihr die Ärzte nicht mehr helfen konnten, wollte sie zu Hause sterben. Es waren schlimme Tage, aber ich bin froh über jeden einzelnen davon. Von Franziska konnte ich wenigstens Abschied nehmen. Bis ich Julia traf, hätte ich es nie für möglich gehalten, dass ich mich noch einmal verlieben könnte.«

»Wo finden wir Julias Sachen?«, fragte Ela.

»Überall. Ein paar Bücher, CDs, Kleidung, der Kaktus dort drüben. Sie können sich gern umsehen. Julia hat nicht viel besessen. Sie sagte, sie hätte im Internat gelebt, bevor sie zu ihrer Tante zog. Dann war das wohl auch gelogen?«

Ela trat ans Fenster, um nicht in Angermunds Gesicht blicken zu müssen. Die Sonne stand über dem Kraftwerk an der

Rheinschleife. Der Fluss schimmerte. Der Blick von ihrer Dachwohnung war nichts dagegen.

Die sonore Stimme des Stahlhändlers wurde brüchig. »Durch Julia fühlte ich mich wieder lebendig. Mir wurde klar, dass ich nur noch für das Geschäft gelebt hatte. Julia war voller Träume. Sie gab mir wieder Ziele. Wir waren in Vorbereitungen für einen großen Kinofilm. Ich habe in eine Produktionsfirma investiert und der erste Drehbuchentwurf war in Arbeit. Julia hat mich regelrecht umgekrempelt. Ich wollte nur noch für sie da sein.«

Engel sagte: »Wir werden Ihr Alibi überprüfen müssen.«

»Tun Sie Ihren Job und tun Sie ihn gut. Meine Sekretärin wird Ihnen alles geben, was Sie brauchen.«

Klingeltöne schrillten, Engel klappte sein Telefon auf und meldete sich. Ela erriet, dass es Thilo Becker war, mit dem er sprach.

»Darf ich mich umsehen?«, fragte sie den Unternehmer. Irgendwo mussten die restlichen Briefe des Soldaten stecken.

»Natürlich.«

Ela machte sich auf die Suche. Die erste Tür, die sie öffnete, führte ins Badezimmer. Am Spiegel klebte ein kleines Foto: Julia nackt und mit blonder Perücke, offensichtlich die Monroe nachahmend. Nur dass der Schönheitsfleck am Hals platziert war.

Ihr Chef hastete herein, das Handy am Ohr. Er schloss die Tür hinter sich. Engel raunzte in den Apparat: »Schaff sie ins Präsidium!«

Dann klappte er das Mobiltelefon zu. »Allmählich rückt die Tante mit der Wahrheit raus.«

»Was ist?«

»Julias Ehemann war am Wochenende in der Stadt. Laut Karolin Förster hat er seine Frau gesucht und war völlig durcheinander.«

Ela wies auf das Bild am Spiegel. »Sie hat vermutlich eine Menge Männer durcheinander gebracht. Ob sie es auch bei dir geschafft hätte?«

»Ich steh nicht auf solch junge Dinger.«

»Sondern?«

Engels Handy klingelte schon wieder.

26.

May zerriss den Bogen und begann von neuem. Wiesinger hatte sich in die Kantine verdrückt und ihm die Schreibarbeit überlassen. Mit dem dritten Versuch war May schließlich zufrieden.

Schranz überflog den Bericht und drehte die Spitze seines Ziegenbarts zur Locke.

May fragte: »Wo steckt der Sokoleiter?«

»Sieht zu, wie Bach nebenan die Förster ausquetscht. Ist dir aufgefallen, wie sich unsere Chefin an Engel ranschmeißt? Einen Grund muss es ja haben, dass sich dieses Huhn noch immer als Kommissariatsleiterin hält.« Schranz zeigte schiefe Zähne und fuhr fort: »Keine Angst, May. Engel kriegt deine Doktorarbeit noch vor unserer Abendbesprechung in die Finger.«

May machte sich daran, die Aushänge zu studieren, um die Zeit zu überbrücken.

Die Zahl der Bekenner war auf fünf gestiegen. Zwei von ihnen saßen in Polizeigewahrsam, weil sie als gewalttätig bekannt und einschlägig vorbestraft waren. Ihre falschen Geständnisse ließen May die Fäuste ballen – mordlüsterne Fantasiegespinste der übelsten Sorte. Übereinstimmung mit den Fakten im Mordfall Julia Sander fanden sich nicht.

Es fauchte und zischte. Kriminalrat Engel war zurückgekehrt und hantierte mit der Espressomaschine, die er aus seinem Büro mitgebracht hatte. Eine Angestellte tippte Einsatzpläne für den nächsten Tag, die zweite hielt wieder den Kopierer auf Trab. Schranz hatte den Hörer zwischen Schulter und Ohr geklemmt und hackte in seine Tastatur.

May stöberte weiter in den Protokollen. Noch keine Spur von dem Fotografen, den die Schauspielschülerin als verklemmten Heini bezeichnet hatte. Dafür Neuigkeiten in Sachen

Buchmüller: Zwei Fahnder aus dem KK 41, die dem Fixer seit der Geiselnahme auf den Fersen waren, klärten auf, warum Buchmüller die Baustelle als Unterschlupf ausgewählt hatte. Der Junkie hatte im Februar für eine Zeitarbeitsfirma gejobbt und ein paar Tage lang an der Steinstraße Handlangerdienste verrichtet – damals waren die Arbeiten noch in Gang gewesen. Der Kerl war gefeuert worden, nachdem einige Handwerker Geld vermisst hatten. May blätterte und stieß auf weitere Erkenntnisse: Adressen von Bekannten des Flüchtigen, die Aussage der Eltern, die Geschichte von Buchmüllers Freundin, die im Knast saß.

Die Beschreibung des langen Hageren, den May gestern in Buchmüllers Begleitung beobachtet hatte, fand er nicht in der Liste der Kontaktpersonen.

Er suchte nach Neuigkeiten über das Mordopfer und fand die Auflistung der Sachen, die aus Angermunds Privatwohnung angeschleppt worden waren: weitere Briefe Sanders, Post von Castingagenturen und Fernsehsendern, jede Menge Visitenkarten von Produzenten, Regisseuren, Drehbuchautoren – Julia hatte in einem halben Jahr eine Sammlung angelegt, die sich sehen lassen konnte.

Kein Ermittlerteam hatte Anhaltspunkte gefunden, die Ela Bachs Serienmörderthese stützten. Offenbar hatte der Sokoleiter niemanden zum Straßenstrich in die Charlottenstraße geschickt, um die Hinweise auf den ominösen Nuttenquäler zu überprüfen.

Eine freundliche Stimme schreckte May aus seiner Lektüre. »Freut mich, dass Sie eine neue Aufgabe gefunden haben.«

Sigrid Romberg, die Psychoklempnerin. Mit sorgenvoller Miene fragte sie: »Wie geht es Ihnen, Herr May?«

Er machte eine Geste in den Raum hinein. »Ob dies ein intaktes soziales Umfeld im Sinne eines optimalen Heilungsprozesses darstellt, weiß ich nicht. Dafür scheint aber meine Ehe noch in Ordnung zu sein.«

Die Psychologin lächelte nicht. Sie sagte: »Tut mir Leid, was Kottmann passiert ist.«

»Ja«, antwortete May und wandte Romberg den Rücken zu, sich wieder den Berichten der Sokoteams widmend. Die Psychotante brauchte nicht zu bemerken, wie nahe ihm der Selbstmord des Kollegen noch immer ging. Shortys Geschwätz ging ihm durch den Kopf. *Weil du dir Schuldgefühle einredest, bist du so wild auf dieses tote Flittchen.*

Inzwischen füllte sich der Sokoraum. Stühle rumpelten, das Gemurmel der Kollegen schwoll an. May stöberte noch ein wenig. Auf einigen Zetteln standen sein Name und der des dicken Wiesinger. Er überflog noch einmal Watzkes Aussage. Die schmierige Stimme des Möchtegerncasanovas klang ihm in den Ohren: *Das machte Julia erst richtig heiß.* Der Nachwuchsmime hatte wie von einer Nutte geredet.

May vernahm, dass Kriminalrat Engel die Sitzung eröffnete. Der lange Sokoleiter saß eingerahmt von Bach und Schranz. Ganz außen am Tisch hatte die Psychologin Platz genommen. Sie trug ihre Brille und blätterte in einem dicken Ordner. May vermutete, dass der Kriminalrat sie beauftragt hatte, ein mögliches Täterprofil zu erstellen.

Der Lange sagte: »Damit wir alle auf dem gleichen Stand sind, hier eine kurze Zusammenfassung, wie sich der Fall zur Stunde darstellt. Die Tatzeit konnte vom Rechtsmediziner weiter eingeschränkt werden. Demnach trat der Tod am Sonntag nicht vor etwa zwölf Uhr ein. Später am gleichen Tag gegen zwanzig Uhr will eine Zeugin zwei Personen beobachtet haben, die ein Bündel zur Baustelle brachten. Die Kriminaltechniker haben Faserspuren im zweiten Treppenaufgang entdeckt sowie ein dazu passendes Stück Teppichboden in einer Nische im Kellergeschoss. Dort lag auch eine Plastikfolie. An beidem wurden Blutspuren festgestellt und inzwischen steht fest, dass sie vom Opfer stammen.«

Das gespannte Schweigen der Kollegen empfand May wie Beifall. *Seine* Zeugin.

Engel fuhr fort: »Bei dem Teppichboden handelt es sich um ein eins achtzig mal eins fünfzig Meter großes weinrotes Stück aus reiner Wolle. Wir werden versuchen über den Einzelhandel den Täterkreis einzuschränken. Die Spur erscheint mir viel versprechend.«

Jemand fragte: »Was ist mit dem Klebeband, mit dem das Mädchen geknebelt war?«

»Übliches Packband, wie Sie es wahrscheinlich auch zu Hause haben. Interessanter ist die rote Farbe. Sie stammt von einem Lippenstift. Das Labor arbeitet daran.«

Zwischenrufe wurden laut. »War der Täter eine Frau?« – »Auch Männer können einen Lippenstift aufdrehen.« – »Ein Transvestit!« – »Vielleicht stammt er vom Opfer.« – »Was ist mit Angermunds Alibi?« – »Was sagt ihr Ehemann, dieser Soldat?«

Der Lange hob die Hand, um die Leute zu beruhigen. »Dazu wollte ich gerade kommen. Bislang sind wir davon ausgegangen, dass sich Tim Sander seit seiner Rückkehr aus Afghanistan ständig in der Mettnau-Klinik am Bodensee aufgehalten hat. Das hat er auch bei der Vernehmung durch die Konstanzer Kripokollegen behauptet. Es gibt jedoch eine neue Version von Julias Tante, wonach Sander in Begleitung eines Bundeswehrkollegen bei ihr aufgekreuzt ist, und zwar am Sonntagmorgen gegen neun Uhr.«

Die Kollegen wurden erneut unruhig. May fragte sich, ob er dem jungen Soldaten die Mordtat zutraute. Er überlegte, was er an Tims Stelle getan hätte, wenn er von Julias Promiskuität erfahren hätte.

Engel erklärte: »Sander machte einen, Zitat Förster, desolaten Eindruck und verlangte, seine Frau zu sprechen. Um seinen Jähzorn nicht anzustacheln, verschwieg die Tante, dass Julia ausgezogen war und seit Wochen bei Angermund wohnte. Sie behauptete, ihre Nichte sei mit der Klasse zu einem Wochenendseminar in die Eifel gefahren. Sander tobte eine Weile herum, dann schob er mit seinem Begleiter ab. Der Ehemann hat auf jeden Fall als tatverdächtig zu gelten. Die Staatsanwaltschaft hat alle Hebel in Bewegung gesetzt, um ihn und den zweiten Soldaten umgehend nach Düsseldorf bringen zu lassen. Bedingung scheint zu sein, dass die Identität der beiden nicht in den Akten enthüllt wird und dass sie nicht persönlich vor Gericht auftreten müssen. Das ist für uns zunächst das geringste Problem, denke ich. Fakt ist, dass der Ehemann ein Motiv hat. Das Opfer war nicht das nette Mädchen, als das es die Tante anfangs darstellen wollte. Seit Julia sich in Düsseldorf aufhielt, hat sie sich mindestens zwei Liebhaber angelacht. Einen jungen Mann aus ihrer Klasse namens Karl Watzke und später Michael Angermund, einen Unternehmer, der von seiner Familie getrennt lebt und zuletzt mit der Landtagsabgeordneten Franziska Czypionka liiert war.«

May vernahm einen Kommentar: »Die grüne Franzi, war die nicht lesbisch?«

Es war Wiesinger, der gerade den Raum betreten hatte und seine Wampe an den Kollegen vorbeidrängte, bis er einen freien Stuhl fand.

Der Lange nippte von seinem Espresso, dann fuhr er fort: »Angermund will bis zehn Uhr am Sonntag mit Julia gefrühstückt haben. Dann nahm er ein Taxi zum Flughafen. Er hatte einen auswärtigen Termin, von dem er erst am Dienstagmorgen zurückkehrte. Unsere Nachforschungen scheinen das zu bestätigen. Damit würde der aktuelle Liebhaber als Täter ausscheiden. Karl Watzke hat offenbar ebenfalls ein Alibi. Er konnte mehrere Personen nennen, mit denen er am Sonntag einen Fahrradausflug veranstaltet hat. Beide Männer wollen nicht gewusst haben, dass das Mädchen verheiratet war. Die Tante missbilligte Julias Affären, was für Julia wohl der Hauptgrund dafür war, dass sie auszog. Das Alibi der Tante ist lückenhaft. Aber ein Motiv kann ich bei ihr nicht recht erkennen.«

Schranz trug einen Packen Kopien zum nächsten Tisch, von wo aus sie die Runde machten. Dabei tat er kund: »Dies ist ein Zeit-Ort-Diagramm, das alles enthält, was wir bislang über die letzten Stunden im Leben von Julia Sander wissen.«

May begriff, dass der Sonntag von zehn bis zwanzig Uhr ein einziger weißer Fleck war.

Der Sokoleiter verschränkte die Hände. »Die Ermittlungen haben uns einen Eindruck von der Person des Opfers verschafft, den ich als ziemlich komplex bezeichnen möchte. Sie kennen unsere Psychologin Dr. Romberg. Sie hat sich die Akten des Jugendamts angesehen und an der letzten Vernehmung der Tante teilgenommen. Bitte, Sigrid, dein Part.«

Die Psychologin schloss die Akte und setzte die Brille ab. »Bis zum Alter von fünf Jahren wuchs Julia bei der Mutter auf. Laut Tante war der Vater ein katholischer Priester, der regen Kontakt zu Mutter und Tochter pflegte. Angeblich wusste Julia, dass der Mann ihr Vater war, und sie war schon als kleines Kind darauf gedrillt, es Dritten gegenüber zu verheimlichen und in der Öffentlichkeit zu schauspielern, um den Priester nicht in Schwierigkeiten zu bringen. Wir wissen aus vergleichbaren Fällen, was eine solche Situation mit einer Kinderseele anstellen kann. Fortgesetztes Lügen ist eine große Belastung, das Kind entwickelt Schuldkomplexe und sein Selbstbewusstsein kann sich nur bruchstückhaft ausbilden. Dass der Vater das Kind nach dem Tod der Mutter verleugnete, mag dies noch gefördert haben. Julia lebte einige Jahre bei der Tante und ihrem damaligen Mann. Die beiden scheinen keine gute Ehe geführt zu haben, und nachdem Karolin Förster eine Fehlgeburt erlitt, musste sie sich wegen psychischer Probleme behandeln lassen. Die Ehe zerbrach, Julia wurde in ein Heim gegeben.«

Ein Telefon klingelte und Romberg wartete, bis jemand ranging, bevor sie weitersprach. »Das Kind muss bereits damals sehr hübsch gewesen sein, und obwohl es schon zehn Jahre alt war, fand sich eine Familie, die es adoptieren wollte. Dazu kam es jedoch nicht. Stattdessen musste das Kind nach einem halben Jahr zurück ins Heim. Die Akte des Jugendamts gibt an, Julia habe, ich zitiere, ein sexuell auffälliges Verhalten an den Tag gelegt. In meinen Augen klingt das nach einer Schutzbehauptung und ich nehme an, das Mädchen wurde in der Pflegefamilie sexuell missbraucht. In der Folgezeit hielt Julia es nirgendwo lange aus. Sie schaffte den Hauptschulabschluss und begann eine Lehre als Kosmetikerin, die sie jedoch bald abbrach. Eine Weile lebte sie wieder bei ihrer Tante, dann trieb sie sich in Spanien herum, wo sie ihren späteren Ehemann kennen lernte, als er dort Urlaub machte. So viel zur Vorgeschichte.«

Die Psychologin legte eine Kunstpause ein und lehnte sich zurück. »Dass Julia in den letzten Monaten quasi ein Doppelleben geführt hat, ist meiner Ansicht nach wenig verwunderlich«, fuhr sie fort, mit ihrer Brille spielend. »Zeit ihres Lebens hat diese Frau nach Anerkennung gestrebt. Was sie dazu einsetzen konnte und einzusetzen gelernt hatte, war ihr Körper, ihr gutes Aussehen. Aufgrund ihres mangelnden Selbstwertgefühls war sie unfähig, Vertrauen zu entwickeln. Sie suchte ständig nach neuer Bestätigung. Es würde mich gar nicht wundern, wenn Sie auf weitere Liebhaber stoßen würden, die wiederum nichts voneinander wissen. Sich eine Welt aus Lügen zu basteln, hat Julia schon als kleines Kind gelernt. Sie war in hohem Maß labil. Ohne professionelle Hilfe gab es keinen Ausweg für sie, denn ihr Verhalten provozierte es geradezu, ausgenutzt und verletzt zu werden. Möglicherweise war dieser junge Elitesoldat der erste Mann, der ihr vorübergehend ein Gefühl von Sicherheit vermitteln konnte. Dass er ins Ausland abkommandiert wurde, hat Julia vermutlich in eine Krise gestürzt.«

Wiesinger warf ein: »Und was können Sie über den Täter sagen?«

Romberg nickte. »Die große Frage lautet, warum Julias Mörder auf diese und keine andere Art handelte. Warum er die Leiche im dritten Stockwerk dieser Baustelle ablud – mitten in der Stadt und nicht irgendwo im Wald. Weshalb ging er dieses Risiko ein? Im Moment kann ich nur sagen: Die Antwort darauf führt zum Mörder.«

»Laut Aussage der Kellnerin im Sparkassenbistro waren es zwei Personen, die die Leiche abluden«, warf Schranz ein. »Die These vom Triebtäter, dem Julia zufällig über den Weg lief, scheidet demnach aus.«

May erwartete, dass die KK-11-Chefin Einspruch erheben würde, aber Bach blickte nur müde vor sich hin.

Engel übernahm wieder: »Ihre nächsten Aufgaben können Sie dem Einsatzplan entnehmen. Wir sind ein gutes Stück vorangekommen. Ich danke Ihnen. Wir sehen uns morgen.«

May griff sich einen Wisch vom Stapel. Er bemerkte, dass die

Hälfte der Teams zu Castingagenturen und Produktionsfirmen geschickt wurde, deren Visitenkarten Julia gehortet hatte.

Neben *PHK F. May und POK R. Martini* stand als Aufgabenstellung: *Angermunds Umfeld – Schwachpunkte im Alibi, mögliche Motive, Erkenntnisse über weitere Liebhaber?*

Während sich der Sokoraum leerte, setzte May sich vor einen Bildschirm, der noch flimmerte, und suchte die Adresse der getrennt lebenden Gattin des Stahlhändlers. Nach ein paar Mausklicks wurde er fündig. Marina Angermund war zweiundfünfzig Jahre alt und wohnte in Meerbusch-Nierst, irgendwo draußen am Rhein kurz vor Uerdingen.

May wählte ihre Nummer.

Die Dame hatte eine angenehme Stimme. Sie klang aufgeregt, offenbar platzte sie vor Neugier. Bereits gegen halb neun Uhr solle er morgen bei ihr sein, da sie später am Vormittag Termine habe. May war die frühe Zeit recht. Aber insgeheim stand für ihn fest, dass der Auftrag, den Engel ihm verpasst hatte, in eine Sackgasse führte.

Als er im Foyer aus dem Paternoster stieg, kam Ela Bach gerade die Treppe herunter. »Gute Arbeit, Kollege«, sagte sie kühl. »Die Kellnerin hat uns vorangebracht.«

Auf der Heimfahrt spürte May, wie sehr er noch immer unter Strom stand. Obwohl es bereits dämmerte, war die Luft noch recht warm und May ließ das Fenster nach unten gleiten, als er über den Südring auf die Autobahn zurollte.

Als May die A 46 in der Ausfahrt Wersten verließ, beschloss er, einen Abstecher in die Wiesdorfer Straße zu unternehmen, wo Julia bis vor vier Wochen bei ihrer Tante gelebt hatte – weniger als einen Kilometer entfernt von seinem eigenen Zuhause.

Vor dem Haus stoppte er und zog das Foto aus der Innentasche seiner Lederjacke. Das Bild, das der Soldat verloren hatte.

Von Julias angeblicher Krise war darauf nichts zu erkennen. Die postume Analyse der Psychologin: *Aufgrund mangelnden Selbstwertgefühls war sie unfähig, Vertrauen zu entwickeln.*

Die Männer, denen die junge Frau begegnet war, hatten sie nur benutzt. Der Angeber aus ihrer Klasse, der auf den schnellen Fick aus war. Der reiche Schnösel, der sich vom eigenen Älterwerden ablenken wollte. Selbst der Soldat hatte sie nicht wirklich gekannt. Sonst hätte er sie nicht im Stich gelassen.

May stellte sich vor, er wäre Julia begegnet. Vielleicht wäre einiges anders gelaufen.

Teil IV

Unter die Haut

Wie willkürlich diese Wechselfälle einem erscheinen, wenn sie in Wirklichkeit doch unvermeidlich sind.

Philip Roth, Der menschliche Makel

27.

Felix May drückte Shortys Nummer in die Tasten des Telefons.

Paula griff nach dem letzten Stück aus der Pizzaschachtel, biss ab und fragte mit vollem Mund: »Warum musst du schon wieder los? Wir wollten doch über die neue Wohnung reden.«

»Ich brauche keine neue Wohnung. Schon gar nicht in diesem Schickimickiviertel.«

Statt des Partners meldete sich die Mailbox. »Ruf mich bitte zurück«, sprach May in den Hörer. Dann schlug er das Telefonbuch auf und blätterte nach Shortys Festnetznummer. Kein Eintrag unter Reinhard Martini.

»Sie ist nicht so teuer, wie du denkst«, widersprach Paula. »Außerdem hättest du es nicht mehr so weit bis zum Präsidium.«

»Meine Dienststelle ist in der Altstadtwache.«

»Das kann sich ja wieder ändern.«

May trat in den Flur und angelte seine Lederjacke von der Garderobe.

»Wo willst du hin?«, rief Paula ihm hinterher.

»Sonderkommission. Ich hab's dir doch erklärt.«

»Arbeitest du jetzt rund um die Uhr an diesem Fall?«

»Um elf bin ich spätestens zurück.« May zog die Wohnungstür hinter sich zu.

Er nahm die Kölner Landstraße nach Nordwesten. Vorbei an Südpark und Unikliniken steuerte er die Innenstadt an. Der Verkehr wurde dichter. Die Dämmerung hatte eingesetzt, kaum ein Auto fuhr ohne Licht. Auf der Berliner Allee passierte May den Rohbau mit der Parfumwerbung am Baugerüst. Dass Julia im gleichen Gebäude abgelegt worden war, das dem flüchtigen Geiselnehmer Buchmüller als Versteck gedient hatte, war für May kein Zufall.

Noch einmal versuchte er Shorty auf dem Handy zu erreichen. Er wollte das Kriegsbeil begraben. Zu zweit würden sie auf der Suche nach dem Mörder mehr ausrichten können.

Doch der Partner ging nicht ran.

Der rote Vectra mit dem Duisburger Kennzeichen stand etwas schief in der Parkbucht an der Heinrich-Heine-Allee. May stürmte in die Hauptwache. Er drückte den Knopf für den Aufzug. Irgendwo rumpelte es. Die Kabine ließ auf sich warten. May stürmte die Treppen hoch.

»Shorty!«

Kein Mensch im Glaskasten, niemand im großen Aufenthaltsraum.

In einem Nebenzimmer brütete Christoph Jensen über Papierkram. Sein Funkgerät ließ gelegentlich ein Quaken hören.

Der Schnauzbart fragte: »Was macht die Soko? Kommt ihr voran?«

»Doch, klar.«

»Wie kommst du darauf, dass Martini hier ist?«

Es dämmerte May, dass sein Partner die Sokoarbeit aufgegeben hatte, ohne sich beim Einsatztrupp zurückzumelden. Der Kerl machte einfach blau.

»Hast du seine Privatnummer?«, fragte May. »Ich dachte, wir könnten noch ein paar Kneipen abklappern, um Zeugen aufzustöbern, Shorty und ich.«

»Ich bin froh, dass ihr euch wieder vertragt.« Der Schnauzbart wühlte in einer Schublade. Er fand ein Heft und diktierte eine Nummer, die May ins Telefon tippte.

Im Hörer tutete es endlos. Den Kurzen konnte May abschreiben.

Jensen äugte misstrauisch herüber. »Gibt's ein Problem, Felix?«

May zögerte, dann sagte er: »Als meine Stelle so lange unbesetzt war – warum kam Shorty dafür nicht infrage?«

»Das ist eine lange Geschichte.«

»Jeder im Einsatztrupp kennt sie. Nur ich nicht. Ich hab ein Recht darauf, sie zu hören.«

Jensen klopfte nervös mit einem Bleistift gegen die Akte vor ihm. »Bis letztes Jahr gab es diesen Extraeinsatztrupp im Hauptbahnhof.«

»Ich weiß.«

»Dann weißt du vielleicht auch, dass der Bahnhofstrupp aufgelöst wurde, weil zwei Kollegen Drogen an Junkies vertickt haben.«

»Shorty hat Dreck am Stecken?«

»Nein, dann säße er jetzt im Knast. Aber auch wer sauber geblieben ist, büßt für die anderen mit. Einsatztrupp ist Einsatztrupp und Drecksarbeit bleibt Drecksarbeit, verstehst du? Interne Bewerbungen hatten praktisch keine Chancen. Und externe blieben rar – wer es nicht nötig hat, bewirbt sich zurzeit nicht bei uns.«

»Du meinst, ich hatte es nötig?«

Christoph winkte ab. »Mir ist scheißegal, warum du das SEK verlassen hast. Ich vertraue dir. Genauso wie ich Martini für einen guten Kerl halte. Seht zu, dass ihr miteinander klarkommt. Und macht voran mit dieser Soko, damit ich euch bald wieder hier habe.«

Als er wieder auf der Straße war, rekapitulierte May, was er aus den Protokollen über Jonas Buchmüller wusste. Bis zur Festnahme seiner Freundin Carola war der Fixer nicht einmal straffällig geworden. Sie hatte seine Sucht finanziert, indem sie Freier mit auf ihre Bude nahm, die in der Lessingstraße lag, gleich hinter dem Hauptbahnhof. Einer ihrer Kunden hatte sie angezeigt, weil sie ihm angeblich zerriebene Schlaftabletten ins Bier geschüttet und ihn um sein Bares erleichtert hatte – vermutlich war der Typ nicht das einzige Opfer gewesen.

May erinnerte sich, dass Kollegen vom Bahnhofstrupp Buchmüllers Flamme wegen des Raubdelikts hopsgenommen hatten. Die Nutte, der Fixer und Shorty – May kam auf keinen Zusammenhang, der das Verhalten seines Partners erklären konnte.

Der Prozess gegen die räuberische Carola stand bevor. Der Richter hatte Untersuchungshaft angeordnet. Noch suchten die Sachbearbeiter des KK 31 nach weiteren Geschädigten. In den Augen der Kripokollegen war Buchmüller der Anstifter und Mittäter gewesen, aber weil das Gaunerpärchen hartnäckig schwieg, war der Junkie ohne Anklage davongekommen. Je länger seine Freundin im Knast saß, desto mehr war Buchmüller offenbar durchgedreht.

Zuerst hatte er versucht seine Geliebte per Geiselnahme freizupressen. Was danach geschehen war, lag für May immer klarer auf der Hand: Der Junkie hatte Julia ermordet – ein Raubüberfall auf die erstbeste Person, die ihm über den Weg lief, die Situation eskalierte, weil Buchmüller auf Entzug war, die Welt hasste und Julia sich vermutlich gewehrt hatte. Den Leichnam hatte der Kerl nahe seines Unterschlupfs deponiert, weil er annehmen konnte, dass auf absehbare Zeit keiner die Baustelle betreten würde.

Die Wut auf Buchmüller ließ May das Gaspedal durchtreten. Mit quietschenden Reifen bog er vor dem Hauptbahnhof in die Karlstraße. Am Worringer Platz musste er hinter einer Straßenbahn bremsen. Kurz darauf war er angekommen.

Die Mettmanner Straße im Stadtteil Flingern: Häuser aus der Gründerzeit, um die jeder Sanierungseifer einen großen Bogen gemacht hatte. Kein Mieter mit Geld würde sich je für diesen Flecken der Landeshauptstadt interessieren. Buchmüllers letzte Adresse.

Die Haustür war unverschlossen. Das Licht im Treppenhaus brannte offenbar dauerhaft. Bröckelndes Linoleum im Flur, Graffiti an den Wänden. May stieg knarrende Stufen hoch bis unter das Dach, ohne den Namen des Gesuchten an einer der Türen zu finden.

Auf dem Rückweg bemerkte er auf einer Fußmatte im zweiten Stock einen Haufen Briefe und Werbesendungen. May bückte sich und las den Empfängernamen: *Buchmüller.* Vermutlich hatte ein netter Nachbar die Post hier abgelegt, weil der Briefkasten bereits überquoll. Der Haufen signalisierte, dass sich der Junkie seit Tagen nicht mehr hatte blicken lassen.

May hatte den Aushängen in der Sokozentrale entnommen, dass die Fahnder das Haus sporadisch observierten. Stets in der Hoffnung, der Gesuchte kreuze auf, wenn sie gerade auf der Lauer lagen. Außerdem hatte ein Richter den Antrag auf technische Überwachung unterschrieben. Buchmüllers eigener Telefonanschluss war abgeklemmt, weil der Kerl die Rechnungen nicht bezahlt hatte. Aber die Leitungen seiner Eltern und einiger Freunde wurden von den Fahndern belauscht – bislang ohne Erkenntnis darüber, wo man den Gesuchten schnappen konnte.

Kein Licht drang durch den Spion nach außen. May legte das Ohr ans Türblatt. Stille in der Wohnung.

Er lief zu seinem Focus hinunter und startete. Einen Anlaufpunkt hatte er noch.

28.

Die *Black Box* war ein winziges Programmkino im Gebäudekomplex des Filmmuseums an der Schulstraße, unweit des Rheinufers und nur einen Block von dem Apartmenthaus entfernt, in dem Angermunds schicke Wohnung lag. Die Kasse im Museumsfoyer erschien Ela Bach wie das Kommandopult eines Raumschiffs eines zweitklassigen Science-Fiction-Streifens.

Kein Mensch zu sehen. Die Tür zur Toilette stand offen. Ela hörte das Rauschen eines Wasserhahns. Sie beschloss zu warten.

In einem Schaukasten rechts des Eingangs hingen Plakate: Gary Cooper in einem Abenteuerfilm, John Wayne in einem Western namens *Der Marshal.* May West stemmte die Hände in die Hüften, darunter verkündeten Lettern aus Pinselstrichen: *Auf in den Westen!* Regie: Henry Hathaway.

»Er gehört nicht zu den Großen«, sagte eine Männerstimme.

Ela fuhr herum.

Ein junger Typ hatte sich angeschlichen. Schwarz gerandete Brille, Koteletten, die ihm fast bis an die Mundwinkel wuchsen. Der Kerl wischte sich die nassen Hände an der weiten Cargohose ab und verzog das Gesicht. »Ein guter Handwerker, aber kein Künstler. Gefangen in den Beschränkungen des Genres, das er bediente.«

»Warum zeigen Sie dann seine Filme?«

»Ich verkauf hier nur die Tickets. Das Programm machen andere.«

»Leider, nicht wahr?«

»Das haben Sie gesagt.«

»Wie viele Besucher hatten Sie am Samstag?«

»Da lief *Niagara.*« Der verhinderte Filmpapst sprach den Titel amerikanisch aus, sehr gedehnt, sehr kennerhaft. »Keine zwanzig. Aber immerhin mehr, als es diesen Abend sein werden. Dabei wäre es der heutige Film wirklich wert. Eine Dokumentation über toskanische Steinbrucharbeiter. Wollen Sie 'ne Karte?«

Ela zeigte ihm Julias Foto.

Der Kerl sah nur kurz hin. »Sind Sie ihre Mutter?«

»Nein, Kripo. Das Mädchen wurde am Sonntag ermordet. War sie allein da?«

»Hm, ja.« Der Typ strich über seine Koteletten. »Ermordet, sagen Sie?«

Ela vermutete, dass Julia Sander keine Frau gewesen war, die ein solcher Kerl vorbeigehen ließ, ohne sie anzubaggern. Tatsächlich berichtete der Kartenverkäufer, mit ihr das Schicksal der Monroe erörtert zu haben. Das Mädchen habe die Filmlegende für das Opfer mächtiger Männer gehalten, während er sich bemüht hatte, das Gerücht des Mordkomplotts zu widerlegen. Nach der Vorstellung habe Julia die *Black Box* verlassen, ohne sich auf eine weitere Diskussion einzulassen.

Kein Wunder, fand Ela. Rechthaberei brachte keine Frau zum Schmelzen. Sie blätterte in ihren Aufzeichnungen. Die Zeitangabe des Kinoheinis stimmte mit der Aussage Angermunds überein.

»Tut mir Leid, dass ich Sie für ihre Mutter gehalten habe«, erklärte der Kotelettenträger. »Ich meine, rein altersmäßig haut das ja gar nicht hin.«

Fick dich selbst, dachte Ela und ließ ihn stehen.

Von der Promenade aus erblickte sie die Lichter in Angermunds Wohnturm. Die restliche Nacht zum Sonntag hatte der Unternehmer mit seiner Freundin verbracht. Wohin sich Julia nach seiner Abreise gegen zehn Uhr morgens begeben hatte, war noch immer ungeklärt. Ela ging davon aus, dass die Tat nicht in der Wohnung verübt worden war – zur Sicherheit hatte Engel die Kriminaltechniker in die Luxusbude geschickt. Vermutlich waren sie im Moment noch zugange und stellten sämtliche Zimmer auf den Kopf.

Tun Sie Ihren Job und tun Sie ihn gut.

Als Ela zu ihrem Auto zurückkehrte, erweckte ein Menschenauflauf ihre Neugier.

Unwillkürlich dachte sie an das Schlimmste: die nächste Frauenleiche.

Sie mischte sich unter die Menge und erspähte einen Einradfahrer, der unterhalb der Promenade mit Fackeln jonglierte. Frühling – die Gauklersaison hatte begonnen. Die vielen Leute, das Gedränge der Zuschauer – Ela fühlte sich plötzlich unwohl und machte, dass sie weiterkam.

Bevor sie ihren Corsa startete, knipste sie die Innenbeleuchtung an und kontrollierte ihr Aussehen. Sie kam sich älter vor denn je.

29.

May fand das alte Fabrikgebäude, dessen Anschrift er aus den Protokollen der Fahnder kannte. *Pleasure Dome* stand in weißer Farbe an die verwitterte Ziegelmauer gesprüht. Die Lampen, die den Schriftzug strahlen ließen, wenn an Wochenenden Diskobetrieb herrschte, waren erloschen.

Das Tor war abgeschlossen, ebenso die Tür daneben.

Um die Ecke fand May einen Treppenaufgang. Am oberen Ende eine angelehnte Holztür, an die er klopfte. Keine Antwort.

Er zog den Verschlag auf und betrat ein modern eingerichtetes Büro. Ein Computermonitor flimmerte, ein Faxgerät ratterte. May vernahm Stimmen und schritt einen Flur entlang, der zu einer Empore führte. Zwei Männer blickten in die Halle hinunter und debattierten. Offenbar ging es um Beleuchtungstechnik. May schnappte Fachausdrücke auf: *Easy Flash, UV-Beamer, Splitbox.* Er zog seinen Dienstausweis.

»Was wollen Sie?«, raunzte ein breiter Kerl in den Vierzigern, der mit seinem langen Bart an biblische Gestalten erinnerte.

May entfaltete das Fahndungsbild. »Jonas Buchmüller. Hat mal bei Ihnen Platten aufgelegt.«

»Richtig, ›Dr. Acid‹. Ich habe die Ratte hochkantig rausgeschmissen und bin froh, dass ich sie seither nicht mehr gesehen habe. Aber das habe ich Ihren Kollegen schon erzählt. Was ist los mit euch? Kommuniziert ihr nicht?«

Aus den Berichten der Fahnder wusste May, dass der Junkie Hausverbot bekommen hatte, weil er in der Disko gedealt hatte. Ein Kunde hatte ihn beim Inhaber verpfiffen, weil Buchmüller schlechten Stoff verkauft hatte.

May sagte: »Ich kann mir nicht vorstellen, dass er nicht noch woanders den DJ gespielt hat.«

»Keine Ahnung. Bekomme ich wegen dieser Ratte jetzt noch öfters Besuch?«

May zeigte das Bild dem anderen, einem knittrigen Typen im blauen Elektrikerkittel.

Der Mann legte den Kopf schief. »Die Visage sagt mir nichts. Hatte der Kerl noch andere Künstlernamen?«

Der Bärtige antwortete: »›Magic Momo‹. Hing davon ab, welchen Stil er spielte.«

»Momo? So einen gab's im *Notorious.* Weißt du nicht mehr, Mike?«

»Hat mich nie interessiert. War keine echte Konkurrenz. Ist da nicht jetzt ein Japaner drin?«

Nach weniger als fünfzehn Minuten Fahrt erreichte May die Rückseite der Hauptwache und stellte den Focus am Beginn der Fußgängerzone ab, darauf hoffend, dass der grün-weiße Gewerkschaftsaufkleber im Heckfenster das Abschleppen verhindern würde.

Die Altstadt – Buchmüllers Revier als Taschendieb und Autoknacker. Und als DJ in besseren Zeiten.

Viel Volk für einen Dienstagabend, fand May. Die Kneipengänger ließen es sich nicht nehmen, in Scharen draußen zu sitzen – Heizstrahler unter den Markisen sorgten für den Abklatsch eines Mallorcagefühls. May schob sich an Touristengruppen vorbei. Dann wurden die Gassen ruhiger und hinter dem Kassenhäuschen der Tiefgarage am Rheinufer erblickte May das *Notorious.*

Nur der Name war geblieben. Im Inneren erinnerte nichts an die Jazzkneipe von einst, die er und Paula manchmal besucht hatten, als sie noch öfter ausgegangen waren. Cocktails zu erschwinglichen Preisen und jede Menge gute Laune. Meist ein Schwarzer am Plattenteller, der rare Vinylscheiben auflegte. Später hatte der Besitzer die Bedienungen in knallengen Catsuits auflaufen lassen, um höhere Getränkepreise zu rechtfertigen.

May betrat den Laden und sah weiß beschürzten Japanern zu, die Sushi mit Parmesan und Sojasauce mit Kapern servierten. Asiatisch-mediterrane *fusion cuisine* – May hatte gehört, dass der Laden unter Bankern, Werbeleuten und Medienheinis als letzter Schrei galt.

Als Einzige fiel eine strohblonde Bedienung aus dem Rahmen, die mit einem Tablett gebrauchter Teller, Essstäbchen und halb voller Reisschüsseln in Richtung Küche verschwand – ganz offenbar kein Mitglied der japanischen Gemeinde.

Als die Blonde zurückkehrte, fing May sie ab.

»Polizei. Wo können wir reden?«

Die Frau bugsierte ihn nach draußen ins Freie. Unter der blauen Neonreklame wirkte ihr Gesicht leichenblass. Sie verschränkte die Arme. »Was gibt's? Ich hab nicht viel Zeit.«

Wieder strich er das Fahndungsfoto glatt.

Die Blonde ließ ein leises Stöhnen hören, als erinnere sie sich ungern. May spürte, wie sein Adrenalinspiegel stieg. »Wo finde ich ihn?«

»Ich weiß nur, dass er sich Momo nannte und irgendwo in Flingern wohnte. Aber das ist mindestens ein halbes Jahr her.«

May bemühte sich ruhig zu bleiben. Er fragte nach ›Magic Momos‹ Freunden.

Die Kellnerin erwähnte Carola, die den Discjockey stets zu seinen Auftritten begleitet hatte.

»Und sonst?«

»Keine Peilung. Von denen geht jedenfalls keiner mehr ins *Notorious.*«

Ihm blieb nur noch ein Schuss ins Blaue. Der Kerl, den er gestern in Buchmüllers Begleitung gesehen hatte. »Denk nach!«, drängte May. »Es gibt einen Mann, ein Stück älter als Momo und etwa einen Kopf länger. Auffällig groß und hager.«

»Ach so, der Raumfahrer.«

»Wer?«

Die Blonde wippte auf den Zehen – ungeduldig. »Ein krasser Typ, der mit einem roten Punkt auf der Stirn rumläuft. Der Typ kann quatschen, bis einem die Ohren abfallen. Abgefahrenes esoterisches Zeug.«

»Und wo …«

»Null Ahnung. Echt nicht. Und jetzt muss ich wieder an die Arbeit. Ich bin froh, dass Fujimori mich übernommen hat.«

May verabschiedete sich. Immerhin kannte er jetzt einen Spitznamen – wenn das der Typ war, den er beobachtet hatte.

»Übrigens«, rief ihm die Bedienung hinterher. »Der Raumfahrer hat jedes Mal Guinness bestellt. Vielleicht versuchen Sie's im *Irish Pub!*«

May zog den Reißverschluss seiner Jacke zu und klappte den Kragen hoch. Es war kühl geworden.

30.

Ela holte Simone Eichelkamp an der Wache ab. Sie machten sich zu Fuß auf den Weg. Die Polizeimeisterin tat, als hätte sie den Fall bereits im Alleingang geknackt: stolz wie Bolle und in nervöser Erwartung des bevorstehenden Treffens. Simone hatte sich stundenlang auf der ›Rue‹ umgehört, bis sie einer Nutte begegnet war, die sich Dolores nannte und bei der die Fragen nach dem gesuchten Sadisten zum ersten Mal auf fruchtbaren

Boden gefallen waren: Dolores hatte angegeben, dass eine Freundin und Berufskollegin namens Lydia einen solchen Kerl kannte.

Für Ela klang das Ganze wie ein Gerücht.

Die Kollegin deutete auf einen Imbissladen, dessen Schaufenster an der nächsten Kreuzung leuchteten. *Charlotten-Grill.* Dolores hatte versprochen, ihre Freundin Lydia dorthin mitzubringen.

»Reizendes Lokal«, scherzte Ela.

»Wir sind spät dran«, antwortete die Kollegin vorwurfsvoll.

In der Bude stank es nach verbranntem Fett. Der einzige Gast war ein älterer Glatzkopf, der sein Bier umklammerte und auf eine Glotze starrte, die unter der Decke in einem Gestell hing. Eine Quizsendung lief.

Ein beleibter Asiate sortierte hinter dem Tresen Getränke in einen Kühlschrank. Als er die Polizistinnen bemerkte, fragte er nach ihren Wünschen. Ela winkte ab. Simone blickte auf ihre Uhr.

Drei Rockertypen und eine Punkerin mit grünem Haar polterten in den Laden und orderten Pils. Sie entdeckten die Glotze und grölten Kommentare. Dann schoben sie mit ihren Flaschen ab.

»Hast du das Mädel gesehen?«, fragte Simone. »Wie alt schätzt du sie?«

»Keine Ahnung.« Ela fühlte sich unwohl in der Bude. Wer nicht aufkreuzte, waren Dolores und Lydia.

»Sechzehn«, sagte Simone. »Die Biker schicken sie auf den Strich.«

Ela bat den Asiaten um ein Glas Mineralwasser.

»Hieronymus Bosch!«, brüllte der Glatzkopf plötzlich und wandte sich an Ela. »Ich hätt's gewusst!«

Ela roch seinen Bieratem und drehte sich weg. Der Alte berührte ihre Schulter. »Bosch und Breughel, die kennt doch jedes Kind, oder nicht?«

Sie packte ihr Glas und nahm sich vor, dem Kerl das Wasser ins Gesicht zu schütten, wenn er nicht lockerließ.

Doch der Glatzkopf fragte: »Sind Sie etwa die Damen, die mit Dolly verabredet sind?«

»Warum?«

»Ich soll Ihnen das hier geben.« Er schob einen zerknüllten Zettel über die Theke.

Ela strich das Papier glatt. Simone lugte über ihre Schulter.

Mein Alter mag es nicht, wenn ich mich mit der Polizei treffe. Lydia wohnt in der Duisburger Str. 12, dritter Stock links. Sie weiß Bescheid.

»Hieronymus Bosch«, knurrte der Glatzkopf und war wieder in das Geschehen auf der Mattscheibe versunken.

Ela trank aus und gab dem Wirt einen Euro. Dann folgte sie der Kollegin nach draußen und schlug den Weg zu ihrem Auto ein, das sie unweit der Wache geparkt hatte.

»Duisburger Straße, ist das weit?«, fragte die Polizeimeisterin.

Ela wurde bewusst, dass Simone eins der vielen Landeier war, die nach Düsseldorf versetzt worden waren, weil es hier mehr Stellen gab als am Niederrhein oder im Sauerland. Um Miete zu sparen, wohnten die meisten Kollegen in der weiteren Umgebung und die Neulinge unter ihnen kannten von der Stadt nicht viel mehr als die Straßen ihres Reviers.

»Fünf Minuten«, antwortete Ela. »Das Viertel heißt Pempelfort. Du lebst nicht in Düsseldorf, stimmt's?«

»Wieso?«

Ela ging Simones pampiger Ton auf die Nerven. Es gab keinen Grund, sich angegriffen zu fühlen. Die Behörde steckte voller Landeier und auch Ela war mal eines gewesen. Irgendwann im letzten Jahrhundert.

Das Viertel, das sie ansteuerte, grenzte im Norden an den Hofgarten und zählte zum Revier der Polizeiinspektion Nord. Duisburger Straße – die Nummer zwölf entpuppte sich als schmuckloser Kasten, nach dem Krieg hochgezogen und seitdem nie renoviert. Die Haustür war unverschlossen.

Schweigend stiegen die Polizistinnen die Holztreppe hoch. Fernsehgeräusche drangen aus den Wohnungen. Im dritten Stock Topfpflanzen und ein Poster an der Wand: eine Hundefamilie mit drei kleinen Welpen. Die Tür auf der linken Seite trug ein Namensschild: *M. Götz.*

Ela klingelte. Dass Dolores nicht aufgekreuzt war und dass sie Lydia in einer Privatwohnung statt im *Charlotten-Grill* treffen sollten, kam ihr nicht geheuer vor.

Ein Köter kläffte. Schritte schlurften. Ein Klacken ertönte – Riegel wurden aus ihrer Verankerung geschoben.

Eine Frau in Elas Alter öffnete und äugte misstrauisch durch den Türspalt. Sie steckte in einem Bademantel aus hellblauem Frottee. Ihre Haare standen in alle Richtungen – schwer mitgenommen von zu viel Bleiche und Dauerwellenchemie.

»Lydia?«, fragte Ela.

»Dolores hat uns geschickt«, ergänzte Simone überflüssigerweise.

»Sagen Sie Meike zu mir. Oder Frau Götz, wenn Sie wollen. Lydia nenn ich mich schon lange nicht mehr. Ehrlich gesagt, ich hab gehofft, Sie würden nicht kommen.«

Der Dackel knurrte, machte aber den Weg frei. Drinnen roch es, als sei die Töle nicht stubenrein. Sie folgten Meike Götz in ein mit billigen Möbeln zugestelltes Wohnzimmer. Lose Zeitungsseiten lagen auf dem Boden, ungebügelte Wäsche auf einem Stuhl. Im Fernseher lief das gleiche Quiz wie im *Charlotten-Grill.*

»Hieronymus Bosch«, bemerkte Ela.

»Was?«

»Schon gut.«

Die Wohnungsinhaberin band den Gürtel des fleckigen Bademantels neu und ließ sich im Sessel nieder. Unter einer Zeitschrift fand sie die Fernbedienung und schaltete den Ton leiser. »Was wollen Sie von Sascha?«

Simone antwortete: »Wir suchen ihn, weil …«

Ela unterbrach: »Erzählen Sie uns von Ihrem Bekannten, Frau Götz.«

»Hören Sie, Sascha ist nicht mein Bekannter. Er war es vielleicht mal. In meinem früheren Leben.« Die Frau im Bademantel schob die Yellow-Press-Heftchen auf dem Couchtisch zur

Seite, bis Aschenbecher, Zigaretten und ein Feuerzeug zum Vorschein kamen. Dabei berichtete sie, dass sie ihre Freier einst mit Zeitungsinseraten geködert hatte, gemeinsam mit Dolores: *Tabulose Traumgirls verwöhnen dich in privater Atmosphäre.* Bis vor knapp zwei Jahren.

Ela blätterte in ihrem Notizblock, bis sie eine leere Seite fand. Sie spürte, dass die Exnutte Anlauf brauchte, um zum Punkt zu kommen.

Meike Götz kramte ein Haargummi aus der Tasche des Bademantels, mit dem sie ihre Frisur zähmte. Dann hielt sie die Zigarettenschachtel in die Runde.

Ela griff zu. »Sascha war also ein Kunde?«

»Stammkunde, kann man sagen. Bis er von mir verlangte, diese Fotos nachzustellen.«

»Was für Fotos?«

Meike gab Feuer. In beiläufigem Ton erläuterte sie: »Er hatte sie aus dem Internet, glaub ich. Fesselungen und so 'n Scheiß. Ich hab mich drauf eingelassen, weil ich dachte, der Sascha ist harmlos. Aber dann hat er sein Messer ausgepackt. Der reinste Terror!«

Simone wollte wissen: »Hat er Sie ...?«

Der Dackel kam in das Zimmer getrottet, hopste auf den Schoß seines Frauchens, drehte sich um die eigene Achse und ließ sich nieder.

Meike begann, das braune Fell zu kraulen. »Sascha hat behauptet, er will nur die weißen Linien sehen, die das Messer auf der Haut macht. Aber ich hatte die ganze Zeit Schiss, dass er bis aufs Blut schneiden würde. Ich hab ihm gedroht, dass ich das ganze Haus zusammenschreien würde. Als er mich endlich losgemacht hat, hab ich ihm gesagt, er soll sich nie ... nie wieder blicken lassen.«

Ela nahm einen tiefen Zug. Dann holte sie ihr Diktiergerät aus dem Rucksack. Eine Bandaufnahme taugte mehr als ein zusammenfassender Vermerk. Meikes Geschichte war noch nicht zu Ende.

»Sie haben ihn wieder getroffen?«

»Angebettelt hat er mich. Fünfhundert Mark hat er geboten. Zweihundertfünfzig Euro sind das heute, aber damals war das mehr wert, glaub ich. Wir haben eine Abmachung getroffen. Nur Fesseln, keine Messerspiele. Zur Sicherheit hab ich Dolly im Wohnzimmer versteckt. Damals hab ich noch in der Schützenstraße gewohnt. Sascha macht also seine Knoten und Schlaufen wie auf dem Foto, bis ich ganz krumm auf'm Bett lieg. Plötzlich klebt mir das Schwein den Mund zu. Und dann packt er eine ganze Sammlung von Messern aus. Hören Sie, ich hab gestrampelt, bis das Telefon vom Nachttisch krachte. Dann ist Dolores hereingestürmt und hat dem Typen eins übergebraten. Sascha war so perplex, dass er sein Jackett zurückgelassen hat.«

Ihre Finger verkrallten sich im Fell des Köters. Der Dackel ließ ein Quietschen hören. Die Frau tätschelte die Stelle und rauchte schweigend.

Nicht einmal Simone unterbrach die Stille.

Dann zeigte die Exnutte ein nervöses Lächeln. »Ich hab die Wohnung gewechselt und mir den Hund zugelegt. Nie wieder hab ich inseriert. Ein neues Leben hab ich angefangen, was wirklich nicht einfach war. Völlig normal bin ich geworden, wie man so schön sagt.«

Ela fragte: »Was war mit dem Jackett?«

Heftig stieß die Frau Rauch aus. Ihre Zigarette zitterte. »Da steckten Fotos in der Tasche. Mannomann. Schweinkram, total pervers. *Echte* Fotos!«

Der Dackel guckte zu ihr auf. Zigarettenasche bröselte ihm auf die Schnauze. Das Vieh sprang auf den Boden, rutschte auf einer Zeitungsseite aus und verschwand im Flur.

»Was meinen Sie damit?«

»Die kamen nicht bloß von 'nem Drucker aus 'm Internet. Die waren wirklich echt. Sie kennen doch diese quadratischen Dinger aus den Sofortbildkameras.«

»Polaroids.«

»Ganz genau. Und am Leben ist keine von den Frauen mehr. Oder überlebt man das, wenn einem der Bauch aufgeschnitten wird und die Brust und sogar der Schädel?«

»Kann ich die Fotos haben?«

»Die hätten Sie in Ihrem Leben nicht sehen wollen, wirklich nicht.« Meike schüttelte energisch den Kopf. »Ich hab sie verbrannt und in den Müll geschmissen. Ist wirklich besser so. Mannomann.«

»Wissen Sie noch, womit Sascha Sie geknebelt hat?«

»Klebeband. Dieses breite braune, mit dem man Pakete packt. Den Geruch hab ich noch heute in der Nase.«

Das Schwein hatte einen Namen. Sascha machte Polaroids von seinen Opfern – Fotos, die man nicht zum Entwickeln geben musste. Ela stellte sich vor, dass es entsprechende Aufnahmen auch von Fritzi und Julia gab.

Sie legte ihre Hand auf Meikes Arm, um Nähe herzustellen. Dabei versuchte sie nicht an die Bazillen zu denken, die sie aus dem versifften Frotteestoff ansprangen. »Ihre Aussage ist sehr wertvoll für uns, Frau Götz.«

»Wirklich?«

»Ich möchte, dass Sie gleich morgen früh das Protokoll unterschreiben. Außerdem werden wir nach Ihren Angaben ein Phantombild anfertigen. Ich werde Sie abholen. In Ordnung?«

Als Meike nach einigem Zögern einwilligte, ballte Ela die Fäuste. Diese Zeugin war ihr Trumpf. Dem Kollegen Schranz würde das Lästern gründlich vergehen. Der Kripochef würde ihr gratulieren müssen. Das war der Durchbruch für die Soko Steinstraße.

Ela erhob sich und steuerte auf die Tür zu. Nichts wie raus aus dem Mief. Der Dackel knurrte sie an. Sie hätte ihm am liebsten einen Tritt versetzt.

»Warum hast du dich so sehr für das Klebeband interessiert?«, wollte die Polizeimeisterin wissen, als sie Ela zum Auto folgte. »War die Tote auf der Baustelle mit so 'nem Tape geknebelt?«

Ela schloss auf und stieg ein.

Die Kollegin nahm neben ihr Platz. »Und warum haben wir uns nicht nach Fritzi erkundigt?«

Ela drehte den Zündschlüssel. »Wohin soll ich dich bringen?«

»Hey, ich hab dich was gefragt. Hör endlich auf, mich wie eine Anfängerin zu behandeln!«

»Okay, Simone. Es stimmt. Julia Sander war mit braunem Klebeband geknebelt. Und das ist eins der Details, die wir nicht an die Öffentlichkeit geben, verstehst du? Das hat mit Kriminalistik zu tun. Nicht damit, dass du Anfängerin bist.«

Simone Eichelkamp hielt ihren Blick stur auf die Straße gerichtet. »Setz mich an der Wache ab.«

In dem Moment, als Ela losfuhr, trat Meike Götz mit dem Köter auf die Straße. Unter ihrem Anorak guckte der hellblaue Bademantelstoff hervor.

Völlig normal, wie man so schön sagt.

Ela winkte ihr zu.

31.

Der *Irish Pub* erwies sich als glatte Nullnummer. Ein Dutzend Leute saßen in schummrigen Nischen über großen Gläsern mit dunklem Bier. Niemand zeigte die gewünschte Reaktion, als May seinen Vers aufsagte und Buchmüllers Foto vorzeigte. Keiner kannte den Junkie oder den Raumfahrer – die Kerle hätten auch gar nicht in das Lokal gepasst.

May lehnte sich gegen die Theke, bestellte ein Guinness und konnte der Versuchung nicht widerstehen, unter dem Spot einer Hängelampe noch einmal das Foto zu betrachten, das der junge Soldat auf der Bodenseefähre verloren hatte.

Julia. Er fühlte sich ihr näher als seiner eigenen Frau. Die Einschätzung der Psychologin: *Eine Welt aus Lügen* – traf das nicht auf jeden zu?

»Hat sie dich verlassen?«, ließ sich eine Frauenstimme vernehmen.

May fuhr herum. Er blickte in knallgrüne Kontaktlinsen und auf eine Mähne roter Locken. May tippte auf eine Perücke. Die Frau legte ihre Handtasche auf einen Hocker und winkte der Bedienung, um ein Bier zu bestellen.

»Wie kommst du darauf?«, erwiderte May und ließ die Aufnahme in seiner Lederjacke verschwinden.

Die Rothaarige blickte ihn an, als überlegte sie eine pfiffige Antwort. Doch es kam nichts.

May verließ die Kneipe.

Draußen rannte er einen jungen Typen über den Haufen, der ihm einen Plastikbecher entgegenhielt. Geldstücke klimperten auf die Straße. May half sie einzusammeln.

Der Kerl trug Dreadlocks, zerrissene Jeans und ein fleckiges Kapuzenshirt. Ein süchtiger Penner, der sichtlich fror und dringend einen Schuss brauchte. Ein Junkie-Bruder Buchmüllers.

May zeigte ihm das Fahndungsfoto.

Der junge Penner schüttelte die verfilzten Zotteln.

May erklärte: »Jonas Buchmüller. Hängt wie du an der Nadel. Nennt sich auch ›Dr. Acid‹ oder ›Magic Momo‹.«

»Bist du schon wieder 'n Bulle oder so?«

May ließ eine Euromünze aus seinem Portmonee in den Becher klimpern. Das *schon wieder* irritierte ihn. »Probieren wir's mit einem anderen Kerl. Die Leute nennen ihn Raumfahrer.«

»Kenn keinen. War noch nie da oben.« Das Grinsen des jungen Penners bestand aus Lücken und bräunlichen Stummeln.

»Dein Humor gefällt mir.« May fütterte das Gefäß mit einer zweiten Münze. »Der Raumfahrer ist etwas größer als ich und noch dünner als du. Malt sich einen Punkt auf die Stirn. Hält sich für einen Kerl, der Bescheid weiß.«

»'nen Punkt?«

May zeigte ihm eine Zweieuromünze, ohne sie im Becher zu versenken.

»Wollt ihr mich verarschen?«, sagte der Typ mit den Filzlocken.

»Was heißt *ihr?* Siehst du mich doppelt?«

»Die gleichen Fragen hat mir vorhin schon 'n Bulle gestellt. Buchmüller und Raumfahrer und so.«

»Und?«

»War nicht so spendabel wie du.« Der Kerl zeigte seine Zahnlücken und rasselte mit dem Becher. May warf das Geldstück hinein.

Der Junkie machte einen Schritt zur Seite, als fürchte er, dass May ihm das Erbettelte wieder abnehmen würde. »Versuch's mal an der Treppe vorm Burgplatz, wo die Kids abhängen. Dort treibt sich der Raumfahrer um die Zeit oft herum.«

»Danke.«

Filzlocke ließ ein rasselndes Lachen hören. »Aber glaub ihm kein Wort, Alter. Ich war mal in seiner Hütte. Weit und breit kein Raumschiff!«

Mays Schritte hallten in den leeren Gassen. Er lief schneller, Scherben und Hundekot überspringend. Vor einer Disko lungerten Kids in weiten Klamotten und stellten finstere Mienen zur Schau. Der Burgplatz dahinter war menschenleer.

Wind pfiff über das Pflaster. Auf der Treppe, die zum Fluss hinunterführte, hielt sich lediglich ein einsames Teeniepärchen umklammert.

Kein Raumfahrer.

May beschloss, für heute Schluss zu machen. Es war zwanzig nach elf, wahrscheinlich lag Paula längst im Bett. Vielleicht sollte er sich an einer Tankstelle ein paar Flaschen Bier besorgen – sein bevorzugtes Schlafmittel, seit er den Schnaps vom Speiseplan gestrichen hatte.

Als er sich auf den Weg zum Auto machte, fiel ihm der Abschiedssatz des jungen Penners vor dem *Irish Pub* ein: *Ich war mal in seiner Hütte. Weit und breit kein Raumschiff.*

Die Hütte.

May rannte durch das Gassengewirr.

Der Typ mit dem Becher war verschwunden.

May durchstöberte die Altstadt. In einem Hauseingang an der Wallstraße schreckte er ein Liebespaar auf. Eine Gestalt mit verfilzten Locken erwies sich als Frau. Am Brunnen vor der Maxkirche hatten zwei Stadtstreicher ihre Lager ausgebreitet – May stieß sie wach und blickte in unbekannte Gesichter. Er ignorierte ihre Beschimpfungen und lief weiter, um ein letztes Mal am Ufer nachzusehen.

Vor dem Stadtmuseum machte die Straße einen Knick. Mays Blick streifte das Tor zum Rosengarten. Es war nur angelehnt.

Er drückte das schwere Gitter zur Seite. Die Scharniere knarrten. Mondlicht ließ den Rasen schimmern. Büsche und Steinskulpturen ragten auf wie drohende Gestalten.

Der junge Penner saß zurückgelehnt auf der hintersten Parkbank. In seinem Arm steckte eine Spritze, halb voll mit einer trüben Mischung aus Blut und aufgelöstem Heroin. Mister Dreadlock hatte es nicht eilig.

»Weit weg im Weltall oder können wir reden?«, fragte May.

»Das All ist eine verdammte Lüge«, antwortete der Fixer. »Die Mondlandungen fanden im Fernsehstudio statt. Jeder weiß das.«

»Wo hat der Raumfahrer seine Hütte?«

»Komisch. Noch so 'ne Frage, die mir vorhin erst gestellt wurde.«

»Sprich!«

»Hast du noch ein paar von den zweifarbigen Münzen?«

»Ich werde ungemütlich, wenn du nicht redest!«

»Klar, das ist dein Job.«

»Es liegt an dir.«

»Kennst du die Villen am Niederkasseler Rheinufer?«

»*Dort* wohnt der Raumfahrer?«

Der Penner lachte und hustete zugleich. Speichelblasen platzten vor seinen Stummelzähnen. »Dein Humor ist auch nicht ohne, Alter.« Er drückte sich den Rest der Brühe in den Arm. Dabei murmelte er: »Unterhalb der Villen sind Schrebergärten. Welche Laube die richtige ist, kann ich dir nicht sagen. Aber die Villen sind ein guter Witz, Alter.«

May trabte zurück zum Auto. Einen Moment lang überlegte er, die Kollegen vom Einsatztrupp um Verstärkung zu bitten. Er verwarf den Gedanken – zu vage seine Theorie. Und vielleicht besaß der Penner ein geklautes Handy, mit dem er den Raumfahrer warnen konnte. Es musste schnell gehen.

Er jagte den Focus in die Kurve zur Hofgartenrampe. Mit hundertzwanzig Sachen flog er über die Oberkasseler Brücke. Schlussfolgerungen schossen durch seinen Kopf: Buchmüller hatte die Baustelle aufgeben müssen. Der Junkie brauchte einen neuen Unterschlupf. Sein mutmaßlicher Komplize hauste in der Kleingartenanlage am Rheinufer.

Eine dieser Hütten.

Als May in den Kaiser-Friedrich-Ring bog, musste er hinter einem Taxi abbremsen. Weil mehrere Autos entgegenkamen, konnte er den Benz nicht überholen. Die Häuser zur Linken rückten auseinander und traten von der Ringstraße zurück – die Grundstücke wurden feudaler.

Auf der anderen Seite zeigte ein Schild die Zufahrt eines Tennisplatzes an, dahinter entdeckte May die ersten Schrebergärten. Dutzende von Schuppen bis hinunter zum Deich.

Bremslichter flammten auf. Das Taxi stoppte. May hielt ebenfalls an. Aus dem Handschuhfach kramte er zwei Paar Handschellen – vorsichtshalber steckte er beide ein.

Türschlagen weiter vorn. Der Dieselbenz rasselte und entfernte sich.

Eine hagere Gestalt trottete den Weg zu den Kleingärten hinunter.

May lief hinterher. Der Kerl bemerkte ihn und hielt erschrocken an.

Der Punkt auf der Stirn war schwarz, nicht rot. Ein weißes Hemd hing lang über die Hose.

May war sich ziemlich sicher, dass das der Mann war, den er mit Buchmüller bei der Baustelle gesehen hatte. Er sprach ihn an: »Sind Sie der Raumfahrer?«

Der lange Typ spreizte die Finger zum Victory-Zeichen. »I am the walrus. Gott ist nur der Mittelsmann.«

May schubste ihn gegen den Zaun und bog ihm den Arm auf den Rücken. Der Hagere trat aus, ohne zu treffen. May bekam den zweiten Arm zu fassen und fesselte die Handgelenke an eine Metallstrebe. Bis jetzt hatte er nicht einmal seine Waffe ziehen müssen.

»Polizei«, herrschte May den Hageren an. »Wo ist deine Hütte?«

»Bitte tun Sie mir nichts!«

»Die Hütte, verdammt!«

»Ich hab die Frau nicht aufgeschlitzt!«

May wurde flau im Magen. Er riss die P6 aus dem Holster. »Dann war es wohl dein Mittelsmann. Sag mir endlich, wo ich deine Scheißhütte finde.«

Der Kerl beschrieb stotternd den Weg.

May schärfte ihm ein, sich ruhig zu verhalten. Dann tastete er sich einen Pfad entlang, der von der Fahrspur abzweigte und immer tiefer in die Schatten zwischen Hecken und Sträuchern führte, die die Parzellen begrenzten. Irgendwo kläffte ein Köter. Das leise Tuckern eines Frachters drang vom Fluss herüber. Zweige schlugen gegen Mays Gesicht. Vor einem Holzgatter endete der Weg.

May drückte das Tor auf. Ein Plattenweg zwischen verwilderten Beeten. Schemenhaft ragte ein Schuppen auf. May fragte sich, ob es der richtige war.

Licht im einzigen Fenster, schwach und unruhig – Kerzengeflacker.

May schlich näher. Dornen streiften ihn. Die Bretter, aus denen die Bude gezimmert war, stanken nach Holzschutzmittel.

Stimmen   Buchmüller war nicht allein.

Vorsichtig riskierte May einen Blick: Der gesuchte Junkie saß mit hängendem Kopf und gefalteten Händen an einem Campingtisch. Neben dem Fenster lehnte ein zweiter Mann – May sah von ihm nicht mehr als den Arm, der gestikulierte. Was die Kerle redeten, konnte er nicht verstehen.

Er zog sich zum Gartentor zurück und drückte Jensens Nummer in sein Handy. Bei zwei Personen hatte er die Situation nicht im Griff.

Ein scharfer Knall zerriss die Stille.

Ein Schrei, dann ein Poltern.

May ließ das Handy fallen, umklammerte den Griff seiner Pistole mit beiden Händen und rannte auf die Hütte zu. Er trat gegen die Stelle unterhalb des Türgriffs. Holz splitterte, der Verschlag krachte auf.

Er zielte in den Raum und schrie: »POLIZEI! WAFFE WEG!«

Buchmüller kauerte auf dem Boden neben dem Tisch, verbarg den Kopf unter seinen Armen und schluchzte hysterisch. Der andere Mann riss die Hände hoch.

Es war Shorty.

Der andere Polizist – Martini ließ eine Waffe zu Boden poltern: ein kleinkalibriger Revolver.

Der Kurze krächzte: »So sieht also ein SEK-Einsatz aus. Nimm bitte die Pistole runter. Ich mach mir sonst noch in die Hosen.«

Buchmüller boxte gegen die Bretterwand und zeterte: »Ich bin taub! Der Bulle hat auf mich geschossen!«

May brüllte: »MAUL HALTEN!«

Der Junkie wimmerte.

May hob Shortys Revolver auf und steckte das kleine Ding ein. Definitiv keine Dienstwaffe. Er fragte: »Was wird hier gespielt?«

»Buchmüller hat die Frau nicht umgebracht. Er war's nicht.«

»Das werden die Untersuchungen zeigen.«

»Glaub mir, Felix. Ich hab ihn bereits befragt. Wirklich hart rangenommen.«

»Russisches Roulette!«, flennte der Fixer. »Martini hat mich um ein Haar kaltgemacht!«

Martini – May wandte sich an seinen Partner. »Ihr kennt euch?«

»Ich bin mir jetzt sicher, dass er mit dem Mord nichts zu tun hat. Du musst ihn laufen lassen.«

»Für Scherze bin ich nicht in Stimmung.«

May fesselte Buchmüller mit dem zweiten Paar Handschellen. Dann packte er Shorty am Kragen und zerrte ihn aus der Hütte, bis sie außer Hörweite Buchmüllers waren.

Er fauchte den Partner an: »Was hast du angestellt, damals am Hauptbahnhof? Hast du gedealt? Hat dich dieser abgewrackte Kriminelle wegen irgendeiner Scheiße in der Hand? Was erwartest du? Dass ich dich decke und mich ebenfalls erpressbar mache?«

»Tu's für Klaus.«

»Was?«

»Für Klaus Kottmann und seine Witwe.«

May ließ den Kollegen los. Er stellte fest, dass er keuchte, und versuchte zur Ruhe zu kommen. Ihm fiel sein Handy ein.

Der Disput auf Jensens Mailbox – keine schöne Vorstellung. Er durchwühlte das Gras und fand den Apparat. Keine Verbindung. Zum Glück.

»Was für einen Scheiß habt ihr gebaut, Kotti und du?«

Bevor Shorty antworten konnte, schrillte das Telefon. May drückte die grüne Taste. Er hörte den Chef des Einsatztrupps. Jensen brummte: »Hast du versucht mich zu erreichen?«

»Danke, Christoph. Hat sich erledigt.«

May beendete die Verbindung.

»Wo steht dein Auto, Shorty?«

»Hier unten, wo die Zufahrt am Deich endet.«

Mithilfe des Kurzen schaffte er Buchmüller dorthin, ließ sich von Shorty den Schlüssel des Toyota geben und sperrte den Junkie in die Karre. Kaum war die Zentralverriegelung eingeschnappt, begann Buchmüller zu brüllen und gegen die Tür zu treten.

Martini beschwerte sich: »Was hast du vor? Der Kerl zerlegt mein Auto!«

May ließ den Kollegen stehen, lief den Weg hinauf zu dem dürren Kumpel des Fixers, lud ihn in seinen Focus und rollte ebenfalls zum kleinen Parkplatz am Ende der Kleingartenanlage. Der so genannte Raumfahrer begann sich wortreich zu beschweren: über die Kälte, zu enge Fesseln, über Polizeiwillkür im Besonderen und Allgemeinen. May zeigte dem Dürren die Pistole und der Kerl verstummte.

Ein Bursche in jeder Karre – May wollte verhindern, dass sie ihre Aussagen miteinander abstimmten.

Shorty hatte den Deich erklommen. Die Spitze einer Zigarette glühte auf. May gesellte sich zu dem Kollegen.

»Seit wann rauchst du?«, fragte May. Er unterdrückte den Impuls, dem Kurzen den Glimmstängel abzunehmen, um selbst zu paffen.

»Kleiner Rückfall. Kein Wunder bei dem Stress, den du bereitest. Das Kraut hab ich bei Buchmüller gefunden.« Der Partner schnipste den Stummel den Deich hinunter. Vor ihnen erstreckten sich die Uferwiesen voller Schafscheiße und Schwemmholz. Auf der anderen Seite die zwei Wagen im Schimmer der Mondsichel. Jetzt randalierten beide Ganoven im Gleichtakt.

May fragte: »Was hatte Buchmüller außer Zigaretten noch dabei?«

Shorty zeigte ein Schnappmesser. May nahm es ihm ab.

»Das Ding hältst du jetzt für das Mordwerkzeug, nicht wahr?«, mutmaßte der Kollege. »Der Elitebulle und seine große Show!«

May ging ihm an den Kragen und schubste ihn von sich weg. »Was habt ihr verbrochen, Kotti und du?«

Shorty hob beschwichtigend die Hände. »Mit den Schiebereien der Kollegen vom Bahnhofstrupp hatten wir nichts zu tun. Ehrlich!«

»Dann sag, was Sache ist!«

»Buchmüller war mein Informant. Du weißt, wie das läuft.«

»Du hast die Augen zugedrückt, wenn er dealte.«

»Seine Tipps waren brauchbar. Meine Festnahmequote konnte sich sehen lassen.«

»Und?«

»Die Kollegen kotzten mich an, verstehst du? Ich wollte diese Idioten nicht verpfeifen, aber ich hoffte, ich könnte die Dienststelle wechseln. Kottmann war auf meiner Seite.«

»Nur weil Buchmüller dein Informant war, soll ich ihn laufen lassen?«

»Er hat mir diese Tussi vorgestellt. Carola. Ihr Anblick frittiert dir die Eier, ehrlich. Mit ihrer Muschi hat sie seine Heroinsucht finanziert.«

»Du hast Buchmüllers Freundin flachgelegt?«

»Es war ein Angebot, das ich nicht ablehnen konnte. Kottmann ging's genauso. Ich hab sie ihm vorgestellt, damit er auch mal seinen Spaß hat. Wer lehnt schon 'ne Gratisnummer ab?«

»Kotti hätte nie so ’n Scheiß gemacht. Er und seine Frau …«
Shorty lachte auf. »Frag Buchmüller.«

»Ich glaub dir kein Wort.«

»Und dann kam der Tag, als dieser blöde Freier Anzeige gegen Carola erstattete. Ausgerechnet Kottmann und ich mussten ihre Wohnung nach Beweismitteln durchsuchen und das Mädel auf die Wache schaffen. Das Schlafmittel, mit dem sie den Typen betäubt hat, haben wir verschwinden lassen. Sie ließ uns keine Ruhe. Wir sahen keinen anderen Ausweg.«

»So blöd wart ihr?«

Der Kurze fuhr sich mit beiden Händen durchs Haar. Am Himmel blinkten Sterne in der klaren Luft. Kein Mucks kam mehr von den Kerlen in den Autos. Vielleicht waren sie müde geworden.

Shorty erwiderte: »Der Typ verpfeift mich, wenn du ihn festnimmst.«

May atmete tief durch. »Wie konntet ihr euch bloß wegen dieser Nutte strafbar machen?«

»Rate mal. Es wirkt nicht gerade vorteilhaft, wenn rauskommt, dass du so eine gebumst hast. Damals begannen die Ermittlungen gegen die Kollegen. Ich wollte meine Versetzung nicht gefährden. Und Kottmann hatte Riesenschiss vor seiner Frau.«

»Hat er Buchmüller gekannt?«

»Du weißt, wie es mit guten Informanten läuft. Exklusive Tipps sind mehr wert als solche, die jeder hat. Alles, was den Junkie betrifft, hab ich allein abgewickelt.«

»Und ein paar Monate später arbeitet Kotti im SEK und kriegt mit, dass der Geiselnehmer, den wir jagen, Jonas Buchmüller heißt.« May spann den Gedanken weiter: Kotti hatte gewusst, dass jeder Schuss auf einen Geiselnehmer als Nothilfe dargestellt werden konnte.

Und auch jetzt wäre es so einfach, überlegte May. Jenseits der Wiesen floss der Rhein. Die Strömung war reißend. Es gab keine Zeugen. Und niemand würde Buchmüller oder den Raumfahrer vermissen.

May stieg zum Parkplatz hinunter.

»Was hast du vor?«, rief sein Partner.

May erreichte Shortys Wagen, schloss die Beifahrertür auf und zerrte den Junkie heraus. Er stieß ihn ins Gras und drückte die P6 an seine Schläfe.

Er schrie: »WARUM HAST DU JULIA GETÖTET?«

Buchmüller heulte: »Ich hab doch alles schon erzählt!«

Shorty kam angerannt. »Sie war bereits tot, als er sie entdeckte!«

»Halt dein Maul, Martini! Ich will's von *ihm* hören, mit *seinen* Worten! Los, du Wichser!«

Buchmüller schloss die Augen. Seine Unterlippe bebte. Die Hose hatte sich im Schritt verfärbt. Der Pisser stammelte: »Ich war drei oder vier Tage nicht ... nicht da gewesen. Wir wollten ... nur ein paar Sachen holen, die ich noch ... auf der Baustelle hatte. Später Nachmittag war's, die Uhrzeit weiß ich nicht mehr. Auf einmal stand da dieser ... dieser Spruch an der Wand, der vorher nicht da gewesen war!«

Wieder spürte May das flaue Gefühl. *Ich bin dein Abgrund und schaue in dich hinein.* Er bemerkte, dass seine Pistole zitterte. »Weiter!«

»Und dieser Leichengeruch. Ich wollte wissen, was da los war. Dabei hab ich ihn wohl aufgescheucht.«

»Wen?«, keuchte May.

Buchmüller drehte den Kopf weg, als könne er der Mündung entgehen. »Nicht schießen! Bitte! Ich hab die Frau nicht aufgeschnitten!«

»Wer sonst, du Ratte?«

Der Junkie hustete und würgte. »Ich ... ich hab ihn nur von hinten gesehen. Als ich in den Raum kam, rannte er weg.«

»WER?«

»Weiß ich nicht! Dieser Typ eben!« Buchmüllers Beteuerungen gingen in haltloses Geflenne über.

May verstaute die Waffe im Holster. Er wühlte in seinen Taschen nach dem Einsatzplan. Ganz oben auf dem Zettel stand die Handynummer des Sokoleiters – May tippte die Ziffern in seinen Apparat.

»Du siehst doch, er war's nicht!«, flehte Shorty.

Nach dem fünften Klingeln meldete sich die Mailbox.

May brach die Verbindung ab und tippte die nächste Nummer. Sie begann mit 870 – Engels Anschluss im Präsidium.

Martini versuchte ihm das Telefon zu entreißen. »Du zerstörst alles, was ich habe!«

May stieß ihn gegen den Focus. Er presste den Apparat ans Ohr. Der Kriminalrat meldete sich – offenbar schlief der Sokoleiter im Büro.

»Was gibt's?«

»Ich habe Jonas Buchmüller aufgestöbert. Den Geiselnehmer, der ...«

»Ich weiß, wer das ist. Wo sind Sie?«

»Hinter den Schrebergärten am Niederkasseler Rheinufer. Der kleine Parkplatz unten am Deich. Ich habe auch Buchmüllers Kumpel geschnappt. Soll ich ...«

»Warten Sie. Ich bin in zehn Minuten bei Ihnen.«

May wollte den Weg beschreiben, doch Engel hatte bereits aufgelegt.

Martini stieg wortlos in seinen Toyota und ließ die Tür knallen. Der Motor heulte auf und beim Wenden streifte die Karre fast den Junkie, der im Gras saß und seine bepisste Hose begutachtete. Die Räder drehten durch und Schotter spritzte, als der Kollege davonbrauste.

Der Junkie kläffte: »Dieser Zwerg kriegt nicht mal mehr 'nen Job als Kurierfahrer, wenn ich auspacke, wo Carolas Schlaftabletten abgeblieben sind.«

May spürte den Drang, auf die Ratte loszugehen. Er beschloss, es Buchmüller in Ruhe beizubringen. Ein Appell an den letzten Funken Verstand.

»Du wirst deine dumme Klappe halten«, sagte er. »Weil es dir nichts bringt und deiner Freundin die Chance auf ein mildes Urteil verbaut. Außerdem kriegst du's mit mir zu tun, wenn du meinen Partner verpfeifst. Ich hab schon mal einen umgebracht. Es macht mir nichts aus, es wieder zu tun.«

Der Scheißkerl spuckte ins Gras. Aus der Ferne wehten Martinshorn-Sirenen herüber.

May packte das Haar des Fixers und riss ihm den Kopf in den Nacken. »Schau mich an, wenn ich mit dir rede! Kein Wort über Shorty und das Schlafmittel. Haben wir uns verstanden?«

Buchmüller verdrehte die Augen und summte eine Melodie. May ließ ihn los.

Zwei grün-weiß lackierte Vectras rumpelten den Feldweg heran, gefolgt von einem alten Golf, aus dem Benedikt Engel stieg. Zum ersten Mal sah May den Langen ohne Krawatte.

Während Buchmüller und sein hagerer Kumpel in die Streifenwagen bugsiert wurden, sagte der Kriminalrat: »Woher kommt es, dass Sie so einen Diensteifer an den Tag legen?«

May zuckte mit den Schultern, aber Engels Frage ärgerte ihn. Als sei Engagement etwas Unanständiges.

Der Sokochef ließ sich berichten, wie May den flüchtigen Geiselnehmer aufgestöbert hatte. Anschließend wollte er die Hütte sehen. Seinen Fuß setzte Engel nicht hinein. Stattdessen verständigte er den Bereitschaftsdienst der Kriminaltechnik sowie weitere Kollegen der Schutzpolizei, um den Unterschlupf bis zum Eintreffen der Spurensicherung zu bewachen.

Danach wandte sich der Kriminalrat wieder an May. »Haben Sie Buchmüller bereits nach dem Mord an Julia Sander gefragt?«

»Er beteuert, er sei es nicht gewesen. Vielmehr will er jemanden aufgescheucht haben, der sich bei der Leiche aufgehalten hat. Ein Märchen, schätze ich. Buchmüller will nur von sich ablenken.«

»Wann will er diesen Unbekannten verjagt haben?«

»Das muss am Montag gegen achtzehn Uhr dreißig gewesen sein, nachdem ich ihn bei der Baustelle entdeckt hatte.«

Der Lange dachte kurz nach, dann sagte er: »Zu dem Zeitpunkt war die Frau längst tot. Wenn Buchmüller der Mörder wäre, hätte er nichts davon, diese Geschichte zu erfinden. Dann würde er ein Märchen auftischen, das zur Tatzeit am Sonntag spielt.«

May musste zugeben, dass ihm das Argument einleuchtete. Noch ein Detail von Buchmüllers Aussage kam ihm in den Sinn. »Erinnern Sie sich an das Graffito?«

»Ja.«

»Ein schauerlicher Spruch in schwarzer Farbe. Etwas von einem Abgrund, der in einen hineinsieht.«

»Frei nach Nietzsche. Was soll damit sein?«

»Buchmüller behauptet, es sei frisch gewesen. Ist in dem Gebäude vielleicht eine Sprühdose gefunden worden? Wenn der Mörder das Graffito fabriziert hat, könnten Fingerabdrücke …«

»Gute Idee.« Der Lange tippte Tasten und drückte sein Mobiltelefon ans Ohr. »Wann seid ihr da? – Gut. Und wenn ihr fertig seid … – Ja, es hilft nichts, ihr müsst noch einmal zur Steinstraße.«

In der Nähe brummte ein Automotor. Mehrfaches Türenschlagen. Mit den Kollegen von der Kriminaltechnik telefonierend stapfte Engel den bestellten Schupos entgegen.

May überlegte, ob er nach Hause fahren sollte. In diesem Moment gab sein eigenes Handy Alarm.

»Felix?«, redete ihn eine Männerstimme an.

»Mit wem spreche ich?«

»Tim Sander. Wir haben uns in Radolfzell getroffen. Deine Frau hat mir deine Mobilnummer gegeben. Du bist der einzige Bulle, den ich in Düsseldorf kenne. Sag mir, was weißt du über Julia?«

May überlegte. Wenn er zugab, dass er sie gefunden hatte, würde der Soldat ihn nach dem Zustand der Leiche fragen. Er sagte: »Ich arbeite in der Soko mit, die den Fall ermittelt.«

»Und? Habt ihr den Mörder?«

Bis vor einer Minute hatte May daran geglaubt. »Nein. Es gibt verschiedene Spuren. Warum kommst du nicht nach Düsseldorf? Du musst deine Aussage machen.«

»Hab ich schon. Die Kripo aus Konstanz war in der Klinik.«

»Das reicht nicht.«

»Ich weiß. Aber als KSK-Mann lässt man mich nicht so einfach abreisen. Pass auf. Ich geb dir jetzt einen Namen. Angermund. Michael Angermund. Er schmuggelt Waffen und steckt mit dem Geheimdienst der Bundeswehr unter einer Decke. Ich hab erfahren, dass seine Firma die Verschrottung der ausrangierten G3-Gewehre durchführt.«

»Und?«

May kombinierte fieberhaft: Sander hatte spitzgekriegt, dass der Stahlhändler ein Verhältnis mit Julia hatte. Der Soldat wollte sich an dem Unternehmer rächen. Oder er war selbst der Mörder und hatte vor, Angermund die Tat in die Schuhe zu schieben. In beiden Fällen ein mieses Märchen – zu durchsichtig, fand May.

Sanders Stimme tönte gehetzt aus dem Handy: »Der Kerl hat sie als unliebsame Zeugin umgebracht. Ich bin mir sicher, dass es so war. Ihr müsst seine Bundeswehr-Connections prüfen. Ich hab die G3-Gewehre in Afghanistan mit eigenen Augen gesehen!«

»Wir wissen, dass du am Sonntag in Düsseldorf warst.«

»Ja, und?«

»Setz dich ins Auto und komm hoch. Mach deine Aussage. Dabei kannst du erzählen, was du über Angermund weißt.«

»Du glaubst mir nicht.«

May zögerte.

Dann bemerkte er, dass Sander aufgelegt hatte.

Kriminalrat Engel kehrte zurück, zwei Uniformierte im Gefolge, die Posten vor dem Schuppen bezogen, in dem Buchmüller sich versteckt hatte.

Der Lange schenkte May einen prüfenden Blick. »Müde? Wollen Sie nach Hause, Felix, oder haben Sie noch etwas Zeit?«

Es war kurz vor halb zwei. May fühlte sich hellwach.

32.

Am nächsten Morgen krächzte der Radiowecker mit den Sieben-Uhr-Nachrichten los. Die US-Truppen seien im Sandsturm zum Stillstand gekommen. Zugleich behauptete der amerikanische Verteidigungsminister, die Offensive verlaufe planmäßig. May fingerte an der Sendereinstellung, doch der Empfang wurde nicht besser.

Paula regte sich. »Alles nur Lügen«, murmelte sie.

May durchsuchte den Badezimmerschrank nach Aspirintabletten. Erst gegen vier Uhr war er nach Hause gekommen. Er fühlte sich wie gerädert.

Leise zischten die Brausetabletten. May nahm einen Schluck.

Er zog sich rasch an und holte Brötchen vom Bäcker. Unterwegs legte er einen Stopp am Büdchen ein, gespannt, was die Zeitung dieses Mal gedruckt hatte.

Als er zurückkam, war es still im Bad – Paula war offenbar schon fertig mit Duschen. May goss Kaffee ein und besah sich den *Blitz.* Der Krieg beherrschte die ersten Seiten. May blätterte zum Lokalteil.

Die Überschrift: *DAS JAHRHUNDERTVERBRECHEN.*

Julias Foto ganz groß – der *Blitz* hatte die Porträtaufnahme gedruckt, die auch in der Soko verteilt worden war. May erinnerte sich an den Kommentar des fetten Wiesinger: *Die ganze Stadt wird sich in das Mädel verlieben.*

Der Artikel nannte Julia in gewohnter Übertreibung *Düsseldorfs größtes Schauspieltalent.* Die Reporter zitierten die Leiterin von *Actor's Art* und einige Mitschüler des Mädchens, die auch May gestern befragt hatte. Kein Wort von Liebesaffären – ermordete Unschuld brachte höhere Auflage.

Paula kam herein. Sie rubbelte ihr Haar trocken. »Wer war das eigentlich, der mich mitten in der Nacht wegen deiner Handynummer angerufen hat?«, blaffte sie. Dann lugte sie über Mays Schulter und entdeckte den Artikel.

Sie riss ihm die Zeitung aus der Hand und studierte das Foto. »*Das* also ist die Sokoarbeit, die dich Tag und Nacht in Beschlag nimmt?«

»Wieso?«

»Die gleiche Frau wie auf diesem aufreizenden Bild, das ich letzte Woche in deiner Reisetasche gefunden habe.« Sie knallte die Seiten auf den Tisch. »Was hast du mit dem Mord zu schaffen? Hast du diese Frau gekannt?«

»Beruhig dich, Paula. Ich hab dir doch erzählt, wie ich an die Aufnahme gekommen bin.«

Sie schüttelte den Kopf. »Du verschweigst mir etwas!«

May hatte weder Lust noch Zeit, sich zu rechtfertigen. Er trank die Tasse leer, griff nach Holster und Lederjacke und verließ die Wohnung.

Angermunds getrennt lebende Gattin stand auf dem Plan. Die etwas aufgeregt klingende Stimme der Dame: *Sagen wir um halb neun?* May rechnete mit höchstens dreißig Minuten Fahrtzeit, doch schon auf der A 46 geriet er in einen Stau.

Als er aus dem Universitätstunnel rollte, rief er die Sokozentrale an und bekam Nora, eine der Schreibkräfte, an den Apparat. May erfuhr, dass Engel voll des Lobes über ihn sei. Noch in der Nacht sei die Farbdose gefunden worden. Übersät mit Fingerabdrücken, die nicht von Buchmüller stammten. Für den Vormittag sei eine Reihe von Vernehmungen geplant. Den Anfang mache Dr. Julius Reitmeier, dessen Kids die Schauspielschülerin bis vor einigen Wochen gehütet hatte.

Nora berichtete weiter: Ela Bach sei vor wenigen Minuten mit einer neuen Zeugin aufgekreuzt und schien mehr denn je überzeugt von ihrer Prostituiertenquälertheorie. Im Moment arbeite sie mit der Zeugin und dem Phantombildexperten am Computer.

Weil die Zeitungen erstmals Julias Namen und ihr Bild veröffentlicht hatten, glühten die Telefonleitungen – zahlreiche neue Spuren. Darüber, wann der Ehemann des Mordopfers aus Radolfzell eintreffen würde, gab es keine Information. Es könne nur noch Stunden dauern, meinte Nora.

Mit jedem Kilometer, den May voranrollte, hatte er das Gefühl, sich vom wesentlichen Geschehen zu entfernen.

Im Norden Meerbuschs verließ er die Autobahn und hatte endlich freie Fahrt. Er steuerte auf den Rhein zu und rekapitulierte, was ihm über die Familie des Stahlhändlers geläufig war: Marina hatte Angermund vor dreiundzwanzig Jahren geheiratet. Ihr gemeinsamer Sohn Thomas war im Jahr darauf zur Welt gekommen und lebte als Student der Betriebswirtschaft in Düsseldorf. Tochter Johanna stammte aus Marinas erster Ehe und arbeitete als Ärztin in Krefeld.

Angermund hatte die Familie vor sechs Jahren verlassen. Doch sein Verhältnis zu Frau und Kindern hatte er als relativ intakt beschrieben. Was auch immer das bedeutete.

Nierst war die letzte Häuseransammlung vor dem Deich. Das Anwesen der Angermunds lag außerhalb des Dorfs hinter Pappeln, die im Frühlingswind ihre Zweige schüttelten. Ein altes Bauernhaus, umgeben von Stallungen und Streuobstwiesen. Klare Luft und Meisen, die in den Hecken zwitscherten. Auf einer Koppel weidete ein einsames Pferd.

May ließ das Auto auf dem Kiesweg ausrollen. Wenn er reich gewesen wäre und nicht in der Stadt hätte arbeiten müssen, hätte ihm ein solches Gehöft gefallen.

Er presste die Klingel und vernahm einen dezenten Gong. Schritte, die sich näherten. Die Tür wurde aufgezogen und eine Frau in Jeans und Pulli ließ sich blicken. Ihr faltenreiches Gesicht war sonnengegerbt. Um ihren Hals schlang sich ein blumig gemustertes Seidentuch. May fiel auf, dass sie barfuß war.

»Treten Sie ein, Herr Kommissar.«

May setzte an, sich für die Verspätung zu entschuldigen, doch Marina Angermund war bereits wieder im Haus verschwunden. Er heftete sich an ihre Fersen und folgte ihr durch ein großes Wohnzimmer. Lachsfarbene Polstermöbel auf Parkett, ein schwarzer Flügel, dahinter abstrakte Ölgemälde und große Fenster mit Blick ins Grüne. Am Ende des Raums führten Stufen hinab in einen Anbau, dessen Wände aus Glas bestanden.

Schwülheiße Luft und der Geruch feuchter Erde schlugen May entgegen. Inmitten von Bananenstauden und Palmen standen drei Korbsessel um einen gedeckten Tisch. May hörte ein fernes Plätschern.

»Der Wintergarten ist mein Lieblingsplatz«, erklärte die Dame des Hauses und goss Kaffee ein. »Sie trinken doch ein Tässchen mit?«

May begann unter seiner Lederjacke zu schwitzen.

Zu seiner Linken befand sich eine Schwimmhalle. Ein Traum aus weißem Marmor. Wellen klatschten gegen den Beckenrand.

Eine jüngere Frau zog kraftvoll ihre Bahnen. Auf der anderen Seite ging der Blick über Wiesen bis zu einem Nachbarhof in der Ferne.

»Schön haben Sie's hier«, sagte May.

»Dreh dich nicht um, der Kommissar geht um«, zitierte die Frau des Stahlhändlers einen alten Schlager. Ihr Lächeln saß wie seine Maske im Gesicht. »Steht mein Mann unter Mordverdacht?«

»Sein Alibi ist wasserdicht, soviel ich weiß.«

»Micha hat kein Glück mit seinen Geliebten«, stellte sie fest und zupfte ihr Halstuch zurecht.

»Kannten Sie Julia Sander?«

»Nein, das Mädchen hat mich nicht interessiert. Micha und ich gehen schon lange getrennte Wege. Er bringt mir seine Weiber nicht ins Haus.«

Dabei lächelte sie unverändert. Wahrscheinlich würde sie am liebsten hören, dass Julia ein Flittchen gewesen war. May kam sich vor wie beim Kaffeeklatsch.

Schweißtropfen rannen seinen Rücken hinunter. Gern hätte er die Lederjacke abgelegt, aber darunter trug er nur ein uraltes T-Shirt. Er fragte: »Haben Sie trotzdem eine Vorstellung, wer Julia ermordet haben könnte?«

Mit unsicherer Altstimme trug sie vor: »Fremde in der Nacht …«

»Wie bitte?«

»Möchten Sie etwas essen? Ein Stück Quarkkuchen? Ich esse gern Kuchen zum Frühstück.«

»Nein, danke.« Ihre Sprunghaftigkeit irritierte ihn. Als wollte ihn die Frau veralbern. Dann sah er, wie sie zusammenzuckte, die Augen schloss und die Lippen wie unter heftigem Schmerz zusammenkniff.

»Ist Ihnen nicht gut?«, fragte er.

»Doch, doch. Schon vorbei.« Marina Angermund stellte ihr Lächeln wieder her. »Wenn es Micha nicht war, dann vielleicht einer seiner windigen Geschäftspartner.«

»Wie windig sind die denn?«

»Für meinen Geschmack verkehrt mein Mann mit zu vielen Leuten aus dem ehemaligen Ostblock, wenn Sie wissen, was ich meine.«

»Mafia?«

»Wenn diesen Leuten irgendwelche Verträge nicht passen, töten sie zur Warnung ein Familienmitglied oder die Geliebte. Das liest man doch immer wieder.«

Zum zweiten Mal gab sie Zucker in ihre Tasse. Sie wusste nichts, stellte May fest. Trotzdem faszinierte ihn etwas an dieser Frau. »Erzählen Sie mir mehr von den Geschäften«, bat er.

»Mein Vater hat alles aufgebaut. Man nannte ihn den Schrottkönig des Niederrheins. Nach dem Krieg zog er mit dem Handkarren von Haus zu Haus. Rohstoffe waren damals knapp und mit Unternehmergeist, Fleiß und strenger Hand schaffte es mein Vater, aus einer Altmetallsammlung ein Imperium aufzubauen. Der gute Micha verwaltet das Erbe, mehr nicht.«

May nahm eine Bewegung im Nachbarraum wahr und erkannte, dass die Schwimmerin aus dem Becken kletterte. Sie war nackt. Bevor sie seinen Blick bemerken konnte, wandte May sich ab und nippte vom Kaffee.

Ein Schlag auf den Tisch erschreckte ihn. Marina Angermund hatte eine Fliege erwischt. Er sah zu, wie sie dem Tier die Beine abzupfte und es in einen Glaskasten warf. Erst jetzt entdeckte May darin die handgroße Echse, die sich ruckartig der Fliege näherte und sie mit klebriger Zunge in ihr Maul beförderte.

Dabei redete die Schrottprinzessin munter weiter: »Früher war ich für den Kundenkontakt zuständig. Wussten Sie, dass wir die Ersten waren, die alte Industrieanlagen nach China verkauften? Diese fleißigen Asiaten bauen ganze Hüttenwerke ab und eins zu eins zu Hause wieder auf. Unglaublich, nicht wahr? Der eigentliche Stahlhandel macht heute nur noch einen Bruchteil des Umsatzes. Fragen Sie mich nicht, wo Micha seine Finger überall drin hat. Aber noch gehört mir die Firma. Deshalb will der Gute sich nicht scheiden lassen.«

Eine Frau um die dreißig betrat den Wintergarten. Sie trug

eine weiße Bluse zu Jeans und leichte Schuhe aus Wildleder. Ihr halblanges Haar war noch feucht. Die Schwimmerin, stellte May fest.

»Mama, was erzählst du da?«

»Der Kommissar hat mich nach Michaels Geschäften gefragt. Er vermutet, dass die russische Mafia hinter dem Mord steckt. Nicht wahr, Herr Kommissar?«

Johanna stellte sich vor. Die beiden Frauen ähnelten sich sehr. Die gleiche schmale Nase, das gleiche Grübchen auf dem Kinn. Umso deutlicher fiel das künstliche Lächeln der Mutter auf. Als spanne sie die Stirn an, damit ihre Falten weniger in Erscheinung traten.

Die Jüngere tätschelte ihr die Schulter. »Wahrscheinlich hast du unseren Gast mit alten Geschichten von Opa und seinem Handkarren gelangweilt.«

May widersprach: »Es war keineswegs langweilig.«

Johanna zwinkerte ihm zu wie einem Komplizen und drückte ihrer Mutter einen Kuss auf die Wange. »Vergiss deinen Termin nicht, Mama. Wenn du die Massage schwänzt, wirst du die Rückenschmerzen nie los.«

Die Dame des Hauses erhob sich und May tat es ihr nach. »Ich hoffe, Sie besuchen uns bald wieder«, sagte Marina Angermund. »Sie müssen uns von Ihrer Arbeit erzählen, junger Mann. Sicher spannender als jeder Krimi.«

»Mama, ich glaube, dass Herr May Wichtigeres zu tun hat, als für uns den Unterhalter zu spielen. Und vergiss nicht wieder, deine Schuhe anzuziehen.«

Johanna geleitete sie hinaus.

May ging in die Hocke, um die Echse im Terrarium genauer zu betrachten. Das Vieh war von der gleichen Farbe wie die Steine, auf denen es regungslos lag. Die Augen quollen monströs hervor und bewegten sich unabhängig voneinander. Eines davon nahm ihn ins Visier.

Die Tochter der Stahlhändlergattin kehrte in den Wintergarten zurück. Sie fragte: »Wollen Sie nicht Ihre Lederjacke ausziehen? Ihnen muss fürchterlich warm sein!«

»Oder wir machen einen Spaziergang. Haben Sie Zeit für ein paar Fragen?«

»Natürlich. Gern.«

Sie nahmen den Ausgang zum Garten und schlenderten einen Feldweg entlang. Johanna fragte: »Wie finden Sie meine Mutter?«

»Sie ist vielleicht etwas skurril, aber sehr nett.«

Der Himmel hatte sich bedeckt, dabei war es trocken und kaum kühler als gestern. In der Ferne tuckerte ein Traktor und zog eine Staubfahne hinter sich her. Von einem der Obstbäume trällerte ein Vogel seine Strophen. Nach kurzer Pause legte er aufs Neue los. Sie hielten nach dem kleinen Sänger Ausschau, konnten ihn aber nicht entdecken.

»Ein Buchfink«, erläuterte May. »Man hört ihn auch in der Stadt.«

»Ich liebe diese Gegend«, bekannte Johanna.

»Das kann ich mir vorstellen.«

»Ich war sechs, als Mama und mein Stiefvater heirateten und sie diesen Bauernhof kauften. Drüben in Lank bin ich zur Grundschule gegangen. Es war eine schöne Zeit und Angermund war mein Held. Hat Mama behauptet, er würde sich wegen des Geldes nicht von ihr scheiden lassen?«

»So ähnlich.«

»Das ist Unfug. Er hat aus einer Schrottfirma ein internationales Handelshaus gemacht. Und er hat sie auch nicht wegen des Geldes geheiratet, wie Mama gern behauptet. Ich glaube, die beiden haben sich damals wirklich geliebt. Und irgendwie hängen sie noch immer aneinander, auch wenn sie es niemals zugeben würden.«

Sie blieb stehen und lauschte. »Ist das auch ein Buchfink?«

»Nein, eine Amsel.«

Im Weiterschlendern streiften sich ihre Schultern.

Er fragte: »Was hat Ihre Mutter? Geht es ihr nicht gut?«

»Haben Sie es bemerkt? Wir machen uns große Sorgen. Vor acht Jahren war sie ziemlich krank. Es war bösartig, aber nach der Operation glaubten wir, es sei überstanden. Seit einiger Zeit hat sie wieder starke Schmerzen, aber sie will sich nicht untersuchen lassen. Sie redet nur von ihrem schlechten Rücken und Massagen sind das Einzige, was sie mit sich machen lässt. Mama hat sich eingeigelt. Sie erfindet sich ihre eigene Welt und wir kommen nicht immer an sie heran.«

»Was meinen Sie damit?«

»Depressionen.«

»Das ist sicher nicht einfach für Sie.«

»Wir haben gelernt, damit zu leben. Als sie noch keine Medikamente dagegen nahm, war es schwieriger. Können Sie sich vorstellen, was es für ein Kind bedeutet, sich anhören zu müssen, dass man der Grund dafür sei, dass aus der Mutter keine große Ärztin wurde?«

»War das ihr Lebenstraum?«

»Jedenfalls redet sie gern davon. Aber ich glaube, ihr fehlten die Mittel, um mehr aus sich zu machen.« Johanna bemerkte Mays skeptischen Blick und ergänzte: »Ich rede nicht vom Geld. Mama hat diverse Anläufe unternommen. Sie hat sich ins Geschäft eingemischt und versucht auf gesellschaftlichem Parkett zu glänzen. Aber es ging gründlich schief. Dann kam diese andere Krankheit dazu. Bestrahlungen, die Operation, Chemo. Das hat ihre Depressionen noch verstärkt. Dass Angermund es irgendwann nicht mehr aushielt, kann ich ihm nicht verübeln.«

»Man merkt ihr nichts an.«

»Mutter ist förmlich aufgeblüht durch Ihren Besuch. Aber sie bringt es fertig und steht mitten im Gespräch auf, wenn sie den Faden verliert und sich überfordert fühlt. Ihr Zustand gleicht einer Berg- und Talfahrt. Doch ich sollte Sie nicht damit behelligen. Sie wollen sicher über den Mord an Angermunds Freundin sprechen.«

»War Ihre Mutter eifersüchtig auf Julia Sander?«

»Wenn, dann hat sie es gut verborgen. Vielleicht hatte sie nach dem Tod dieser grünen Landtagsabgeordneten gehofft, mein Stiefvater würde zurückkehren. Aber sie weiß selbst, dass es nicht gut gegangen wäre. Nein, sie hat sich im Grunde damit abgefunden, dass es besser so ist.«

»Haben Sie Julia kennen gelernt?«

»Nein. Ich wusste nur, dass Angermund eine neue Freundin hatte. Wir telefonieren häufig. Er zweifelte, ob eine Zwanzigjährige zu ihm passt. Ich habe ihm zugeraten, weil ich spürte, wie glücklich er war. Echte Liebe ist so selten. Wenn man ihr begegnet, muss man zugreifen, egal wie die Umstände sind. Finden Sie nicht auch?«

Sie erreichten die Koppel. Das Pferd trabte zum Zaun. Johanna tätschelte den Hals und sprach mit dem Gaul, den sie Magnus nannte.

May rupfte Löwenzahnblätter vom Wegrand. Das Pferd fraß sie ihm aus der Hand.

»Reiten Sie?«, fragte Johanna.

»Ich hab's im Urlaub mal probiert. Aber ich bin mir sicher, dass das Pferd keine Freude daran hatte.«

»In der Nachbarschaft ist ein Reitstall. Ich kann es Ihnen beibringen, wenn Sie wollen. Es gibt herrliche Reitwege in dieser Gegend.«

May sagte: »Ich habe Sie noch nicht nach Ihrem Alibi gefragt.«

»Für welche Zeit?«

»Sonntag. Vom Vormittag bis abends, zwanzig Uhr.«

»Ich war hier. Tom und Mama können das bezeugen. Und Magnus ebenfalls. Wir waren den ganzen Nachmittag zusammen. Nicht wahr, Magnus?«

»Ein schönes Tier.«

»Er mag Sie.«

May bückte sich nach frischem Futter für das Tier.

Johanna fragte: »Sind Sie Prince-Fan?«

Als er hochkam, zog sie den Reißverschluss seiner Jacke weiter auf und strahlte. »Mein Gott, *Purple Rain* war meine allererste Platte. Damals, als die Scheiben noch groß und schwarz waren!«

May drehte sich weg, um die Hand voll Gräser zu verfüttern. Das alte ausgewaschene T-Shirt war ihm peinlich. Er hatte es für den Weg zum Bäcker übergestreift und danach vergessen, sich umzuziehen.

»Das Konzert muss toll gewesen sein«, sagte die Frau.

»Ich war nicht dort. Mein Cousin hat mir das T-Shirt mitgebracht.«

»Mein Lieblingsstück auf der Platte war *I would die for you.* Kennen Sie es noch? Es ist schrecklich romantisch.« Sie stimmte eine Strophe an: »I'll never beat you, I'll never lie. And if you're evil I'll forgive you by and by.«

May erinnerte sich an das Lied und daran, wie enttäuscht er gewesen war, als die Eltern ihm verboten hatten, das Konzert in der Dortmunder Westfalenhalle zu besuchen.

Den Refrain sang er mit: »You, I would die for you.«

Sie lachten und schlenderten zum Haus zurück. Weil May fürchtete, das plötzliche Schweigen könnte peinlich wirken, fragte er nach ihrem Halbbruder.

Johanna verschränkte die Arme. »Tom ist ein lieber Kerl. Man unterschätzt ihn leicht, aber ich denke, dass eine Menge Kreativität in ihm steckt. Er hat sich für Betriebswirtschaft eingeschrieben. Ich glaube nicht, dass es das Richtige für ihn ist. Tom steckt noch in dem Alter, in dem man auf der Suche ist. Sein Vater unterstützt ihn sehr.«

Der Feldweg brachte sie entlang einiger Nebengebäude zurück zum bekiesten Hof. Das Tor eines Schuppens stand offen, vermutlich diente er als Garage. May erkannte das bullige Heck eines Porsche Boxsters und fragte sich, ob der Flitzer der jungen Ärztin gehörte.

»Müssen Sie heute nicht arbeiten?«, wollte er wissen.

»Ich teile mir die Praxis mit einer Kollegin. Vier Tage die Woche sind mir genug.«

»Das geht mir auch so, nur komme ich zurzeit eher auf acht Tage pro Woche.«

Ganz in der Nähe trällerte der unsichtbare Vogel wieder.

»So klingt also ein Buchfink«, stellte Johanna fest. »Was Polizisten nicht alles wissen.«

May zog ein Sokokärtchen aus der Jackentasche und kritzelte seine Handynummer auf die Rückseite. *Für Johanna, den Prince-Fan.* Sie lächelte.

In diesem Moment schrillte sein Mobiltelefon.

Der Sokoleiter war dran. »Felix, wo stecken Sie?«

»Meerbusch-Nierst. Bin gerade auf dem Weg zurück.«

»Machen Sie schnell. Wir haben den Mörder!«

May drückte der hübschen Ärztin sein Kärtchen in die Hand. Er stieg ins Auto. Mit einem flüchtigen Winken raste er los.

33.

Als May in der Sokozentrale eintraf, war zu seiner Verwunderung niemand da außer Ela Bach, die Zettel auf den Tischen verteilte. »Ihr habt den Mörder?«, fragte er.

»Zumindest das Bild von einem, der es gewesen sein könnte«, antwortete Bach, sichtlich stolz. »Der Typ nennt sich Sascha und hat mindestens eine Prostituierte misshandelt. Wegmann ist mit ihr gerade bei der Sitte und wälzt die Stammkundenkartei.«

May langte nach einem Zettel – Phantombilder: ein fülliger Kerl um die vierzig mit schiefer Nase und kleinem Mund, der wie ein unscheinbarer Nachbar von nebenan aussah. Diesen Sascha gab es mit und ohne Bart und mit zweierlei Frisuren.

Bachs ominöser Prostituiertenhasser nahm offenbar Gestalt an. Aber für May war es ein Rätsel, was der Kerl mit Julia zu tun haben sollte.

Er studierte die Aushänge. Ein Laborbericht war neu: Die angetrockneten Blutreste an Buchmüllers Messer stammten zweifelsfrei nicht von Julia. Auch der Abgleich der Fingerabdrücke auf der Sprühdose mit der AFIS-Datei lag vor: keine Übereinstimmung – damit war nicht nur Buchmüller aus dem Rennen, sondern auch jeder andere erfasste Straftäter.

May rief der Mordermittlerin zu: »Dein Kollege kann die Nutte nach Hause schicken. Der Mörder ist nicht vorbestraft. Kein Stammkunde. Nicht bei Sitte, Rauschgift oder sonst wo. AFIS kennt ihn nicht.«

Die KK-11-Leiterin trat zu ihm, um die Nachricht zu überprüfen.

May fragte: »Glaubst du, ich erfinde hier etwas?«

Bach entgegnete: »Wer sagt denn überhaupt, dass der Sprüher identisch mit dem Mörder ist?«

Die Tür flog auf. Engel und Schranz stürmten herein, gefolgt von Nora, der Sekretärin. May registrierte, dass Bach so tat, als interessiere sie sich weiterhin für Hinweismeldungen und Ermittlungsprotokolle.

Der lange Sokoleiter rief: »Da seid ihr ja endlich! Der Mörder hat sich gemeldet. Er verlangt Geld und behauptet, das nächste Opfer bereits in seiner Gewalt zu haben.«

May fragte: »Woher wissen wir, dass es der Täter ist und nicht ein Trittbrettfahrer?«

Schranz antwortete: »Du hättest hören sollen, wie er die Verstümmelungen beschrieb. Astreines Täterwissen. Sogar die lateinischen Fachausdrücke stimmen. Und stellt euch vor: Er hat sich festgequatscht, so stolz war er auf die Tat.«

»Die Fangschaltung konnte ihn orten«, erklärte Engel. »Eine Telefonzelle am Benrather Marktplatz. Leider hatte er die Flatter gemacht, als die Leute von der dortigen Wache eintrafen.«

Bach wedelte mit einem ihrer Phantombilder. »Wetten, dass es dieser Kerl ist? Damit sollen die Kollegen in Benrath nach ihm suchen.«

Engel lobte sie – aus Höflichkeit, war Mays Eindruck. Während Nora das Faxgerät mit dem Bild fütterte, telefonierte Schranz mit den Benrather Kollegen. May fiel auf, wie oft der Ermittler im Konjunktiv sprach und im Zusammenhang mit Sascha die Wörter *vielleicht* und *angeblich* benutzte – eine deutliche Distanzierung von seiner Chefin.

Wegmann traf ein, Bachs Zeugin im Schlepptau. Eine Prolo-Tante, wie sie im Buche stand: Glitzerpulli zur knallengen Jeans, das krause Haar hochgebunden. Ein gequälter Gesichtsausdruck – ihr war anzusehen, dass sie es bedauerte, sich auf die Polizei eingelassen zu haben.

Engel bedankte sich bei Meike Götz.

»Kann ich dann gehen?«, fragte die Zeugin.

»Erst möchte ich, dass wir uns noch gemeinsam eine Tonbandaufnahme anhören.« Der Lange drückte eine Taste.

Spulen setzten sich knirschend in Bewegung. Keiner im Raum gab einen Mucks von sich. Ein Rauschen tönte, dann eine Stimme vom anderen Ende einer Telefonleitung.

Bereits der erste Satz ließ Mays Nerven vibrieren.

Ich habe sie geöffnet und werde es wieder tun.

May spürte einen Kloß im Hals. Der Scheißkerl meinte Julia.

Anscheinend völlig unbeeindruckt erwiderte Schranz: *Wie heißen Sie, Herr ...?*

Ich verlange einhunderttausend Euro. Wenn Sie Tricks versuchen, wird das nächste Mädchen sterben. Wenn Sie bezahlen, überlege ich es mir noch einmal. Es liegt in Ihrer Hand.

Wer sind Sie? Wir haben hier keine Zeit für Wichtigtuer.

Ich habe Julia Sander aufgeschnitten. Die Stimme klang wie die eines jungen Mannes, etwas höher als normal – vermutlich war der Kerl fürchterlich aufgeregt. *Vom Schambein bis zum Sternum. Ich habe ihr das Brustgewebe entfernt. Die süßen Titten gehören mir nun ganz allein. Soll ich Ihnen schildern, wie ich die Epidermis am Hals abgelöst habe? Und sicher gibt Ihnen Julias aparter Gesichtsausdruck ein besonderes Rätsel auf. Eines Tages werde ich Ihnen verraten, was ich damit ausdrücken will. Aber zuerst müssen Sie bezahlen. Sie wollen doch nicht, dass weitere Frauen bei lebendigem Leib seziert werden?*

»Mein Gott!«, entfuhr es der Zeugin.

»Fritzi Gerland«, murmelte Bach.

May hörte gedämpfte Straßengeräusche im Hintergrund. Er senkte den Kopf, weil ihm Tränen in die Augen schossen.

Hat es Ihnen die Stimme verschlagen?

Wie sollen wir Ihnen das Geld geben, wenn wir nicht wissen, wer Sie sind?

Sie werden Anweisungen erhalten. Um vierzehn Uhr wird die Übergabe stattfinden. Bis dahin müssen Sie das Geld bereithalten. Einhunderttausend und keine Tricks mit markierten Scheinen oder Farbbomben. Sonst stirbt die Nächste noch heute.

So viel Geld können wir nicht in der kurzen ...

Das Freizeichen tutete vom Band. Der Anrufer hatte die Zelle verlassen.

Bach reckte das Phantombild in die Höhe und bedrängte ihre Zeugin. »Die Stimme. War es die von Sascha?«

Der Blick der Prolo-Tussi flatterte hin und her. »Weiß nicht. Kann sein. Mir schwirrt der Kopf, ehrlich gesagt. Wie kommt ein Mensch dazu, so etwas Fürchterliches zu tun?«

Engel schaltete sich ein, ruhig und höflich. »Haben Sie die Stimme des Anrufers erkannt, ja oder nein?«

Meike Götz hob die Schultern. »So verrückte Sachen hat er nicht zu mir gesagt.«

Bach packte die Schulter der Frau. »Also ist es Sascha, den wir hier auf Band haben?«

»Die Stimme klang irgendwie jünger, aber ich weiß nicht. Es ist schon so lange her, dass ich Sascha ...«

Der Sokoleiter bedankte sich noch einmal und entließ die Zeugin endlich.

May ging der schrille Ton nicht aus dem Kopf. *Ich habe sie geöffnet und werde es wieder tun.*

Die Tür schloss sich hinter der Frau im Glitzerpulli. Unvermittelt fuhr Schranz seine Chefin an: »War das Sascha? – Diese beschissene Suggestivfrage hat alles kaputtgemacht!«

»Beruhigt euch«, ging der Lange dazwischen, bevor Bach antworten konnte.

Der Ziegenbart legte nach: »Wie soll die Zeugin unvoreingenommen darauf antworten?«

Bach trat gegen einen Schreibtisch. »Halt die Klappe! Für Meike Götz ging es seit gestern Abend ausschließlich um diesen Kerl. Es gab keine andere Frage. Denk mal drüber nach, Kollege!«

»Bitte«, versuchte Engel zu schlichten.

»Sag ihm, dass ich Recht habe. Schranz ist doch nur neidisch, weil die Zeugin nicht auf seinem Hinweismist gewachsen ist!«

May staunte über die Heftigkeit, mit der die KK-11-Chefin ihren Gruppenleiter anging. Viel Getöse um eine Zeugin, die vermutlich nicht viel taugte. Keine Nutte der Welt konnte sich nach zwei Jahren an all ihre Freier erinnern. May war sich sicher, dass auch Saschas Phantombild auf lauter *Weiß-nichts* und *Kann-seins* beruhte.

34.

In der nächsten Stunde verließ keiner den Sokoraum, auch nicht für eine Mittagspause. Nora bestellte gebratenen Reis vom China-Imbiss. Der Kriminalrat telefonierte mit dem Kripochef, woraufhin Geldbündel vorbereitet wurden, die nur oben und unten aus echten Scheinen bestanden. Gegen Elas Einspruch ließ Engel einen Koffer mit einer Farbbombe präparieren, die das Geld und den Täter markierte, sobald er den Deckel öffnete.

Schweigend gabelten sie die Reispampe. Danach vertrieb sich May die Zeit, indem er das Alibi des Stahlhändlers studierte.

Zum ersten Mal erfuhr er, dass Angermund sich am Sonntagmittag mit Vertretern der Bundeswehr und des Verteidigungsministeriums am Frankfurter Flughafen getroffen hatte. Eine Speditionsfirma, die zum Imperium des Stahlhändlers gehörte, führte im Militärauftrag sämtliche Versorgungsflüge für die in Kabul stationierten Truppen durch. Zu überhöhten Preisen, wie die Presse mutmaßte. Angesichts der desolaten Haushaltslage hatte das Ministerium eine Nachbesserung des Vertrags verlangt – einen Skandal konnte sich die Regierung nicht erlauben.

Angermund hatte seine Kalkulationen offen gelegt und bis in den späten Montagabend Verhandlungen geführt. Mit Offizieren, Ministerialen, mit leitenden Angestellten seiner Spedition. Am Ende hatte der Stahlhändler nachgegeben, in der Hoffnung, den Zuschlag bei weiteren Bundeswehraufträgen zu erhalten. Mehrere Teilnehmer bestätigten den Sachverhalt.

Immer weniger konnte sich May auf den Papierkram konzentrieren. Bei jedem Telefonklingeln rechnete er mit der Stimme des Mörders.

Es war dreizehn Uhr, als die Nachricht von Tim Sanders Ankunft im Präsidium eintraf. Ein zweiter KSK-Angehöriger war mit dem Ehemann des Opfers vom Bodensee angereist. Es war der Soldat, in dessen Begleitung Sander am Sonntag bei Julias Tante aufgekreuzt war.

Voller Neugier folgte May Kriminalrat Engel und dem Mordermittler Wegmann in den Nebenraum, der für Vernehmungen und Besprechungen im kleinen Kreis bereitstand.

Der Junge wirkte, als hätte er Mühe, nicht zu explodieren. Er hielt seinen breiten Oberkörper kerzengerade, die Hände umklammerten die Tischkante. May registrierte, dass Sanders Blick ihn immer wieder suchte – als sei er ein Vertrauter des Soldaten.

Ohne Umschweife fragte Engel den Elitesoldaten nach dem Wochenende. Dabei blickte der Kriminalrat verstohlen auf seine Uhr. May wusste, dass die Gedanken des Sokochefs bei der bevorstehenden Geldübergabe waren.

Ich habe sie geöffnet und werde es wieder tun.

Der Soldat erzählte, wie sehr er sich darüber aufgeregt hatte, dass man ihn in der Kurklinik festgehalten hatte. Sitzungen mit Psychologen, Bürokraten und Ausbildern, die ihn nach seinen Erfahrungen im Kriegseinsatz ausfragten. Daneben Kuranwendungen, Fitnessprogramme und immer wieder Therapiesitzungen zur Stressbewältigung. Nur telefonisch habe er Kontakt zu seiner Frau halten können.

Sander erinnerte May an den Kerl, der er selbst einmal gewesen war, zu Anfang seiner SEK-Zeit.

Der Soldat sagte: »Eigentlich sollte sie mich besuchen kommen.«

»Aber?«, hakte Engel nach.

»Am Freitagmittag wollte Julia mich abholen. Dann rief sie an, dass ihr Auto einen Getriebeschaden hätte. In der Werkstatt gäb's ein Problem mit einem Ersatzteil und sie könne erst am Samstag kommen. Mein Freund Locke meinte gleich, dass das nur eine Ausrede sei.«

»Was für ein Auto?«

»Ein MG-Cabrio. Sie hat es sich vor ein paar Wochen angeschafft.« Sander sprach May an: »Du hast es auf dem Foto gesehen. Der Vorbesitzer muss Julia beschissen haben. Plötzlich war das Getriebe im Arsch.«

»Wie ging es weiter?«, wollte der Sokoleiter wissen.

»Am Samstag stand die Karre noch immer in der Werkstatt. Ich sagte Julia, dass es sich nicht mehr lohnt, mit dem Zug die ganze Strecke hin- und zurückzufahren. Natürlich hab ich gehofft, sie würd's trotzdem tun. Locke lag mir in den Ohren, sie hätte garantiert einen anderen. Ehrlich, wenn Arschghanistan nicht gewesen wäre, hätt' ich ihm einen vor den Latz geknallt. Wir haben uns dann ein Auto geliehen und sind noch am Samstagabend losgefahren, ohne uns abzumelden. Irgendwo im Westerwald haben wir auf einer Raststätte ein paar Stunden gepennt und waren dann so gegen neun bei Karolin.«

»Und?«

»Dass Julia nicht da war, hat mich ganz schön fertig gemacht. Ich meine, warum erzählt sie mir nichts von diesem Wochenendworkshop in der Eifel? Dachte sie, ich hätte was gegen den Schauspielunterricht?«

»Was haben Sie anschließend getan?«

»Locke wollte unbedingt die Altstadt sehen. Wir haben uns zuerst ziemlich verfahren. Schließlich sind wir in dem Lokal eingekehrt, wo die Leute schon am Vormittag auf der Straße dieses dunkle Bier trinken. Wir haben zwei, drei Gläser gezischt. Dann haben wir uns auf den Rückweg gemacht. Das war alles. Locke wird Ihnen das bestätigen. – Und jetzt möchte ich Sie mal was fragen.«

»Bitte.«

»Wann genau ist Julia ermordet worden?« Sanders Kiefermuskeln arbeiteten.

»Am Sonntag zwischen zehn und zwanzig Uhr.«

»Während des Workshops in der Eifel?«

May wunderte sich über die Naivität des Soldaten. Wegmann und der Sokoleiter tauschten Blicke. Der Kriminalrat fragte: »Wollen Sie behaupten, dass Sie die Geschichte mit dem Wochenendunterricht geglaubt haben?«

Sander ließ die Tischkante los und rieb sich die Schläfen. Sein Blick wanderte zwischen Engel und May hin und her.

Wegmann stellte klar: »Es gab weder einen Workshop noch

einen Getriebeschaden. Ihre Frau hatte gar kein Auto. Was sie hatte, das war ein Geliebter. Ihr Freund Locke hatte völlig Recht.«

Der Kassettenrekorder ließ ein Knacken hören. Wegmann drehte die Kassette um und startete die Aufnahme von neuem.

»Ich glaube Ihnen kein Wort«, erklärte Sander und kramte ein Foto aus einem Fach seiner Reisetasche, die er mitgebracht hatte. May brauchte nicht aufzustehen, um zu erkennen, dass es die Aufnahme war, die ihm der Bundeswehrmann auf der Fähre gezeigt hatte. Julia am Steuer des Sportwagens. »Was ist *das?*«, fragte der KSK-Mann. »Etwa ein Moped?«

Wegmann besah sich das Bild und reichte es an den langen Kriminalrat weiter. »Besitzt vielleicht Angermund ein solches Fahrzeug?«

Engel schüttelte den Kopf.

»Angermund?«, stieß Sander hervor, seine Stimme überschlug sich dabei. »Ich wusste, dass er meine Julia auf dem Gewissen hat!« Er starrte May an. Sein Blick schien zu fragen: Warum hast du mir das verschwiegen?

»Sie kennen diesen Namen?«, wollte Engel wissen.

Der Soldat sagte: »Ich bin ihm in Kabul begegnet. Offiziell hieß es, er hätte eine Hilfslieferung organisiert. In Wirklichkeit waren die Unimogs mit G3-Gewehren beladen. Ich hab sie mit eigenen Augen gesehen. Ausrangierte Gewehre, die eigentlich verschrottet werden sollten. Seit ich zurück bin, hab ich mich umgehört. *Renox* heißt das Recyclingunternehmen in Ebersbach, ganz in der Nähe des Heeresdepots in Neckarzimmern. Offiziell werden die Sturmgewehre dort durch die Schrottschneidemaschine gejagt, zu Metallbröseln zerhackt und ins Saarland verfrachtet, wo angeblich die Hochöfen damit gefüttert werden. Und wissen Sie, wem *Renox* gehört?«

Wegmann blätterte in seinen Papieren. Engel kontrollierte die Uhr am Handgelenk.

»Angermund!«, fuhr Sander fort. »Der Kerl kassiert doppelt. Für die Verschrottung, die er nicht durchführt, und für die Lieferungen in den Hindukusch, die er als Hilfstransporte tarnt.«

Engel fragte: »Haben Sie Beweise?«

»Ich hab die Dinger gesehen! Drogenbanden führen damit Krieg gegeneinander!«

Wegmann sagte: »Angermund hat ein Alibi für die Tatzeit.«

»Wenn er es nicht selbst getan hat, dann hat er einen Killer auf Julia angesetzt.«

Engel schüttelte den Kopf. »Vor fünf Minuten wollten Sie noch nicht einmal gewusst haben, dass Ihre Frau einen Lover hatte.«

Sander streckte den Zeigefinger in Richtung des Kriminalrats. May fürchtete, dass der Junge auf Engel losgehen würde. Erregt rief der Soldat: »Mir war von vornherein klar, dass Sie nichts gegen Angermund unternehmen werden! Der Geheimdienst hält seine Hand über den Verbrecher. Sie haben Anweisungen erhalten, stimmt's?«

»Beruhigen Sie sich«, sagte der Sokoleiter.

May mischte sich ein: »Ich verstehe das Motiv nicht. Julia hatte doch nichts mit dem Waffenschmuggel zu tun.«

Plötzlich sackte Sander in sich zusammen. Leise murmelte er: »Ich bin schuld. Ich hab sie auf das Schwein angesetzt, weil ich in den Bergen beinahe krepiert bin.«

Engels Handy schlug an. Der Lange hatte es sofort am Ohr. Er stand auf, schritt auf die Tür zu und machte Gesten – May und Wegmann sollten ihm folgen.

Der Soldat heulte. »Ich Idiot. Das werde ich mir nie verzeihen.« Er schlug sich gegen die Stirn, immer und immer wieder.

35.

Ela hatte Kollegen der Soko nach Benrath beordert. Den Schupos vor Ort traute sie nicht viel zu. Noch immer gab es keine Bestätigung, dass der Kerl, der sich aus der Telefonzelle am Benrather Marktplatz gemeldet hatte, mit dem Sascha der Phantombilder identisch war.

Als um Viertel vor zwei das Telefon auf dem Tisch der Hinweisaufnahme schellte, war Ela sofort klar, wer dran war.

Schranz wartete, bis sich die Tonbandspulen drehten, dann hob er ab. Jeder im Raum konnte mithören.

Es war die Stimme, auf die alle gewartet hatten. »Haben Sie das Geld? Dann stecken Sie es in eine transparente Tüte.«

Ela wählte Engels Mobilfunknummer und hielt ihren Apparat in Richtung Schranz.

Der Kollege antwortete: »Geben Sie uns noch eine Stunde.«

»Nichts da. Es bleibt bei vierzehn Uhr. Ort der Übergabe ist die Rheinkniebrücke. Eine Polizistin soll das Geld bei sich tragen. In der Mitte der Brücke auf der linken Seite von der Innenstadt aus gesehen. Haben Sie mich verstanden?«

Engel stürmte herein, gefolgt von Wegmann und Exrambo May.

»Ja«, antwortete Schranz.

»Sorgen Sie dafür, dass sich keine weiteren Personen auf dem Fußgängerweg aufhalten. Die Polizistin soll allein sein und nackt, damit ich sehen kann, dass sie unbewaffnet ist. Wiederholen Sie das!«

»Nackt, allein und unbewaffnet.«

»Und die Tüte mit dem Geld muss durchsichtig sein. Keine Tricks!«

»Wie können wir sicher sein, dass Sie keine weiteren Morde begehen werden?«

Stille in der Leitung, bis auf ein Rauschen, das auf Verkehrslärm schließen ließ. Wieder eine Zelle, vermutete Ela.

Schranz fragte weiter: »Und woran soll die Polizistin Sie erkennen?«

Das Freizeichen – der Anrufer hatte die Verbindung gekappt.

Sofort griff Engel nach einem Hörer und wählte. Er lauschte kurz, dann legte er auf und teilte mit: »Zu kurz für die Fangschaltung. Die Zelle in Benrath hat er dieses Mal nicht benutzt.«

»Den Koffer mit der Farbbombe können wir vergessen«, stellte Ela fest.

Schranz äugte zu ihr herüber. Er leckte sich die Lippen und hob die Brauen. »Eine nackte Polizistin.«

Ela explodierte: »*Das* kannst du dir abschminken!«

36.

Der Himmel war wolkenverhangen. Sechzehn Grad mochten als frühlingshaft durchgehen, aber der Wind pfiff in kräftigen Böen den Rhein entlang.

Ela fror.

Sie saß auf einer Decke im Gras und lugte über den Rand eines Taschenbuchs hinweg auf den Rhein und die Brücke. Sie kontrollierte das Ufer. Ab und zu blätterte sie um, ohne eine Zeile gelesen zu haben. Ein dünnes Kabel verband den Funkempfänger an ihrem Hosenbund mit einem Stecker im Ohr. Marion Kaul, eine Kommissarin der Polizeiinspektion Südwest, stand im Bikini oben auf der Rheinkniebrücke und tat Ela Leid.

Ela beobachtete, wie Kaul den Klarsichtbeutel in die Luft streckte. Sie wusste, dass der Empfänger der Kollegin unter einer Perücke saß. Wahrscheinlich drückte das Kästchen. Und sicher bibberte die Frau noch weit mehr als sie.

Über Funk vernahm Ela die Geräusche auf der Brücke. Das Tosen der Fahrzeuge. Immer wieder obszöne Zurufe. Eine Menge Idioten waren unterwegs. Ela fiel es schwer, ruhig sitzen zu bleiben.

Sie blätterte. Ihr Blick suchte das gegenüberliegende Ufer ab. Landtag, Hafenzufahrt, Getreidemühlen. Das Kraftwerk mit seinen hohen Schornsteinen.

Weil Engel befürchtete, dass der Erpresser auf den Polizeifrequenzen surfte, hatte er die Parole ausgegeben, den Funk nur im Notfall zu benutzen.

Ela fragte sich, wie der Kerl sich zeigen würde. Der Fußgängerweg, auf dem Marion Kaul stand, war an beiden Enden abgesperrt. Die Kollegen tarnten sich als Bauarbeiter, doch so einfältig, um ihnen ins Netz zu gehen, war der unbekannte Anrufer wohl kaum.

Auf der Fahrbahn kreuzten mehrere Teams des mobilen Einsatzkommandos in Zivilwagen zwischen Innenstadt und den linksrheinischen Vierteln hin und her. Die Kollegen würden zur Stelle sein, sobald ein Auto neben der Beamtin stoppte.

Blieben zwei weitere Möglichkeiten: Luft und Wasser.

Ela schnappte ein Blöken aus einem der vorbeirauschenden Fahrzeuge auf, das der Kollegin mit der Tüte galt: »Hey, willst du ficken?«

Sie dachte daran, dass der Erpresser womöglich Fritzi in seiner Gewalt hatte. Dass eigentlich sie an Kauls Stelle an der Brüstung über der Mitte des Stroms stehen sollte.

Wo blieb nur der Scheißkerl, der sich das Geld holen wollte?

»Ist hier noch frei?«, fragte der Mann mit Hut ein wenig lauter als nötig und ließ sich neben ihm nieder.

Es war May nicht recht, aber er konnte es schlecht verhindern. Er lauerte auf einer Bank vor dem Landtag und blätterte in einer Zeitung. Er überwachte den breit dahinströmenden Fluss und die Brücke, die zu seiner Rechten Promenade und Rhein überspannte.

Wenn May die Augen zusammenkniff, erkannte er die Frau im Bikini. Was zum Teufel hatte der Erpresser vor?

May schätzte, dass sich in diesem Moment rund einhundert Beamte in Zivil auf beiden Seiten des Stroms und auf der Brücke das Gleiche fragten.

Ein Funkspruch schreckte ihn auf. Die Stimme des Sokoleiters verkündete: »Er hat sich wieder gemeldet. Du sollst die Tüte hoch über das Geländer halten.«

Unwillkürlich fasste May sich ans Ohr, wo das kleine Spiralkabel in einem Stöpsel endete. Der Aufforderung des Kriminalrats entnahm er, dass auch der mutmaßliche Mörder die Beamtin mit der Geldtüte im Blick behielt.

»Und dann?«

Die Kollegin klang ratlos. Aber das waren alle, die am Einsatz beteiligt waren.

»Ist das ein Hörgerät?«, fragte der Mann neben ihm, den Hut lüftend und sich im schütteren Haar kratzend. Der Alte glotzte auf das Spiralkabel und schrie fast – offenbar hielt er May für taub. »Ich hab auch eins, aber ich trag's nie. Die Dinger nerven. Pfeifen immer nur. Die Kinder haben es mir geschenkt.«

Du nervst auch, dachte May.

Der Alte musste seinen Blick missverstanden haben, denn er wiederholte noch lauter: »Die Kinder. Ein Geschenk, verstehen Sie?«

Die Frau auf der Brücke streckte jetzt ihren Arm aus. Leise knatterte irgendwo ein Hubschrauber. Kollegen der Flugstaffel. Sie hielten Distanz, um den Kerl nicht zu verschrecken.

Ela musterte ein Binnenschiff, das gegen die Strömung seine Bahn zog. Auf dem Heck parkte der Kleinwagen des Eigners. Rot-weiß-blau flatterte die Flagge – ein Holländer. Jenseits der Hafeneinfahrt lauerte das Boot der Wasserschutzpolizei. Auch die Hafenfeuerwehr war alarmiert.

Ela bereute, dass sie sich geweigert hatte, selbst den Lockvogel zu spielen. Hier unten war sie weit weg vom Schuss.

»Mach dich nackig!«, hörte sie über Funk einen Autofahrer brüllen.

Dann bemerkte Ela einen Spaziergänger, der keine hundert Meter entfernt am sandigen Ufer des Rheins stehen blieb und zu ihr herüberglotzte. Älter als Sascha, schätzte sie. Ein Hündchen wetzte heran und der Typ ging weiter. Ela atmete auf.

Du sollst die Tüte hoch über das Geländer halten. Sie fragte sich, was das zu bedeuten hatte.

Plötzlich kam ein Schrei über Funk.

Mays Blick suchte die Promenade ab. Er widerstand der Versuchung, aufzuspringen und einen Kontrollgang zu unternehmen. Nur nicht auffallen. Die Zielperson musste sich irgendwo in der Nähe aufhalten, wenn sie tatsächlich an das Geld gelangen wollte.

»Kann ich den Politikteil haben, wenn Sie damit durch sind?«, brüllte der Hutträger neben ihm.

May reichte die vordere Hälfte des *Blitz* weiter. Der Banknachbar vertiefte sich in die Lektüre.

Der Kerl mochte rund siebzig Jahre alt sein. Mit seinem Hut

und dem dunkelblauen Mantel hätte er elegant wirken können. Doch er krümmte sich tief über die Zeitung und hielt den Mund beim Lesen geöffnet. May stellte sich vor, dass dem Alten jeden Moment der Sabber von den Lippen tropfen würde, aber vielleicht verstellte sich der Kerl auch nur.

Ein Aufschrei im Äther ließ Mays Hand wieder an den Ohrstöpsel zucken. Er hatte das Ding zu laut eingestellt.

Er warf einen Blick auf den Mann neben ihm, doch der war in die Berichterstattung vertieft – kaum Gegenwehr beim Eindringen der US-Truppen in die irakische Hauptstadt.

»Was gibt's?«, erkundigte sich Kriminalrat Engel. Die Frage galt der Frau auf der Brücke, sonst hätte der Sokochef das Handy benutzt.

»Jemand hat etwas nach mir geworfen«, kam die Antwort. »Eine McDonald's-Tüte. Mist, ich bin voller Ketchup!«

Der Hutträger stupste May an und brüllte: »Wissen Sie was? Amerika gegen Eurasien, das ist die Zukunft. Den Amis geht es nur um eine bessere Ausgangsposition für den kommenden Krieg gegen uns!«

Bevor May dem Kerl sagen konnte, dass er sich verpissen sollte, stand eine kleine alte Dame neben der Bank und sprach den Hutträger an. Offenbar kannten sich die zwei. Der Banknachbar erhob sich. May schnappte auf, dass die Alte im Restaurant des Rheinturms zu Mittag gespeist hatte. Dann tuschelten die beiden über ihn. »Schwerhörig«, verstand May und »Hörgerät pfeift«.

Das Pärchen schob ab. Der Wind packte ein Zeitungsblatt und fegte es über das Pflaster, bis es am Gemäuer des Landtags hängen blieb.

»Ich halt's nicht mehr lange aus«, erklärte die Kollegin, die hoch über dem Rhein den Lockvogel gab.

Ela wurde unruhig. Sie spähte dem Mann mit dem Hund hinterher, der in südlicher Richtung verschwand. Auf dem Deich düste eine Radfahrerin vorbei. *Ich halt's nicht mehr lange aus.* Mein Gott, wie lange ging das nun schon?

Eine Beamtin im Bikini. Dem Wind und dem Gespött der Leute ausgesetzt. Weil *sie* sich gedrückt hatte.

Ela legte das Buch weg und sprang auf. Sie rannte zum Wasser und starrte zur Brücke hinüber. Die Kollegin am Geländer wechselte die Tüte in die andere Hand.

Endlich antwortete Engel: »Keiner kann dich zwingen. Sag Bescheid, wenn wir die Sache abblasen sollen.«

Seine Stimme schien verständnisvoll, aber Ela wusste, was im Kopf ihres Chefs vorging. Die Soko stand kurz davor, den Mörder von Julia Sander zu fassen. Den Mann, der gedroht hatte, weitere Frauen zu töten, wenn man ihm kein Geld geben würde.

Was aber, wenn der Erpresser ganz andere Absichten hatte?

Entgegen Engels Anweisung drückte Ela die Sprechtaste. »Ben?«, fragte sie.

»Was gibt's?«

»Womöglich denkt der Kerl gar nicht an eine Geldübergabe.«

Ihr Chef klang verärgert. »Was denn sonst?«

May sammelte die Seiten ein und stopfte sie in den nächsten Papierkorb. Dabei behielt er die Umgebung im Blick. Plötzlich war wieder ein überlautes Krächzen im Funk. Er verfluchte, dass er sich den Empfänger nicht vor dem Einsatz hatte erklären lassen. Jetzt konnte er nicht an dem Kästchen fummeln, ohne aufzufallen.

Womöglich denkt der Kerl gar nicht an eine Geldübergabe. Was bedeutete es, wenn die KK-11-Leiterin Recht hatte? Wo würde *er* sich aufhalten, wenn es ihm nicht darum ging einzugreifen, sondern nur um einen guten Beobachtungsposten?

Der Rheinturm.

May legte den Kopf in den Nacken. In einhundertsiebzig Metern Höhe rotierte das Restaurant. Darunter hing die Aussichtsplattform.

Er angelte das Handy aus der Jackentasche. Engels Nummer hatte er in der letzten Nacht als Kurzwahl programmiert. Der Sokochef war sofort dran.

»Ich hab eine Idee«, erklärte May. »Vielleicht befindet sich unser Kunde oben im Rheinturm, klebt mit dem Auge am Münzfernrohr und guckt uns die ganze Zeit zu.«

»Wie kommen Sie darauf?«

»Seine Anweisung lautete, die Kollegin soll die Tüte über das Geländer halten. Das heißt, er will sie sehen. Er lacht sich schlapp über die Polizistin im Bikini. Dem geht einer ab bei dem Gedanken daran, wie er uns alle auf Trab hält.«

»Okay«, antwortete der Sokoleiter nur und beendete die Verbindung.

Gleich darauf hörte May über Funk die Kollegin mit der Tüte. »Es ist verdammt kalt hier oben!«

Engel reagierte sofort: »Okay, Abbruch.«

May sah, wie die Frau in der Mitte der Brücke die Tüte sinken ließ. Zwei Männer rannten von der Innenstadtseite auf die Kollegin zu. Einer von ihnen trug eine Decke unter dem Arm. Die Beamtin schritt den beiden entgegen.

Wenn Julias Mörder zuschaute, dann wusste er jetzt, dass die Show beendet war.

May sprintete los, umrundete den Landtag, hetzte über die Betonplatten an der Südseite und nahm die Stufen zum Eingang des Fernmeldeturms. Atemlos riss er die Glastür auf und betrat das Foyer.

Rechts die Kasse und der Zugang zum Lift, der die Besucher hinaufbrachte. Eine Familie stand an, ein Paar mit zwei quengeligen Gören. Links ging es zur Tür, durch die die Leute von oben zurückkamen. Erst wenn sich die Kabine geleert hatte, konnten neue Gäste sie von der anderen Seite betreten.

Zwei Kollegen stürmten von draußen in die Vorhalle. »Renn doch nicht so!«, keuchte der eine.

May erkannte Dickwanst Wiesinger. Er sagte zu den beiden: »Fahrt hoch und holt ihn euch, wenn er da ist. Ich schau mir die Leute an, die gleich aussteigen.«

»Der Kerl könnte bewaffnet sein«, wandte Wiesinger ein. »Wenn wir den Aufzug anhalten, kann er nicht entkommen. Du weißt selbst am besten, dass es ein Job für das Spezialeinsatzkommando ist, über das Treppenhaus hochzugehen und den Turm zu durchkämmen.«

»Das dauert Stunden«, widersprach der zweite Kollege. »Denk an die Panik unter den Turmbesuchern. Und was ist, wenn der Kerl Geiseln nimmt?«

Der Dicke war überstimmt.

Ihre Dienstausweise vorzeigend, drängten sich die beiden Kommissare an der Kasse vorbei durch das Drehkreuz.

May bezog auf der gegenüberliegenden Seite Stellung und kontrollierte den Sitz des Ohrstöpsels. Im Funk blieb es ruhig.

Leuchtziffern über der Schiebetür zeigten auf den Zehntelmeter genau an, wo sich die Aufzugskabine befand. Fünfzig Meter – zwei Drittel der Strecke hatte sie bereits zurückgelegt. Vierzig, dreißig ... Es ging rasend schnell.

Auf den letzten Metern bremste der Lift. Die Stelle hinter dem Komma zählte langsam bis null. Dann glitt die Tür auf.

Eine Gruppe von fünf Personen verabschiedete sich aufgekratzt und leutselig vom uniformierten Aufzugführer. Drei ältere Damen marschierten voran. Ein junges Pärchen folgte, beide komplett in blauen Jeansstoff gekleidet. May konnte nicht beurteilen, ob die Besucher vom Restaurant oder von der mit Münzfernrohren bestückten Plattform gekommen waren.

Die Damen krakeelten und wackelten zum Ausgang. Die älteste von ihnen war nicht gut zu Fuß – die Gruppe hielt das Pärchen auf, das sich turtelnd unterhielt. Die Alte griff eine Postkarte aus dem Ständer neben dem Ausgang und humpelte damit auf die Kasse zu. Die beiden anderen Seniorinnen blockierten die Tür. Die junge Frau trennte sich von ihrem Begleiter und begrüßte die Kassiererin.

»Schon Feierabend?«, fragte die Frau im Ticketstand.

»Pardon«, murmelte der junge Mann und versuchte die zwei Damen am Ausgang zu umkurven.

Das ist kein Pärchen, schoss es May durch den Kopf. Er war sich völlig sicher, als der Kerl sich nach ihm umsah.

May nahm die Verfolgung auf. Eine Alte, die dem Fliehenden ausgewichen war, trat ihm vor die Füße. Er rempelte gegen sie, wobei sich sein Ohrstöpsel löste. May ignorierte das Gekeife der Oma, stolperte ins Freie und blickte sich um.

Der Jeanstyp hatte Vorsprung, doch May wusste, dass er ihn kriegen konnte. Das Ende des Spiralkabels hüpfte auf seinem Rücken. Im Laufen fuhr er mit der Hand unter seine Jacke und öffnete das Holster.

»POLIZEI! STEHEN BLEIBEN!«

Der Kerl schlug einen Haken und rannte auf das Parkhaus des Stadttors zu. May stoppte, um schießen zu können. Der Flüchtende durfte nicht in der Zufahrt verschwinden.

Doch der Kerl hielt sich rechts. Hecken verdeckten ihn. May folgte, vorbei am Landesfunkhaus des WDR und auf die schiefen Türme zu, die als Wahrzeichen des Medienhafens längs der Stromstraße aufragten.

Touristen einer Reisegruppe fotografierten sich gegenseitig vor den Gehry-Bauten. May lief Slalom und schaffte es, die hellblaue Jeansjacke im Blick zu behalten. Von der gegenüberliegenden Straßenseite gafften Restaurantbesucher herüber, die im Freien Pasta spachtelten und Geschäfte beredeten. May hörte ein Krächzen aus dem losen Stöpsel, der auf seiner Schulter tanzte, und hatte keine Zeit, ihn ins Ohr zu stopfen. Im Funk war offenbar die Hölle los.

Der junge Kerl überquerte die Straße. May blieb ihm auf den Fersen. Leute standen im Weg, studierten Speisekarten und palaverten. Unmöglich, einen gezielten Schuss abzugeben. Die Passanten starrten auf Mays Waffe und wichen zurück. Er holte auf, Meter für Meter.

Waschhalle, Werkstatt – der Jeanstyp steuerte auf Paulas Blumenladen zu.

May mobilisierte Reserven und legte einen Zahn zu. Noch vor den Olivenbäumen, die den Vorplatz füllten, würde er den Scheißkerl kriegen.

Doch er hatte den Bus nicht beachtet. Plötzlich hielt das Rheinbahngefährt an der Kreuzung vor Paulas Laden.

May erkannte, dass der Mörder vor ihm an der Bustür sein würde.

Er reckte die P6 in die Luft und brüllte: »STEHEN BLEIBEN ODER ICH SCHIESSE!«

Als der Kerl nicht gehorchte, gab May einen Warnschuss ab.

Der Flüchtende reagierte nicht. May strauchelte über ein Fahrrad, das im Weg lag, fing sich und hetzte weiter. Leute, die aus dem Bus gestiegen waren, raubten ihm die Sicht.

Plötzlich rannten dunkel vermummte Männer aus der Seitenstraße auf die Kreuzung. May nahm wahr, dass über ihm ein Hubschrauber knatterte. Der Bus brummte davon. Sämtliche Passanten hatten die Biege gemacht.

Zwei der Vermummten drückten den Jeanstyp auf den Asphalt, ein dritter durchsuchte ihn nach Waffen. Es waren Kollegen des Spezialeinsatzkommandos.

May ignorierte immer noch das Schnarren der Funksprüche. Er näherte sich dem Festgenommenen, mit der Dienstpistole auf dessen ängstliche Augen zielend. Er schrie den jungen Kerl an: »WARUM?«

Die Kollegen glotzten, aber sie schritten nicht ein.

»WIE KONNTEST DU JULIA DAS ANTUN?«

May wollte schießen, aber ein Zittern überfiel ihn.

Dann spürte er, dass ihm jemand behutsam die Waffe aus der Hand nahm und ihn zu einem Auto geleitete. Kollegen verfrachteten ihn auf den Rücksitz. Türen knallten. Eine Schaltung krachte, der Wagen rollte an.

Der lange Typ auf dem Beifahrersitz wandte sich zu ihm um.

»Es ist geschafft, Felix«, sagte Engel und streckte ihm die Hand hin.

Das Zittern hörte nicht auf. May wischte sich mit dem Ärmel über das Gesicht und blickte hinaus auf ein Schaufenster, das voller roter Blüten war.

Paula stand in der Ladentür und starrte zurück.

Teil V

Verkehrtes Leben

Mit den Augen zu sehen, was vor Augen dir liegt.

Johann Wolfgang von Goethe/Friedrich Schiller, *Xenien*

37.

Ela begleitete Marion Kaul zum Duschraum der Polizeiinspektion Südwest, der im Keller der Festung lag. Als sie sich im Namen der Sonderkommission bei der Kollegin bedankte, reagierte die Uniformierte schroff: »Dafür sind wir Schupoleute gut. Für euch Kriminalisten den Lockvogel spielen.«

»Wir haben den Kerl«, berichtete Ela.

»Wirklich?«

»Er hat dich die ganze Zeit vom Rheinturm aus beobachtet.«

»Ist er der Mörder, den ihr sucht?«

»Er hat die Verstümmelungen des Opfers so exakt beschrieben, wie es nur der Täter selbst kann. Du hast uns sehr geholfen, Marion.«

Die Kollegin zeigte ein mattes Lächeln, dann schloss sie sich im Duschraum ein.

Ela suchte die Kantine im Erdgeschoss auf. Sie hatte keine Lust auf den Sokoraum mit all den Gestalten, die dort sitzen würden. Sie brauchte eine Verschnaufpause. An der Selbstbedienungstheke ließ sie sich eine Tasse mit heißem Wasser und einen Beutel Kamillentee geben.

Als sie sich nach einem Platz umsah, bemerkte sie Wiesinger, der sich über einen Berg von Nudeln mit roter Soße beugte. Sie gesellte sich zu ihm – es hätte seltsam gewirkt, wenn sich die KK-11-Leiterin von ihrem Kollegen abgesondert hätte.

»Ich dachte, du bist oben beim Verhör«, sagte sie.

»Ein kurzes Päuschen wirst du uns doch gönnen«, antwortete der Dicke und drehte um seine Gabel einen Berg Spagetti, an dem jeder normale Esser erstickt wäre. »Dieser Herzog ist 'ne ziemlich harte Nuss.«

»Was redet er?«

»Außer den Personalien kein Wort. Vorname Thorsten, sechsundzwanzig Jahre, wohnhaft in Düsseldorf-Eller. Er hat auf einem Anwalt bestanden und der hat ihm geraten, den Mund zu halten. Aber seine Stimme scheint identisch mit der des Anrufers zu sein. Und Zeugen auf der Panoramaterrasse des Rheinturms haben bestätigt, dass ein Kerl im Jeansanzug die ganze Zeit am Münzfernrohr hing und auf den Rhein gestarrt hat.«

»Damit haben wir ihn.«

»Stell dir vor: Herzog arbeitet als wissenschaftlicher Assistent am rechtsmedizinischen Institut der Heinrich-Heine-Uni.«

»Ein Hiwi bei den Leichenschneidern?«

Wiesinger nickte und drehte weiterhin das Spagettiknäuel, als traue er sich nicht, die Nudelmasse zu vertilgen. »Die Strategie des Anwalts ist natürlich klar: Herzog habe an seinem Arbeitsplatz über die Verletzungen des Mordopfers Kenntnis bekommen und sich mit den Anrufen bloß einen Jux erlaubt. Mit dem Mord habe er nichts zu tun und seine Drohung, weitere Frauen zu killen, sei ebenfalls aus der Luft gegriffen. Aber wenn Herzog den Mord nicht gesteht, kriegen wir ihn mithilfe von Sachbeweisen. Die Kriminaltechniker haben sich Herzogs Wohnung vorgeknöpft.«

»Wie sieht der Kerl aus? Ich meine, wir haben ein Phantombild.«

»Mit dem Typen auf der Computergrafik hat Herzog nichts zu tun, egal ob mit Bart oder ohne. Dieser Sascha, den deine Zeugin beschrieben hat, ist eindeutig älter. Wenn du mich fragst, kannst du deine Nuttenquälertheorie abschreiben.«

Ela sah zu, wie der Kollege den Nudelberg in seinen Mund schlang. Tomatenstücke tropften auf die Papierserviette, die der Dicke in den Ausschnitt seines Hemds gestopft hatte.

Wiesinger schmatzte und schluckte, dann fuhr er fort: »Becker ist ebenfalls zu Herzogs Bude gefahren.«

»Und? Schon was gefunden?«

Der Fettwanst wischte sich die Mundwinkel sauber. »Wenn kein Stau herrscht, dann ist Becker gerade erst mal angekommen.«

Ela sprang von ihrem Stuhl auf und stürmte aus dem Saal. Wiesingers Schwerfälligkeit mochte sie nicht länger ertragen. Sie rief Thilo Becker auf dem Handy an.

Nach dem zweiten Klingeln war der Kollege dran.

»Wie sieht's aus?«, fragte Ela. Ihre Stimme hallte im Foyer.

»Na ja«, antwortete Thilo.

»Was heißt das?«

»Nicht gerade wie eine Folterkammer. Der Typ wohnt hier offenbar allein. Ein Bücherwurm, wie's aussieht. Und er hortet Konserven, als würden morgen sämtliche Lebensmittelläden schließen. Weißt du, wofür Dorschleber gut sein soll? Herzog hat hunderte von Dosen mit dem Zeug in seiner Abstellkammer.«

»Besitzt er einen Keller?«

»Ja, einen kleinen Bretterverschlag. Die Kriminaltechnik ist gerade da unten zugange. Aber wenn du mich fragst, ist Julia Sander nie und nimmer dort zu Tode gekommen. Es muss noch einen anderen Ort geben. Vielleicht finden wir einen Mietvertrag oder einen Schlüssel. Warte mal, Ela …«

Sie hörte Gemurmel, dann war Beckers Stimme wieder an ihrem Ohr.

»Die Kollegen haben gerade Fotoalben entdeckt. Aber offenbar nur harmloser Privatscheiß. Wir werden hier noch eine Weile zu tun haben. Ich melde mich, sobald es etwas gibt.«

Ela bedankte sich und beendete das Gespräch.

Die Worte des Erpressers: *Sonst stirbt die Nächste noch heute.* Womöglich hatte Herzog nicht nur Julia Sander ermordet, sondern auch Fritzi Gerland entführt. Vielleicht bestand der Hauch einer Chance, dass die junge Frau noch lebte. *Es muss noch einen anderen Ort geben* – Ela stellte sich vor, dass Fritzi in einem Verlies des Psychopathen vegetierte und im Begriff war zu verdursten, nur weil der Festgenommene auf seinen Anwalt hörte und schwieg.

Der Kerl musste zum Reden gebracht werden.

Das Polizeigewahrsam war ein niedriges Nebengebäude. Ela lief über den Innenhof. Drei Stufen führten zur Tür. Ela klingelte, der Öffner summte. Den Dienst habenden Kollegen kannte sie nicht. Ela wies sich aus und erklärte, dass sie mit dem Neuzugang sprechen wolle.

Jetzt und in der Zelle.

Der Uniformierte klopfte sich Fusseln von der Kutte und

ging voraus. Sein Schlüsselbund klirrte. Ein langer Gang, der nach frischer Farbe roch. Mintgrün gestrichene Eisentüren mit kleinen Guckfenstern. Der Kollege kontrollierte ein Kärtchen, das in einer Halterung steckte, und schloss auf.

Zum ersten Mal stand Ela dem Festgenommenen gegenüber. Ihre letzten Hoffnungen, dass es sich bei Thorsten Herzog um den ominösen Sascha handeln könnte, verflogen sofort. Keine Ähnlichkeit mit der Beschreibung der Exnutte Lydia alias Meike Götz.

Ela bat den Kollegen, dem jungen Kerl Handschellen anzulegen und sie allein zu lassen, bis sie ihn rufen würde. Der Uniformierte schenkte ihr einen skeptischen Blick, dann fesselte er Herzog die Hände hinter der Stuhllehne und schob ab.

Die Tür krachte ins Schloss. Ela war mit dem Mörder allein. Ein Kerl mit wulstigen Lippen und für sein junges Alter recht ausgeprägten Geheimratsecken. Herzog schwitzte in seinem verblichenen Jeansanzug, der vollkommen verdreckt war. Unter einem Arm war die Naht geplatzt – vermutlich waren die Kollegen bei der Festnahme nicht zimperlich gewesen.

Der Kerl sagte: »Ich brauche Dorschleber. Wenn ich meine Diät nicht einhalte, spielt mein Kreislauf verrückt.«

»Es hängt ganz von dir ab, wann du deine Konservensammlung wieder siehst.«

»Sie sind schuld, wenn ich kollabiere.«

»Unsinn, Herzog. Themenwechsel.«

»Ich mag Ihre Themen nicht.«

»Wo hast du Julia Sander so zugerichtet?«

Der Kerl schwieg.

»Wo hast du sie gefoltert und umgebracht?«

»Ich rede nicht mit Ihnen«, erklärte Herzog. »Schon gar nicht ohne meinen Anwalt.«

»Und was ist mit Fritzi Gerland?«

»Wer soll das sein?«

»Ihre Entführung geht ebenfalls auf dein Konto. Gib's zu, wo ist sie?«

»Kein Kommentar.«

Ela beugte sich über ihn. »Bei mir kommst du so nicht davon. Ich kann auch anders, wenn's sein muss!«

Der Kerl stemmte die Füße auf den Boden, sein Stuhl ruckte kreischend über den Estrich von Ela weg. »Sie brauchen mir nicht zu drohen! Ich kenne meine Rechte.«

»Du bist ein perverser Mörder, den wir für immer aus dem Verkehr ziehen werden. Früher oder später wirst du reden. Fragt sich nur, wie lange du ohne deine Diät zurechtkommen willst.«

Herzog hielt den Mund und starrte gegen die Wand.

»Ich mach dir einen Vorschlag, Thorsten. Wenn Fritzi Gerland lebt und du uns den Ort verrätst, an dem du sie versteckt hältst, werden wir dir helfen.«

Der Kerl schluckte und leckte sich nervös die Lippen.

»Ich seh doch, dass dich dein Gewissen plagt. Es wird dir gut tun, über alles zu reden. Ich bin mir sicher, dass der Staatsanwalt das zu schätzen weiß. Denk an deine Zukunft, Junge.«

Plötzlich kreischte Herzog: »Ich hab mich fast totgelacht, als Sie diese Beamtin auf die Brücke geschickt haben! Schade, dass Sie das nicht waren. Ihre Titten hätten sich dort noch viel besser gemacht!«

Ela versetzte dem Festgenommenen eine Ohrfeige. Der Kerl im Jeansanzug glotzte verblüfft, dann strampelte er und versuchte nach ihr zu treten. Dabei stieß er gegen den festgeschraubten Tisch. Sein Stuhl kippte und krachte vor der Pritsche zu Boden.

Herzog schrie auf. Schweiß bedeckte als glänzender Film seine hohe Stirn – sein ganzes Gewicht lag auf den gefesselten Händen, die unter der Lehne begraben waren. Es musste schmerzhaft sein.

»Helfen Sie mir hoch! Ich habe niemanden umgebracht!«

»Du hast die Tat bis in die Einzelheiten beschrieben. Wir haben alles auf Band.«

»Das war doch nur Verarsche. Ich hab nie eine Frau auch nur …«

»Du schleimiger, perverser, frustrierter Sittenstrolch. Du wirst niemanden mehr misshandeln. Damit ist Schluss.«

»Helfen Sie mir hoch! Es tut weh!«, heulte er.

»Erst redest du.«

»Der Anruf ...«

»Ja?«

»Es war wirklich nur ein Scherz! Ich habe die Frau nicht aufgeschlitzt! Bitte, bitte!« Der Kerl keuchte. »Die Kollegen im Institut haben über die Frau geredet. Ich ... hab sie mir angesehen, nachdem sie ... eingeliefert worden war. Ich hab Zugang zur Kühlkammer, in der die Leichen aufbewahrt werden. Ich war bloß neugierig. Helfen Sie mir jetzt endlich hoch!«

»Du bist also ein kleines, fieses Arschloch, dem beim Anblick einer misshandelten Frau einer abgeht.«

»Nein!«

»Ein Spanner und Leichenschänder, der sich in der Kühlkammer der Rechtsmedizin einen runterholt.«

»Nein! Nein!«

»Und schließlich hat es dir nicht genügt, dich an einer Toten zu vergreifen, und du bist selbst zum Totmacher geworden.«

Als sie sich über ihn beugte, begann Herzog wieder zu zappeln und nach ihr zu treten. Er traf ihr Knie.

Ela trat zurück – mit der Schuhspitze in die Rippen des Jungen. Wenn es blaue Flecken gab, würde sie behaupten, es sei bei der Festnahme durch die SEK-Rambos geschehen.

Sie fuhr ihn an: »Wo hast du Julia Sander ermordet? Was hast du mit Fritzi Gerland gemacht?«

Herzog heulte auf und wimmerte: »Ich hab doch nur ein paar Fotos geschossen.«

»Sag das noch einmal.«

»Ich bin nicht pervers. Nicht, was Sie denken.«

»Fotos?«

Elas Kehle wurde trocken. Sie glaubte, den Dunst von Hundepisse im Wohnzimmer von Meike Götz zu riechen. Die Aussage der Exnutte – auch nach zwei Jahren noch von Entsetzen gepackt: *Oder überlebt man das, wenn einem der Bauch aufgeschnitten wird und die Brust und der Schädel?*

»Hast du das öfter gemacht?«

»Nein ... doch, manchmal.«

»Mit was für einem Apparat knipst du die Bilder?«

»Sofortbildkamera.«

»Also Polaroids.«

»J-ja.«

»Und an wen verkaufst du die Aufnahmen?«

»An niemanden. Ich mach die Fotos aus rein medizinischen ...«

Ela herrschte ihn an: »Wer kauft dir die Bilder ab?«

»Ich ... ich kenne die Leute nicht. Das geht anonym ... Internet.«

»Du lügst. Sascha hat von dir Polaroids bekommen.«

»Ich ... kenne keinen ...«

Ela hörte Getrappel auf dem Gang. Ihr wurde klar, dass sie nur noch wenige Sekunden hatte. Wieder trat sie zu – mehrmals in die weiche Stelle unterhalb des Rippenbogens.

Herzog flennte und schnappte nach Luft.

»Wer ist Sascha? Nenn mir die Adresse, dann lass ich dich in Frieden.«

Die Schritte draußen waren jetzt ganz nah. Aufgeregte Männerstimmen.

»Hörst du das? Jetzt kommen Leute, die es richtig auf dich abgesehen haben. Die kennen Methoden, dir wehzutun, ohne dass es ihnen jemand nachweisen kann.«

Ein Schlüssel stocherte im Schloss der Zellentür.

Herzog bekam keinen Ton heraus. Ela erkannte, dass er sich die Oberlippe blutig gebissen hatte.

Sie beschwor ihn: »Sprich endlich! Deine letzte Chance!«

Die Tür schwang auf. Der Uniformierte glotzte mit offenem Mund. Engel schob sich an dem Kollegen vorbei.

Herzog schloss die Augen und drückte das Kinn gegen die Brust, als wollte er sich vor Schlägen wegducken.

»Sascha Führing ... Zons«, stieß er hervor und hustete.

Der Sokoleiter richtete den Stuhl auf. Der Gefangene würgte und spuckte Kotze auf seine Jeansjacke. Der Kuttenträger machte ihm die Handschellen los.

Ela ließ sich von ihrem Chef aus der Zelle führen. Im Flur steckte sie sich eine Zigarette an. Ihr Magen brannte wie noch nie.

38.

Seit der Hetzjagd im Hafenviertel fühlte sich May wie gerädert. Die Sokobesprechung zum Abschluss des zweiten Tages – er schaffte es kaum, sich auf den Vortrag des Kriminalrats zu konzentrieren. Protokolle, Verhöre, wilde Gerüchte: Wie durch einen Schleier vernahm May, dass die Ermittlungen wieder von vorn beginnen mussten. Dabei hatte es noch vor einer Stunde so ausgesehen, als sei die Soko am Ziel angelangt.

Er konnte es nicht fassen. Thorsten Herzog – angeblich nur ein Bluffer. Ein falscher Bekenner, der sich einen makabren Spaß erlaubt hatte. May fühlte sich wie in einem Karussell. Namen und Personen – alles verschwamm und drehte sich im Kreis.

Julias Ehemann galt nicht mehr als dringend tatverdächtig. Der mitgereiste Kamerad hatte Sanders Aussage bestätigt, soweit es um den Sonntag ging. Fakt war, dass die beiden längst wieder in Radolfzell gewesen waren, als die Kellnerin des Sparkassenbistros zwei Gestalten an der Baustelle beobachtet hatte. Buchmüller schied ebenfalls aus. Sein Raumfahrerkumpel gab ihm ein Alibi, das offenbar stimmte. Lediglich wegen der Geiselnahme saß der Junkie nun in Untersuchungshaft.

Was blieb, waren Sanders Schmugglergeschichte und das Geheimdienstgefasel. May würde den Burschen noch länger am Hals haben. Der Soldat sollte einen weiteren Tag für Vernehmungen zur Verfügung stehen. Die Behörde wollte Übernachtungskosten sparen und Sander kannte keinen in der Stadt außer Julias Tante, die er offenbar nicht leiden konnte. May hatte angeboten, den KSK-Mann aufzunehmen.

Er hatte ihn bei Paula abgesetzt, damit er sich als Helfer im Blumenladen nützlich machen konnte. Vielleicht keine so gute

Idee – die Miene seiner Frau beim Anblick des Stacheldraht-Tattoos hatte Bände gesprochen.

May registrierte, dass Engel jetzt über den Stahlhändler redete. Der Lange ordnete an, Angermunds Alibi noch einmal zu durchleuchten. Die Angaben der Geschäftspartner konnten Gefälligkeitslügen sein. Was zählte, waren handfeste Belege, dass die Zeugen zur fraglichen Zeit tatsächlich mit dem Stahlhändler in Frankfurt konferiert hatten.

Jede Spur musste noch einmal überprüft werden.

Bach hockte an der Seite des Kriminalrats und wirkte wie versteinert. Gerüchte gingen um. Kollege Schranz hatte gemunkelt, dass die KK-11-Leiterin nach ihrem Alleingang in der Gewahrsamszelle so gut wie weg vom Fenster sei.

Aus den Querelen der Mordermittler hielt May sich heraus. Für ihn zählte nur eines: Julias Mörder zu fassen.

Noch wussten sie zu wenig über die Frau. Die Stunden nach Angermunds Abreise am Sonntagmorgen – nach wie vor ein weißer Fleck.

Ein Kollege stieß ihn an. Einsatzpläne. May nahm einen Zettel und schob den Rest weiter.

Fast der gleiche Text wie gestern: *PHK May und POK Martini: Angermunds Umfeld – Familie, Produktionsfirma, mögliche Motive, weitere Liebhaber?* May nahm sich vor, den Job allein zu erledigen. Shorty konnte ihm gestohlen bleiben.

Plötzlich nannte der Sokoleiter einen neuen Namen und May hörte genauer hin: Ein gewisser Sascha Führing habe angeblich von dem Festgenommenen Polaroidfotos bezogen, Aufnahmen von sezierten Frauenleichen aus der Rechtsmedizin.

Besagter Führing wohne in Zons bei Dormagen, referierte Engel. Der Durchsuchungsbescheid sei beantragt.

May spürte, wie sein Puls sich beschleunigte. Eine Spur, die neuen Schwung in die Ermittlungen brachte. Unter dem Getuschel und Scharren der Kollegen löste sich die Sitzung auf.

Er sprach den Sokoleiter an. »Ich möchte dabei sein, wenn wir diesen Führing schnappen.«

»Nein«, widersprach Engel. »Du kümmerst dich weiterhin

um Angermunds Familie und um diese Filmgesellschaft, an der er sich beteiligt hat. Julia ging dort offenbar ein und aus.«

May empfand es als Anerkennung, dass der Kriminalrat ihn duzte. Trotzdem war er enttäuscht darüber, auf ein Nebengleis abgeschoben zu werden.

»Wo steckt dein Partner Martini?«

»Keine Ahnung.«

»Ich möchte dich mit zwei Kollegen bekannt machen, damit ihr euch über die Firma austauscht.«

Es waren ein Mordermittler sowie ein Kripokollege, der sonst bei der Sitte arbeitete. May zog sich mit ihnen in das Nachbarkabuff zurück. Die beiden waren nicht in die Aktion an der Rheinbrücke eingebunden gewesen, sondern hatten den Tag bei diversen Produktionsfirmen verbracht – Klitschen, deren Kärtchen Julia gesammelt hatte, um sich als Schauspielerin vorzustellen. Eine davon hatte Angermund vor wenigen Wochen zur Hälfte erworben, um seiner Freundin zur Karriere zu verhelfen.

Wild West TV & Film GmbH war ein Zehn-Mann-Betrieb mit Büros im LBS-Hochhaus an der Neusser Straße und einem Studio in einem ehemaligen Schlachthaus im Norden der Stadt, wo derzeit eine Gerichtsshow für RTL2 produziert wurde. May erfuhr, dass *Wild West* Julia schon im Januar für eine Rolle in einem Fernsehspiel gecastet hatte, das jedoch nie realisiert worden war. Auch danach war die Schauspielschülerin häufig in den Büros gesehen worden – es gab Gerüchte, Julia habe ein Verhältnis mit einem der Produzenten gehabt, einem Kerl namens Frithjof Schulz.

Auch Angermunds Sohn Thomas war vor kurzem auf die Liste der Gehaltsempfänger gesetzt worden. Als Dramaturg und Lektor – was immer das auch bedeutete. Die beiden Kripokollegen berichteten, dass sich der Filius so gut wie nie in der Firma blicken ließ – offenbar ein untauglicher Versuch des Vaters, dem verkrachten Studenten einen Job zu verschaffen.

Das Hauptinteresse des Stahlhändlers galt Julias Karriere. Vom Geschäftsführer, einem Holländer namens Ronald van Baal, stammte die Aussage, dass der Deal lautete, dem Mädel eine große Rolle auf den Leib zu schustern. *Die Geliebte des Kardinals* lautete der Arbeitstitel – ein erfahrenes Drehbuchautoren-Duo war mit dem Skript beauftragt worden und angeblich gab es bereits Kontakte zu einem Privatsender. Der zuständige Redakteur sei von dem Exposee und dem Probevideo der Hauptdarstellerin in spe recht angetan gewesen.

May fragte: »Was ist mit diesem Produzenten Frithjof Schulz? Schlief er mit dem Mädel oder nicht?«

»Wir konnten noch nicht mit ihm reden«, antwortete der Sittenkollege. »Der Typ hält sich seit Samstag in Frankreich auf und wird erst morgen zurück sein.«

Familie, Produktionsfirma, mögliche Motive – May erklärte den Kollegen, dass er Thomas Angermund gemäß seines Einsatzplans morgen früh aufsuchen würde. Auch Schulz, den Filmfritzen, setzte er auf die Liste.

Er suchte sich einen freien Platz im Sokoraum. Im Telefonbuch fand er Thomas Angermund nicht. Er wählte die Nummer von *Wild West.* In den Büros der Firma herrschte zu dieser Stunde noch Betrieb, aber er musste sich mehrmals verbinden lassen, bis er jemanden an die Strippe bekam, der den Jungen kannte und ihm Adresse und Privatnummer geben konnte.

May versuchte es dort. Nach dem dritten Klingeln schaltete sich die schnarrende Stimme eines Anrufbeantworters ein. Während May überlegte, was er aufs Band sprechen sollte, brach die Ansage ab und eine junge Stimme, fast noch im Stimmbruch, fragte: »Johanna?«

»Nein, Felix May, Polizeipräsidium. Spreche ich mit Thomas Angermund?«

»Ja, was ...«

»Ich untersuche den Mord an der Geliebten Ihres Vaters und würde mich gern mit Ihnen unterhalten.«

»Jetzt passt es schlecht. Wie wär's in einer Stunde?«

Warum nicht, dachte May. »Okay. Ich komme vorbei.«

»Äh ... bei mir ist nicht aufgeräumt. Aber um die Ecke ist ein ruhiges Café. Kennen Sie die *Planwirtschaft* in der Merowinger Straße?«

May notierte den Kneipennamen.

Er hatte noch Zeit und suchte im Sokocomputer nach den Telefonnummern des Vaters. May war neugierig auf Julias letzten Lover und es gab Fragen, die Angermund noch nicht gestellt worden waren.

Als Erstes probierte er den Büroanschluss und bekam eine Sekretärin mit osteuropäischem Akzent an die Strippe, die ihn ohne Umschweife mit dem Stahlhändler verband.

May stellte sich vor und entschuldigte sich für die Störung.

»Keine Ursache«, antwortete Angermund mit einer Stimme, die Anspannung und großes Interesse verriet. »Tun Sie, was zu Ihrem Job gehört. Das habe ich schon zu Ihren Kollegen gesagt.«

»Es geht um die *Wild West TV & Film GmbH.*«

»Ich habe zwar Anteile erworben, mich aber noch nicht einarbeiten können.«

»Sie haben viel Geld ausgegeben, um Julia eine Rolle zu verschaffen.«

»Ich verfügte über liquide Mittel und die Firma machte einen guten Eindruck. Verschiedene Projekte stehen vor dem Vertragsabschluss, darunter ein großer Historienfilm fürs Kino. Das Unternehmen konnte eine Kapitalaufstockung gebrauchen und Julia war ohnehin im Gespräch. Aufgrund meiner Beteiligung konnten sie keinen Rückzieher mehr machen. Die Investition war eine sichere Sache.«

»Ein Film kann ein Flop werden.«

»Beim Publikum, meinen Sie? Dagegen sind wir abgesichert. Es gibt die Zweitverwertung durch das Fernsehen. Als Koproduzent trägt der Sender einen Großteil der Kosten. Zudem fließen Fördergelder.«

»Sie haben auch Ihrem Sohn einen Job verschafft.«

»Wissen Sie, Thomas kommt mit seinem Studium nicht zurecht. Er weiß noch nicht, wo einmal sein Platz im Leben sein wird. Wie Jungs in dem Alter so sind. Im Moment interessiert er sich für Medien und Film. *Wild West* braucht Leute, die Drehbücher prüfen und Treatments bewerten. Und Thomas hat schon immer gern gelesen. Vielleicht wird er einmal Produzent oder Redakteur. Ich helfe gern. Dafür sind Väter doch da.«

May dachte an seinen Alten, dessen Unterstützung nur in abgedroschenen Ratschlägen bestanden hatte: *Bewirb dich für den öffentlichen Dienst, als Beamter kann dir nichts passieren.*

»Warum fragen Sie?«, erkundigte sich Angermund. »Suchen Sie Julias Mörder im Umfeld der Filmfirma?«

»Es gibt mehrere Fährten, die wir im Moment verfolgen.«

»Also noch immer nichts Konkretes?«

»Wie hat eigentlich Ihre Familie auf Ihre neue Freundin reagiert?«

»Meine Güte, immer die gleichen Fragen! Offenbar kommen Sie tatsächlich nicht von der Stelle. Also, noch einmal: Die Reaktionen waren unterschiedlich. Marina ist bei dem Thema auch nach all den Jahren etwas empfindlich. Johanna hat sich für mich gefreut. Für Thomas bin ich nur wichtig, wenn er Hilfe braucht. Was wollen Sie noch wissen?«

»Sagt Ihnen der Name Frithjof Schulz etwas?«

»Wer soll das sein?«

Dein mutmaßlicher Nebenbuhler, dachte May und wünschte sich fast, dass es so war. Er antwortete: »Ein Mitarbeiter Ihrer Filmproduktionsfirma.«

»Tut mir Leid. Wie gesagt, ich habe mich noch nicht eingearbeitet. Bislang hatte ich nur mit van Baal zu tun, dem Geschäftsführer. Ein netter Bursche für einen Holländer.«

Zu Hause duschte May und zog sich bessere Klamotten an. Das *Purple-Rain*-T-Shirt landete im Wäschekorb. Er baute das Sofa zum Gästebett für den Soldaten um, nahm eine Decke aus dem Schrank und streifte einen Baumwollbezug darüber.

Gerade als er die Wohnung verlassen wollte, schloss seine Frau die Tür auf. Sie stakste an ihm vorbei, einen üppigen Strauß bunter Blüten in der Hand, die offenbar im Laden übrig geblieben waren.

»Was hast du mir bloß für einen seltsamen Kerl gebracht?«, beschwerte sie sich, legte den Strauß auf den Küchentisch und entledigte sich der spitzen Pumps, die sie neuerdings trug. »Und was war mit dir heute Nachmittag los?«

»Wo ist Sander? Hast du ihn nicht mitgenommen?«

»Dein schweigsamer Kollege wollte einen Stadtbummel machen. Mit seiner Tätowierung und dem bösen Blick wird er mächtig Eindruck schinden.«

»Er ist kein Kollege, sondern der Ehemann des Opfers. Der Typ, den ich in Radolfzell kennen gelernt habe.«

»Jedenfalls hoffe ich, dass er nicht lange bei uns wohnen bleibt.«

Paula begann von ihrem Arbeitstag zu berichten – Telefonate mit einer Bank, die kübelweise Blumen in den Farben des Firmenlogos geordert hatte. Stress wegen einer Versicherung, die fünfzig Toskanazypressen für ihre Aktionärsversammlung anmieten wollte.

May stellte fest, dass er gar nicht zuhörte. Er griff nach seiner Lederjacke, doch Paula hielt ihn zurück.

»Du arbeitest zu viel«, behauptete sie. »Das bekommt dir nicht.«

May riss sich los. »Deine Blumen müssen in die Vase«, antwortete er und machte sich auf den Weg.

Die Merowinger Straße führte ins südliche Bilk, das an das Gelände der Unikliniken und den Campus der Heinrich-Heine-Hochschule grenzte. May erreichte die *Planwirtschaft* fünf Minuten später als vereinbart.

Trotz des *Attac*-Posters und der Bush-feindlichen Karikaturen an der Wand wirkte das Lokal wie eine Studentenkneipe der schickeren Art. Wenig Betrieb zu dieser Stunde. Nur ein paar junge Leute, alle in Begleitung, und keiner würdigte May eines Blicks.

Eine Bedienung im bauchfreien T-Shirt trat an seinen Tisch. Sie trug ein blaues Piercing im Nabel und die Jeans saß so tief, dass May die Wölbung ihres Schambeins zu erkennen glaubte.

Er bestellte einen Kaffee und gab Thomas Angermund zehn Minuten.

Das Handy klingelte. Es war Johanna, auf deren Stiefbruder May gerade wartete.

»Schön, Sie zu hören«, sagte May.

»Behaupten Sie nicht, Sie hätten an mich gedacht!«

»Warum nicht?«

»Heißt das, dass es nicht nur rein dienstlich war, als Sie mir Ihr Kärtchen gaben?«

»Ihre Schlussfolgerungen bringen mich in Verlegenheit.«

Die Ärztin ließ ein fröhliches Lachen hören, dann schlug sie ein Treffen am Rheinufer vor. Der Sonnenuntergang werde malerisch sein, meinte Johanna. Sie nannte das Ende der Rotterdamer Straße als möglichen Treffpunkt, dort gab es Parkmöglichkeiten, am Rheinufer hinter der Messe.

Von Prince-Fan zu Prince-Fan – mit einem ungewohnten Kribbeln im Magen willigte er ein.

Der Stahlhändlersohn war noch immer nicht aufgekreuzt. May winkte die Kellnerin heran und bezahlte den Kaffee, dabei bemüht, nicht auf ihren Bauch zu glotzen.

Er hatte sich die Adresse gemerkt. Die Chlodwigstraße lag gleich um die Ecke. Das Haus entpuppte sich als eine Mietskaserne neueren Datums. Angermund junior quengelte aus der Gegensprechanlage: »Ich hab noch nicht ganz aufgeräumt.«

»Das macht nichts«, antwortete May.

Nach einigem Zögern krächzte es: »Vierter Stock.« Der Türöffner brummte.

Das Haus verfügte über einen Aufzug. Kritzeleien in mattem Edelstahl: Liebeserklärungen und pubertärer Fäkalhumor.

Angermunds Tür stand einladend offen. Zugeknotete Mülltüten im Flur. Urkunden an der Wand – vordere Plätze in diversen Gokart-Rennen, die Jahre zurücklagen. Mays Blick fiel in die Küche: Tisch und Arbeitsflächen übersät mit leeren Dosen, Tüten, halb vollen Saftflaschen und Gläsern. In der Spüle gammelten Berge von schmutzigem Geschirr.

»Herr Kommissar?«, begrüßte ihn eine Stimme aus dem Zimmer am Ende des Flurs.

May trat ein. Der Junge kauerte zwischen ungeordneten

Haufen von Büchern, Zeitschriften, Videokassetten und Schnellheftern, die wie Akten aussahen. *Die Geliebte des Kardinals,* las May auf einem Deckel, der obenauf lag.

»Sie sind ein Messie, wie er im Buch steht«, stellte er fest.

»Kann man so sagen.«

»Wie können Sie in diesem Chaos arbeiten?«

»Es klappt besser, als es aussieht.«

»Warum haben Sie mich in der *Planwirtschaft* versetzt?«

»Ich wollte erst ...« Angermund junior machte eine Geste.

»Ordnung schaffen?«

Der Junge zuckte mit den Schultern und räumte einen Autositz aus rissigem Kunstleder frei, den einzigen Sessel in der Bude, um ihn May anzubieten.

Der Student war ein mittelgroßer magerer Bursche mit einem markanten Gesicht, das vielleicht attraktiv gewirkt hätte, wenn sich nicht eine Flut von entzündeten Pickeln über Wangen und Kinn ergossen hätte. Er trug ein rotes Sweatshirt, das über eine weite Hose fiel, deren Schritt in den Kniekehlen hing. Rappermode – mit zweiundzwanzig Jahren ist der Kerl eigentlich zu alt dafür, dachte May.

Klebezettel mit Notizen rahmten den Computermonitor auf dem Schreibtisch ein. Die Tischplatte war mit weiteren Büchern, Kassettenhüllen und losen Blättern übersät. Der Unternehmersohn zog einen Bürostuhl heran. Ein Berg Klamotten auf dem Sitz – Thomas fegte die Sachen zu Boden und setzte sich, Abstand zu May haltend.

»Kannten Sie Julia Sander?«

»Nur so vom Hörensagen. Meine Schwester hat mir erzählt, dass der Alte eine Neue hat. Er führt sein Leben, ich meins. Was dagegen?«

»Sie sind ihr nie begegnet?«

»Wieso sollte ich?«

»Julia ging bei der Produktionsfirma ein und aus, bei der Sie angestellt sind.« May zeigte auf das Drehbuch: *Die Geliebte des Kardinals.* »Darin sollte sie die Hauptrolle spielen.«

»In dem Schinken? Nein, ich arbeite ausschließlich zu Hause.

Wild West schickt mir die Skripts zu und ich maile den Leuten meinen Kommentar. Damit hat es sich. Die Entscheidungen treffen sowieso andere.«

»Schulz und van Baal?«

»Und vermutlich seit kurzem auch mein Alter. Dieser Kardinalscheiß ist unterste Schublade. Manchmal ticken diese Filmfuzzis nicht sauber. Kopieren jedes Klischee, das einmal erfolgreich war. Von Kreativität keine Spur. Neuerdings muss alles hell und heiter sein, weil es das Publikum nach dem elften September angeblich so will. Nicht meine Welt, verstehen Sie?«

»Wenn das Ihr Vater hört, wird es ihm nicht gefallen. Er denkt, die Filmbranche sei Ihre Zukunft.«

»Jeder nimmt an, ich hätte den Job nur seiner Kohle zu verdanken. Dabei hab ich schon für *Wild West* gearbeitet, als er eine Hauptrolle noch für 'ne Nummer beim Bodenturnen hielt.«

»Seit wann?«

»Bald ein halbes Jahr. Ein alter Schulfreund macht dort eine Ausbildung. Durch ihn bin ich an den Job gekommen. Als freier Lektor. Okay, jetzt kommt die Kohle eben regelmäßig. Aber bei dem Kram, der in letzter Zeit reinkommt, vergeht einem der Spaß.«

May griff nach dem Drehbuch und blätterte ohne echtes Interesse. *Alter Schulfreund* – eine fragwürdige Formulierung für ein Pickelgesicht, das erst vor zwei oder drei Jahren die Penne verlassen hatte.

Er fragte: »Haben Sie eine Erklärung für den Mord an Julia Sander?«

Thomas schaute zu Boden und schüttelte den Kopf.

Für einen Moment lenkte May das Filmskript ab. Er war auf eine Szene gestoßen, in der die Geliebte dem Kardinal eröffnete, dass sie ein Kind von ihm erwarte. Er stellte sich vor, dass Julia für diese Rolle Feuer und Flamme gewesen sein musste – angeblich war sie selbst das Kind eines Pfarrers gewesen.

»Sie haben doch sicher über den Mord gesprochen«, bohrte May weiter. »In der Familie, unter Freunden, in der Firma. Man stellt Spekulationen an, sucht nach Erklärungen.«

»Vielleicht hängt es mit den Geschäften des Alten zusammen. Finstere Typen aus dem Osten, wenn Sie wissen, was ich meine.«

»Ihre Mutter hat auch so etwas geäußert.«

Der Junge knabberte am Nagel seines rechten Daumens. »Mama ist zwar krank und lebt vielleicht nicht mehr lange, aber sie ist heller im Kopf, als der Alte glaubt. Dass er uns verlassen hat, war ein ziemlicher Schlag für sie. Wer anderen wehtut, zieht Unheil auf sich. Oder glauben Sie nicht?«

»Würden Sie Ihrem Vater einen Mord zutrauen?«

»Nein, nie im Leben.«

»Aber Sie können ihn nicht leiden, stimmt's?«

»Wie kommen Sie darauf?«

»Sie fühlen sich von ihm bevormundet, Sie interessieren sich nicht für seine Freundin, Sie nennen ihn ›der Alte‹.«

»Wie nennen *Sie* Ihren Vater?«

»Meine Eltern sind schon lange tot.«

Der Junge neigte das Pickelgesicht wieder und knabberte am Daumen. Dann erklärte er: »Ich bin eben nicht so ein toller Hecht wie mein Vater. Wussten Sie, dass er in meinem Alter schon seinen Juraabschluss cum laude hatte? Johanna meint, ich soll das nicht so eng sehen, aber sie hat gut reden. Sie wird nicht an ihm gemessen.«

»Verstehe.« May hob das Drehbuch, das er noch immer in Händen hielt. »Und wie geht die Geschichte aus?«

»Der Kirchentyp entscheidet sich natürlich für Frau und Kind. Kitsch, Tränendrüse, Happyend. Wenn das tatsächlich den Leuten gefallen sollte, verlier ich den Glauben an die Welt.«

May vermutete, dass Julia den Film gemocht hätte. Er sagte: »Erzählen Sie mir vom letzten Sonntag.«

»Worauf wollen Sie hinaus?«

»Fangen wir damit an, wo Sie den Tag verbracht haben.«

»Zu Hause. Also bei Mama in Nierst. Johanna war auch da.«

»Den ganzen Tag?«

»Normal fahre ich am Freitag hin und am Montag zurück. Meistens nehme ich Arbeit mit. Bei Mama ist es ruhig und …«

»Aufgeräumt.«

»Ja. Diesmal musste ich gegen fünf zurück in die Stadt fahren, weil ich mit Justus verabredet war.«

»Justus? Gibt's auch einen Nachnamen?«

»Veith. Max Veith. Justus ist sein Spitzname aus der Schulzeit.«

»Der alte Schulfreund, den Sie erwähnt haben?«

»Ja. Seit mein Vater bei *Wild West* eingestiegen ist, vermutet Justus, ich könnte dafür sorgen, dass er nach seiner Volontärszeit übernommen wird.«

»Verstehe.« May notierte den Namen. »Und wie haben Sie die Zeit bis zu Ihrer Verabredung verbracht?«

»Gearbeitet. Mama war schwimmen, weil ihr das warme Wasser gut tut, danach hat sie sich hingelegt. Ich hab ein wenig an meinem Auto gebastelt, dann bin ich ein neues Drehbuch durchgegangen.«

»Und Johanna?«

»Sie war reiten. Zuvor hat sie den ganzen Papierkram für Mama erledigt, Arztrechnungen, Überweisungen, den ganzen Scheiß. Mama schafft es nicht immer, den Überblick zu bewahren. Es ist seltsam, wie sich alles ändert. Früher hat Mama es immer an meiner Schwester ausgelassen, wenn sie Ärger mit dem Alten hatte, während ich Mamas heimlicher Verbündeter war. Jetzt klammert sie sich an Johanna. Wissen Sie, warum meine Schwester Ärztin geworden ist? Weil es Mamas großer Traum gewesen ist, selbst Medizin zu studieren. Der Alte hat es verhindert. Darüber müsste man ein Drehbuch schreiben.«

»Über Ihre Familie?«

»Nein, aber darüber, wie die Gesellschaft wirklich ist. Wie Menschen sich entwickeln und was die Leute wirklich antreibt. Schuldgefühle, Verletzungen. Solche Dinge eben.«

May legte *Die Geliebte des Kardinals* auf den Stapel zurück. Möglichst beiläufig fragte er: »Warum ist Ihre Schwester nicht verheiratet?«

»Sie war mit einem Typen aus Krefeld zusammen. Immobilienmakler oder so. Ich glaube, im Moment hat sie die Schnauze voll von den Kerlen. Johanna war zwanzig, als der Alte uns verließ. So fertig, wie Mama damals war – das hat sie stärker geprägt, als sie es zugeben würde. Warum fragen Sie nach ihr? Sind Sie in Johanna verknallt?«

Der Unternehmersprössling verzog den Mund, als passe diese Vorstellung nicht in sein Drehbuch von der Welt.

39.

Engel hatte sich dieses Mal selbst hinter das Steuer des zivil lackierten Omega gesetzt. Ela fragte sich, ob er ihr jetzt nicht einmal mehr das Autofahren zutraute. Schon lange vor der Ausfahrt setzte ihr Chef den Blinker.

Ela spürte, dass er sauer war. Sie hatte schon befürchtet, er würde mit Schranz oder einem anderen Kollegen Sascha Führing aufsuchen wollen.

Nach der Abendbesprechung hatte sie den Namen durch sämtliche Datenbanken gejagt. Der Kerl, auf den sich der Verdacht nun konzentrierte, war achtundvierzig Jahre alt, arbeitslos und verwitwet. Die Adresse lautete Dormagen-Zons, Mörickestraße.

Weder die Inpol-Datei des Bundeskriminalamts noch die Kriminalaktenhaltungen der Festung oder der Kreispolizeibehörde Neuss, zu deren Gebiet Führings Wohnort zählte, konnten etwas mit dem Namen anfangen. Führing war bislang polizeilich nicht aufgefallen. Der Richter hatte sich deshalb geziert, aber schließlich hatte Engel ihm die Unterschrift für den Durchsuchungsbescheid doch noch abschwatzen können.

Sie schlichen durch die lang gestreckte Kurve und bogen ab auf die Landstraße, die in südlicher Richtung nach Dormagen führte. Viel zu gemächlich für Elas Geschmack. Als hätten sie alle Zeit der Welt.

Engel sagte: »Glaub nicht, dass ich als dein Vorgesetzter in irgendeiner Weise billigen kann, wie du dich gegenüber Thorsten Herzog verhalten hast.«

Sie verschränkte die Arme. »Du redest echt schon wie der Kripochef. Früher warst du kein solcher Moralapostel. Ist das jetzt dein Rezept, um Karriere zu machen: Hauptsache, nicht anecken?«

»Glaub nicht, dass dir irgendwer abnimmt, dass Herzog von selbst umgekippt ist. Und rechne nicht damit, dass Herzog nicht seinen Verteidiger informieren wird. Wenn der damit an die Medien geht, wird dich keiner in der Behörde herausboxen können. Keiner!«

»Danke. Ich hab verstanden. Ich bin's dir nicht wert. Der Kripochef will mich kaltstellen und du ziehst den Schwanz ein.«

Engel schüttelte den Kopf. Er steuerte an den Industrieanlagen von Uedesheim und Stürzelberg vorbei, exakt die zulässige Höchstgeschwindigkeit einhaltend.

Ein Traktor tuckerte von einem Feld auf die Straße. Er schleppte einen Gülletank und eine Wolke schwarzen Dieselrauch hinter sich her. Engel bremste. Die Tachonadel zitterte bei Tempo zwanzig.

Sie blieben auf der rechten Seite. Ela wollte ihren Chef gerade zum Überholen auffordern, als ihnen ein BMW entgegenraste. Danach rumpelte der Traktor auf den nächsten Feldweg. Die Spur war wieder frei.

Ohne Hast beschleunigte Engel. »Als Gruppenleiter der Kripo hat für mich der Grundsatz zu gelten, dass Folter und Rechtsstaat unvereinbar sind.«

»Immerhin wissen wir jetzt, wo wir Sascha finden können. Und vielleicht führt Herzogs Aussage zur Befreiung von Fritzi Gerland.«

»Das ist reine Spekulation. Daran glaubst du doch selbst nicht.«

Ela schwieg. Engel hatte Recht: Herzogs Rechtsverdreher wäre ein Trottel, wenn er nicht in den Medien Krach schlagen würde. Es würde Aussage gegen Aussage stehen. Ela hatte sich ihre Version zurechtgelegt. So rasch würde der Kripochef sie nicht loswerden.

Und Führings Festnahme würde ihr zweifellos einen Pluspunkt bescheren.

Engel ließ den Wagen auf Zons zurollen, ein Dorf am Rhein mit den Resten einer mittelalterlichen Festung. Türme und Stadtmauer lockten am Wochenende Scharen von Ausflüglern und Romantikfans an. Im Moment erschien es Ela als spießiges Kaff.

Sie blätterte im Atlas für den Großraum Düsseldorf und dirigierte ihren Chef. Die Straßen am Ortseingang trugen die Namen toter Dichter.

Mörickestraße – Einfamilienhäuser mit Gärten. Im Vorbeifahren bemerkte Ela einen Anwohner, der Rosenstöcke wässerte. Vor der nächsten Kreuzung hielt Engel an.

Führings Haus war ein weiß getünchter Ziegelbau, gegen den sich eine Wellblechgarage lehnte. Sorgfältig gestutzte Buchsbäume anstelle eines Zauns. Beete, in denen gelbe und weiße Narzissen blühten. Ein mit weißem Kies bestreuter Weg führte zum Eingang.

Engel umrundete das Gebäude. Ela klingelte. *Big Ben* ertönte.

Schwalben schwirrten im Tiefflug. Bald würde die Dämmerung einsetzen. Eigentlich eine gute Zeit, Leute zu Hause anzutreffen. Ela drückte ein zweites Mal den Klingelknopf.

Engel gesellte sich zu ihr. »Kein zweiter Ausgang.«

Sie legte das Ohr an die morsche Holztür. Nichts zu vernehmen. Sie blickte Engel an, doch der zuckte nur mit den Schultern.

»Worauf wartest du?«, fragte sie. »Gefahr im Verzug! Soll *ich* die Tür auftreten?«

»An dir ist wirklich ein Rambo verloren gegangen«, antwortete Engel und drehte den Knauf. Das Schloss klackte, die Tür ließ sich aufdrücken.

»Oder so«, murmelte Ela.

Sie schaute sich in den unteren Räumen um, Engel stieg ins Dachgeschoss hinauf.

Nach wenigen Minuten beschlich Ela ein Gefühl der Frustration. Küche, Wohnzimmer, ein winziges Bad – nichts deutete auf einen Perversen, wenn sie davon absah, dass ihr Leute suspekt waren, die penibel Ordnung hielten. Dann fiel ihr auf, dass Engel nicht zurückkehrte.

Die Stufen unter ihren Sohlen knarrten. Der obere Treppenabsatz lag im Dunkeln. Ela stieß eine Tür auf und erblickte das Schlafzimmer.

Ein wuchtiges Doppelbett duckte sich unter die Dachschräge. Engel hatte Kartons hervorgezogen und begutachtete den Inhalt im Licht, das durch ein Velux-Fenster fiel.

Ela trat näher. So angespannt hatte sie den Langen noch nie erlebt. Seine Kiefer malmten, der Mund war ein blutleerer Strich.

»Wir haben ihn«, erklärte er. »Das sind nicht bloß gekaufte Polaroids aus der Rechtsmedizin.«

»Sind Julia Sander und Fritzi Gerland dabei?«

»Keine Ahnung.«

Ela nahm ihm die Fotos ab. Sie blätterte durch die Aufnahmen, bis sie nicht mehr hinsehen konnte.

»Gibt es einen Keller?«, fragte Ben.

Sie stiegen hinab in das Erdgeschoss. Gegenüber dem Badezimmer führte eine Tür zu einer zweiten Treppe. Spärliches Licht fiel auf steile Betonstufen. Unten roch es muffig. Am Ende des Gangs eine Stahltür. Unverschlossen.

Ela zog sie auf und fand einen Drehschalter.

Im Neonlicht erstrahlte ein weiß gefliester Raum. Leer bis auf eine Waschmaschine, einen Schrank mit weißem Plastikfurnier und Wäscheleinen, an denen halb trockene Handtücher hingen.

Ela fielen die Haken auf, an denen die Leinen befestigt waren: fingerdick, die Dübellöcher mit Zement verschmiert. An der Decke entdeckte Ela kleine längliche Flecken – die Wandfarbe roch frisch und hatte die Spritzer nicht vollständig überdeckt.

Engel streifte Einweghandschuhe über und rüttelte an der Schranktür.

Sie klemmte, schließlich gab sie nach. Ketten rasselten heraus. Auf dem Boden des Kastens lagen Beile verschiedener Form und Größe. Engel zog eine Schublade auf: Zangen, Messer, Skalpelle und Handschellen. In einer zweiten häuften sich Kondomschachteln, Kerzen und Feuerzeuge. Die dritte Lade:

feinere Ketten, Klemmen und Gewichte sowie Glasflaschen mit klaren Flüssigkeiten.

»Mein Gott«, entfuhr es Ela.

Engel sagte: »Lass uns das Spurenbild nicht noch mehr verändern.«

Schweigend nahmen sie den Weg ins Freie. Die Garage: auch das Tor zum Wellblechschuppen war unverschlossen. Ela fand, dass diese Nachlässigkeit nicht zu einem mehrfachen Mörder passte.

Sie zogen die beiden Flügel auf und erblickten einen alten Ford Granada Kombi. Die Fenster im Heck waren mit dunkler Folie abgeklebt. Ela öffnete die Klappe.

Führing hatte den Rücksitz ausgebaut. Ein Hundegitter hinter den Vordersitzen trennte den Heckraum ab.

Es gibt hier keinen Köter, ging es Ela durch den Kopf.

Sie ließ die Klappe ins Schloss fallen. Die Untersuchung des Wageninneren war Sache der Kriminaltechniker.

»Was jetzt?«, wollte Ela wissen. »Wollen wir Verstärkung anfordern?«

»Wenn er hier ein koloriertes Einsatzfahrzeug sieht, ist er gewarnt. Nein, wir warten auf ihn. Die Handtücher im Waschkeller waren noch feucht, also ist er nicht verreist. Und ohne Auto kann er nicht weit sein.«

Ela hatte Zweifel. Sie sagte: »Ein paar Häuser weiter habe ich einen Nachbarn in seinem Garten werkeln sehen. Ich hör mich mal um.«

Engel willigte ein und zog sich in Führings Haus zurück, um sich dort auf die Lauer zu legen.

Ela erreichte den Vorgarten mit den Rosenstöcken. Der Mann war verschwunden. Sie kletterte über den niedrigen Gartenzaun und folgte dem Wasserschlauch um ein Haus, das Führings Bude ähnelte.

Dahinter kauerte ein dicklicher Kerl mittleren Alters vor einem Beet, in das er Primeln pflanzte. Er richtete sich auf, als er Ela bemerkte. »Ja, bitte?«

»Wohnen Sie hier?«

»Nein, ich mach hier nur den Garten. Wieso fragen Sie?«

Der Mann trug einen säuberlich gestutzten Vollbart. Seine Faust hielt die Pflanzschaufel fest wie zum Zeichen, dass er sich ungern bei der Arbeit stören ließ.

»Kennen Sie Sascha Führing, der am Ende der Straße wohnt?«

»Nein, tut mir Leid.«

Ela fragte sich, was ihr an dem Mann missfiel. Der lauernde Blick. Die Art, wie er den Griff der kleinen Schaufel umklammerte.

Das Gesicht mit dem kleinen Mund kam ihr bekannt vor.

Der Mann zeigte ein verlegenes Lächeln und machte einen Schritt auf Ela zu. »Wenn Sie wollen, kann ich auch Ihren Garten pflegen. Acht Euro die Stunde, cash in die Täsch. Ist das ein Angebot? Oder haben Sie keinen Garten?«

Eine vage Erinnerung schoss durch Elas Gedanken. Die breiten Wangen. Die schiefe Nase.

Das Phantombild.

Beim Zurückweichen verhedderte sich ihr Fuß in einer Schlaufe des Gartenschlauchs. Ela strauchelte und landete auf ihrem Hintern.

Der massige Kerl kam näher und bot ihr die Linke, als wollte er ihr aufhelfen. In der anderen Hand das Blechding, breit und mit schartigen Kanten.

Ela ließ sich zur Seite rollen, griff unter ihre Jacke und zog die Dienstwaffe aus dem Schulterholster. Sie brüllte: »POLIZEI! LASSEN SIE DIE SCHAUFEL FALLEN!«

Der Dicke blieb wie angewurzelt stehen.

Sie rappelte sich auf und erklärte mit zitternder Stimme: »Sascha Führing, ich nehme Sie fest wegen Mordverdachts!«

»Warum sind Sie nicht in Begleitung?«

»Lassen Sie sofort die Schaufel fallen und nehmen Sie die Hände hoch!«

Der Mann hörte nicht auf sie. Er bewegte sich von ihr weg, begann zu rennen, sprang über die schmale Böschung vor der Terrasse und verschwand durch die offen stehende Glastür im Inneren des Hauses.

Ela verfluchte sich, dass sie nicht geschossen hatte. Und dass sie Handy und Funkgerät im Auto gelassen hatte.

Sie nahm die Verfolgung auf: Ein düsteres Wohnzimmer mit holzvertäfelten Wänden. Getrappel im Flur. Ein Flickenteppich rutschte unter Elas Füßen weg. Sie erreichte eine Kellertreppe. Ela stellte sich dort unten einen weiteren Ausgang vor. Eine Tür und eine Außentreppe, über die der Kerl entwischen wollte.

Sie hastete die Betonstufen hinunter. Ein niedriger Kellerflur, fast gänzlich zugestellt mit Leergutkisten. Am Ende fiel eine Stahltür ins Schloss. Bevor der Kerl einen Schlüssel drehen konnte, war Ela an der Klinke und stemmte sich gegen den Eingang, der überraschend leicht nachgab.

Sie fand einen Schalter, doch keine Lampe reagierte. Aus dem Flur fiel ein matter Lichtschein auf ein Regal mit Weinflaschen und Kisten voller Kaminholz. Während Ela noch versuchte etwas zu erkennen, krachte plötzlich die Stahltür zu.

Völlige Finsternis.

Ela glaubte Führings Anwesenheit zu spüren. Nicht in Panik fallen. Nicht jetzt.

Sie schrie: »GEBEN SIE AUF! ICH SCHIESSE!«

Sie besann sich und bewegte sich so leise wie möglich durch den Raum, um ihrem Gegner keinen Angriffspunkt zu bieten. Spinnweben streiften ihr Gesicht. Sie strebte zu der Stelle zurück, an der sie den Eingang vermutete. Dringend brauchte sie Licht und die Gewissheit, nicht eingesperrt zu sein.

Statt kaltem Stahl berührte sie etwas, das sie als ausrangierten Lampenschirm deutete, brüchigen Stoff und schmierige Troddeln. Sperrige Gestelle, die auf Holzbrettern lagerten.

Ela hielt inne, um zu lauschen. Sie witterte den Körpergeruch des Kerls. Ein leises Scharren ganz in der Nähe. Ela verwarf den Gedanken, einen Warnschuss abzugeben. Querschläger würden sie nur selbst gefährden.

Sie schlich weiter und prallte gegen eine Wand. Sie atmete rascher und konnte nichts gegen die wachsenden Beklemmungen tun.

Plötzlich stieß sie gegen etwas Weiches. Sie duckte sich und wich zurück. Deutlich vernahm sie Führings hektisches Schnaufen. Nach wenigen Schritten rammte sich der Rand einer Kiste in ihre Kniekehlen und sie polterte gegen einen Haufen Holzscheite, den sie beim Hereinkommen bemerkt hatte.

Nun wusste sie, wo sich die Tür befand.

Ela eilte darauf zu. Erneut streifte sie der massige Körper. Eine Hand wischte hart über ihre Brust. Ela stieß sie weg. Führing ließ ein Grunzen hören, nur Zentimeter vor ihrem Gesicht.

Ein schwerer Schlag traf ihre Schulter. Wenn ihr Gegner es mit der Schaufel versucht hatte, dann hatte er sie verfehlt.

Ela schoss in Führings Richtung. Der Blitz des Mündungsfeuers war unerwartet hell.

Der Kerl schrie auf und Ela hörte, dass sein Werkzeug auf den Betonboden schepperte.

Sie schrammte groben Putz, dann fand sie endlich die Tür und riss sie auf. Aus dem Kellergang fiel Licht auf die massige Gestalt, die sich keuchend den Kopf hielt, ganz mit sich selbst beschäftigt. Ela entdeckte weitere Lichtschalter und hämmerte auf sie ein, bis an der Decke die Neonröhren ansprangen und es gleißend hell wurde.

Der Kerl blinzelte. Blut rann über sein Kinn. »Sie haben mich um ein Haar erschossen!«, flennte er.

Ela zielte mit ihrer Dienstwaffe auf Führing und klaubte die Schaufel auf.

Der Feiste befingerte eine Wunde an seiner Wange. Als er das Blut sah, brüllte er auf.

Ela befahl ihm, sich umzudrehen und an der Wand abzustützen. Vorsichtig tastete sie ihn nach weiteren Waffen ab, wurde aber nicht fündig. Erfolglos suchte sie nach etwas, womit sie den Kerl fesseln konnte. Auch ihre Handschellen lagen im Dienstwagen.

Schließlich beschloss sie, den Kerl mit ihrer Pistole nach oben zu dirigieren. Mit lauten Befehlen, die ihre Angst kaschieren sollten, trieb sie ihn auf der Straße vor sich her. Sie ignorierte die bewegten Gardinen an den Fenstern links und rechts. Noch immer wollte sich ihr Puls nicht beruhigen.

Engel kam ihnen entgegengelaufen. »War das ein Schuss?«

»Hat ihn nur gestreift«, antwortete sie.

Ihr Chef drehte Führing einen Arm auf den Rücken und schaffte ihn zum Omega. Ela holte die Fangeisen aus dem Handschuhfach.

Der Feiste sagte leise: »Im Grunde bin ich froh, dass es vorbei ist. Da war immer wieder dieser Drang. Er war einfach mächtiger als ich. Es tut mir Leid, das müssen Sie mir glauben.«

Engel schob Führing auf den Rücksitz und drückte die Tür zu. Ela spürte, wie ihre Knie weich wurden.

Ihr Chef nahm sie in den Arm. Ela ließ die Tränen laufen. Wenigstens warf ihr der Lange nicht vor, dass sie sich in Gefahr gebracht hatte.

»Kannst du fahren?«, fragte er.

Sie nickte und war froh, nicht neben Führing sitzen zu müssen.

40.

Auf Höhe des Messegeländes begann May Ausschau zu halten. Vor ihm ragten Kräne auf – wo einst im Rheinstadion die Fortuna spielte, entstand mithilfe öffentlicher Subventionen eine Multifunktionsarena, wie sie fast jede Großstadt im Umkreis bereits besaß. May rollte weiter den Rhein entlang. Sein Blick musterte die Parkbuchten am Straßenrand. Schließlich entdeckte er den Porsche mit dem Krefelder Kennzeichen.

Johanna begrüßte ihn mit einem Wangenkuss. Nur hingehaucht, aber May fühlte sich wohl dabei. Sie holte eine Wolldecke und einen geräumigen Korb vom Beifahrersitz. Er half ihr beim Tragen.

Am sandigen Ufer breitete May die Decke aus. Johanna entnahm dem Korb diverse Leckereien, die sie auf zwei große Teller schaufelte: Pastete, Salami, getrocknete Tomaten, Oliven und Käse, Artischocken in Öl.

May sagte: »Woher wussten Sie, dass ich Hunger habe?«

Lächelnd reichte sie ihm eine Rotweinflasche und einen Korkenzieher. In feinen Kreisen galt also noch die alte Schule, dachte May – Entkorken als Männersache.

Die Sonne ließ sich unter dem Rand eines Wolkenschleiers blicken, der sich zusehends rosiger färbte. »Was habe ich versprochen?« Die Stieftochter des Stahlhändlers hielt ihm die Gläser zum Einschenken hin. »Oder sind Sie noch im Dienst?«

May begutachtete das Etikett: *Rosso de Montalcino.* »Jetzt nicht mehr, würde ich sagen.« Sie stießen an.

Die Ärztin zog die Beine an und umarmte die Knie. »Was haben Sie herausbekommen?«

»Dass Sie einen guten Geschmack haben, was Wein und Pastete anbelangt, aber bei Männern noch auf der Suche sind.«

Sie zwinkerte ihm belustigt zu. »Was noch?«

»Dass Ihr Stiefvater eigens für seine Freundin eine Filmfirma gekauft hat. Dass Ihre Mutter immer noch an Angermund hängt. Und dass Ihr Halbbruder vernutet, ich sei in Sie verliebt.«

»Tatsächlich?«

»Thomas glaubt, das Leben zu kennen, zieht sich aber gern in erfundene Welten zurück. Kaum zu glauben, dass er sich mal als Rennfahrer versucht hat.«

»Wenn Sie wüssten, was Tom schon alles ausprobiert hat. Angermund ist ihm gegenüber stets großzügig gewesen.«

»Wahrscheinlich hat Ihr Bruder die Gokart-Rennen aufgegeben, *weil* ihn sein Vater gefördert hat. Und aus dem gleichen Grund wird er bald auch die Filmfirma verlassen. Er will nicht bevormundet werden. Vielleicht sollten Sie mal mit Ihrem Stiefvater darüber reden.«

Johanna säbelte eine Scheibe vom Brot, legte Salami darauf und hielt sie May vor die Nase. Beim Zubeißen ergriff er ihre Hand und hielt sie länger als nötig.

»Wollen wir uns nicht duzen?«, fragte Johanna.

»Ich heiße Felix.«

»Der Glückliche?«

»Was nicht ist, kann ja noch werden.«

Sie stießen wieder an. Dann plauderten sie darüber, wie es war, in Krefeld zu wohnen, und warum man Polizist wurde. Als sie satt waren, packten sie die Reste in den Korb. May fegte Krümel von der Decke und überlegte, ob er die Initiative ergreifen sollte. Doch es war Johanna, die plötzlich seinen Nacken umfasste, ihm in die Augen sah und ihn zu sich heranzog.

Während sie sich küssten, spürte May, dass ihre Hand unter seine Jacke fuhr, allmählich tiefer glitt und sich zwischen seine Schenkel legte. Zugleich knöpfte er ihre Bluse auf.

»Mir ist kalt«, flüsterte Johanna.

May zog die Lederjacke aus und legte sie um ihre Schultern. Sie drückte ihn auf die Decke und setzte sich auf seinen Schoß. Er war erregt und unsicher zugleich.

Johannas Blick erstarrte. Sie griff an seinem Kopf vorbei und hob etwas auf, das aus seiner Jacke gerutscht war.

Das Foto. Julia.

Die Ärztin warf ihm den Abzug ins Gesicht.

May suchte nach Worten, die sie beruhigen würden.

Johanna sprang auf und schleuderte ihm die Lederjacke entgegen. »Hat sie dich also auch bezirzt?« Ohne eine Antwort abzuwarten, ergriff sie den Korb und ließ ihn sitzen.

May sah zu, wie die Sonne hinter einer Wolkenbank verschwand, die flach auf dem Horizont lag. Der Himmel glühte. Im Sand stand noch die halb volle Weinflasche. May trug sie zum Fluss und schleuderte sie weit hinaus. Dann drückte er einen Kuss auf Julias Bild und zerriss es in kleine Stücke, die er einzeln ins Wasser flattern ließ.

Als der letzte Fetzen außer Sichtweite trieb, wurde May bewusst, wie kalt es geworden war.

Er schüttelte die Decke aus und trug sie zu seinem Focus.

Johannas Porsche war längst weg.

In der Wohnung war es still. May fand Sanders Reisetasche neben dem Schlafsofa. Durch die Balkontür erkannte er den Soldaten, der mit geschlossenen Augen den letzten Amseln zu lauschen schien.

May schaltete die Glotze ein und zappte durch die Programme, bis er an Nachrichtenbildern hängen blieb. Eine Saddam-

Statue wurde umgestürzt, die meisten Umstehenden waren westliche Reporter. Eine Hand voll einheimischer Kids kreischte Parolen, um ins Fernsehen zu kommen.

May holte zwei Flaschen Bier aus dem Kühlschrank und setzte sich hinaus zu Sander. »Wo ist Paula?«, fragte er.

»Hat sich in euer Schlafzimmer zurückgezogen. Ich hab den Eindruck, deine Frau kann mich nicht leiden.«

»Tröste dich, mich auch nicht.«

»Das tut mir Leid.«

May schwieg. Er dachte an Johanna und daran, dass er sie wiedersehen wollte.

Der Soldat sagte: »Vielleicht solltest du zu ihr gehen.«

»Bitte?«

Sanders Daumen wies nach nebenan. »Redet miteinander. Das hilft vielleicht.«

May stemmte die Füße gegen das Geländer und nahm einen langen Schluck. Er fragte: »Glaubst du immer noch, dass Angermund Julia töten ließ? Waffenschmuggel, Geheimdienst, der ganze Scheiß?«

Ein paar Jugendliche krakeelten im Hof, irgendwo lief das Radio eine Spur zu laut.

May fuhr fort: »Julia hat den Kerl nicht für dich ausgeforscht. Du brauchst dir keine Vorwürfe zu machen. Sie hat mit ihm gevögelt, um nicht allein zu sein. Er war in sie verliebt, und das hat ihr gefallen.«

»Ich war nicht da. Das ist schlimm genug.« Sander schwieg eine Weile, dann fragte er: »Du gehörst zu den Ermittlern, Felix. Ich meine, was für einen Eindruck hast du von Julia?«

»Sie war wunderbar. Aber das Leben geht weiter.«

Sie leerten das Bier und trugen die Flaschen hinein. Der junge Soldat streifte die Schuhe ab und streckte sich auf dem umgebauten Sofa aus.

Er bemerkte: »Das Leben ist mir fremd geworden. Weißt du, ich habe Dinge getan, die so weit jenseits von allem sind, was die Leute sich vorstellen können. Manchmal glaube ich, dass mich nichts mehr mit anderen Menschen verbindet.«

May kannte das Gefühl. Seine eigenen Worte. Seit er in eine Neusser Frauenarztpraxis gesprungen war, um einen Unbekannten zu erschießen, geisterten sie ihm ständig durch den Kopf.

41.

Der Donnerstag brachte auffrischenden Westwind und tief hängende Regenwolken. Vorsichtshalber hatte Ela Gummistiefel eingepackt. Sie steuerte den Omega, der den Konvoi anführte. An der Ausfahrt Dormagen verließ sie die A 57, bog mehrfach rechts ab und folgte der Landstraße am nördlichen Rand der Chemiestadt. Vor den eingezäunten Plätzen einer Sportanlage lenkte sie den Wagen auf einen Feldweg. Kurz darauf tauchte der Bahndamm der S-Bahnstrecke Köln–Neuss auf.

»Hier ist es«, sagte der gefesselte Kerl, der neben einem Uniformierten auf der Rückbank saß.

Ela rollte mit dem rechten Vorderrad in den Acker, um die Bahnunterführung nicht zu blockieren. Engel fluchte, als er mit seinen Schuhen in der weichen Erde versank. Ela hievte die Einsatztasche aus dem Kofferraum. Sie streifte die Stiefel über und wies Engel zurück, der ihr die Tasche abnehmen wollte.

Stimmen und Türenschlagen. Die Tatortgruppe war versammelt. Sokomitarbeiter und Kriminaltechniker, dazu der zuständige Staatsanwalt sowie Professor Arend, der Leiter der Rechtsmedizin. Schließlich ein Hundeführer mit seinem Schäferhund, falls sie die Leichen nicht auf Anhieb finden würden. Schweigend erklommen sie den Damm.

Der Festgenommene führte die Prozession an. Entlang der S-Bahnstrecke, die sich allmählich auf das Niveau der umliegenden Felder senkte und in spitzem Winkel auf die Autobahn zuführte. Die Lärmschutzwände minderten den Verkehrslärm kaum. Die Schienen verschwanden in einem Tunnel, der die A 57 unterquerte. Breit genug, um den Fußgängern Platz zu bieten, falls ein Zug entgegenkam. Doch Ela war froh, als sie unbeschadet auf der anderen Seite ins Helle trat.

Zur Linken blickte sie auf einen Baggersee und den schmalen, von Gestrüpp überwucherten Uferstreifen entlang der Autobahntrasse.

Sascha Führing blieb stehen, als wolle er sich das restliche Stück ersparen. Er kratzte seinen penibel gestutzten Bart und machte eine Geste. »Dort liegen sie.«

Ela spürte, wie es in ihrem Magen arbeitete. Sie öffnete die Tasche und verteilte die weißen Overalls. Auch die Kriminaltechniker streiften ihre Schutzkleidung über.

Gespenster auf Leichensuche.

Sie folgten dem Mann aus Zons, der im Lauf der Nacht eine Serie von drei Morden gestanden hatte. Als sei er froh, sich einer Last zu entledigen, hatte er zu Elas und Engels Erstaunen die Täterschaft eingeräumt in Fällen, die man nie mit ihm in Verbindung gebracht hätte. Ein stilles, höfliches Monster.

Führing gab sich auch jetzt hilfsbereit. Er bog Zweige zur Seite, damit Ela passieren konnte. Er wies sie auf Sumpflöcher hin, die sie umrunden mussten. Wenn der pummelige Typ ihr nahe kam, zitterte Ela vor Ekel.

Der Uferstreifen wurde schmaler und steiler. Führing wollte Ela die Hand reichen. Sie ermahnte ihn weiterzugehen. Nach wenigen Schritten gab unter ihren Füßen lose Erde nach. Ela fand Halt an einem Ast und schaffte es, nicht abzurutschen.

Führing blickte sich um und lächelte. Drei Mal hatte der Kerl nach eigenen Angaben den Weg geschafft, jedes Mal dabei eine tote Frau schleppend.

Nach etwa zweihundert Metern weitete sich das Gelände zu einer Halbinsel. Der Untergrund lichtete sich und wurde matschiger. Führing suchte den Boden ab.

Ela musste zweimal hinsehen, bis sie erkannte, dass es Knochen waren, die in einer Pfütze schimmerten. Sie hörte ein Surren – Engel bediente die Videokamera, um den Ausflug zu dokumentieren.

Führing blickte direkt in das Objektiv wie ein Reporter, der sich an die Zuschauer wandte. »Das hier war die Anhalterin, die ich aus Frankfurt mitgenommen habe.«

Ela rekapitulierte das Geständnis. Die Frau aus Hessen war Saschas erstes Opfer gewesen. Zwei Tage nachdem Lydia alias Meike Götz ihn gemeinsam mit ihrer Freundin in die Flucht geschlagen hatte.

Fäulnisgestank umgab den Ort. Ela wusste, dass er nicht von den blanken Knochen des ersten Opfers stammen konnte.

Nur ein Dutzend Schritte weiter stießen sie auf eine weitere Tote, offenbar die letzte, die Führing am Seeufer abgelegt hatte. Der Leichnam war bräunlich verfärbt, die Adern zeichneten sich auf der Haut als schwarzes Netz ab, überlagert von Wunden, die wahrscheinlich von den Messerstichen des Sadisten herrührten.

Mit Schaudern erinnerte sich Ela an das Verhör. Führing hatte behauptet, dass er nach der *inneren Mechanik* seiner Opfer gesucht habe, dabei die Obduktionsaufnahmen nachstellend, die er von Herzog gekauft hatte. Als sei er ein Forscher, nicht ein triebgesteuerter Sadist, der sich an den Verstümmelungen aufgeilte, die er den Frauen zufügte.

Rechtsmediziner Arend schob sich nach vorn, um das Getümmel der Larven in Wunden, Augenhöhlen und Gesichtsöffnungen aus der Nähe zu betrachten. Ein Festtag für den Erfinder der Madenuhr, schätzte Ela.

Fritzi Gerland – nach einem Monat im freien Gelände konnte sie nicht mehr anhand des Fotos aus der Vermisstenakte identifiziert werden. Die Verwesung war zu weit vorangeschritten, die Züge zu entstellt. Die Techniker würden Hautreste von den Fingerkuppen sichern müssen, um die Papillarleisten vergleichen zu können.

Engels Kamera schwenkte vom Opfer auf den Täter. Wieder gab sich Führing mitteilsam: »Das war eine Drogensüchtige. Sie ist für Geld mitgefahren. Beim ersten Mal habe ich ihr nur ein wenig unter die Haut geguckt. Sie hatte sich einen Druck gesetzt und spürte nicht viel. Beim zweiten Mal merkte sie, dass ich die Summe gar nicht besaß, die ich ihr versprochen hatte. Ich musste ihr Chloroform geben, weil sie nicht aufhörte, Theater zu machen.«

Was er danach mit der betäubten Fritzi angestellt hatte, wusste Ela aus der nächtlichen Vernehmung. Führing hatte es bis ins Detail geschildert. Es musste die Erfüllung seiner wildesten Fantasien gewesen sein.

»Niemand vermisst ein solches Mädchen«, bemerkte der Sadist.

»Doch«, widersprach Ela.

Es war ihr ein Rätsel, wie es der Kerl bewerkstelligt hatte, dass ihm sämtliche Opfer bis in sein Haus gefolgt waren. Nach seinen Angaben hatte er sie erst dort chloroformiert und gefesselt. Und warum sollte er in diesem Punkt lügen?

Sie stapften weiter, Führing orientierte sich zur Böschung hin. Oberhalb des Gestrüpps donnerten Lastwagen vorbei. Ela erkannte Leitplanken und eine Notrufsäule. Vor einer knospenden Hecke blieb der Mörder stehen.

Angewidert schreckte Ela zurück – weiße Maden sprangen in Scharen fast meterhoch in die Luft.

Im Unkraut lag ein Skelett, an dem noch schleimige Gewebereste hafteten. Hunderte kleiner Würmer zappelten darin, krümmten sich und schnellten hoch.

»Piophila casei«, bemerkte Arend, seine Brille zurechtrückend. Der Rechtsmediziner war ganz aus dem Häuschen. »Die Larven der Käsefliege. Im Englischen heißt sie *skipper fly.* Das Phänomen war mir bislang nur aus Büchern bekannt.«

Ein wahnwitziger Totentanz. Ela erkannte, dass immer mehr Maden an ihren Hosenbeinen landeten und zuckend am Stoff hingen. Hastig schnipste sie die Viecher ins Gebüsch und verzog sich in die zweite Reihe.

Der Rechtsmediziner fragte: »Drei bis fünf Monate?«

»Es war am zweiten November«, bekannte der Mörder, sichtlich erfreut, dem Wissenschaftler Auskunft geben zu können.

Ela spürte, dass sie frische Luft brauchte, wenn sie nicht in die Sträucher kotzen wollte. Sie wandte sich von den Kollegen ab, die den Ort ausmaßen und fotografierten. Bald geriet sie außer Blickweite und vernahm nur noch gedämpfte Stimmen und das gelegentliche Knacken von Ästen.

Ein Rascheln in unmittelbarer Nähe erschreckte sie. Der

Hundeführer trat aus dem Gebüsch – auf der Suche nach weiteren Opfern, die Führing vielleicht verschwiegen hatte. Sein hechelnder Köter sprang an Ela hoch und ließ ein Winseln hören. Der Uniformierte rief dem Tier Befehle zu und der Schäferhund ließ von Ela ab.

Auf der Wiese vor der S-Bahn-Unterführung holte Engel sie ein. Er sagte: »Diesen Fang verdanken wir deiner Hartnäckigkeit.«

»Ich hab alles falsch gemacht.«

»Hast du nicht. Die Sache in der Gewahrsamszelle werden wir hinbiegen. Wenn alles vorbei ist, sollten wir für ein verlängertes Wochenende am Meer ausspannen. Was meinst du?«

Ela zupfte einen Zweig von Engels Schulter. Schlammspritzer sprenkelten seine Hosenbeine. Sie fühlte sich nicht in der Stimmung für eine Entscheidung.

»Drei Opfer«, sagte sie.

»Er hätte es auf eine größere Zahl gebracht, wenn du ihn nicht gestoppt hättest.«

»Vielleicht.«

Ela dachte an Führings unerfüllte Fantasie, zu der er sich in der Nacht bekannt hatte: einmal ein Herz zu beobachten, wie es aufhören würde zu schlagen.

Den Mord an Julia Sander hatte der Mann aus Zons abgestritten. Ela hielt es plötzlich für möglich, dass der Kerl auch in diesem Punkt die Wahrheit sagte.

42.

»Hallo, Felix«, grüßte Wiesinger ungewöhnlich leutselig, als May im Sokoraum eintraf. Der Dicke streckte ihm einen Umschlag entgegen. »Da. Hat jemand für dich abgegeben.«

Schranz und ein dritter KK-11-Kollege unterbrachen ihr Palaver, als May einen bunten Zettel aus dem Kuvert zog.

Er starrte auf eine Seite aus einem Pornoheft. Eine Frau, die zwei athletischen Schwarzen die Schwänze rieb. Auf ihr Gesicht hatte jemand einen Zeitungsausschnitt geklebt, der Julia zeigte.

Darunter stand in schwer leserlichen Lettern: *Mit dir wird sie das nicht mehr tun. Dass du mich verpfiffen hast, macht die Schlampe nicht lebendig. Das wirst du bereuen, Kameradenschwein!*

May erkannte, dass der Brief von Martini stammte. Was der Kerl ihm androhte, blieb unklar. Offenbar hatte Exinformant Buchmüller doch noch über Shortys Verfehlungen geplaudert.

Dann fiel May auf, dass ihm die drei Mordermittler verstohlene Blicke zuwarfen. Offenbar hatten sie Shortys Schmähbrief geöffnet und lauerten auf seine Reaktion.

»Gibt's was Neues?«, fragte Wiesinger, die Schweinebacke.

»Und selbst?«

Der Dicke sah sich nach seinen Kollegen um. »Eine ganz heiße Kiste«, sagte er schließlich. »Die halbe Soko ist draußen an der A 57 bei Dormagen. Sascha Führing entpuppt sich offenbar als veritabler Serienkiller.«

»Dann hatte eure Chefin also Recht.«

»Ja und nein.«

»Vergiss das Huhn«, warf Schranz ein. »Die Aktion im Gewahrsam wird ein Nachspiel haben. Vermutlich ein Verfahren wegen Körperverletzung im Amt. Das wird ihr den Hals brechen.« Das Telefon klingelte und unterband die Tirade des Ziegenbarts.

Wiesinger nahm den Faden auf. »Und ob Ela in Sachen Nuttenquäler auf der richtigen Spur war, ist auch fraglich. Führing hat alles Mögliche gestanden. Aber ausgerechnet unserer Zuckermaus Julia will er nie begegnet sein.«

May zerriss Umschlag und Collage.

Der Fettwanst nörgelte weiter: »Mit ihrer Folteraktion gegen den Fotohändler aus der Rechtsmedizin hat sich Ela gründlich ins Abseits manövriert. Kaum vorzustellen, dass sie sich als Kommissariatsleiterin halten kann. Bin gespannt, wen man uns als Nächstes vor die Nase setzt.«

Der dritte Kollege brummte: »Sicher wieder ein Huhn.«

Schranz sprach plötzlich laut vernehmbar in den Hörer: »Aber wie stellen Sie sich das vor?«

Alle lauschten. May begriff, dass es der Sokoleiter war, mit dem der Ziegenbart telefonierte.

Schranz verdrehte die Augen. »Haben wir schon. Es ist und bleibt wasserdicht.«

»Engel?«, fragte Wiesinger.

Der Ziegenbart nickte. Kleinlaut sagte er ins Telefon: »Wie Sie meinen.« Dann legte er auf.

»Und?«, wollte der Dicke wissen.

»Er meint ebenfalls, dass der Sadist nichts mit unserem toten Täubchen zu tun hat. Wir sollen Angermund noch einmal unter die Lupe nehmen, das Alibi prüfen et cetera.«

Wiesinger breitete die Arme aus und stöhnte. »Worauf will der Lange nur hinaus? Wir haben jeden Furz dokumentiert, den der Stahlhändler zur Tatzeit von sich gegeben hat. Das Alibi ist echt und nicht von irgendwelchen Geheimdienstleuten erfunden.«

May wurde klar, dass die Kollegen sogar Sanders Verschwörungstheorie nachgegangen waren. Einem plötzlichen Einfall folgend, fragte er: »Hat eigentlich jemand den Burschen aufgetrieben, der im Januar in der Schauspielschule herumhing und von dem sich Julia fotografieren ließ?«

»Mo-Mo-Moritz?«, flötete Schranz und die drei Kripokollegen lachten.

»Erklärt mir, was so lustig ist«, forderte May.

»Moritz Dorau hat sich von selbst gemeldet. Gestern, am Nachmittag, während Kollegin Kaul ihre Stripnummer auf der Rheinkniebrücke abgezogen hat. Wiesinger hat die Aussage des Fotografen aufgenommen.«

Der Dicke grunzte: »Du kannst dir gern die Kassette anhören. Liegt auf Engels Tisch. Aber leg sie danach wieder zurück. Das Band ist noch nicht abgetippt.«

May schnappte sich die Kassette und suchte nach einem Diktiergerät. Im Nebenzimmer fand er seine Ruhe. Er fummelte das Band in den Apparat und drückte auf Start. Der Anfang bestand aus Formalkram. May übersprang die ersten Minuten.

Die eigentliche Aussage kam nur langsam in Fahrt. Moritz Dorau stotterte gewaltig. May erfuhr, dass Dorau eine Fotografenlehre absolviert hatte und sich nach Jobs umsah. Ein schüchterner, stiller Bursche. Er hatte im *Actor's Art* nach Frauen für Shootings gesucht, weil er die Fotos als Arbeitsproben für seine Bewerbungen verwenden wollte.

Julia war sofort einverstanden gewesen. Die Ideen für die Posen stammten von ihr. Der Junge schwärmte von ihrer Schönheit. May hörte zu, wie Wiesinger ihn fragte, ob er in das Mädchen verliebt gewesen sei. Dorau kam aus dem Stottern nicht mehr heraus.

Endlich erkundigte sich der Dicke nach dem MG-Cabrio.

May drehte den Lautstärkeregler des Diktiergeräts auf Anschlag.

S-sie hat sich d-das Auto von ihrer ersten Ga-Ga-Gage beim F-Fernsehen gekauft.

Eine neue Version. Wiesinger hatte nicht nachgehakt.

May brachte die Kassette in den Sokoraum zurück. Inzwischen waren weitere Kollegen eingetroffen und berieten sich. May informierte Schranz, dass er Angermunds Filmproduktionsfirma aufsuchen wollte. *Wild West TV* – Julia war dort bekannt und ein Gerücht dichtete ihr ein Techtelmechtel mit einem der Produzenten an.

Schranz fragte: »Was ist eigentlich mit deinem Partner Martini? Der Kripochef hat ihn aus der Soko geworfen und angeblich sogar vom Dienst suspendiert. Weißt du etwas darüber?«

May tat, als habe er die Frage überhört, und zog die Tür hinter sich zu.

43.

Frithjof Schulz saß in einer Besprechung. May wartete bei der Sekretärin, die der Produzent sich offenbar mit van Baal, dem Geschäftsführer, teilte.

Nach kaum einer Minute ließ Schulz sich blicken und fragte: »Geht es um den Mord an Julia? Wenn wir es kurz machen, schieb ich Sie schnell dazwischen.«

Der Filmfritze war ein kleiner Mann mit wachen Augen und einer kreisrunden Glatze am Hinterkopf. Er trug ein schwarzes Hemd zum gestreiften Anzug und wirkte gehetzt, aber höflich. Ganz der viel beschäftigte Kreative.

May folgte dem Produzenten in ein geräumiges Büro. An den Wänden gerahmte Plakate zu Fernsehserien und Unterhaltungsshows. Neben dem Schreibtisch Umzugskartons. Schulz winkte May an den Besprechungstisch, auf dem Kekse und Salzgebäck angerichtet waren. Er fand unbenutzte Tassen und füllte sie mit Kaffee aus einer Warmhaltekanne.

May fragte: »Hatten Sie ein Verhältnis mit Julia Sander?«

»Ich? Nein.«

»Kennen Sie Michael Angermund?«

»Natürlich. Er hat unseren Laden weitgehend übernommen. *Er* hatte ein Verhältnis mit Julia.«

»Das wissen wir. Kann es sein, dass er eifersüchtig auf Sie war?«

»Wenn Sie mich unter Mordverdacht stellen, dann sagen Sie es mir bitte, damit ich mich anwaltlich beraten lassen kann.«

»Falls Sie belegen können, dass Sie den ganzen Sonntag nicht in der Stadt waren, sind Sie aus dem Schneider.«

»Und ob ich das kann. Ich war mit zwei Mitarbeitern auf der Fernsehmesse in Cannes. Wir hatten Termine im Stundentakt. Die ganze Welt reißt sich um unser neues Format. Eine Kombination aus Kochshow und Quiz.«

»Hatte Julia am Sonntag hier in der Firma zu tun?«

»Bei uns? Nein.«

»Fahren Sie einen Sportwagen, genauer einen MG?«

»Nein, wieso?«

»Haben Sie Julia jemals in einem solchen Auto gesehen?«

»Allerdings.« Der Schwarzkittel lehnte sich zurück und lächelte.

May nahm einen Schluck. Der Kaffee schmeckte abgestanden. »Wann war das?«

»Kurz nach Weihnachten.«

»Kam sie damit zur Firma?«

»Nein. Sie hatte sich bei uns vorgestellt und machte auf alle einen guten Eindruck. Einer unserer freien Mitarbeiter hat es sich danach nicht nehmen lassen, sie nach Hause zu fahren. Thomas Angermund, der Sohn unseres neuen Teilhabers.«

»Der besitzt ein MG-Cabrio?«

Schulz strahlte immer breiter. »Jedenfalls fuhr er es an diesem Tag. Die Sonne schien und es war ungewöhnlich warm für einen Wintertag.«

»Was ist daran so amüsant?«

»Offenbar hatte Julia auch auf ihn einen guten Eindruck gemacht. Und ein paar Wochen später ist sie die Lebensabschnittsgefährtin seines Vaters. Verrückte Welt, nicht wahr?«

Der Producer stand auf, zog einen der Umzugskartons zum Besprechungstisch herüber und begann darin zu wühlen. »Julia hat sich in diesem Auto fotografieren lassen. Es muss davon noch Abzüge geben. Wir haben das Bild zur Illustration eines Treatments verwendet, weil Thomas Angermunds MG ein schicker Oldtimer ist und wir einen Film planen, der in den Sechzigerjahren spielt. Sie trug einen gestreiften Pullover, der ihre Figur sagenhaft zur Geltung brachte. Als ich das Foto sah, musste ich unwillkürlich an Grace Kelly denken.« Er kramte und fluchte. »Ständig wird dieser Umzugstermin verschoben! Wir sitzen seit Wochen auf gepackten Kisten. Und nur weil unser Geldgeber findet, dass sich *Berliner Allee* auf dem Briefkopf besser macht als *Neusser Straße.*«

»Sie ziehen um?«

»Vorerst nicht. Die Bauarbeiten ruhen, weil irgendeine Firma Pleite gemacht hat. Aber Angermund hat eine Mietoption auf die gesamte dritte Etage eines Neubaus in der Innenstadt. Wir hätten den Medienhafen zwar noch schicker gefunden, aber angeblich sind dort die Kosten zu hoch.«

May spürte, dass es in ihm kribbelte.

Berliner Allee, dritte Etage – genau dort hatte er Julia gefunden. Eine Bemerkung aus einer Sokositzung schoss ihm durch den Kopf: *Warum hat der Mörder sie auf dieser Baustelle abgeladen, wozu ging er das Risiko ein?*

Schulz kramte weiter. »Warten Sie, gleich hab ich das Foto.«

»Danke, ich brauche es nicht. Nur eine Frage noch. Will Angermund auch selbst in die neuen Räume einziehen?«

»Natürlich. Er sieht sich schon als Filmmogul. Hoffentlich macht er keinen Rückzieher. Wir müssten die Hälfte unserer geplanten Projekte begraben.«

May atmete tief durch. Das Graffito im Lichtkegel seiner Taschenlampe, nur wenige Meter vom Fundort der Toten entfernt: *Ich bin dein Abgrund und schaue in dich hinein.*

Vater und Sohn – wie gut hatte der eine die Eifersucht auf den anderen überspielt. So getan, als sei alles nur ein Problem der Einmischung in die Berufswahl.

May stürzte aus dem Zimmer und fragte die Sekretärin nach Max Veith.

»Sie meinen unseren Volontär?« Mit weiß lackierten Nägeln tippte sie eine dreistellige Nummer in den Telefonapparat, dann flötete sie: »Ist Max bei euch? – Auf dem Set auch nicht?« Sie drückte den Hörer auf die Gabel. »Ich gebe Ihnen seine Adresse.« Die Sekretärin hackte auf ihre Tastatur ein und lud Dateien auf den Computerbildschirm. Schulz trat aus seinem Büro und sah zu.

»Wer will mich sprechen?«, fragte ein junger Bursche, der plötzlich in der Tür zum Flur stand.

»Da bist du ja!«, antwortete die Vorzimmerfrau. »Die Polizei sucht dich.«

May nahm Veith beiseite. Im Gang vor den Aufzügen fragte er: »Wo waren Sie am Sonntag ab siebzehn Uhr?«

»Warum fragen Sie?«

»Reden Sie schon!«

»Erst bei mir zu Hause, dann in Oberkassel einen Happen essen und schließlich in der *Nachtresidenz* zum Abtanzen. Tommy Angermund kann das bezeugen. Warum wollen Sie das wissen?«

»Sie waren die ganze Zeit zusammen?«

»Von halb sechs bis nachts gegen halb zwei oder so.«

»Sie geben Ihrem Schulfreund ein Alibi, weil er in der Lage ist, Ihnen eine Anstellung zu verschaffen, stimmt's?«

»Das habe ich gar nicht nötig. Den Vertrag hab ich schon letzte Woche klargemacht.«

»Was für einen Eindruck machte Thomas, als Sie sich trafen?«

»Normal.«

»Fährt er ein MG-Cabrio?«

»Letzten Sommer ist er ständig damit rumgegurkt.«

»Und dieses Jahr?«

»Im Januar, als ein paar Tage lang die Sonne schien. Dann kam der Winter zurück und ich hab das Auto bis jetzt nicht mehr gesehen.«

»Was fährt er sonst?«

»Einen Audi TT.«

»Thomas und Julia – war da was?«

»Nein, da war nichts. Tommy ist in dieser Beziehung etwas ... unterentwickelt.«

»Schwul?«

»Nein, aber gegenüber Frauen ist er schrecklich zurückhaltend, wenn's darauf ankommt. Da helfen ihm auch die schicken Autos nicht und all das Geld, mit dem er um sich wirft.«

Einer der Aufzüge klingelte, Leute stiegen aus. May ließ den Volontär stehen und nahm den Lift, um nach unten zu fahren.

Vor dem Sokocomputer brütete er über den Aufzeichnungen der Observationsteams, die in den ersten Stunden nach Entdeckung der Toten die Kreuzung vor der Baustelle nach verdächtigen Fahrzeugen überwacht hatten. Eine schier endlose Aufreihung von Autokennzeichen. Weder sortiert noch nach Haltern ausgewertet.

Wäre es nicht denkbar, dass der Mörder an den Tatort zurückkehrt?

May machte sich an die Arbeit.

Nach einer halben Stunde druckte er eine Liste der Mehrfachnennungen aus. Mit dem Spitzenreiter fütterte er die Datenabfrage.

Ein paar Sekunden, dann flimmerte der Name der Halterin über den Monitor: *Angermund, Marina.*

Ein schwarzer Audi TT Quattro. Zweifellos der Flitzer des verzogenen Sprößlings.

May war bereit zu wetten, dass Schulfreund Justus gelogen hatte. Thomas war nicht bereits um halb sechs bei ihm gewesen, allenfalls irgendwann nach zwanzig Uhr. Und einen normalen Eindruck hatte der Kerl sicher auch nicht gemacht, als er schließlich aufgekreuzt war.

Vermutlich hatte er seinen Freund angefleht, ihm ein Alibi zu verschaffen.

44.

Auf der Fahrt nach Meerbusch-Nierst rekapitulierte er, was er über die Stahlhändlerfamilie wusste. Die Mutter war krank. Der Sohn ein schräger Vogel. Vater Angermund hatte sich aus dem Staub gemacht. Nur Johanna war in Ordnung.

Ihre Wolldecke lag noch in seinem Kofferraum.

Als May auf den Bauernhof zuraste, wurde ihm klar, dass er nichts in der Hand hatte. Nur ein Bündel Vermutungen und das Verlangen nach Wahrheit.

Er parkte rund dreihundert Meter vor dem Ziel in der Einmündung eines Feldwegs. May lief die Schlaglochpiste weiter, weil er annahm, dass ein Abzweig zur Koppel und weiter zum Anwesen führen würde. Nach wenigen Schritten wusste er, dass er richtig getippt hatte.

Johannas Gaul trabte heran und begrüßte ihn mit einem Schnauben. May ignorierte ihn und näherte sich dem Hof.

Zwei schicke Schlitten parkten mitten auf der Kiesfläche: ein Geländewagen, den vermutlich die Mutter benutzte, und der schwarze TT ihres Sohns.

Die Scheune, in der Johanna ihren Porsche beim letzten Mal untergestellt hatte. May schob das Tor ein Stück zur Seite und trat ein. Als sich seine Augen an die Dunkelheit gewöhnt hatten, erblickte er im Hintergrund des Schuppens den MG.

Das Verdeck war verschlossen, die Nummernschilder fehlten. Werkzeug, verschmierte Lappen und eine Autobatterie lagen um den Wagen verstreut, als sei einem Mechaniker plötzlich die Lust vergangen.

Der Oldtimer war ein Prachtstück. Kein Wunder, dass Julia daran einen Narren gefressen hatte.

Der Betonboden wies zahlreiche Flecken auf. Ob sie von Motoröl oder Blut stammten, vermochte May nicht zu unterscheiden. In einer Ecke lagerten Reste von Teppichboden, mit der Unterseite nach außen aufgerollt. May prüfte sie. Dreimal grauer Filz, einmal weinrote Wolle. In einer ähnlichen Rolle war Julia entsorgt worden.

May verließ den Schuppen und umrundete mit pochendem Herzschlag das alte Bauernhaus. Der Glasanbau war menschenleer, nur die Echse im Terrarium verfolgte ihn mit einem Auge.

Er gelangte zur Schwimmhalle und erblickte zum zweiten Mal eine Frau, die aus dem Wasser stieg. May duckte sich hinter einen Strauch. Die Frau wandte ihm den Rücken zu und hüllte ihr Haar in ein Handtuch. Gebannt sah May zu.

Sie massierte eine weiße Lotion in ihr Gesicht und rieb den Hals ein. Sie studierte sich in einem Wandspiegel, dann schrie sie wütend auf und spritzte den restlichen Inhalt der Cremetube gegen die Scheibe.

May sah sie für einen Moment von vorn. Ihm stockte der Atem. Es war Marina Angermund. Statt der Brüste trug sie Narben, die sich bis unter die Achseln zogen.

Johannas Worte: *Es war bösartig, aber nach der Operation glaubten wir, es sei überstanden.*

Die Stahlhändlergattin verschwand im Haus. May konnte die Schwimmhalle passieren, ohne eine Entdeckung befürchten zu müssen. Als er Räder auf Kies knirschen hörte, beschleunigte er seinen Schritt.

Es war Johannas Porsche. May lief der Ärztin entgegen, die ausstieg und mit einer Ledertasche in der Hand auf den Hauseingang zueilte.

»Wir müssen dringend miteinander reden«, sagte er.

»Lass uns in Ruhe, Felix!«

»Ich weiß jetzt, wer das Mädchen ermordet hat.«

»Nichts weißt du. Nichts hast du begriffen.«

Sie schloss auf und rief nach ihrer Mutter. May folgte Johanna ins Haus.

Marina Angermund hatte einen Bademantel übergestreift und saß auf ihrem Lieblingsplatz zwischen Palmen und Bananenstauden. Cremereste verklebten ihre faltige Haut. Sie fragte: »Hast du es besorgen können?«

»Ja, Mama.«

»Selbst im Wasser sind die Schmerzen unerträglich. Was mir der Hausarzt verschreibt, reicht einfach nicht aus.«

»Bald ist es vorbei.«

Die Mutter schob einen Ärmel hoch und hielt Johanna den Arm hin. Erst jetzt erkannte sie May. »Herr Kommissar! Johanna sagt, Sie würden mir nichts tun. Das stimmt doch, oder?«

»Sei still, Mama«, ermahnte die Tochter, suchte nach einer Vene und desinfizierte die Armbeuge. Dann stach sie die Injektionsnadel durch den Verschluss einer Ampulle und zog die Spritze auf. »Gleich wirst du schlafen. Die exakte Dosierung muss ich noch herausfinden.«

Die Stahlhändlergattin nickte. Die Runzeln an ihrem Hals zitterten.

»Morphium?«, fragte May.

Johanna reagierte nicht. Behutsam drückte sie den Inhalt der Spritze in die Vene ihrer Mutter. Danach presste sie einen Wattebausch auf die Armbeuge und kontrollierte den Puls.

Marina Angermunds Augen flatterten. Johanna packte die Füße ihrer Mutter und hob sie auf den Tisch. Die Stahlhändlergattin schlief mit leicht geöffnetem Mund.

»Und jetzt kannst du mich verhaften«, sagte Johanna.

»Dich?«

»Ich gestehe hiermit, dass ich Julia Sander ermordet habe, weil sie meinen Bruder und meine Mutter beleidigt hat. Und weil sie der Versöhnung von Mama mit Angermund im Weg war.«

»Aber du hast doch selbst …«

»Das ist meine Aussage und so werde ich sie vor dem Richter wiederholen.«

Johannas Stiefbruder stand in der Tür. Offenbar hatte er die Szene schon eine Weile verfolgt. May rief ihm zu: »Das kannst du nicht zulassen!«

Thomas Angermund schwieg.

Die Ärztin erklärte: »Julia Sander hat Tom wie den letzten Dreck behandelt, nur weil der alte MG nicht fahrtüchtig war. Und schließlich hat sie unsere kranke Mama verspottet und verhöhnt.«

May sagte: »Du kannst nicht für deine Mutter in den Knast gehen.«

»Doch, das kann ich. Sie hat genug zu leiden für den Rest ihres Lebens. Und wenn Mama tot ist, werde ich mir einen Anwalt nehmen. Ich kenne mich damit nicht aus, aber vielleicht lässt sich dann alles noch einmal aufrollen.«

»Hast *du* deiner Mutter geholfen, die Leiche wegzuschaffen?«

Johannas Blick bohrte sich in seinen. May spürte ihre Entschlossenheit. Sie sagte: »Ich war es ganz allein.«

»Warum die Baustelle?«

»Damit Angermund begreift, dass er Mama nicht hätte verlassen dürfen. Dass er die Schuld an allem trägt.«

»Es war die Idee deiner Mutter, stimmt's? Du hast ihr geholfen, weil sie dir Leid tut. Du bist keine Mörderin, Johanna, und du hast das Opfer nicht allein zur Baustelle geschleppt. Eine Zeugin hat zu Protokoll gegeben, dass es zwei Personen waren.«

»Dann muss sich diese Zeugin eben irren.«

May wandte sich noch einmal an Thomas. »Du hast den Spruch an die Wand gesprüht!«

»Und wenn schon. Ich hab die Frau nicht erstochen.«

»Aber du weißt genau, was passiert ist. Willst du wirklich zusehen, wie deine Schwester ihr Leben zerstört?«

»Thomas!«, rief die Ärztin.

Der picklige Junge senkte den Blick.

Johanna wiederholte: »Verhafte mich, Felix. Und schwör mir, dass du Mama ein für alle Mal in Ruhe lässt.«

»Warum?«

»Eine Weile hatte ich die Illusion, es könnte anders enden. Aber dann habe ich begriffen, dass dir die Lösung des Falls über alles geht. Du konntest nicht aufhören, uns zu verfolgen. Das tote Mädchen ist stärker als ich.«

»Das ist nicht wahr, Johanna!«, widersprach May, doch die junge Ärztin beachtete ihn nicht mehr.

Sie hielt die Hand ihrer schlafenden Mutter und streichelte über die schlaffen Wangen. Sie begann das alte Lied von Prince zu singen und May fror trotz der Hitze in diesem Glaskasten.

I'll never beat you, I'll never lie. And if you're evil I'll forgive you by and by. You, I would die for you.

EPILOG

Im Oktober fuhr Alex Vogel zum zweiten Mal die Piste entlang, die sich in die Gebirgswüste des Hindukusch schraubte. Obwohl acht Monate seit jenen Ereignissen vergangen waren, wirkte die Erinnerung an die Minuten des Verschüttetseins und an das Rumoren der Erde unter dem Bombardement der Kampfflugzeuge frisch und beklemmend. Sie hatten sein Leben gründlich verändert.

Sand knirschte zwischen Vogels Zähnen und der Rücken schmerzte, aber noch nie während seiner Zeit als freischaffender Reporter war er so gespannt darauf gewesen, was ihm bevorstand.

Lima, seine frühere Übersetzerin vom UN Drug Control Program, hatte familiäre Probleme vorgetäuscht und ihm einen Kollegen vermittelt. Auch der Fahrer war ein anderer. Vogel hatte den beiden Afghanen doppeltes Honorar versprechen und einen Gutteil seiner Reisespesen als Vorschuss hinblättern müssen. Und er war ohne Fotograf unterwegs. Er solle die Bilder selbst knipsen, hatte der Auslandschef der Hamburger Illustrierten erklärt, dieser junge Schnösel, der Vogel nach seiner letzten Afghanistanreportage in den höchsten Himmel gelobt hatte und nun nur mühsam von der Notwendigkeit einer Fortsetzung zu überzeugen gewesen war. Zu teuer, zu weit weg und zu gefährlich – so hatten die Einwände gelautet.

Der Reporter schätzte, dass sie sich nun auf etwa dreieinhalbtausend Metern Höhe bewegten. Ein Niveau, das die Hubschrauber der alliierten Truppen nach Möglichkeit mieden. Zu viele Abstürze hatten die russischen Militärs zu ihren Kriegszeiten hier erleben müssen. Die Turbinen der Mi-8 hatten nicht genügend Sauerstoff ansaugen können und das, obwohl die Maschinen für Gebirgsflüge konstruiert gewesen waren. Selbst die Nordallianz hatte in dieser Region schlechte Erfahrungen gemacht.

Die letzte Nacht hatten Vogel und seine Begleiter im Dorf der Mohnbauern verbracht. Hamdullah Tareq, der Älteste, hatte den Reporter wieder erkannt und in sein neues Haus gebeten. Der Alte war voll des Lobes auf den *Weißen Warlord* gewesen. Seine Söhne hatten Vogel noch in der Abenddämmerung die auferstandene Siedlung vorgeführt: Betonhäuser mit Bunkern, Generatoren, Satellitenschüsseln und etwas abseits eine Flugabwehrstellung mit Raketen und Geschützen. Überall dudelten Radios und quasselten Fernsehgeräte – Wohlstand im Vorposten der autonomen Region.

Ein Landcruiser rumpelte ihnen entgegen. Junge Kerle mit Turbanen schwenkten zum Gruß ihre Sturmgewehre. Dass sie seinen Wagen nicht stoppten, wertete Vogel als Anzeichen, dass sein Kommen erwartet wurde.

In Kabul hatte man ihn tagelang aufgehalten. Gespräche mit Offiziellen und Vertretern der ISAF-Schutztruppe, Verhöre durch Agenten des BND und des deutschen Militärgeheimdienstes. Erst nach Rücksprache mit der Redaktion in Hamburg hatte man ihn für sauber erklärt und ihm gestattet, Satellitentelefon, Laptop und Kameraausrüstung mit ins Gebirge zu nehmen. Er war nun im Auftrag zweier Herrn unterwegs, des *Stern* und des Zentrums für Nachrichtenwesen der Bundeswehr.

Sein Fahrer rief ihm etwas zu und Vogel erspähte einen graubraun lackierten Mercedes-Jeep, der auf der Kuppe vor ihnen den Pass blockierte. ›Wolf‹ nannte die Bundeswehr solche Fahrzeuge und Vogel wusste, dass es nicht mehr weit bis zu seinem Ziel sein würde.

Ein langer Kerl sprang vom Jeep und grüßte mit ausgestreckter Hand. Obwohl die Sonne sein Gesicht wie das eines Einheimischen gebräunt hatte und er die Kleidung der Bergbewohner trug, erkannte Vogel den ehemaligen KSK-Mann. Der kahl rasierte Schädel des jungen Manns und die Selbstgedrehte im Mundwinkel waren unverwechselbar.

»Hallo, Locke«, sagte Vogel.

Der Bursche zog an seiner Fluppe und antwortete mit gleichmütiger Stimme: »Steigen Sie bei mir ein. Ihre Leute müssen leider in einem anderen Dorf kampieren. Zu oft haben Spione versucht in das Lager einzudringen. Ich bringe Sie hin. Sie werden eine Stunde Zeit haben.«

Lockes afghanische Begleiter tasteten Vogel nach Waffen ab. Sie begutachteten die Nikon und das aufgepflanzte Zoomobjektiv. Sie durchstöberten sein Gepäck und lachten über den Mini-Teddybär – seine Tochter hatte ihm das Plüschtier als Maskottchen mitgegeben.

Die beiden Giftkapseln, die ihm die Geheimdienstoffiziere angedreht hatten, fanden sie nicht.

Der Auftrag der Agenten hatte einen Beiklang von historischer Mission: Es liege in seiner Hand, ein Drogenimperium auszuschalten, dessen Produktion fast den gesamten europäischen Heroinhandel versorge und das als Staat im Staat den demokratischen Aufbau des geschundenen Landes im Zentrum Asiens blockiere. Peinlicherweise geführt von einem Deutschen.

Den Waffenschmuggel, der nach Vogels Vermutung die Grundlage des Imperiums bildete, hatten die Agenten nicht erwähnt. Zu tief saß die Schmach des Skandals, der in den letzten Wochen Stück für Stück ans Tageslicht gelangt war und in Deutschland für wachsende Empörung sorgte. Nur weil Vogel dem *Stern* in Aussicht gestellt hatte, auch ins geheime Herz dieser Machenschaften vorzustoßen, hatte ihm der Redaktionsschnösel im Joop-Anzug schließlich grünes Licht gegeben.

Auch die Geheimdienstleute der Bundeswehr setzten nach anfänglichem Zweifel ihre Hoffnung in Vogel – aus ganz anderen Motiven: *Geben Sie die Kapseln in ein Getränk. Sie lösen sich sofort auf. Man kann sie weder riechen noch schmecken. Notfalls genügt eine davon. Er wird tot sein, bevor er etwas merkt.*

Vom Journalisten zum Killer – ein seltsames Gefühl. Schlappe einhunderttausend Euro hatte er den Agenten als Lohn aus dem Kreuz geleiert, zahlbar bei Rückkehr nach Kabul. Kein schlechtes Zubrot für einen Freelancer, fand Vogel. Der Gedanke daran machte ihn fast kirre.

Der Geländewagen rumpelte einen Pfad entlang, der in ein enges Tal führte. Zunächst ging es steil bergab, dann umrundeten sie eine zerklüftete Felsformation. Dahinter erblickte Vogel das Lager.

Die angebliche Zentrale eines Drogenimperiums hatte er sich anders vorgestellt. Statt einer mächtigen Bergfestung duckten sich an die zwanzig Zelte und Hütten unter Tarnnetzen an eine Felswand.

Sie stoppten auf einem kleinen Platz. Der Kahlkopf führte Vogel zu einer Baracke. Davor hockten zwei Schwerbewaffnete beim Brettspiel und würdigten den Reporter kaum eines Blicks. Locke nickte Vogel aufmunternd zu.

Er trat ein. Kühle Luft und elektrisches Licht. Ein süßlicher Tabakgeruch, der vermutlich von Haschisch herrührte. Ein bärtiger Mann an einem Klapptisch voller elektronischer Geräte.

Er trug Bundeswehrklamotten und die weiße Kappe der Islamgelehrten. Aber der Mann war jung und ein Europäer.

Als der Bursche aufstand und näher kam, erkannte Vogel den *Weißen Warlord.*

»Sie sind also tatsächlich zurückgekehrt«, stellte der Reporter fest. Er starrte auf die Tätowierung, die den Hals des Mannes verunzierte. Stacheldraht mit Blutstropfen – als habe der junge Kerl mit der zivilisierten Welt abgeschlossen.

»Je wütender ich wurde, desto klarer sah ich«, antwortete Tim Sander. »Diese Berge sind das Auge des Tornados. Ringsum explodiert die Welt, aber hier leben Menschen, die davon nicht taub geworden sind.«

Vogel hielt das für hohles Pathos. Auf seinem Weg hatte er nur primitive Bergbauern und bewaffnete Milizen getroffen. Wenn es im Hindukusch Wohlstand gab, dann gründete er auf Gewalt und Drogenhandel.

Aber er widersprach nicht, sondern fragte: »Wissen Sie, dass man Sie in Kabul den *Weißen Warlord* nennt?«

»Die Leute dort brauchen keine Angst vor mir zu haben. Wir werden sie in Ruhe lassen.«

»Bundeswehr, BND, alle haben eine Höllenangst. Weniger davor, dass Sie die Mohnbauern organisieren, als davor, was Sie über deren eigene Machenschaften ans Tageslicht bringen könnten.«

»Dafür müssen Sie in Deutschland recherchieren. Dort wurden die G3-Gewehre gestohlen. Dorthin wird das Heroin verkauft.«

Vogel nickte wieder, ohne überzeugt zu sein. Er wies auf die Kommunikationsgeräte. »Haben Sie noch Kontakt zu daheim?«

»Daheim. Ein schönes Wort, wenn man daran glaubt.«

»Freunde, gutes Essen, die gemäßigte Klimazone. Zurzeit sind die Wälder bunt. Wollen Sie behaupten, Sie hätten alles hinter sich gelassen? Empfinden Sie keine Sehnsucht?«

»Ab und zu telefoniere ich mit einem Polizisten in Düsseldorf. Er meint ebenfalls, ich sei zu jung, um mich zu verkriechen.«

»Da hat er zweifellos Recht.« Dem Reporter fiel ein, dass er den Jungen später bitten musste, vor dem Tisch mit all den Apparaten zu posieren. Er stellte sich vor, dass das Blatt ihm eine Strecke von mindestens fünf Doppelseiten einräumen würde. Falls das Material dafür taugte.

Vogel blickte sich um. Nichts Persönliches, das ein Bildmotiv bot. Eine Landkarte an einer Wand, zwei Perücken an der anderen. Er trat näher und entdeckte dunkle lederartige Fetzen an den Rändern der Haarschöpfe, auf die er sich keinen Reim machen konnte.

»Laurel und Hardy«, sagte Sander.

Vogel spürte, wie ein kaltes Kribbeln durch seinen Körper lief. Seine Hand fuhr in die Jackentasche und begann mit der Filmdose zu spielen, in der die beiden Kapseln versteckt waren.

Sander nahm ihn beim Arm und führte ihn zur Tür. »Ich merke, dass Ihnen nicht wohl ist. Lassen Sie uns an die frische Luft gehen.«

Vorbei an parkenden Jeeps und brummenden Generatoren verließen sie das Lager. Vogel erspähte Höhlen, die in den Felsen gesprengt worden waren und offenbar als Lagerräume für Waffen und Vorräte dienten. Der Weg führte weiter bergab bis zu einer Klippe. Darunter gab das Tal einen atemberaubenden Blick auf eine Ebene frei.

Sander hockte sich auf einen Felsbrocken. »Fast so gut wie bunte Wälder, nicht wahr?«

»Wer waren Laurel und Hardy?«

»Zwei Schlapphüte des Zentrums für Nachrichtenwesen, die in Bagram beim Kommando Spezialkräfte arbeiteten. Nicht dick und doof, sondern dumm und gierig. Sie haben mehrfach versucht mich zu töten.«

Vogel bat den *Weißen Warlord* darum, ein Foto machen zu dürfen. Der ehemalige Kommandosoldat protestierte nicht. Der Reporter drückte ein paarmal den Auslöser.

Seine Geschichte als Titel des *Stern* – ein Traum rückte zum Greifen nahe.

Dann gesellte er sich zu Sander auf den Felsen und ließ die Beine baumeln. In seinem Schädel schwirrte ein Bündel von Ideen und Eindrücken. Er musste seine Aufträge sortieren und taktisch klug vorgehen.

Sander fragte: »Sehen Sie die Felder dort unten? Noch vor ein paar Wochen lag alles brach, weil der Anbau sich nicht lohnte. Regelmäßig überfielen Milizionäre aus Faizabad die Dörfer, um Schutzgeld zu kassieren. Nun wächst dort Getreide, nicht Mohn.«

»Wie haben Sie das alles geschafft?«

»Ich? Was meinen Sie?«

Schritte knirschten, Vogel fuhr herum. Zwei Frauen kamen den Weg entlang. Sie trugen Thermoskannen und Schalen voller Melonenstücke, die sie vor den beiden Männern abstellten. Die ältere von ihnen goss grünen Tee in die Becher. Sie machte ein Witzchen auf Dari, das Sander offenbar verstand. Auf ihrem Rücken baumelte ein Gewehr.

»Das alles«, antwortete Vogel schließlich. »Die autonome Region. Der Staat im Staat. Ihre Stellung als König der Heroinbauern.«

»Das sind Etiketten, die man mir in Kabul gibt. Wenn die Amerikaner etwas gegen mich hätten, käme wahrscheinlich noch der internationale Terrorismus hinzu. Dabei habe ich nur das, was eine Bande von Warlords, korrupten Soldaten und Unternehmern aus Deutschland an sich rissen, den Leuten hier zurückgegeben. Zucker?«

Vogel schüttelte den Kopf. Sander bediente sich und rührte um.

»Laurel und Hardy – musste das sein?« Der Reporter überlegte, wie ein Foto der Skalps auf die öffentliche Meinung in Deutschland wirken würde. Nicht günstig, schätzte er.

»Sie waren der Stachel in meinem alten Leben. Jetzt bin ich frei und mit mir im Reinen.«

Aus dem Tal drang ein leises Brummen herauf. Sander trat an den Rand der Klippe, um nachzusehen. Vogel war klar, dass dies die Möglichkeit war, ihm das Gift in den Tee zu geben.

Aber das Bild, das sich bot, war zu perfekt. Er griff nach seiner Nikon und knipste, bis die erste Filmrolle voll war.

Der *Weiße Warlord* mit den Augen am Fernglas. Mit dem Satellitenhandy vor der grandiosen Kulisse des Hindukusch. Schade nur, dass Sander ein Käppi und Vollbart trug wie ein Fundamentalist.

Der Exsoldat kehrte zurück. »Was haben Ihnen die deutschen Agenten sonst noch weismachen wollen?«

»Für die sind Sie ein Staatsfeind.«

»Und für Sie?«

»Ich weiß es noch nicht.«

»Sagen Sie frei Ihre Meinung. Wir sind auf dem Dach der Welt. Im Auge des Tornados. Spüren Sie die Ruhe? Wo sonst wäre der Ort der Ehrlichkeit, wenn nicht hier?«

Vogel legte einen neuen Film ein.

»Und?«, fragte Sander.

»Für mich sind Sie ein Verrückter, der einen wunderbaren Reportagestoff abgibt. Nicht mehr und nicht weniger. Nur wäre es vorteilhaft, wenn Sie sich rasieren würden.«

»Vorteilhaft für Sie oder mich?«

»Für uns beide.«

»Ich werde darüber nachdenken.«

»Heißt das, dass ich noch etwas bleiben kann?«

»So lange Sie wollen. Aber ich warne Sie. Es könnte sein, dass Sie Gefallen an diesem Leben finden.«

»Das glaube ich kaum.«

»Habe ich Ihnen von dem Polizisten in Deutschland erzählt, den ich ab und zu anrufe? Er steckt mitten im Prozess gegen die Mörder meiner Frau. Ich habe ihm erklärt, dass mich der Mord nicht mehr kümmert. Dass ich hier den Frieden gefunden habe. Dieses Tal hier und die Berge sind wie Julia für mich. Schön, unschuldig und arglos. Zuerst wollte er mir das nicht glauben.«

Vogel schlürfte seinen Tee. Er war frisch gebrüht und nicht so bitter, wie er befürchtet hatte. Der *Weiße Warlord* begann Melone zu essen und der Reporter tat es ihm nach.

Er fasste den Entschluss, die Skalps nicht abzulichten und den Lesern zu verschweigen, wie durchgeknallt dieser Typ war.

Mit den richtigen Aufnahmen konnte er den Jungen zum Helden stilisieren. Der *Weiße Warlord* als Friedensstifter. Aus Trauer um seine tote Frau kehrt er nach Afghanistan zurück und rettet Bergbauern vor marodierenden Milizen, effektiver als Schutztruppen und Spezialeinheiten zusammen – Material für eine erstklassige Titelstory, vielleicht nicht nur im *Stern.* Vogel sah sich bereits als Kriegskenner und Asienexperte: Talkshows, Bücher, Lehraufträge.

»Und wissen Sie was?«, fügte Sander zwischen zwei Melonenhappen hinzu. »Gestern meinte mein Freund, dass er sich vorstellen könnte, eine Weile seine Zeit hier zu verbringen. Er sagte, das Leben käme ihm manchmal ganz verdreht vor. Ich kenne das Gefühl.«

Vogel hörte nicht hin. Er kramte die Dose mit den beiden Kapseln aus der Tasche, schleuderte das Gift über die Klippe und steckte stattdessen den vollen Film hinein. In Gedanken zählte er die Rollen, die noch unbelichtet waren. Es würde reichen.

Danksagung

Zahlreiche Helfer haben mich bei den Recherchen unterstützt. Ohne sie wäre der Roman nicht zu Stande gekommen.

Mein ganz besonderer Dank gilt Christian F. Trippe in Berlin für seine Unterstützung in Sachen Afghanistan und russische Armee, Uwe Schlewinski und Maciek Espa für das Miterleben des Alltags im Einsatztrupp der Düsseldorfer Altstadtwache, Hermann Gläser in Mainz für seinen kriminalistischen Rat, Elke Schönwald in Nürnberg für Tipps zum Opferschutz, Achim Rode für seine Schilderung der SEK-Arbeit sowie der Erholung davon in der Mettnau-Kur in Radolfzell und schließlich Lutz Smits vom gleichnamigen Blumengeschäft für Einblicke in die Welt der Orchideen und Toskanazypressen.

Ich danke meinen Freunden und Helfern Klaus Dönecke und Jörn Weber für ihre Geduld, wann immer ich sie mit Fragen rund um die ›Festung‹ löchere. Bereits zum siebten Mal standen mir meine Frau Kathie und mein Bruder Klaus als kritische Begleiter zur Seite – ich stehe tief in eurer Schuld!

Und auch wenn sie behauptet, sie tue nur ihren Job: Meiner Lektorin Ulrike Rodi gelingt es mit ihrem Gespür und ihrer Sorgfalt, aus einem guten Buch ein noch besseres zu machen. An sie und das Grafit-Team ein besonderes Dankeschön – und im zehnten Jahr unserer Zusammenarbeit darf Ulrike es mir nicht verbieten, das an dieser Stelle zu erwähnen.

Sollte der Roman trotz der großartigen Unterstützung noch Fehler enthalten, sind diese ausschließlich auf meinem Mist gewachsen.

Krimis von Horst Eckert

Ausgezählt
ISBN 3-89425-265-0
Bei einer Routinekontrolle erschießt ein Autofahrer einen Polizisten und verletzt dessen Kollegen schwer. Noch zwei weitere Männer fallen dem Amokfahrer zum Opfer, bis er später tot in seinem Auto gefunden wird. Selbstmord – scheint es. Eine Polizeiaffäre nimmt ihren Anfang.

Die Zwillingsfalle
ISBN 3-89425-238-3
Ausgezeichnet mit dem ›Glauser 2001‹
Ein sechsfacher Mord in der Sauna eines Fitnesscenters bringt nicht nur die umstrittene Sokoleiterin Ela Bach ins Schwitzen. Auch die Kommissare Köster und Zander kochen ihr eigenes Süppchen.

Finstere Seelen
ISBN 3-89425-218-9
Ist der ›Kannibale‹ nach 11 Jahren wieder aktiv geworden? Gibt es einen Trittbrettfahrer? Ein komplexer Fall voller Emotionen für die Mordermittler vom KK 11.

Aufgeputscht
ISBN 3-89425-078-X
Ausgezeichnet mit dem ›Marlowe 1998‹
Drei Kommissare - ein Wettlauf um Karriere und Geld, drei Fälle, die zu einem einzigen verschmelzen, erzählt auf die harte amerikanische Art.

Bittere Delikatessen
ISBN 3-89425-059-3
Feinkostkönig Fabian wird niedergestochen; die Bluttat ist für die Medien ein gefundenes Fressen. Kommissar Engel gerät unter Druck - getrieben von Publicitysucht, gefordert vom Chef, angefeindet von Kollegen, angezogen von einer schönen Verdächtigen.

Annas Erbe
ISBN 3-89425-053-4
»Eine spannende, geheimnisumwitterte Geschichte, ... bitterböse Quasi-Enthüllungen über Filz, Korruption und Sittenpolizei, ein bißchen Liebe - und eine gekonnte Schreibe. ... ein vielversprechendes Debüt.« (Überblick)

grafit

Krimis von Leenders/Bay/Leenders

Königsschießen
Der erste Krimi mit dem Klever K 1 ISBN 3-89425-029-1
»Das feucht-fröhliche Schützenfest in einem Dorf am Niederrhein endet jäh mit dem Mord am allseits beliebten Bäcker.« (Wiesbadener Kurier)

Belsazars Ende
Der zweite Krimi mit dem Klever K 1 ISBN 3-89425-037-2
Das tote Genie liebte schöne Lolitas, die Honoratioren lieben große Feste, und Astrid Steendijk liebt es spontan und intensiv.

Jenseits von Uedem
Der dritte Krimi mit dem Klever K 1 ISBN 3-89425-045-3
Ein toter Privatdetektiv, abgeschlachtete Zuchthengste und weitere rätselhafte Todesfälle führen Toppe bis weit hinter Uedem.

Feine Milde
Der vierte Krimi mit dem Klever K 1 ISBN 3-89425-057-7
Zwei tote Säuglinge in einem Kleinlaster und ein überfahrener Kripo-Mann.

Clara!
Der fünfte Krimi mit dem Klever K 1 ISBN 3-89425-071-2
Wasserleiche, religiöser Wahn und Toppes Wohngemeinschaft, - und alles dreht sich um Clara.

Eulenspiegel
Der sechste Krimi mit dem Klever K 1 ISBN 3-89425-210-3
Das K 1wird vernetzte Musterbehörde, und ein irrer Attentäter metzelt mit offensichtlich sexuellem Hintergrund.

Ackermann tanzt
Der siebte Krimi mit dem Klever K 1 ISBN 3-89425-225-1
Scheunenfeste, eine rätselhafte Ordnertruppe und Einbrüche, die der Polizei vorab gemeldet werden. Da muss Ackermann tanzen gehen ...

Die Schatten schlafen nur
Der achte Krimi mit dem Klever K 1 ISBN 3-89425-244-8
Nierswalde, die neue Heimat für Vertriebene, wird 50 Jahre später zum Alptraum für Aussiedler und Ermittler.

Krimis von Fabian Lenk

Brandaktuell
ISBN 3-89425-064-X
Der erste Krimi mit Boulevard-Reporter Bachmann
»Im Spannungsfeld von brennenden Asylbewerberheimen, Sensationspresse, Fascho-Szene und kommunalem Filz liegt der Reiz von Fabian Lenks ›Brandaktuell‹.« (Mainpresse)
»Neben der Krimi-Handlung bringt der Band sehr gut den alltäglichen Zynismus rüber, den wohl Menschen entwickeln, die im Boulevard-Journalismus voyeuristische Leser mit Stoff versorgen.« (Die Wage)

Schlaf, Kindlein, schlaf
ISBN 3-89425-075-5
Der zweite Krimi mit Boulevard-Reporter Bachmann
Lenk erzählt packend von Menschen zwischen Profilierungsssucht, der Jagd nach der heißen Story und dem Bemühen, einen Rest von Anstand zu bewahren.
»Hochspannung bis zum furiosen Schluß!« (Radio 8)

Mitgefangen, mitgehangen
ISBN 3-89425-209-X
Der dritte Krimi mit Boulevard-Reporter Bachmann
Im Urlaubsparadies geht die Angst um: Erst wird der Hotelmanager Richard Bergen in einer Scheune erhängt gefunden, dann der Richter Friedrich Seeger an einem Obstbaum aufgeknüpft. Wer wird das nächste Opfer des »Henkers«?

Der Gott der Gosse
ISBN 3-89425-223-5
Der vierte Krimi mit Boulevard-Reporter Bachmann
»Fabian Lenk ist ... ein herausragendes Stück Spannungsliteratur gelungen.« (Gießener Anzeiger)

Schattenland
ISBN 3-89425-241-3
Der fünfte Krimi mit Boulevard-Reporter Bachmann
Eine unheimliche Mordserie beunruhigt die Nürnberger Polizei: Den Opfern fehlen Organe. Tat eines Psychopathen oder Werk der chinesischen Organmafia?

Paparazzi-Poker
ISBN 3-89425-258-8
Paparazzo Milo Lose fotografiert Fernsehstar Ted von Then beim Seitensprung. Doch dann wird der Prominente ermordet – der Fotograf hat von Thens letzte Sekunden im Bild festgehalten und wittert ein profitables Geschäft.

grafit